復刻版

Kisou-Tengai Anthology : The Essential by Masaya Yamaguchi

奇想天外

SF MYSTERY FANTASY HORROR NONFICTION

奇想天外［復刻版］アンソロジー

山口雅也 編著

南雲堂

Intro.

かつて『奇想天外』という雑誌があった。

70年代半ばの日本、雑誌文化が頂点に達したあの時代——吉行淳之介、野坂昭如、筒井康隆他、数え切れぬほど多くの人気作家たちが責任編集に名を連ねた『面白半分』、矢崎泰久編集の『話の特集』、萩原朔美・高橋章子編集の『ビックリハウス』、植草甚一責任編集の『宝島』、島崎博編集の『幻影城』etc. と並び立つ、曽根忠穂・小鷹信光（ミステリ）・福島正実（SF）のエンターテインメント最強の編集布陣で創刊された名雑誌『奇想天外』があった。

『奇想天外』の表紙には、毎号、SF Mystery Fantasy Horror Nonfiction のジャンルを越えた成分表示が掲げられ、中身は、そのとおりのジャンルのレッテル貼を引き剝がすかのような《奇想天外小説》やコラム、評論、対談がずらりと並び（74年4月号には60cm 四方の精密・日本沈没ハザードマップの付録がついていた）、どんな趣味人通人にも対応するサブ・カル・マガジンの役割も果たしていた。多国籍料理の★★★★（四つ星）レストラン。エンタメ雑食派の私は、毎号、前説から奥付に至るまでむさぼり読んだものだった。しかし、第一期『奇想天外』は10号で、あえなく休刊。雑誌文化豊穣の大海の中にあって、早くも沈潜してしまった小さな《虚ろ舟》だったのかもしれない。

しかし、その後も『奇想天外』の悪戦苦闘は断続的に続き、版元・誌名を変えながら四度の休刊を繰り返すことになる。そして、その間も、新井素子や夢枕獏などの人気作家を輩出し、今に至るエンタメ小説花盛りの桃源郷を築き上げていった。

『奇想天外』四度目の終刊の後、編集主幹曽根忠穂は、パズル雑誌に転じ、今度こそは成功を収めて、編集長を務め上げ、その後も幹部待遇で社に残るように懇請されたという。なぜ、パズル雑誌に転じたのかと問われた曽根忠穂はこう答えた。「わたしはそれまで、ミステリやSFのマニアを相手に失敗を重ねてきた。しかし、パズルだったら、謎解きの面白さを老若男女・万人に伝えられると思ったから」と。

「自分が面白いと思ったものを万人に伝える」——これこそ、全出版人のあらまほしき姿だと痛感する。そして、エンタメ百花繚乱の今こそ曽根忠穂編集主幹の雑誌『奇想天外』を称揚すべき時だと思い、復刻版&21世紀版『奇想天外』アンソロジーの刊行を企図したというわけである。

21世紀の今、ジャンルの多様化・メディア（DVDやらゲームやら）の多様化によって、評価の視野が狭くなり創作物の真価が見えにくくなっている状況がある。エンターテインメントを大所高所から俯瞰する視点が欠けてしまっている感がある。ネット検索で知識取得には便利になった一方で、ユーザーは自分好みの井戸に潜り込み、狭い世界で満足しきっている。井戸から這い出て周りを眺めてごらんなさい。他にもうまし水が湧き出る井戸があるのだから。そして、その井戸に深く潜り込めば、地下水脈であなた好みの《奇想天外》な他の井戸と繋がっていたことがわかるはずだから……。

読書界が、もっと破天荒に、奇想天外たらんことを祈念して——読書子よ、ジャンルの井戸から這い出せ、豊穣の大海原にインターネットの投網を打て、そこにはきっと、あなた好みの奇想天外・奇怪至極な深海魚が掛かってくるはずだから。

追記：序文から漏れてしまったが、当時、12号で休刊してしまった紀田順一郎・荒俣宏編集による『幻想と怪奇』もあった。

山口雅也

※以下、私の解説中、面識のある方々は、さん付けで、そうでない偉大な先輩作家の方々は敬称略で書かせていただくことにする。

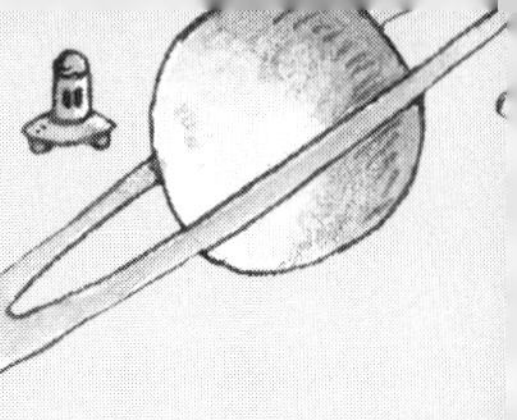

奇想天外 復刻版 アンソロジー◆目次

■表紙・目次イラストレイション：：楢喜八
■表紙・目次・扉デザイン：：坂野公一（welle design）
■本文組版：：一企画

序文 山口雅也 ……2

『奇想天外』＝「謎解きが好き」「大人になれなかった人」の魂◎編集主幹 曽根忠穂
インタビュー 構成／聞き手＝山口雅也／遊井かなめ ……7

雑誌戦国時代、城主たちは——
奇想と幻影は交差したのか◎山口雅也 ……11

真実の文学◎筒井康隆 ……13

奇想天外小説傑作集再録
宇宙探偵小説作法◎H・F・エリス／浅倉久志訳 ……15

不死の条件◎ロッド・サーリング／久保田洋子訳……21
金星の種子◎エヴァン・ハンター／汀奈津子訳……41
教授退場◎ヘンリイ・カットナー／酒匂真理子訳……65
時空海賊事件――ソーラー・ポンズの事件簿◎マック・レナルズ&オーガスト・ダーレス／日暮雅通訳……81
わすれない◎鈴木いづみ……91
シャーロック・ホームズ アフリカの大冒険◎フィリップ・ホセ・ファーマー／白川星紀訳……113
SF・オン・ザ・ロック――モダン・ファンタシー・ロック◎岡田英明（鏡明）……176
私的SF作家論――SFと「支配的修辞としての科学」◎笠井潔……181
ぼくらのラスト・ヒーローは誰だ？①
――LSDを教養にまで押しあげたあの男は、もう脱獄に成功しただろうか？◎団精二（荒俣宏）……191

奇想天外漫画劇場
ざ・まねえ◎高信太郎……199
アネサとオジ◎高野文子……207
5001年宇宙の旅◎土田義雄&楽書館……217

奇想天外対談競演会
◎なごや対談◎
昔のSFには謎ときサスペンスがあったけれど…。
都筑道夫VS.石上三登志 ……227
◎激論対談◎
SFファンはプロレス派！ ミステリファンは相撲派だ!!
鏡明VS.瀬戸川猛資 ……237
カッチン 大和眞也 ……265
第一回 奇想天外SF新人賞
選考座談会
星新一・小松左京・筒井康隆 ……257

『奇想天外』＝「謎解きが好き」「大人になれなかった人」の魂

『奇想天外』編集主幹・曽根忠穂

インタビュー 構成／聞き手＝山口雅也・遊井かなめ

――雑誌形式のものを最初に作ったのはいつでした？

「大学に入ってからですね。ワセダミステリクラブの機関紙『フェニックス』が最初」

――当時のワセミスには島崎博さんや小鷹信光さんが在籍していたそうですね。

「私が大学一年で入会したときに、小鷹さんは大学四年生。島崎博さんは大学院でしたが、私と同じ年に入会したんですよ。島崎さんは高田馬場に住んでらして、あの人のコレクションはすごく膨大なものがあった。日本のミステリに関するものを中心に、翻訳雑誌も含めて蔵書の山。大学の帰りにしょっちゅう寄って話を聞きました。島崎さんはある時から同人誌『みすてりい』の主宰を始めましてね。私もその会員にもなりまして。島崎さんの自宅で会合をやったりしてね。とにかく、ミステリの山の中で話をするのが面白かったですよ」

――大学を出られた後も島崎さんとの交流は続いたんですか？

「白山に島崎さんの事務所があったんですが、そこに蔵書がいっぱいあって、しょっちゅう行きましたよ。島崎さんとは親しかったから、『奇想天外』をやっていた頃もしょっちゅう会っていた。こういう特集をやりたいんだとか話をして」

――『幻影城』にやられてくやしかったことってあります？

「ほとんどないです（笑）。あの人は日本のミステリ専門でやっていたから、方向が全然違う。趣味としては似たようなところはあるけどもね。尊敬していましたよ」

――『奇想天外』に至るまでの経緯を教えてください。

「大学卒業後、少年画報社に入ってね。一番最初に『未来の世界ＳＦの世界』という単行本を福島正実さんに書いてもらって作った。何をやっても良かったですからね。単行本を出したいと言ったら、出せたんですよ。『少年キング』の編集をやっていたけど、『キング』には巻頭にグラビアがあって、それを毎回やってました。ミステリものやＳＦものの特集をね。その頃もワセダミステリクラブで付き合いのあった人を呼んできて、企画を立ててもらったんです。卒業しても、ミステリクラブの雰囲気でやっていた。たとえば、大伴昌司《おおともしょうじ》さんなんかを呼んだりね。彼は企画・構成が得意だから。その後、『キング』をやめて、鶴書房に入りまして。鶴書房というのは初代の社長さんが児童文学が好きで、児童図書をいっぱい出していた。『スヌーピー』

を一番はじめに翻訳したのも鶴書房ですね。ＳＦっぽい漫画も出していて、私も関わりましたが、『ターザン』とか『フラッシュ・ゴードン』とかＳＦものを翻訳して出していた。海外ミステリやＳＦを児童向けに翻訳・リライトをして出したり。筒井康隆さんや小松左京さんの子供向きのＳＦも出していました。『時をかける少女』も、鶴書房から出ました」

――いわゆる第一期（一九七四年一～十月号）『奇想天外』の奥付にある盛光社と同じ会社ですか？

「社名は違うけど、同じなんですよ。鶴書房の系列にあるんです。すばる書房も盛光社も。（バックナンバーをめくりながら）すばる書房盛光社なんて表記もあるね（笑）。ある日、編集長がなんかやろうっていうので、そこで出来たのが『奇想天外』。ＳＦ作家の窓口になっていた福島正実さんが出入りしていたし、こういう本を作ろうかと提案したら、通った」

――第一期は福島さん、小鷹さんとのトロイカ体制だったんですか？

「福島正実さんと小鷹信光さんには顧問料を払って、正式に編集顧問に迎えました。毎月一回編集会議をやってスタートしたんです。第一期は翻訳中心でね。福島さんがＳＦ関係、小鷹さんがミステリ関係。『奇想天外』なんてタイトルをつけたぐらいだから、奇妙な味をテーマとした作品、そういう傾向の作品を載せようと思ってね。江戸川乱歩の言う、いわゆる「奇妙な味」の作品が自分は好きだったから」

――掲載する作品については最終的な判断は曽根さんがやられていたんですか？

「いや、依頼しているものですからね。小鷹さん、福島さんは原書を、まだ未訳のものをたくさん持っていた。僕は翻訳を読むだけですから。だから、任せていた。こっちはその替わり、コラムを一生懸命にやっていた」

――『奇想天外』はコラムが魅力的でバラエティ豊かです。あの時代は、こういう雑誌は多かったですよね。

「植草甚一さんの『宝島』とか『話の特集』とか『面白半分』とかね。影響はものすごくありましたよ。『ヒッチコック・マガジン』と『マンハント』と『エラリー・クイーンズ・ミステリ・マガジン』がありましたけど、あの三つがお手本ですね。『マンハント』はハードボイルドの雑誌でしたけど、コラムが面白い。コラムを真似したいなと思いましたね」

――付録もナンセンスなユーモア感覚に溢れたものが付いていましたね。

「小鷹さんが主導でやっていたパロディ・ギャングという集団がいて。小鷹さんとか、片岡義男《かたおかよしお》さんとか、漫画家の水野良太郎《みずのりょうたろう》さんとかがいて、彼らが作ってましたね」

――『奇想天外』は体制として充実していたんですね。

「そうですね。たまたまそういうのが好きな連中が集まって作っていた。趣味の、遊びの雑誌だっからね。読者に受けようが、受けまいが、勝手にやっていた」

――当時の反響ってどうでした？

「そんなに多くはないですけど、ミステリとかＳＦが好きな人、特に短編が好きな方には受けたようです」

――雑誌という形態が好きだという人もいますが、そういう人からの

曽根忠穂『奇想天外』編集主幹

反響も……。

「ありました。当時はサブカルチャーというひとつの文化ができつつあった時代ですよね。片方には『話の特集』があった頃。そんな中で、井上ひさしさんから時々、読者コーナーにはがきがくるんですよ。こういう企画はオモシロイとか、いち読者としてはがきがくるんですよ(笑)」

――第一期終焉のいきさつを教えていただけますか？

「打ち切りです。さっき話に出た編集長だった人が経営者になったんですね。経営者になったら、お金の勘定をするようになって……儲からないものは困るわけ(笑)。でも、盛光社の営業の人が〝金を集めるから一緒にやろう〟ということで、奇想天外社という会社を興して始めた。私も参加した。一期の編集スタッフ数人とね」

――第二期（一九七六年四月号～八一年十月号）は一期とは路線が違いますよね。

「二期は日本の作家中心のラインナップですね。翻訳ものの読者は限られているから。それに、その頃は筒井康隆さん、星新一さん、小松左京さんを中心にSF作家がどんどん出始めた頃だから、タイミングがちょうど良かった。方向性が決まった後で、筒井さん、星さん、小松さんに声をかけたら、面白そうだからと協力してくれることになった」

――体制も第二期は一期と変わっていますよね。

「第二期は百パーセント、編集面を私がやっていた。アドバイザーとしては星、小松、筒井の三人。翻訳ものもいくつか載せていたけど、それは伊藤典夫《いとうのりお》さんが紹介してくれた」

――第二期といえば、第一回の新人賞……。

「新井素子さんが誕生しましたね。後で知りましたが、第一回には椎名誠さんも応募されたそうです」

――あの時の選考会は今も語り草になっています。

「あの時は星さんが強引に、これは絶対にいけると主張してね。筒井さんや小松さんは文体に厳しい評価だった」

――選考座談会を読んでいると、張り詰めた空気が漂っていたように思えますが……

「三人とも仲間ですからね。和気あいあいとやった。活字にするとそう見えるかもしれないけど、そうじゃない」

――第二期は終焉までに『マンガ奇想天外』などの別冊も多く出されていますよね？

「本誌の中でおさまりきらなかったものを。漫画については手塚治虫の本を出したいというのが私の中にあってね。僕は手塚治虫さんのファンで、あの人の描くSF漫画で最初にSFを体験したから。漫画は

『少年キング』をやっていた頃の人脈があったからやっていたんだけど、そっちの方が商売になるぞということで、単行本で漫画が出るようになった。大友克洋さんの最初の単行本（『ショート・ピース』）は奇想天外社ですからね」

――『おもしろクイズマガジン』というクイズ雑誌も出されていますよね。

「クイズというかパズルね。子どもの頃、頭の体操みたいなパズルの本があってね。それでパズルが好きになっちゃった。後にパズル雑誌は大陸書房でやりましたね」

――第三期（一九八七年一一月号〜九〇年春号）の版元がまさにその大陸書房ですね。

「奇想天外社が倒産しちゃったから、どうしようかなと思ったら、廣《こう》済堂《さいどう》で漫画をやっていた編集長が、今度大陸書房という所に移るから一緒に来ないかと誘われて。ちょっとやったけど、儲からないから止めようということになった。その頃に、大陸書房で手がけたのがヒロイック・ファンタジーの女性版。栗本薫『グイン・サーガ』とか、ああいう傾向の女性向けの小説を出そうとして、大陸ノベルスというのを作ったんです。でも、その大陸書房も九二年には倒産した」

――大陸書房で手がけたパズル雑誌は評判になったようですね。

「売れましたね。他社でも出るようになって、ブームになった。そのパズル雑誌をもって、マガジン・マガジンに移った。その辺から小説とは縁が切れちゃったんだけど。でも、その後未練たらしくパズル雑誌にＳＦやミステリの書評やコラムを載せていました。趣味でやっている」

――そういう話をお聞きすると、パズル雑誌であっても『奇想天外』のような誌面作りといいますか、魂のようなものは変わっていないように思えますね。

「ＳＦもミステリもパズルもすべて謎解きなんですよ。それが基本的には好きなんだよね。ＳＦは未来の謎、ミステリは現実の謎、パズルは作者の作った謎を解くというね。子どもの頃から謎解きが好きだったから手放せなかったんですよ。だから、子どものまま育っちゃった。大人になれない。そこの本棚に江戸川乱歩の全集があるけど、子どもの頃に二十面相のシリーズを読んでね。面白くてしょうがなかったんだ。それをずっと引きずっているんですよ。ミステリクラブの連中もみんなそう。子どもの頃にそういうのを読んで、ずっと引きずってる大人になれなかった連中だろうね」

――『奇想天外』というのは、謎解きに耽っている〈大人になれない人〉への〈大人になれなかった人〉からの極上の贈り物なんでしょうね。

「そうですね。『奇想天外』は謎解きの中の……奇妙な味」

――それが奇想天外の精神？

「そうですね。『奇想天外』を作っていた時代は楽しかったよ」

――雑誌を作るのって楽しいですよね。

「好き勝手やれるからね」

――でも、たまに営業に叱られる……。

「〝これはなんだ〟〝これは売れるのか〟と言われるんですね。そう言われるのは仕方がないけど、嫌だったね（笑）」

雑誌戦国時代、城主たちは――

奇想と幻影は交差したのか

山口雅也

一九七〇年代半ば、雑誌文化戦国の世とでも言うべきその時代に、学生だった私の目の前に立ち現れたのが、エンタメ二大巨城――『奇想天外』と『幻影城』だった。

それら二大巨城の城主たちが、一体どこから立ち現れ、どう戦い抜いたのか。曽根忠穂氏、島崎博氏、両城主をはじめとする関係者たちから証言を得て、ここに再現する。

ワセミスの同期生としての島崎と曽根

一九六〇年、日本の古い探偵小説が好きだった島崎は、早稲田大学商学部の大学院に入ってすぐにワセダミステリクラブに入会した。当時、早稲田の四年に小鷹信光氏がいて、一年に曽根が在籍していたのだという。つまり、島崎と曽根とは〝ワセミスの同期生〟ということになる。なお、当時のワセミスの顧問は江戸川乱歩で、新入生歓迎コンパなどにも顔を見せていたそうだ。

さて、島崎は当時、高田馬場に一軒家を借りていたのだが、そこに探偵小説の膨大な蔵書があったため、クラブ員たちが自然と集まるようになった。その中には曽根の姿もあったのだという。後に島崎はワセミスOBを中心とした『みすてりい』という同人誌を発行するが、曽根も夢野久作に関する論を寄せている。なお、『みすてりい』で、その後プロになった者には、石上三登志氏（明治大卒・当時広告代理店勤務）もいた。

ワセミスと島崎といえば、雑誌『宝石』から「ある作家の周辺」という企画が持ち込

栗本薫「都筑道夫の生活と推理」が掲載された『幻影城』1977年1月号

まれた際に、書誌の部分を島崎が担当して書いたという話もある。[註①]

『奇想天外』と『幻影城』

一九七四年に、曽根が編集主幹を務める『奇想天外』は発刊された。しかし、同誌は一年と持たずに休刊に追い込まれてしまった。一方、書誌学や古書店経営[註②]などをしていた島崎のところにも、雑誌をやらないかという誘いがかかる。そして翌年、島崎の発案による雑誌『幻影城』が刊行される。

その頃には曽根も第二期『奇想天外』を始動しており、二週に一度ぐらい、曽根と島崎とは会って話をしていたのだという。ただ、曽根も島崎も、両誌でジャンルが異なっていたため、お互い関心を払っていなかった様子（曽根の証言によると、互いの雑誌よりも、昔愛読していた探偵小説についてもっぱら話していたそうだ。だが、二誌の〝交流〟はあったようで、たとえば都筑道夫論で『幻影城』の評論賞を獲得した栗本薫を島崎が曽根に紹介したというエピソードもある（栗本はその後、『奇想天外』で「日本SF作家ノート」を連載した）。また、『幻影城』がスタッフを解雇せざるを得なくなった際、その中の一人の高橋秀博[註③]を『奇想天外』の編集者として曽根が引き取るということもあったようだ。

さいごに

今回、『奇想天外』の復刻にあたり、島崎から曽根へのエールをいただいた。本稿の締め括りに、ここに掲載する。

「私も台湾に戻ってから好きだった日本のミステリの紹介をして、島田荘司さんたちの作品集の解説を書いています。曽根さんにも、まだまだ現役として、日本のエンタメ界で〝奇想天外〟なお仕事をされるよう、頑張っていただきたいと思っております」

①私――山口雅也は、この『宝石』誌掲載の鮎川哲也書誌で初めて島崎博の名を知り（つまり『幻影城』発刊以前）、その書誌をノートに筆写して、当時短編集未収録だった鮎哲作品を求めて古書店行脚をすることとなる。

②風林書房。当時、客として来店していた山本秀樹（ワセミスOB）は、後に『幻影城』の編集に携わることになる。

③『幻影城』ファンクラブ創設者。また、法政大学推理小説研究会の創設者でもある。

真実の文学

筒井康隆

人類みな平等。愛。「わたしは嘘は申しません」。性善説。「戦争はご免だ」。まごころ。老人を敬まおう。不幸な人に愛の手を。

こういうものはみんな嘘であり、それを嘘と認識したところからドタバタ、スラプスティック、ハチャメチャSFは始まる。

人間は差別が好きで、肉欲に生きていて、嘘をつかねば生きられず、悪いことばかり考える。戦争は大好きである（平和運動は戦争の第一段階だ）。裏切りこそ繁栄につながり、老人を馬鹿にし、早く死ねと思い、不幸なやつがいるために自らは幸福だといって喜ぶのである。

この真実を、今やSF以外の文学は、描こうとしない。否、描けない。自らがそうした虚偽の中にとりこまれてしまっているからだ。ただひとつ、下等にして下品にして半気ちがいで嘘つきと思われていて、そして何ものからも自由な、ドタバタ、スラプスティック、ハチャメチャSFのみが、この真実を描き得るのである。

掲載：「別冊奇想天外 No.3 ドタバタSF大全集」1979年

⊙解説

簡潔にして明快、奇想天外にして至高の文学論。初めて読んだときは鳥肌が立ち、以後の私の文学観を決定づけることになる。それ程衝撃的な一文だった。だが、初出時には、目次に筆者名も載っていなかった。なので、ここに復刻収録を決めた。

ノーベル文学賞が世界一の文学賞というなら、ぜひ筒井康隆に、と高校時代は大真面目に思っていた。だがその後、かの賞は反体制左翼文学に偏向しがちだということに気づき（ボブ・ディランの受賞も反戦歌の「風に吹かれて」だし）、今は関心の外なのだが……。

（山口雅也）

奇想天外小説
傑作集再録

宇宙探偵小説作法

Space-Crime Continuum
by H. E. Ellis

宇宙旅行が
可能となった時代の
本格推理のあり方とは？

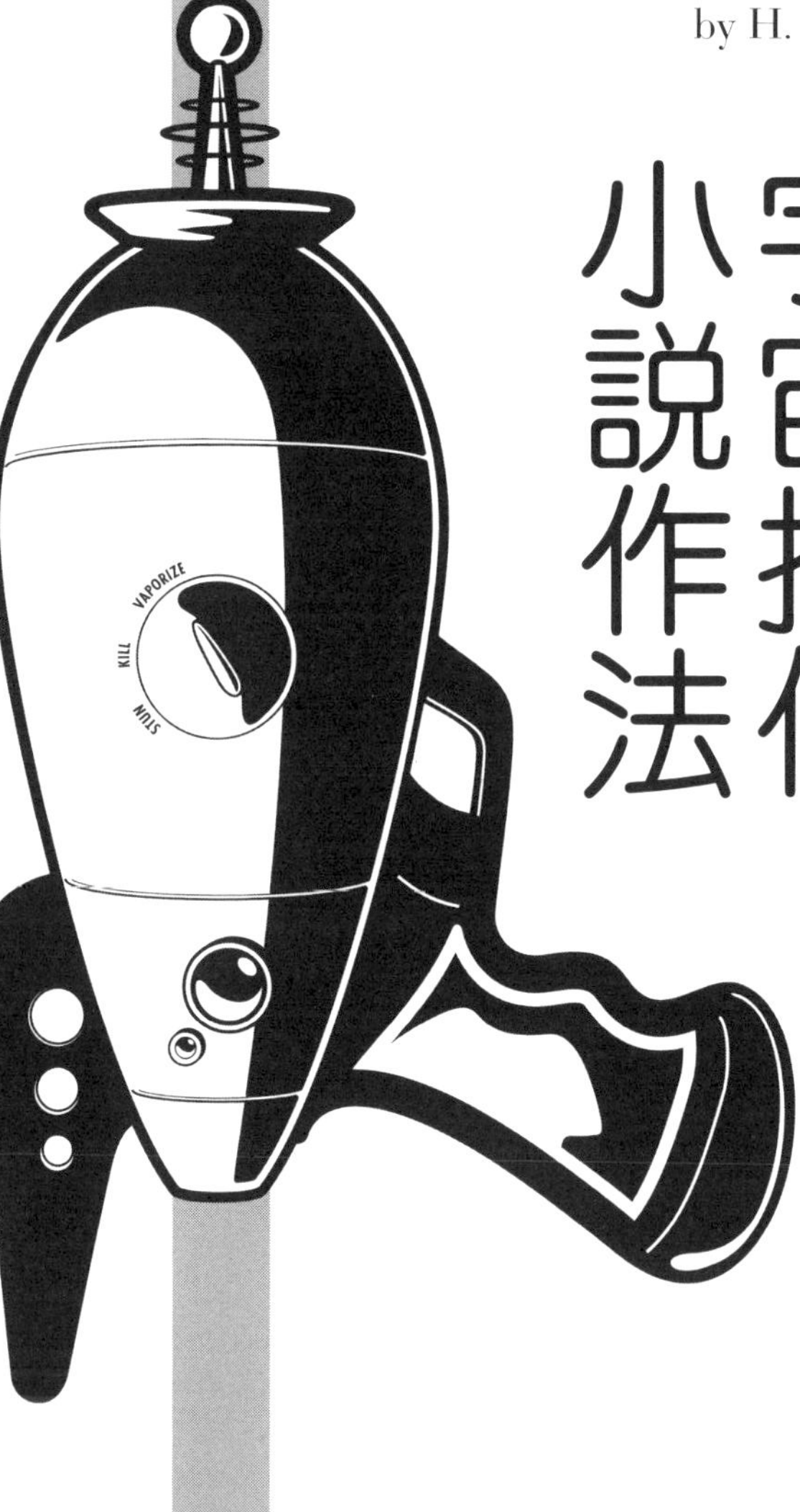

H・F・エリス
浅倉久志訳

「奇想天外」1974年10月号（表紙：川名保雄）

――ポリカープ医師は大儀そうに放射能測定器をカバンの中へしまいこみながら、ぶっきらぼうにいった。

「凶器はイプシロン光線かそれに類似した手段で、被害者の背後二光年以内の距離から発射したものだ。それ以上のことは、死体の原子分解が終わらないと、なんともいえんな」

「フン！」と、フィリップ・ストロングは鼻を鳴らした。


近く出る私の宇宙探偵小説『点と線と面』からの一節だ。本格推理と宇宙旅行――いってみるなら水と油を承知で混ぜて、あわよくば一石二鳥を狙ってやろうと考えた作家が、どのような困難にでくわすかは、この短い引用からでもわかってもらえるだろう。まずアリバイに苦労する。なにしろ、この頃では読み手のほうがすれっからしになっていて、射程の短いウラン拳銃なんかをつかおうものなら、そっぽを向かれるのだから、いちばんの容疑者が映画館の半券を持っていて、問題の時刻によその惑星にいた、と証言させても、これはむりな話だろう。きっと読者からは、それがどうした、と文句がつく。ベータ粒子を使えば、その二倍の距離から、しかも観客席に座ったままで、被害者を殺せるはずだ、といわれるにきまっている。事実、そのとおりなのだ。そこで、先手を打って、私はフィリップ・ストロングにこういわせることにした。

「したがって、これまでの証拠からすると、過去二年間に一度でも、この現場から百二十億マイル以内に近づいた人間は、すべて容疑者ということになります！」*

＊ストロングのこの指摘は、じつは、ちょっと不正確だ。次作の『アルファ・ケンタウリの殺人』を読んでもらえばわかるけれど、ここでは、へまな土地の警部が光の速度をかんちがいして、そのために事件がもつれることになっている。

白状すると、アリバイをどう処理するかがむずかしくて、とうとう私は、被害者の後頭部に肉切り包丁らしい傷痕が発見された、ということにした。もちろん、これは真犯人が、凶行のあとで、ある古風な、地球のからのくっついたエジプト学者に、嫌疑をなすりつけようとして仕組んだこと、というわけだ。しかし、これはどうも苦しまぎれの感があるし、プロットが進むにつれて、いろいろとややこしい時空間的な手直しが必要になって、そのたびに頭を悩ました。しかし、乗りこえなくてはならない障害はこれだけじゃないし、これ以上にむずかしい問題もある。とにかく、ストロングの言葉をかりるならば、宇宙犯罪捜査科学そのものが、まだ揺籃期の段階なのだ。

ほんとうに被害者が死んでいるのかを見きわめるのだって、それほど簡単じゃない。天体物理学者のジョージ・トレヴォーズ卿が、金星のデッキ・チェアの上で、ぐったりと横向きになり、椅子の足もとの隕石塵の上に、$\log(-x)+(\mathrm{Cos}V^2S)^{2\pi\eta}=Rd\theta^3$……と、未完の方程式が走り書きされているのが、発見された。ここまでは、すらすらといく。しかし、サー・ジョージの生命が絶えていることを、どうやってストロングに確認させるか。まさか、被害者の宇宙服を切り裂いて、心臓の鼓動をさぐらせるわけにもいかないだろう。そんなことをすれば、悪名高い金星の大気の炭酸ガスで、死んでもいないものまで殺すことになってしまう。私がここをどう切りぬけたか――それは初歩的な問題なので、ここには書かないことにしておく。

さて、つぎは容疑者だ。このジャンルの小説を、これからはじめて書こうとしている人たちへの忠告だけれど、容疑者の中には、地球の犯罪小説の伝統をひく人物を、なるべく大ぜい含めておいたほうがいい。全宇宙から、自分の好きな登場人物を選べるとなると、火星大肝爵の不肖の息子クルールとか、放射能をもったその執事チャーとか、マデューシアの女王コレオプシスとか、ボムの将軍と称する残忍なオバル・トラグとか、そういった顔ぶれの中に真犯人をひそませたくなるのが、人情というものだろう。だが、そんな誘惑に乗ってはいけない。容疑者が揃いもそろって、身の丈十八フィート、頭の上には触角が生えている、となると、読者は白けてしまって、だれが犯人でもいいや、という気になるものだ。それに、探偵が最後に全容疑者を、地球のオルバニーにある自宅の居間へ集めたくても、こういう顔ぶれでは、ちょっと一室におさまりそうもない。

「宇宙探偵小説作法」
（H・F・エリス）解説

奇想天外なＳＦミステリ・パロディ。ミステリ作家がＳＦ設定で書くと良作になる率が高いが、ＳＦ作家がミステリ的プロットで書くとバランスを崩す傾向があるように感じている（アシモフやレムや小松左京や筒井康隆etc.の超天才は稀有な例外）。要するに広げた風呂敷をうまくたたむか、どこまでも際限なく広げるかの違いだと思う。だが、本作はその稀有な例外の一編（初出Ｆ＆SF誌1954年）。――あ、チャールズ・ボーモントもこんなＳＦミステリ・パロディのケッサクを書いていたか。（山口雅也）

やはり、新旧のあいだでうまく折合いをつけていくのが、こういう小説のコツといえるようだ。

点と線と面――フィリップ・ストロング・シリーズ

導入部のあらすじ

作者は、宇宙小説と探偵小説のどちらが金になるかについて、判断に迷ったあげく、二兎を追うことに決め、自己の分身である**トニー・ブラック**（典型的な一人称のワトスン役）を、**レディ・トレヴォーズ**のハウス・パーティに出席させる。レディ・トレヴォーズの夫の**サー・ジョージ・トレヴォーズ**は、悪名高い大富豪かつ天体物理学者で、宇宙船ヘルミオネ号の持ちぬしでもある。シュロップシャーにあるトレヴォーズ家の陰鬱な大邸宅で開かれた、このハウス・パーティの出席者には、つぎのような顔ぶれが含まれている。

ヒュー・トレヴォーズ――サー・ジョージの道楽息子。父親から、セモリーナとの婚約をすぐに破棄しなければ勘当する、とおどかされている。

セモリーナ――純潔な金星の尼僧で、もと求婚者たちの連合組織に脅喝されており、月曜日までに一万クリム、またはそれに相当する金額を、地球の通貨で都合しなくてはならない。

サイモン・ウォーウィック――サー・ジョージの個人秘書で、もとオリンピックの槍投げ選手。雇い主のマリファナ入りタバコを盗んだため、解雇の通告をうけたばかり。

エイグ教授――左翼の月理学者で物真似の達人。彼の月再植民計画は、レディ・トレヴォーズによって、秘かに後援されている。彼はサー・ジョージをなき者にすることをたびたび口にしているが、ウンフによると、この脅迫は真剣にとるべきではない、という。

ウンフ――教授の従僕をしている、なかば気の狂ったロボット。西欧の機械技術では未知の、南米産のある珍しい潤滑油を、ギア・ボックスに注がれると、殺人的な激怒の発作におそわれる癖がある。

ある金曜日の夜ふけ、この錚々たる顔ぶれに、**フィリップ・ストロング**（血筋がよすぎて、競走馬と見わけのつかない探偵）が加わったところで、作者にとっては一つだけのことが気がかりになる。つまり、作者がこの一同を、シュロップシャーの書斎よりも月並でないどこかへ移そうと、やりくりするひまもなく、サー・ジョージの殺人が起こってしまうのではないか、という不安である。この危険を予防するため、作者は、トニー・ブラックの口をかりて、ヘルミオネ号に乗って真夜中の飛行をするのも面白いかもしれない、と提案する。「この季節の金星はすてきだよ」と、ストロングはあくびまじりに答え、いましがた夫のデスクの上で見つけた火星のプリンセスの写真を、放心したように短剣で突き刺していたレディ・トレヴォーズは、熱心に賛成する。セモリーナの不安そうなようすには、だれも気がつかない……。

ごらんのように、容疑者たちとその動機は、一般読者が違和感をいだかない範囲に、とどめてある。当然、ストーリーの狙いもそれに準じて、容疑者各自の手荷物の中から、吹矢筒が発見されたり、宇宙線発射器が発見されたりするたびに、一同がどんな反応をとるか、というところに焦点をあてた。ほかの脇役たち、たとえば金星人とか、深宇宙からやってきたサソリ人とか、レディ・トレヴォーズに一目ぼれする滑稽なスワパ（土地の巡査部長）とかは、もっぱらローカル・カラーと息ぬきのために、登場してもらうことになる。あまり脇役をのさばらせると、フィリップ・ストロングの謎の解決という、かんじんの中心テーマの影が薄くなってしまうからだ。

ストロングは屈みこんで、水圧作動式のアルミニウムの籠手を慎重に操りながら、なにかをとり除いたが、私にはデッキ・チェアの影になって、よく見えなかった。ヘルメットの厚い有機ガラスの奥で、彼の両眼は沈潜した光をたたえているようだった。

ピッピッピと短い信号音が右耳に聞こえて、私はサイモン・ウォーウィックがインターカムでしゃべっているのに気づいた。

「はやく！」とサイモンはいった。「きみの右を見ろ。やつらはなにものだ？　どうぞ」

サイモンの声は急を告げている。いわれた方向をふりむいた私は、きもをつぶした。見るも恐ろしい、細長いガラスの頭をもった、小柄な緑色の生き物が二百人ばかり、すぐそばのクレーターの縁を越えて、こちらへやってくるではないか。

「大変だァ！」私はかすれ声でいった。「了解、発信終わり」

彼らはひょいひょい跳躍するような、奇妙な走り方で、刻々と近づいてきた。まったく音のしない接近にかてて加えて、彼らの腰につけられたトリチウム爆弾が、弱い金星の日ざしに鈍く光るのが、異様に不気味である。

「もしもし、ストロング」私はマウスピースに息を吹きこんだ。告白するが、声を平静にたもつのが精一杯だった。「彼らを見たか？　どうぞ」

そのときほど私は、この男に尊敬の念をいだいたことはない。闖入者たちのほうをちらと一べつしただけで、ストロングはそのまま作業をつづけた。借りてきたヘアーネットで、隕石塵を根気よくふるい分けているのだ。「彼らになんの用か聞いてみたまえ」彼のいった言葉はそれだけだった。

私は一歩まえに進み、できるだけ大胆さを装いながら、身ぶりで緑色人たちに用向きをたずねた。むこうはさっそく隊伍を止め、その服装と態度から見ても首領らしい男が、身ぶりでつぎのように答を返してきた。

「やよ、フトのローカムなるツームの語るを聞け！　われらは和議のために来たれり。ただその前に、汝らのうちの一人を、天空の支配者ミンラーへの生け贄として、われらに引き渡すべし。さもなくば、汝らはことごとく滅ぼされるであろう」

この恐ろしいメッセージを、私が伝えにいっても、フィリップ・ストロングはなんの感想も述べなかった。なぜ、彼らのつかっている身ぶり言語が、そんなに古風なのかと、退屈そうにたずねただけだった。

「知らんな」私はちょっぴり苛立ってきた。「そういうしきたりの惑星が多いんだ。そんなことより、彼らの要求をどうする？　ヒュー・トレヴォーズを引き渡そうか？」

「絶対にいかん」ストロングはぴしゃりとそう答えると、ヘルメットの前面に高倍率の拡大鏡をさしこんだ。「まだあの青年には、けさの平均恒星時で八時から九時の間の行動を、きかなくちゃならない。彼らにはセモリーナを引き渡せ」

「セモリーナを？」私は息をのんだ。

「そうとも。彼女は明らかに無実だ。不運な準男爵の殺人には、なんの関係もない人物だ」

「しかし、フィリップ」私は巨大な籠手を振りかざしながら、抗議した……。

ここまでで、私がなにをいおうとしたかは、もうわかってもらえただろう。この探偵の、わきめも振らぬひたむきさ、容赦ない鉄の意志、といったものは、宇宙探偵小説という難物に手を染めようとする人間にとって、そのまま役立つお手本なのだ。もし、フィリップ・ストロングが、重要容疑者の一人を引き渡すことに同意していたら……。しかし、もう私はよけいなことを書きすぎたようだ。本がまだ出ないうちに、ネタをすっかりばらすのは、よしておこう。

Kisou-Tengai Anthology

奇想天外

SF
MYSTERY
FANTASY
HORROR
NONFICTION

Escape Clause

ロッド・サーリング　久保田洋子訳

by Rod Serling

不死の条件

不老不死と己の魂とを交換した男を待ち受ける運命とは？

「奇想天外」1974年4月号（表紙：川名保雄）

ウォルター・ビードカーは、ベッドに横たわって医者を待っていた。彼は厚手のウールのパジャマの上に厚手のウールのガウンを着込み、頭には厚手のウールの襟巻をしっかり巻きつけて、顎の下で大きな蝶結びにしていた。彼のそばのベッドスタンドの上には、びんをいっぱいのせた盆が置いてあった。丸薬やローション、抗生物質、鼻用スプレー、咽喉用スプレー、耳の薬、鼻の薬、それに、クリネックスが三箱と「寝たきりで楽しく過ごす法」と題された本が一冊。彼は気むずかしげに天井を見つめていたが、やがて苛々した目を寝室のドアの方へ向けた。そのドアの向こうで、妻が台所から居間へと歩いて行く足音がしたのだ。

妻のエセルは健康だった。ああ、全く健康そのものだった! まるで馬のようなエセル。風邪ひとつひいたことがない。それにひきかえ、ウォルター・ビードカーは、危険から危険へ、病気から病気へ、激しい苦痛から激しい苦痛へと渡り歩いていたのだ。

ウォルター・ビードカーは四十四歳。いろいろなものを恐れていた——死、病気、他人、細菌、隙間風、その他、ありとあらゆるものを。彼の、人生における唯一の関心事、それはウォルター・ビードカーだった。唯一夢中になっているもの、それは、ウォルター・ビードカーの生命と幸福だった。社会に対する常に変らぬ唯一の懸念、それはもしウォルター・ビードカーが死んだとしたら、彼のいない社会がどういう風に存続していくのかということだった。要するに、彼は、たいていの人間が安全を切望するのと同じ具合に病気にしがみついている、小鬼のような顔をした小男だった。

エセルが部屋に入って来て、彼の毛布をきれいに延ばし、枕をふくらませた。一時間以内に五度目である。彼はひがんだ目付きで彼女を見たきり何も言わず、手伝ってもらって頭を枕の上に戻す時に、かすかにうなっただけだった。

「頭はまだ痛みますの、あなた?」とエセルが尋ねた。

「痛みというような言葉じゃ当てはまらんよ、エセル」彼は口を引きつらせて言った。「痛みなんて、たんなる不便に過ぎん。わしのは激痛だ。生きながらの拷問なんだよ!」

エセルは、勇敢にも同情的な微笑みを浮かべようと試みた。ウォルターは、最上級の言葉以外では自分の病を語ったことがなく、今月に入ってから寝込んだのは、これで五度目だった。玄関のチャイムが鳴った。彼女は、安堵の表情が顔をよぎるのを隠すことができなかった。ウォルターは一瞬のうちにそれを見抜いた。

「わしと一緒にこの部屋にいるのが耐えられんのだろう?」と彼は彼女に言った。「病人にはうんざりなんだろう、えっ?」彼は振り向いて、右手にある壁を見た。「それが病人の悲劇なのさ」と彼は壁に向かって言った。「いわゆる善人の束の間の憐みという奴がね!」

「まあ、ウォルター——」エセルはこう言いかけてから口をつぐんだ。彼女は諦めたように肩をすくめると、玄関へ出て行った。

医者は黒い鞄を下げて待っていた。そして、エセルのあとについて寝室へ入って行った。

「さて、今日の御気分はいかがですかな、ビードカーさん?」と彼は尋ねた。医者はくたびれて、足を痛めていた。彼は、よほどの場合でない限り往診をしなかったのだが、ウォルター・ビードカーの呼出しが緊急を要することなど決してなかった。彼は、その声からうんざりしたような響きを隠すように苦労していた。

「どんな風に見えますかね？」ビードカーが吠えるように言った。

医者は彼に微笑みかけた。「なかなか良さそうですな、実際のところ」

ビードカーは顔を柿のようにしかめて、いやみたっぷりにあいての真似をした。「なかなか良さそうですな、実際のところか？　え？　それなら言わしてもらうがね、先生、わしはなかなか良いどころじゃないよ。ちっとも良かないんだ。重病人だよ。診察すりゃあ、あんたにもすぐわかるだろうがね。だがわしは、最悪のことでもちゃんと伝えてもらうからね。やんわりと言うなどはまっぴらだ。わしは臆病者ではないんでね、先生」

「それはわたしにもわかっていますよ。腕を延ばしてください、ビードカーさん。まず血圧を測りましょう」

ビードカーは、その年配の男にしては目立って肉付きのよい腕を突き出し、医者はその腕を血圧帯でくるんだ。

十分後、彼は殆どの器具を鞄に戻していた。その間、ビードカーはむっつりして彼をにらんでいた。

「それで、先生？」

医者は鞄を閉めると、無言でビードカーの方を向いた。

「あんたに質問しているんだよ、先生。どのくらい悪いんだね？」

「少しも悪くありませんよ」と医者は言った。「実際のところ、極めて良好です。熱はない。血圧は正常。呼吸は正常。心臓の動きも正常。何にも感染していない。咽喉に異常なし。鼻孔に異常なし、耳にも異常はありません」

「背中と脇腹の痛みはどうなのかね？　四晩続けて眠れなかった点はどうなのかね？　これはなんだっていうんだね？」ビードカーが勝ち誇って、叫んだ。

医者はかぶりを振った。「これはなんだというんですか、それはね、ビードカーさん、ただの気の病いですよ！」

「不死の条件」（ロッド・サーリング）解説

作者ロッド・サーリングは1950～60年代に「ヒッチコック劇場」と並ぶミステリ番組「ミステリー・ゾーン（The Twilight Zone）」のプロデュース・脚本で名をはせた人。同番組ではリチャード・マシスンやチャールズ・ボーモントといったＳＦ、ミステリ、ファンタジーの名手を起用し、自身も毎回スマートな語り口でナレーターを務めた。

本作では、昔からある、悪魔との契約パターンを踏襲しているが、さすがサーリング、古い皮袋に新しい酒を盛る「モダン」ホラーに仕立てている。中盤の奇想天外な展開は後に『奇想天外』新人賞佳作を受賞することになる新井素子さんのデビュー作をも想起させる。

本作はテレビ「ミステリー・ゾーン」の挿話のノヴェライゼーションであり、『ミステリー・ゾーン２』（文春文庫）に「免責条項」のタイトルで収録されている。だが、それから27年もの歳月が経っており、いっぽう、テレビ界の巨匠とみられている人物が、小説家でも一本立ちできたのではないか――というほどの出来栄えなので、ここに敢えて再録することにした。尚、翻訳家の尾之上浩司さんによると、サーリングにはノヴェライゼーションでないオリジナル作品も存在するという。「小説家」ロッド・サーリングを尾之上さんの訳で読める日が来ることを心待ちにしている次第。

（山口雅也）

ビードカーの目が大きく見開かれた。「気の病いだと？　あんたは、わしが患っているのは気持だけと言いたいのかね？」

「そんなところですな、ビードカーさん」医者は静かに答えた。「実際、あなたが自ら造り出している病気を別とすれば、どこも悪いところはないんです。あなたの痛みはね、ビードカーさん、ただの気分なんだな。あなたの不眠症は神経が原因だ――それ以上のものではありません。要するに、ビードカーさん、あなたは極めて健康なんですよ！」

　ウォルター・ビードカーは、彼の腹心の友である右側の壁に向かって悲しげに微笑むと、頭を医者の方へちょっと動かしながら、それに語りかけた。

「どうだい、これが医者というもんだ。医科大学予科で四年。医科大学で四年。インターンとして二年。実習期間が二年。その挙句なんになったと思う？　え？　なんになった？」それから大声で叫んだ。「やぶ医者だよ！」

　医者は我知らず吹き出さずにはいられなかった。エセルが爪先立って入って来て、医者にささやいた。「経過はいかがでしょう？」

　ビードカーが怒鳴った。「こいつには聞くな。この男はあほうだよ！」

「ウォルター、お願い」エセルは辛抱強く言った。「あまり興奮しないで」

「ひそひそというのはやめろ」ビードカーが怒鳴った。「あんたは、たった今わしが味わっている苦しみの半分しかわかっちゃいない」と彼は医者に言った。「この女、このいやな女ときたら、一日中ひそひそ口の中でいいながら走り回って、たとえそうでない時でも、わしを病気だと思い込ませる。事実、わしは病気だがね」彼は急いでそう付け加えた。「死に瀕してこうして横たわっているわしを送り出してくれるのは一体誰か？　やぶ医者と、この心ないささやく女なんだ！」

「明日また伺いますよ、ビードカー夫人」医者が快活に言った。

「来る必要はない」とビードカーが返事をした。「死亡証明書を持って来て、書きこめばいいんだ」

「まあ、ウォルター――」エセルが悲しそうな声を出した。

「お前の空涙を見るのは御免だよ、この馬鹿め」ビードカーは彼女に向かって金切声を張り上げた。「こいつはわしがいなくなれば大喜びですよ、先生、あんたにはわからんだろうがね！」

　エセルに付き添われて出て行った時の医者の顔にもはや笑みはなかった。玄関の所で、彼は夫人の顔をつくづく眺めた。若かりし頃の彼女は相当魅力的だったに違いない。ああ、なんたることだ、これからもまた倍もの年月、あんな男といっしょに暮さなければならないとは！

「主人の具合はどうなのですか、先生？」エセルが尋ねた。

「奥さん」と医者は言った。「あなたの御主人は、わたしの患者の中でも最も丈夫な人のうちに入りますよ。もしも御主人が、海兵隊の入隊検査を受けるためにわたしの前に立たれたとしたら、わたしは太鼓判をおして合格させるでしょう」

　エセルは信じられないという風にかぶりを振った。「主人は殆どいつも具合が悪いんです。わたくしに家の窓を一つもあけさせてくれませんのよ。一立方フィートの空気中には八百九十万の細菌がいると申しまして」

　医者は頭を後ろに反らして笑った。「恐らく御主人のおっしゃる通りでしょうな」

エセルが困ったように付け加えた。「それに、主人は仕事をやめたばかりですの。今年の最初の仕事から数えて、これで五つ目ですわ。主人の話では、隙間風の吹く中で働かされるというのです」

医者は笑うのをやめて、目の前に立っているこの小柄な顔立ちの整った女を見た。「奥さん」と彼は穏やかに言った。「御主人にはすることは何一つありません。ほかにどんな医者でも同じでしょう――恐らく、精神科医を除いてはね」

エセルはショックを受けたような仕草で手を口に当てた。「精神科医ですって」

医者はうなずいた。「御主人の問題は心にあるのです。病気に対するひどい恐れよう。死への恐怖症。御主人に何も悪いところがないと言えば、すこし簡単にいいすぎることになるかも知れません。というのは、ある意味では現実に悪いところがあるからです。自身について、こういつもいつも悩んでいるというのは、一種の病気ですからね。御主人はいつもあんな風におびえているんですか？」

「わたくしのおぼえているかぎりそうです」とエセルが答えた。「わたくしにプロポーズした時、主人は、自分は結核の末期にきていて、あと一週間の命しかないと申しましたのよ」彼女は昔を思い出して悲しげに目をそらした。「わたくしがあの人と結婚したのは、とっても気の毒に思ったからですわ――！」彼女は唇をかんだ。「わたくしが言いたいのは、先生――」

医者は彼女の腕を軽くたたいて言った。「わかっていますよ。明日またお伺いしますからね」彼は再びつくづく彼女を眺めると、ポケットに手をやってメモ帳を取り出し、処方を走り書きした。「さあ」と言って、彼はそれを彼女に手渡した。「あなたの方も少々疲れていらっしゃるようだ。これはビタミンです」

ビードカーの声が、寝室からけたたましく響いてきた。「エセル！ここには隙間風が入ってくるぞ。わしは昏睡状態に襲われそうだ！」

「ええ、あなた」エセルはあわてて叫び返した。

「ビタミンのことを忘れないように」医者が、ビードカーの声にちょっとたじろぎながら言った。「失礼しますよ、奥さん」

医者の背後でドアを閉めると、エセルは寝室に駆け戻った。

ベッドに横たわったビードカーは、枕から頭を浮かし、弱々しく手を動かして左側の窓の方を示した。「エセル」彼は哀れな声で彼女に言った。「冷たい風が部屋に吹き込んでくるんだよ！」

窓は五分の一インチほどあいていた。彼女がそれを降ろす時、ビードカーはベッドの中で半分起き上がった。

「一立方フィートの空気中にどれ位の細菌がいるか知っているか、エセル？」

彼女は、彼が大声で言うのに合わせて、小声でその数を繰返した。「八百九十万！」彼は頭を枕に戻した。「わしがいなくなればいいとお前が思ってることはわかっているさ。だからこそ、お前はそこらじゅうの窓をあけっ放しにしておくんだろう。だがな、エセル、親切心から言うが、もっとうまくやれんのか？」

エセルは彼の毛布のしわをきれいに延ばした。「お医者様は、空気の入れ替えが必要だっておっしゃってましたわ。この中は息が詰まるようだって」彼女が彼の手を軽くたたくと、彼は反射的にその手を引っ込めた。

とつぜん彼は、妻のもう一方の手の中に処方箋を見つけた。「これはなんだ？」ビードカーは、彼女の指からそれをひったくって言った。「どこでもらったんだ？　病気じゃないと言いながら、奴はわしの薬の処方をお前に渡してるっていうわけか。どこも悪くないというその一方で、わしはここにどうすることもできずに寝ている。そして奴は部屋の外で、わしには二十分の余命しかないと話しているんだな」彼は干しすもものように口をすぼめた。「否定はするな、エセル。親切心があるなら否定はしてくれるな。奴が部屋を出た瞬間に、わしは共謀のにおいを感じ取ったんだ！」

エセルは無力の波に襲われて目を閉じた。それから深く息をついた。「それはビタミン用なのよ、ウォルター、わたしのね」

ビードカーは急にベッドの中でまっすぐ起き上がった。「ビタミンだと？　お前の」彼は壁の方を向くと、それに向かって親しげにうなずきながら話しかけた。「ここに寝ている間も生命はわしの体からしみ出ていく。しかも、あのやぶ医者め、わしの女房のためにビタミンを処方しているんだ。わかるか？　わしは死にかけているのに、女房はビタミンを飲むんだとさ！」

彼は急に咳き込み始めた。エセルが背中をさすろうとすると、彼女を押しのけ、力なく弱々しげにベッドに横たわって、かぶりを振り、目を閉じた。

「まあいいさ、エセル。さあ、ここから出て行ってくれ。安らかに死なせてくれ」

「ええ、いいわ、ウォルター」エセルが優しく言った。

「なんだと？」ビードカーが怒鳴った。

今度はエセルが目を閉じる番だった。「わたしが言ったのはね」彼女はささやくように言った。「あなたを一人にしてさしあげるという意味ですわ、ウォルター、少し昼寝ができるようにね」

彼はちょっとの間静かに横たわっていたが、やがて急に飛び起きて、ベッドの端にすわった。「昼寝なぞできん」と彼はわめいた。「人がどのみち死ななきゃならんのはなぜだ？　お前に訊いてるんだぞ、エセル。人はなんで死ななきゃならんのだ？」彼はベッドを離れて窓の所へ行き、うっかり外気が入ってきてはいけないという風に窓枠の下部を探った。「世界は何百万年も続いていくが、人間の一生はどれくらいあるというんだ？」彼は二本の指を上げた。「せいぜいこんなところさ！　ほんの一滴。顕微鏡でしか見えない位の断片だ。なんで五百年生きられないんだ？　あるいは千年生きられないんだ？　なんで人は、生れ落ちると殆ど同時に死ななきゃならんのだ？」

「わたしにはわからないわ、あなた」

「そうだろうとも。さあ、出て行ってくれ、エセル」

「ええ、あなた」彼女は、ウォルター・ビードカーの前からひきさがったあとでいつも感じる大きな安堵感を覚えながら、居間へ逃げ込んだ。今日は最悪の一日だった。その朝、彼は四回も医者を呼び出し、そのあとでエセルに病院に電話させて、酸素テントが使えるかどうかチェックさせた。昼食の直後には、管理人に電話して暖房用パイプを調べに来てもらえと言ってきかなかった。管理人がやって来るなり、ウォルターはベッドから悪口雑言の一斉射撃を浴びせ、その間にも管理人は熱い送水管をしきりにたたいていた。そして、蒸気と湿っぽい熱気が部屋に溢れ込んだ。

「暑くして欲しいんですね、ビードカーさん？」管理人は陽気な調子で言った。「二十分もすれば、この中は百五十度位になりますよ。だから、お望み通り暑くなるでしょうよ！」

管理人のパイプをたたく音に苛々して癇癪を起こしたビードカーは、彼に怒鳴り散らした。「猿め！　出て行け。もしもわしが死ぬとしたら、せめて安らかに静かに死にたいんだ。さあ、出て行ってくれ！」

管理人は、八十三戸から成るアパートにおける彼の主な苛立ちの原因をまのあたりにしていた。「まあ、あなたが亡くなるとすればね、ビードカーさん」と彼は言った。「――そして行くべき所へいらっしゃるとすればね――ちゃんと熱いところへ行けるでしょうよ！」

今、エセルは、管理人の約束が功を奏してきたことを実感した。部屋の中は信じられぬ位のむし暑さだった。彼女は居間の窓を一つ引きあけて、熱くほてった疲労気味の体をひんやりした秋の空気にさらした。しかし、相変らず寝室からは、ウォルター・ビードカーがぶつぶつ独り言を言っている声が聞こえていた。

「人間がこんなに短かい間しか生きないなんて罪悪だ」ビードカーのこもったような声が言った。

エセルは小さな台所に入ってドアを閉め、自分のコーヒーを入れた。ウォルター・ビードカーはベッドで背をまっすぐに伸ばしてすわり、部屋の反対側にある化粧台の鏡に映った自分の姿を見ていた。

「罪悪だ」と彼は繰返した。「なんだってくれてやるさ！　ある程度長生きできるなら、なんだってくれてやるさ。二百年でもいい。三百年でもいい」彼は深いため息をついてかぶりを振った。

深みのある鳴り響くような声が、含み笑いしながら言った。「なぜ五百年、六百年と望まないんだね？」

ビードカーは同感だというようにうなずいた。「なぜかって？　千年でもいいさ。だが、よく考えてみると、実に情ない話だよ。ほんの一握りの年数だけ生きて、それから地下の棺桶の中で永遠に過ごさねばならないとはね。暗い冷たい地下で！」

「おまけに蛆虫と一緒にね」と声が答えた。「勿論、蛆虫と一緒にだ」とビードカーは言った。そう言ってから、彼の目がみるみる大きくなった。そして、不意に部屋の向こうの寝室用の椅子に人影を感じて目を向け――そこに、黒っぽいスーツを着た大きな太った男を見つけた。ビードカーはごくりと唾を呑み込み、ぽかんと口をあけ、目をしばたたいた。あとはただ見つめるばかりだった。

紳士は笑みを浮かべてうなずいた。「わたしはあなたの意見に全面的に賛成しますよ、ビードカーさん」と彼は言った。「全面的にね」

ビードカーは依然彼を見つめたまま言った。「それは光栄だ。ところで、あんたは誰なんです？」

「カッドウォラダーといいます」紳士は答えた。「少なくとも今月はその名前を使っています。非常に舌ざわりがいいんでね」

ビードカーはひそかに部屋を見回してドアと窓を点検してから、すばやくベッドの下を一瞥した。それから、とがめるように男を見た。「どうやって入って来たんです？」

「いや、わたしはここを出たことはありませんよ」カッドウォラダーが言った。「しばらくずっとここにいたのです」こう言ってから、彼は、これから商売に取りかかろうとするセールスマンのように身を乗り出した。「手短かに言いますよ、ビードカーさん」と彼は言った。「あなたは見たところ、うまい取引を嗅ぎ分ける勘をお持ちのようだ。わたしはあなたに一つ提案をしたい。我々はお互に相手の欲しがっているものを持っています。そしてこのことは、取引上、比較的堅固な基礎になります」

　ビードカーは冷ややかな値踏みする声になった。「我々が？　一体あんたは、わしが欲しがりそうな何を持っているんです？」

　太った男はにっこり笑って煙草に火をつけ、気持良さそうに椅子の背にもたれた。「ああ、色んなものを持ってますとも、ビードカーさん」と彼は言った。「きっとびっくりなさるでしょう。たくさんあります。色々な楽しいものがね」

　ビードカーは男の顔をまじまじと見た。変った顔だ、と彼は思った。太っているが、見苦しくはない、きれいな白い歯をしている——目は少々光って荒々しい感じだが、ビードカーは思案顔で顎をかいた。

「このわしに、かすかにでもあんたの興味を引くものというと、それは何なんです？」

　カッドウォラダーの微笑みはなだめるような微笑みだった。「実に些細なものです」と彼は言った。「些細というほどのこともない。取るに足らないものです。顕微鏡でしか見えないようなね」彼は二本の肉付きのよい指を上げた。「ちっちゃなちっちゃなものですよ！」

　二人の男の目がかっちりと合った。

「あんたの名前は何といいましたっけ？」ビードカーが尋ねた。

「名前を聞いてどうするんです、ビードカーさん？」カットウォラダーが機嫌を取るように答えた。「言葉のこじつけですよ。例えば、あなたの欲しているものは何か？　あなたは、もっと長い寿命を欲しがっている。あなたは二、三百年ぐらい遊び回りたいと思っている。ところで、人によってはそれを不死などというんだが、そんなに大袈裟な言葉はいらないでしょう？　我々二人の間では、こう呼ぼうじゃありませんか——ただの追加年月とね！　結局、二、三百年、或は二、三千年がなんだというんです？」

　ビードカーは息を吸い込んだ。「二、三……千年？」

「五千年か一万年でもいい——」カッドウォラダーは、ベテランの中古車セールスマンが、切り札をだすようないいかたで、その数字をいってのけた。

「世界は無限に続きます。とすると、二、三千年多かろうが少なかろうが、譲ろうがもらおうが、加えようが減らそうが、たいしたことではありません」

　ビードカーは用心深くベッドから起き上がって、この太った男をじろじろ観察した。「カッドウォラダーさん、わしがあんたと交換することになる些細なものとやら——それをあんたはなんと呼びなさるのかね？」

　カッドウォラダーは、サンタクロースのような、小さなウィンクをしてみせた。「なんと呼びましょうかな？」と彼は問い返した。「さてと！　あなた自身のほんの一部分と言えましょうかな。あなたの身体の外皮のほんの小片。あなたの本質のほんの一原子」彼の微笑みは相変らず消えなかったが、目は笑ってはいなかった。「さもなければ、こう呼んでもいい——」

「魂だ！」ビードカーが、勝ち誇ったように大声を張り上げた。

カッドウォラダーの顔に浮かんだ笑みは実に喜ばしげだった。

「そう言ってもよろしい」と彼は穏やかに言った。「結局、魂がなんです？　あなたが今から何千年か後に死ぬ時――一体なんのために魂が必要なんです？」

　ウォルター・ビードカーは立ち上がって、震える指でカッドウォラダー氏の方を指差した。「あんたは悪魔だな！」

　カッドウォダラーは、腰から上をやや曲げてお辞儀すると、つつましやかに言った。「なんなりと御用命を。いかがです、ビードカーさん？　いいじゃありませんか。共同事業のようなものですよ。あなたはわたしにいわゆる魂なるものを譲渡し、わたしはあなたに不死を授ける。永遠の命――つまり、あなたが望む限りの長寿だ。それに不死身もです、ビードカーさん、考えてもみなさい！　完全な不死身ですぞ。何ものも絶対にあなたを傷つけることはできないのですぞ！」

　ビードカーは夢を見るように空を見つめた。「何ものもわしを傷つけることができない？　そしてわしは永遠に生きていける？」

　カッドウォラダーは笑みを浮かべて言った。「そうですとも。永遠にです。これもまた、ビードカーさん、単なる言葉の問題です。あなたにとっては、それは永遠を意味する。わたしにとっては、それはせいぜいワンブロックのことでしかない。それでも我々は双方共満足するのです」

　ビードカーはもの思いにふけって立ち尽くしていた。カッドウォラダー氏は歩み寄った。その声は穏やかだったが、頼もしさに満ちていた。

「考えてもみなさい」カッドウォラダーは言った。「死の恐怖なしにいられるということを。不死身でいられるということを。無敵になれるということを。病気のことで、くよくよ悩む必要はない。事故、疫病、戦争、飢饉、その他どんなものについても同様だ。政治や制度は崩壊していく。人々は死んでいく。しかし、ウォルター・ビードカーはいつまでもいつまでも生き続けるのです！」

　ビードカーは、頭を傾け、小悪魔か小鬼のような顔に、笑みをちらつかせながら鏡の方へ歩いて行って、自分の姿をつくづくと眺めた。

「ウォルター・ビードカーはいつまでもいつまでも生き続ける」と、彼は感慨深げに言った。

　カッドウォラダー氏が彼の後に歩み寄って来て、その姿がビードカーの横に並んで映った。

「カッドウォラダーさん」とビードカーが言った。「魂のことだが。魂をなくしても困らないのかね？」

「そりゃ勿論、なくしたなんていう気は全然しませんよ」

「そして、全くわしは不死身で、いつまでも生き続けるとおっしゃるんだね？」

「その通り」

「トリックはないだろうね？」ビードカーは尋ねた。「隠された条項はないだろうね？　わしはただ生きたいだけ生きていく、そういうことだね？」

　カッドウォラダーは彼を見てくっくっと笑った。「そうです。まさしくその通り」

　カットウォラダー氏は椅子の方に戻って、再び腰をおろした。ビードカーはなおも鏡の前に留まって顔を眺め、一本の指でいぶかしげに顔じゅうを撫で回していた。

「わしの外観はどうなんだい？」と彼は尋ねた。

「その点ではたいしてお役に立てませんな」と、カッドウォラダーは不親切な返事をしたが、さりげなくつけ加えた。「つまり――あなたは殆ど今と変らないということです」

「しかし、五百年経った時」とビードカーは食い下がった。「ひからびた干しすももみたいにはなりたくないんでね」

カッドウォラダーは天井の方を見上げ、商売相手のしぶとさに呆れてかぶりを振った。「ビードカーさん」と彼は言った。「あなたは欲の深い取引をなさる。実にむずかしい取引だ。しかし」彼は諦めたような仕草をした。「わたしは協力的な人間ですよ。よろしい、そのことも取引の中に入れましょう。どんなに年をとっても、それがあなたの容貌に及ぼす変化は、総じて目につかない程度のものとなりましょう」

ビードカーは鏡から彼の方へ向き直った。

「カッドウォラダー君、いよいよ取引が成立しそうだ」

カッドウォラダーは両手をこすり合わせ始めたが、やがて急にその手を背中の後に引っ込めた。「ビードカーさん」と彼はうれしそうに言った。「あなたは決してこのことを後悔はなさいますまい。あなたが死ぬその日まで！」

ビードカーが鋭い目付きで彼を見た。「その日は、当然ながら」

――カッドウォラダーはあわてて付け加えた――「数千年間は訪れませんが。しかし、一つだけ言っておくことがあります――」

ビードカーがゆっくり指を振った。「はは、はは、はは！　いよいよお出なすったな？」

「あなたのためなんですよ、請け合います」カッドウォラダーは、ポケットから大きな分厚い書類を取り出して手早くめくった。「第九十三条」と彼は大きな声で言った。「これだ、ここにある」彼はそのページを指差すと、くるりと回してビードカーの方に向けた。「何が書いてあるんだ？」ビードカーが用心深く尋ねた。「読んでみてくれ」

太った紳士は咳払いをした。「これは除外条項ともいうべきものです」と彼は言った。「あなたの除外条項ですぞ。当事者の一方が他方に対し、然るべき通告を――」カッドウォラダーはもぐもぐつぶやいた。「ああ、これでは退屈だ。ごく簡単にお教えしましょう。わかりやすく言えばこういうことなのです。もしも生きていくことに飽きた場合はですね、ビードカーさん、この条項を使うことができるのです。わたしに呼びかけて頼めばいいわけです、あなたの消滅をです。その時はちゃんと取り計らいましょう。あなたが迅速かつ簡単な死去を遂げられるようにね」

ビードカーは、抜け目ない小妖精のような顔をして口をすぼめると、指をぱちんと鳴らし、書類を求める仕草をした。カッドウォラダーは麗々しくそれを手渡してからネクタイをゆるめ、その間にビードカーはページをぱらぱらとめくった。カッドウォラダー氏は、腰のポケットから大きな真紅のハンカチを取り出して、顔をぬぐった。

「ここは暑いですな！」と彼はつぶやいた。

ビードカーは、最後のページに目を通し終えてから、書類を返した。

「なかなか当を得ているようだね、カッドウォラダーさん。しかし、言っておくが、わしは金の卵を産むガチョウを殺すような男じゃないんでね。あんたがわしに不死と言えば、わしは文字通りの不死を考えるのさ！　あんたにはうんとうんと長い間待ってもらうことになるだろうよ！」

再びカッドウォラダーは承諾を示すお辞儀をした。「ビードカーさん」と彼は言った。「これ以上うれしいことはありません！」

「それでは、これで取引成立というわけだな」

今度は、カッドウォラダーが両手をこすり合わせずにはいられなかった。彼の目は、自信ありげにきらきら輝いていて、ビードカーは、穴の二つあいた空気孔からかまどの中をのぞき込んでいるような気がした。この取引について思案することは、もう許されなかった。なぜなら、カッドウォラダー氏が、空中に手を差し伸べて、煙をたてると、ゴム印らしきものを引き出したからだ。このゴム印を大きな弧を描いて振り上げるや、書類の表紙の上にぽんと降ろした。ジューッという音がして、書類は端の方を燃やしながら床に舞い落ちた。ビードカーは、右下の角の所に押印を見ることができた。それは中央に角《つの》を描いた円のようだった。間もなく火が消え、書類はそこでくすぶっていた。ビードカーは身をかがめてそれを拾い上げた。ビードカーが振り返った。


しかし、部屋には誰もいなかった。彼は、夜陰の中に退いていく遠い笑い声を聞いたように思ったが、定かではなく、やがて何も聞こえなくなった。ビードカーは書類を注意深くたたんで化粧台の抽出に入れた。鏡の中の自分に向かって微笑んでから、窓の所へ行った。そして、衝動的に窓をあけ放って、冷たい空気を部屋の中へ流し込んだ。胸をたたき、深く息を吸い込みながら、彼は立っていた。これほど自由で、これほど解放的な気分、そして、これほど完璧な健康感を味わったことはなかった。


このことが、ビードカーに盆のことを思い出させた――あらゆる薬品類、びん類、ローション類と、「寝たきりで楽しく過ごす法」という本を乗せた盆である。彼はそれを持ち上げると、窓から放り出した。そして、数秒後、十四階下の舗道の上でびんが砕け散る音を聞いてにっこり笑った。窓から向き直った時、彼は熱い送水管に目を止めた。そこからは微光を放つ熱気が立ちのぼり、パイプは灯火の中で煉瓦のような赤い色になっていた。彼は用心深く近寄ってそのそばに立ち、そろりそろりと両手をかざした。熱くて、火傷しそうだった。

「論より証拠」とビードカーはつぶやいた。

「今こそそれを試す時だ！」

彼は両の手のひらをどんとパイプの上に置いた。そして、肉の焼けるジューッという音を聞き、目の前に立ち昇る煙を見た。しかし、痛いという感覚はまるでなかった。彼はてのひらを上げて見た。傷跡はなかった。赤熱のパイプを見おろして、彼は声高く笑った。頭を後に反らして笑い続け、笑いながら部屋を横切って行って、ベッドの上にごろりと寝ころんだ。寝室のドアの開く音がしたと思うと、エセルがそこにおびえ切った様子で彼を見つめて立っていた。

「ウォルター」彼女が神経質そうに言った。「すっかりいいの？」

「すっかりいいの？」と彼は繰返した。「すっかりね、エセル、調子がいいよ。何もかも上々だ。何もかも完璧なんだよ」

彼は起き上がって化粧台の方へ行った。ブラシセットの横に爪やすりがあった。彼はそれを取り上げると、楽しそうに微笑みながら、その先をてのひらに突き刺した。エセルは悲鳴をあげてドアの方へあとずさった。それから恐る恐る目をあけて見ると、夫はわけもなくにたにた笑いを浮かべている。彼は無傷のてのひらを差し出して見せた。「見えるか、お前？　論より証拠さ！　見てくれ、お前……生れ変ったウォルター・ビードカーを！」

彼は再び声高く笑い出した。豪放で、とどろくような、押えようのない笑い声だった。彼は、農家の内庭の雄鶏よろしく部屋の中を練り歩いた。エセルは青ざめた顔をして、声もなく立ちすくんだまま、思い切って部屋を出て行って電話の所へ行くべきかどうか迷っていた。目の前にいるこの気の狂った男が、いつなんどき暴力を振るうかも知れないと思ったのだ。彼女はふと化粧台の上の爪やすりに視線を落とした。そして、あえぎ、恐怖の眼差でウォルターを見た。爪やすりには血がついていたのである。

その後の何週間か、エセル・ビードカーは、けっきょく以前の方がよかったのではないか、或は、結婚したこと、いや、生れてきたことさえもが、ひょっとしたら取り返しのつかない間違いだったのではないかという気がしていた。「生れ変った」ウォルター・ビードカーは、なんともつかみどころのない人間だった。事実、彼が一か月に五回もベッドに臥すなどということはもはやなく、無理な要求をがなり立てることもなかった。実のところ、家にいることも殆どなくなっていた。だが、新しい彼の行動は前と同じように不穏なものだったのだ。

彼女が得た、予想通りともいうべき事柄の最初の徴候は、ある建築会社の保険係からの電話だった。ウォルターが、落下してきた重さ約二・五トンの、鋼鉄の「I《アイ》」型の梁の下敷きになったというのだ。建設中のオフィス・ビルの十階までチェーンで持ち上げられていく途中のチェーンが切れて、梁が三百フィート下のウォルターの真上に落下、彼を歩道に押しつぶしてしまったのだ。作業中の現場主任は、最初激しい悪感に襲われた。それから、恐怖の待ち構えている歩道のその地点へ、そろりそろりと歩いて行った。彼は、めちゃめちゃになった死体を見ることに対する正常な嫌悪感に、目を覆っていた。その一方で、こわいもの見たさというこれまた同じように正常な本能で、指の間からのぞいていた。ところが、ウォルター・ビードカーは、下敷きになったにもかかわらず、怪我ひとつせずに梁の下から這い出していたのだ――ただ、衣服は引き裂かれ、髪の毛はぼさぼさになっていた。彼は、現場主任に向かってものすごい声で、近々どえらい訴訟が持ち上がるだろうから、弁護士に会っておいた方がいいぞ、と怒鳴った。

保険係が電話をかけてきたのは、これをエセルに伝えるためと、彼がアパートに帰る途中であることを告げるためだった。

その日の午後、ウォルターは、追加請求の権利放棄書に署名して、五千ドルの小切手を手に入れた。

これが木曜日のことだったが、その週の土曜日の午後、ウォルターは、一人で自動エレベーターに乗っていた。その時、何か訳のわからない理由で鋼索が切れ、エレベーターは二千フィートもの通路を矢のように落下して、底で木端微塵に砕けたのである。ビルの管理人は、エレベーター通路を伝わって響いてくる彼の悲鳴を聞き、地下室へ降りて行ってこわれたドアをこじあけた。ビードカーは、怪我ひとつせず、落ち着きはらって石くずの中に横たわっていた。（この事件は、三千八百ドル四十二セントで決着がつけられた）

その一週間後、ビードカーが花火工場の前に立っていた時、建物がとつぜん火煙と共に燃え上がった。新聞は過去二十五年の間に市内で起こった最大の火災と書き立てた。さいわい、火災は終業時間後に起こったので、焼け跡で見分けもつかぬ黒焦げ死体になって見つかった遺体は三人だけに留まった。ビードカーは、崩れ落ちてきた燃え盛る壁の下になったが、自分の力で四つんばいになって這い出してきた。衣服はすっかり焼け落ちていた。そこで彼は、花火工場が支払った一万ドルの賠償金に加えて、三十七ドル五十セントを受け取った。

その後五週間の間に、ビードカーは八件の大事故に遭った——地下鉄の衝突事故一回、バスの転覆事故一回、自動車事故五回（どの場合も運転手はビードカーが疾走車の前に踏み出してきたと主張している）そして、あとの一回は、あるレストランでの実に奇妙な出来事である。そのレストランで、ビードカーは、ビーフ・シチュウの中にガラスが入っていると文句を言った。そして、支配人がビードカーに現金で二百ドルを支払ったあとになってから、ボーイはテーブルの上に半分嚙み砕かれたグラスがあるのを見つけて支配人に見せたのだ。

そして大晦日、エセルは、外へ食事に行くか、ショーを見に行くか、それとももしかしてナイトクラブへでも行けるのかどうかを、おずおずと、ビードカーに尋ねてみた。ビードカーは彼女に背中を向けて窓辺に立ったまま、何も答えなかった。

「十一件の事故」と彼は言った。「わしは十一件の事故にあったのだぞ」

エセルは別なやり方を試みた。「それだからよ、あなた」彼女は望みをかけて言った。「あなたにはレクリエーションが必要ですわ。心の中を空っぽにすることが」

ビードカーはやはり窓の外を見つめ続けていた。「お前はこうは思わないか、エセル。つまり、十一件も事故にあったら、少しはスリルがあってもいいはずだとは？　自分には何事も起こり得ないと知っていてもだよ？」

「それはそうよね、ウォルター」エセルは、何のことかわからぬままに、ぐずぐずと答えた。

「そうとも、それが本当なんだ」とビードカーは続けた。「興奮があって然るべきなんだ」彼は窓から離れた。「ところがそれがない。面白くないんだ。これっぽっちの興奮のかけらもない。要するに、わしはうんざりなのさ」

「ねえ、ウォルター」エセルが穏やかに言った。「神の御恵みを有難く思わなければいけないわ」

「おい、エセル」ビードカーががなった。「うるさいぞ。お前はまるで、チーズのかけらを捜してる小鼠みたいだ」

彼女は、寒々とした傷ついた気持を静めてから彼に答えた。

「ウォルター、あなたは恐ろしいほど冷酷だっていうことを、自分で御存知？」

ビードカーは、目をぎょろりと上に向けて言った。「頼むから黙ってくれ！」彼は部屋を行ったり来たりした。「あいつはわしをだましたに違いないんだ！　なんの刺戟もなくて、それが何になるというんだ？」

エセルは、どうしようもなく混乱した気持で彼を見つめていた。彼は確かにウォルター・ビードカーだ。彼女の夫だ。しかし、彼女が結婚したはずの男——あんなに長年生活を共にしてきた憂欝症の男——とは、どう見ても明らかに違ってしまっているのだ。

「ウォルター」と彼女は尋ねた。「気は確か？」

ビードカーは彼女を無視した。「少なくとも自分の健康に気を遣っていた頃は」――彼は誰に話すでもなく大声で言った――「危険というものの要素があった。ところが今じゃ、危険がない。興奮がない。なんにもないんだ！」

彼は不意にかすかに頭を反らし、目を見開いたかと思うと、彼女の前を走り抜けて浴室へ駆け込んだ。彼女の耳には、流しの上の薬箱をひっかき回している音が聞こえてきた。びんやガラスのガチャガチャいう音がする。

「エセル？」彼が浴室から呼んだ。「瀉粉はあるか？」

エセルは浴室のドアの所へ歩いて行った。

「瀉粉ですって？」

「そうとも、瀉粉だ」

エセルは彼の肩越しに彼が並べたびん類を見た。ヨードチンキ、消毒用アルコール、瀉利塩《エプソム》。彼はグラスを一つ持ち、その中に、各々のびんからかなりの分量を注ぎ入れていた。

「瀉粉だ！」ビードカーは苛々して繰返した。

エセルは台所へ行って、流しの下の箱から瀉粉を取り出した。それをビードカーの所へ持って行くと、彼はすぐさまふたをはずし、グラスの中に入れた。それは泡立って、からしのような色になった。ビードカーはグラスを持ち上げると、あっという間にそれを飲み干した。エセルがぽかんと口をあけて見ている前で、彼は舌鼓を打ち、鏡に映った自分の顔を見ながら舌を突き出した。それから、やるせなさそうにグラスを下に置いた。

「見たか？」と彼が言った。

「何をですの？」彼女の声は震えていた。

「わしが今飲んだものを見たかというんだ。ヨードチンキと消毒用アルコールと瀉利塩と瀉粉だぞ。それがわしに、何か影響を与えたか、エセル？　お前に聞いてるんだ――わしがどうかなったか？　何もない。まるっきり何も。わしは今、十人余りの人間を殺せるだけの毒を飲んだのに、まるでレモネードを飲んだみたいな感じだよ。それも、薄いレモネードをね」

エセルはドアにもたれかかった。彼女の声は冷静だった。「ウォルター」と彼女は言った。「一体これはどういうことなのか、教えて下さい！」

ビードカーは、彼女を凝視した。「お前は本当に知りたいと思うか？」

彼女はうなずいた。

「よし」とビードカーは言った。「それなら教えてやろう。わしは偶然にして不死身になったのだ。不滅の身になったのだ。わしはカッドウォラダーと名乗る男と契約を結び、奴はわしの魂と引き替えに不死をくれたというわけさ。それ以上簡潔には言いようがない」

エセルは鏡に映った自分の姿をちらっと見て、頭の隅で、こんなに青ざめ、こんなに恐怖に引きつった顔の女がいるものだろうかと思った。

「ちょっとすわってちょうだい、ウォルター」彼女は心を落ち着けながら言った。「お茶を入れてあげますわ。それから医者を呼びますから」

彼女が出て行こうとすると、ビードカーが腕をつかんだので、彼女は彼と向かい合う格好になった。

「お茶など作らんでいい」と彼は命令した。

「医者など呼ばんでいい。お前に少しでも想像力があるんなら、すこしでも興奮するにはどうしたらいいかということを教えてくれ。わしは地下鉄の衝突もバス事故も大火事も経験したし、たった今は毒を飲んだ。お前は見ていたろう」彼は言葉を切って、肩をすくめた。「ところがなんでもない！　全くなんでもないんだ。わしが何を考えているかわかるか？」彼は浴室を出ると、居間の方へ歩いて行った。「屋上に上がって、明り取りの吹抜から身を投げるということさ！　ただやってみたいだけのために十四階下まで飛びおりるんだ」

　エセルはがっくりと椅子にすわり込んで、泣き出さんばかりにいった。「お願い、ウォルター。お願い、後生だから――」

　ビードカーはドアの方へ行った。

　彼女ははっと立ち上がるとドアの方へ走って行き、ちょうどそれを開こうとしていた彼を遮った。

「ウォルター」彼女は懇願した。「お願い、ウォルター、後生だから――」

　彼は妻を押しのけて出て行き、ホールを抜けて裏階段に達すると、そこを登り始めた。エセルはあとを追う間じゅう、懇願したり、説得したり、なだめすかしたりしたが、彼は聞き入れようとはしなかった。屋上に着くと、彼は明り取りの吹抜の方へ向かった。それは、ガラスの覆いのある大きな四角い穴だった。周囲にはわずか八インチほどの高さの低いコンクリートの囲いがあった。エセルは咄嗟にウォルターとコンクリートの囲いの間に立って、彼の方へ両手を差し出した。

「お願い、ウォルター」と彼女は言った。「ねえ、あなた――」

　ビードカーは言った。「エセル、邪魔をするな。わしはその吹抜に頭から飛び込むんだ。頼むからそこをどいてくれ！」

　彼は妻の方へ進み、彼女はあとじさった。

「お願いよ、あなた」と彼女は言った。「部屋へ戻ってちょうだい。ポテト・パンケーキを作ってあげるわ。覚えてるでしょう、あなたはポテト・パンケーキが大好きだったわ」

　ビードカーは彼女の腕をぐいと引っ張って脇へ押しのけた。「お前はね」と彼は言った。「ポテト・パンケーキだよ。ポテト・パンケーキそっくりだ。ポテト・パンケーキと同じくらい味気ない奴だよ。さあ、これが最後だ、そこをどけ」

　彼女は体ごとぶつかっていって彼を押し戻そうともがいた。そして、気が付いた時にはもはや、片足は屋上の床にはついていなかった。足は、階段吹抜を取り囲んでいるコンクリートを越えた所にぶら下がっていたのだ。一瞬のうちにバランスはくずれ、彼女は後向きに、ガラスを突き破って、十四階下のコンクリートの空間へと音を立てて落ちていった。

　ビードカーは爪先立って吹抜に歩み寄り、下を見た。光が、各階を告げるエレベーターのパネルボードのように、一階置き毎に切れぎれになりながら連なっていった。彼は顎をかき、煙草を取り出して火をつけた。

「どんな気分だったのだろう」と彼は静かに言った。

　どこか遠くにサイレンの音が聞こえた。建物の内部では、低く入り乱れた人々の声が次第に大きくなっていた。その時とつぜん、彼にある考えが浮かんだ。彼は裏階段に通じるドアへ急ぎ、一度に二段ずつ飛び降りて自分の部屋に駆け込むと、電話を取り上げた。

「交換手」と彼は言った。「警察につないでくれ。すぐに。いそいで」しばらくして、その管区の巡査部長の声が聞こえてきた。「もしもし？　警察ですか？　わたしは北七番街十一番地のウォルター・ビードカーという者です。ええ、そうです。十二B室です。今すぐここへ来て頂けませんか。いいえ、もめ事ではありません。わたしはたった今妻を殺したのです。ええ、そうです。はい、ここにじっとしています。では」

彼は受話器を置くと、深く悠々と煙草を吸い込み、灰を軽くはたき落としてから言った。「さあ、昔ながらの電気椅子を試してみようじゃないか！」

州対ウォルター・ビードカーの裁判は、地方検事の言葉を借りて言えば「プロレス以来、町に最も衝撃を与えそうな事件」だった。判決記録係、傍聴人、そして確かに陪審員も、起訴すべしとの見解をとっているようだった。三日間の冒頭陳述期間に、検察側は次々と効果的な論点をあげ、動機を確定した。（六人の目撃者が、ウォルター・ビードカー夫妻の間で争いがあったことを証言した）検事は計画性を指摘した。（管理人が、妻をおどしているビードカーの声を少なくとも十二回は聞いたと証言した）しかし、検事は実際の犯行現場写真を持ち込むことはしなかった。（少なくとも十人の隣人達が、ビードカーが屋上から降りて来て彼の部屋に駆け込むところを目撃していた）

要するに、最終公判日の直前に、弁護士と並んですわっていたウォルター・ビードカー氏は、絶対不利だった。

しかし、ウォルター・ビードカーを見た限りでは、そんな状態にあるとはとても見えなかった。彼は、裁判官や目撃者や原告側に向かってうすら笑いを浮かべながらすわっていた。証人台で、彼は、妻を吹抜に突き落としたこと、それについてはなんの異議もないことを、率直にすらすらと認めた。実際のところ、やろうと思えばもう一度でもやれるだろう。

州の官選弁護士はすばらしく精力的な青年で、ちょっとしたことにも異議を申し立て、公判の間じゅう論争を挑み、抗弁し、非難し、原告側から効果的なひと突きがあれば、そのたびにうまくそれをかわした。しかし彼は、敗訴することは承知していた。なぜなら、ウォルター・ビードカーは、明らかに自ら望んで、あらゆる返答、あらゆる身振りで自己の有罪を認めていたからである。

公判三日目の夕方、ビードカーの弁護士は、独房のビードカーを訪れた。依頼人の夕食中に到着した彼は、ビードカーがデザートを食べ始めるまで完全に無視された。小男は、その時になってようやく、まるで、たった今弁護士の存在に気付いたという風に目を上げて、お座なりにうなずいた。

「一体なんでこんな変な時間に来たんだね？」

クーパーはもう一つあった椅子に腰をおろして依頼人をまじまじと見つめた。「ビードカーさん」と彼は厳しい口調で言った。「あなたにはわからないかも知れませんが、こんな調子でいけば、訴訟は明日にでも陪審にかけられるでしょう」

ビードカーはうなずき、スプーンでアイスクリームを食べ続けた。

「どんな気持だね、クーパー？」と彼は尋ねた。

クーパーは挫折感に苦しみながら、書類鞄を床に置いた。「どんな気持かですって？　惨めですよ、ビードカーさん。あなたの訴訟を受け持って以来、ずっと惨めです。前にも何人か頑固な依頼人を持ったことはありますが、あなたみたいな人は初めてだ」

「本当かね？」ビードカーが無頓着に訊いた。「何でそんなに困っているんだね？」

「ぼくを困らせているのはですね、三日間の公判で、あなたがまるで必死になって有罪の宣告を受けたがっているかのような振舞をしてきたことですよ。ぼくがあなたを尋問する時、あなたはハマグリみたいに口を閉ざす。検察官が尋問する時には、まるで彼の勝訴に賭けているような振舞をなさる」彼は真剣な様子で前に身を乗り出した。「さあ、いいですか、ビードカーさん、必要な条件はそろっているのです。もしもこの訴訟が今のままの状態で明日陪審にかけられれば、あなたには万に一つのチャンスもないのですよ」

　ビードカーは煙草に火をつけ、寝台の上で反り返った。「そりゃ本当かね？」と彼は尋ねた。

「本当です。そこで明日、我々はこういう風にしたいのです！」

　彼は書類鞄を取り上げてチャックをあけた。ビードカーが言った。

「構わんでくれ、クーパー。本当に構わんでくれ」彼は書類鞄の方へ手を振った。「片付けてくれ」

「どういうことです？」

「片付けてくれというんだ」

　クーパーは信じられないという風に長い間彼を見つめていた。

「ビードカーさん、あなたは、ぼくのいったことがわかったのですか？　あなたはもう十二時間ほどしたら、第一級殺人の罪で有罪の判決を受けるのですよ」

　ビードカーは微笑んで雌鳥の鳴くような声を出した。「そしたらどんな刑になるのかね？」

　クーパーはうんざりしたように言った。「この州での第一級殺人に対する刑罰は、電気椅子による死刑です」

「電気椅子による死刑」とビードカーは繰返した。彼は指で軽く寝台の横をたたいたが、やがて爪を調べ始めた。

「ビードカーさん」クーパーは押え切れずに大声を出した。

「もしカリフォルニアだったとしたら？」

「なんですって？」クーパーが怪しむように問い返した。

「もしわしがカリフォルニアに住んでいたとしたら、どうやって殺されるのかな」とビードカーが言った。

「あそこの死刑はガス処刑室だが、正直言ってぼくにはわかりません、どうして——」

「カンサス州では？」と、ビードカーが遮った。

「カンサスでは絞首刑ですよ。さあ、あなたに話があります、ビードカー——」

　ビードカーは立ち上がって、もう顔中にうっすらと汗をかいている弁護士を見やった。

「いいや、クーパー」ビードカーが穏やかに言った。「わしの方であんたに話がある。もしわしを電気椅子で死刑にするとしたら、その場合に起こるただ一つの問題は、とてつもない電気代の請求がくるということだよ！　さあ、おやすみ、クーパー。法廷でまた会おう！」

　クーパーは深くため息をついた。彼はゆっくりと書類鞄のチャックを閉じて立ち上がった。「ぼくにはわかりません、ビードカーさん」と彼は言った。「どうもあなたという人がわからないのです。精神病医はあなたが正気だと言い、あなたは奥さんを殺したと言う。しかしぼくは、窮極的には殺したんじゃないと思っています。明日あなたのために最終弁論をする時、ぼくはひどく弱い立場から始めることになるでしょう」彼はどうしようもないといった風に肩をすくめた。「しかし、ぼくはできるだけのことをしてみるつもりです」

彼は向きを変えて独房の扉の方へ行き、看守を呼ぶために軽くたたいた。看守が廊下を歩いて来る音が聞こえて、扉の錠をあけてクーパーは外へ出た。

「クーパー」窓に渡された鉄棒の向こうから、ビードカーの声がした。

弁護士は振り向いて彼を見た。

ビードカーが彼に微笑みかけた。「クーパー」と彼は言った。「本当に――構ってくれなくていいんだよ！」

翌朝の論告は、この州の歴史上行なわれた殺人裁判の論告中でも最も簡潔なものの一つとなった。それはたった一分半で終り、そのあと地方検事は笑みを浮かべながら、自信に満ちた様子で席へ戻っていった。クーパーが最終弁論を行なうべく立ち上がった。そして、誠意はこもっているがつかえがちのスタートを切り、十秒ほどが過ぎると次第にウォーム・アップしてきたと見え、比較的冷淡な陪審員達も、急に彼に関心を払い出したように思われた。裁判官までもが肘を衝いて身を乗り出し、今までよりも熱心に聞き入っていた。判決記録係が後に述べたところによると、それはすばらしい最終弁論だった――その法廷でかつて行なわれた最終弁論の中でも最高のものに属したという。

「確かに有罪ではありません」とクーパーは声を張り上げて言った。「けれども、計画的だったでしょうか？　まずそうではありますまい！　被告は妻を屋上へ連れ出してはいません」とクーパーは主張した。「彼女の方からついて行ったのです。そうでないことを証言した人は一人もいません。彼女を殺した――確かに彼は殺しました。囲いの向こうへ押して、吹抜に落としました――これは確かです。疑う余地はありません。しかし彼は、そうすることを計画していたでしょうか？　ここが議論の余地ある点なのです」

議論の余地ある点を、たっぷり二十八分間にわたって論じ終えると、クーパーはウォルター・ビードカーの横に腰をおろし、法廷じゅうにざわめくささやき声に耳を傾けた。ビードカーが彼を見て曖昧に笑った。彼は何も聞いていなかった。メモ帳に何やら書きつけをするのに忙しかったのだ。それは、外へ出てからやろうと思っている事柄だった。それには「地下鉄の駅で第三軌条《サードレール》の上に飛び降りる」「ディーゼル機関車の前に飛び込む」「水爆実験場に隠れる」とあった。

六十三分後、陪審員達は有罪の評決を持って戻って来た。そして間もなくウォルター・ビードカーは、判決を聞くためにベンチの前に起立した。彼は片肘を衝いてベンチに寄りかかり、歯をほじったりあくびをしたりで、大体においてうんざりした様子をしていた。この時でさえ、裁判官の言っていることを、殆ど聞いてはいなかった。判決は終身刑を命じるというような趣旨だった。彼をぎくりとさせたのは、その言葉ではなく、むしろ、彼をつかみ、抱き締め、ゆさぶったクーパーだった。

「終身刑ですよ、おやじさん」クーパーは彼の耳にうれしそうに叫んだ。「ここまではやれると思っていた！　ここまではやれると思ってましたよ！」

看守に連れられて法廷の横の扉から出て行く時に、ビードカーは次第に自分の回りで低くどよめいている声に気付き始めた。「うむ、なんて見事な最終弁論だ！」「終身刑か——たいしたもんだ！」「なんとまあ運のいい奴がいたもんだ！」

何が起こったのかをビードカーが悟ったのは、廊下を通って外に出てからのことだった。クーパーは、彼のために終身刑をかちえたのだ。彼は立ち止まり、廊下の反対側の端にある法廷の方を振り向いて、大声で叫んだ。「ちょっと待ってくれ！　ちょっと待ってくれ！　わしは一生監獄に入っていることなどできん！　わからないのか？　これがどういう意味なのかわからないのか？　わしは一生監獄になどいられないんだ」

彼は泣き出した。監獄へ連れ帰る黒い囚人護送車に乗せられる時も泣いていた。走っている間じゅうずっと泣き続け、その夜、独房の中でもまだ泣いていた。

独房の看守の話では、夕食を持って行った時、ビードカー氏は目の縁を真赤にして、ただ食物をもてあそんでいるばかりだったという。

「お前は運のいい男だよ、ビードカー」看守が独房の扉越しに言った。「明日、お前は連邦刑務所へ連れて行かれることになっている。そこがお前の新しい住所になる。死刑囚監房からは遠い遠いところだよ」

ビードカーは答えなかった。彼はすわったまま、食事の盛られた膝の上の盆を見おろし、悲哀と絶望と惨めさが泡のように湧き上がってきては、次第に体じゅうにあふれていくのを感じ、すすり泣きをかみ殺さねばならなかった。

「こんな風に考えたらどうだね」看守が悟り切ったように言った。「人生がなんだね、ビードカー？　四十年。五十年。ふん、そのぐらい、逆立ちしたままでもいられるよ」看守が廊下を歩み去って行く時にも、ビードカーには彼の声が聞こえてきた。「それだけのことさ。四十年か五十年。多分、そんなに長くもないかも知れない——」

ビードカーは盆を床の上に置いて、両手で頭を抱え込んだ。

「四十年か五十年」彼は一人つぶやいた。「四十年か五十年。六十年か七十年、百年、二百年」

様々の数が頭の中をよぎっていく。五桁の数。六桁の数。その時、どこからともなく、彼に話しかける、とどろくような声が聞こえてきた。

「結局、二、三百年、或は二、三千年がなんだというんだね？　五千年、一万年にしてもそうだ。物事の性質上から見て、それがなんだというんだね？」その声は笑い声になって終った。大きな笑い声だった。太った男の腹の底から出てくる、朗々たる揺れるような笑い声だった。

ウォルター・ビードカーが目を上げると、太った体をブルーのスーツで包んだカッドウォラダーが、独房の真中に立って彼ににっと笑いかけていた。その歯は白く光り、目はにわかに燃える石炭のように赤くなった。

「ビードカーさん」と彼はものすごい声で言った。「よく考えてみるがいい！　不死……不滅……制度は滅び、政治は崩壊し、人々は死んでいく！　しかし、ウォルター・ビードカーはいつまでも生き続ける」

彼の笑い声は、とどろく雷鳴のように独房の中を響き渡った。「ウォルター・ビードカーはいつまでも生き続ける。ずっとずっといつまでもね」

ビードカーは悲鳴をあげて、寝台の上の枕に顔を埋めた。独房の中に、あるにおいがたちこめた。何かが燃えているようなにおい。硫黄だろうか？　恐らくそうであろう。

「ビードカーさん？」カッドウォラダーの声も今は優しく、一言一言がビロードの上を滑るようだった。「あの除外条項のことだが。君は今あれを適用したいかね？」

ビードカーは枕から頭を上げることすらしなかった。彼はうなずいた。するとその直後、胸に焼けつくような痛みを感じた。恐ろしい痛みだった。今まで一度も経験したことがないほど激しい痛みだった。彼は痙攣的に体をひきつらせ、寝台から床へ仰向《あおむけ》にころげ落ちた。その目はじっと独房を見上げている。ウォルター・ビードカーは、死体となっていた。彼の魂だったものが、異次元へ運び去られるその時、青い服のポケットの中で、締め殺されるような悲鳴をあげてもがいた。

看守はその夜、寝台をチェックする時にウォルター・ビードカーに気付いた。彼は独房の扉をあけて駆け込み、脈を見た。それから監獄医と典獄を呼んだ。心臓発作という診断が下され、このことがボール紙の付箋に書き込まれて、彼の目録に添付された。

監獄の死体公示所で、付添人の一人が感想をもらした。つまり彼は、冷凍室に押し込まれて戸が閉められた時に、ウォルター・ビードカーの顔に浮かんでいたようなすさまじい恐怖の表情は、かつて見たことがない、といったのである。

What Price Venus?

by Evan Hunter

エド・マクベイン名義でも
知られる匠の業による、男たちの暗闘劇

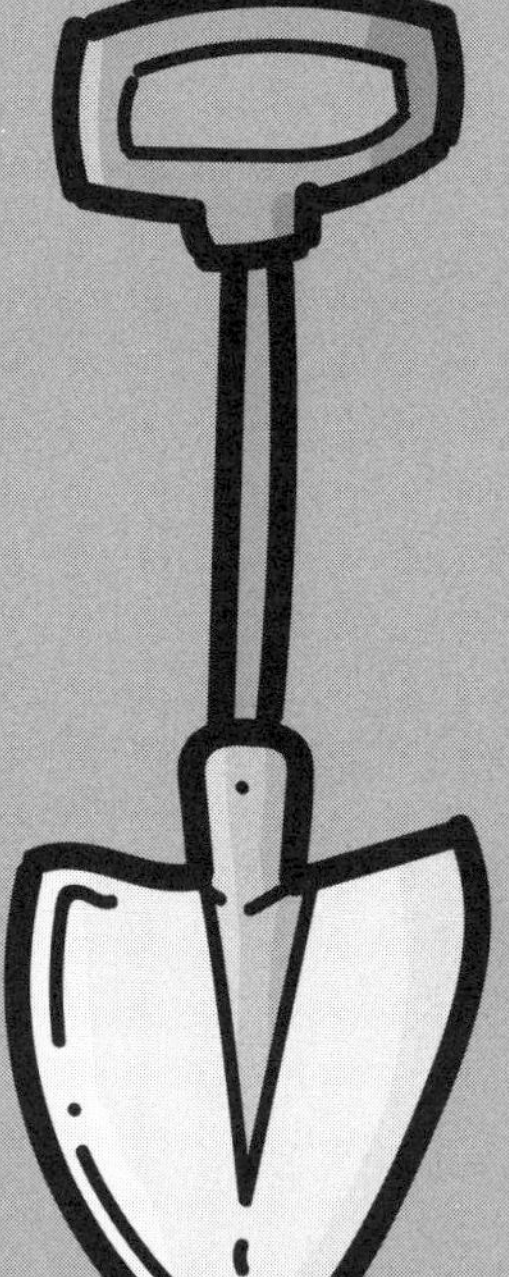

金星の種子

エヴァン・ハンター　汀奈津子訳

「別冊 奇想天外 No.13 SF MYSTERY 大全集」1981年

I

トッド・ベリュウは飛込み板の先端でバランスをとった。まっさおな空に背の高い姿が浮かびあがる。筋肉質のひきしまった柔軟な肉体。ブロンドの髪は短く刈りつめられ、細い目はうすいブルーである。

彼はぱっと宙に体を躍らせると、眼下でちらちらと光っているプールへ飛び込んでいった。目の前の世界はくもった青色と化し、ぐるぐると渦を巻いた。〈人ごみを逃れるのはすばらしいことだ〉

静寂。死のような静寂。血管を脈うち流れる血液の音だけが聞こえる。揺れ動き、きらきら光る青い静寂。誰もいない、おろか者もいない。

ブロンドの頭がぴょんと水面につき出た。一瞬、太陽に目がくらむ。ぶるっと頭をふるると、彼は楽々と大きく水をかいてプールの端へ泳いでいった。

プールからはい出て体をひとゆすりし、乾燥室へ向かう。機械的にダイヤルを調節し、じっと待っていると温風がどっと吹き出て体をつつんだ。二分後、すっかり乾いた体で、彼はふたたび陽光の下へ姿を現わした。

ぴっちりしたチュニック姿の小柄な男が――いかにもきつそうである。本人よりも腹の方が前に出ている――トッドの顔を見て笑いかけた。「ベリュウさまで？」

「そうだが」とトッドはこたえた。〈このばかはなんの用があるのだろう？　なんでおれをほうっておいてくれないのだ？〉

「お手紙が参ってございます」男は当局からのものらしき青い封書を差出した。トッドはちらと目を向けた。男はじっと待っている。「なんだね？」とトッドはいった。

男はおどおどと笑顔を見せた。「いえ、なんでもございません……」

「なんでもないということはないだろう」トッドは冷淡にいいきった。「おれは泳ぐときまで金を持ち歩いたりしてないぜ」

髪のうすくなりかかっている男はまごついたようだった。へつらうように頭をさげると、そそくさと消えて行った。

トッドはプールサイドの水泡椅子にすわりこんだ。そよ風に吹かれたヤシの木がさらさらとそよいでいた。うすい白雲が少しばかり、〈新首都〉のまっさおな大空をゆっくりとあてどもなく流れている。

なにもかもすてきだ――たしかに地球上で最高にすばらしい場所のひとつだ、買いとることはできないものかな、とトッドはむだなことを考えた。観光客どもをほうりだせたらさぞや気味がいいだろう。人間さえいなければ地球は快適なのだが。ひと握りの人間を念を入れて選ぶのだ。そして不穏の気配をのぞかせるや、直ちに抹殺する。地球に住みつくには完璧な人間でなければならない……

そうだ、手紙だ。

トッドはぼんやりと青い封筒に目をやった。セロファン張りの窓から、自分の名とホテルの所在地がのぞいている。左上部には肉太の黒い文字で〈軍事局〉と記されてあった。そしてその下には地球七区の印。

地球七区――それはかつてのカナダ、アメリカ合衆国、メキシコ、南アメリカ、大西洋、イギリスにまで広がる広大な地域である。

トッドは封をあけ、なかの手紙を広げてみた。

トッド・ベリュウ殿
ホテル・クレストショア
フロリダ州マイアミ・ビーチ

一九八九年三月二十九日火曜日二一〇〇時までに、ニューヨーク州ニューヨーク、軍事局まで出頭されたし。

（署名）

地球七区総司令官
レオナード・アルツ

トッドはその短い通信文にもう一度、目を通した。到着時刻は三月二十九日火曜日二一〇〇時……きょうじゃないか！　彼はあわててバス・ルームの壁にかかっている巨大な時計を見た。身なりを整え、荷造りをすませ、食事をとってニューヨークへ到着するまで、きっかり四時間あった。なるほど特急便に乗りさえすれば一時間たらずの行程だ、だがそれにしたってずいぶんと性急なことだ。

　いったい軍はおれになんの用があるというのだ？　トッドはこの指令を無視しようかと思ったが考えなおした。〈行きたくもない場所に行くように命令されるとは悲しい社会さ〉。彼は皮肉っぽく考えた。しかもひどいことには、その命令には逆らえないのだ。

　フレッド・トルーパはひょろひょろと伸びた長身の男で、濃い茶色の髪はもじゃもじゃだ。彼はビルの前に散らかっているゴミカンをちらと見た。ズボンをぐいとひきあげると階段を昇った。

　玉子形の顔に不つりあいなほど長い鼻を鎮座させたのっぽの赤毛女が、読んでいた雑誌から顔をあげた。「ハイ、兵隊《トルーパ》さん」

「やあ」と兵隊《トルーパ》はこたえた。

　女はぴっちりしたチュニックを着ており、曲線がそのままに見えている。チュニックは膝頭でとうとつに切れていた。

　彼女はなんという名だったかな？　どうでもいいことだがな。女どもは誰もかれも似たりよったりだ。うす汚れた熱いコンクリートの棺にぎゅうぎゅう詰めにされた豚ども。

「なにをあわてているの？」と赤毛はたずねた。

「金星の種子」（エヴァン・ハンター）解説

　エド・マクベイン名義の警察小説《87分署》シリーズとハンター名義の『暴力教室』他の犯罪小説で人気を博したプロ中のプロ。膨大な作品数を残した多作家だが、どれを読んでも外れなし（晩年に至るも）の真のプロフェッショナルがＳＦに挑んだ一作。

　地球上での版図拡大を企む司令官の命により、謎の植物の種子を持ち帰るべく金星探索を開始する二人の宇宙パイロット。その地で彼らが目撃したものは……。エド・マク、ＳＦでも秀作を書いていた。二人の宇宙パイロットの暗闘に小説職人の腕が垣間見える。今時、金星人がどうのと屁理屈をゴネなさるな（エウロパとかタイタンとか適当に脳内変換してお読みなさい）。さすがプロ中のプロの匠の業。名料理人が腕によりをかければ、いつの時代にも通用する、こうした美味な一皿ができあがるのだから。

（山口雅也）

「自分の本でも読んでいろ」トルーパは荒々しくいった。

「ずいぶんつんけんするのね？」

「いいか……」とトルーパはいいかけたが、女を相手にいいあってもしょうがないと思い返した。「すっこんでろ」

彼は誘うように黒い口をあけているビルの奥へ進んだ。その前に、彼は一瞬、外の通りに目をやった。くすんだ灰色の建築物がコンクリートの指を灰色の空へ伸ばしていた。

ここでは太陽が照り輝くということはないのだろうか？　腐臭の都市。人間を押しつぶそうとする、腐り汚れきった都市。昼も夜も人間を追いまわし、ひっとらえては他の連中と同じように機械に変えてしまおうと狙っているのだ。

これが最後と不愉快な面持ちで通りを見渡すと、彼はうす暗い廊下へ踏みだした。赤毛は好奇心丸出しで彼を眺めている。彼は集合郵便箱のまえで足をとめ、〈ジョセフ・トルーパ〉と記してある郵便箱をのぞいた。錠はとっくにつぶれていた。郵便受けのフラップをあげ、手をつっこんで当局からとおぼしき青い封筒を取りだした。

表のセロファン張りの窓から自分の名がのぞいている。左上部には肉太の黒文字で〈軍事局〉とあった。その下には地球七区の印。

彼は封筒をズボンの尻ポケットにつっこむと、暗い廊下の階段を昇った。待っていることだろうな、すっかり酔っぱらって、だらしなく太り、ぐちをこぼしながら。お母さん！

廊下で居住者のひとりとすれちがったが、さっと顔をそむけた。〈誰もかれも腹に一物かかえている。他人ののどをかっ切ってやろうと狙っているのだ。コンクリートと鉄でできた迷路のなかで、すばらしい生存競争が展開しているのだ。誰も信じないぞ、これからだって信じるものか〉

自分の部屋のまえで立ちどまり、耳をすませた。なかでは女が大きなしわがれ声で、調子外れの歌を歌っていた。また酔っている。

彼はドアをあけ、古びた居間へ入った。トルーパ夫人が台所から出てきた。彼女は背の低いずんぐり型で、黒い髪は首筋のうしろにぬれてたれていた。だらしなく着こんだ室内着は台所仕事で汚れきっていた。彼女は大きすぎるスリッパをはいたアヒルのようにバタバタ歩いてきた。

「家にいる時間じゃないのかね」いつもどおり鼻を鳴らしながら、彼女はぐちをこぼした。

「やめてくれ」

「恩知らず、薄情もの。兵役を勤めあげてからは、たてのものを横にもしやしないんだから。あたしはなにかい、一日中どれいみたいに――」

「やめてくれ、お願いだ」

「お父さんはね、おまえのためなら、どんな苦労だって、いとやしないんだよ、ええ？」

「やめろといったんだぞ！　一人前の男がわが家にもどってきたのに、お説教か。いつだってそうなんだ。外へ出て演説でもしたらどうなんだ？」

「あたしに向かってそんなくちはきかせないよ、この……」

トルーパはポケットから青い封筒をひっぱりだして、窓際へよった。そこの方がずっと明るいのだ。彼は封を切り、短い手紙を読んだ。目が細くなり、奇妙な微笑が広がった。

「なにしてんだね？」

「おれは出て行くよ」とトルーパはいった。「二時間以内に軍事局へ出頭しなければならないんだ」

〈おそらくまたお勤めだろう、あばよ、みっともないでぶさん！〉

II

トッド・ベリュウとフレッド・トルーパのふたりはアルツ総司令官のデスクのまえに立っていた。トッドは体にあうように念入りに仕立てられたぜいたくなチュニック、トルーパはだぶだぶのズボンに左袖に穴のあいたシャツというでたちだ。

彼らは直立姿勢をとり、総司令官がくちをひらくのを待っていた。ふたりには共通点がふたつあった——その若さと、すべての人類に対する嫌悪感である。

総司令官はあざやかな黄色の軍服を着用しており、えりもとには地球七区の記章が光っている。純白の髪は短く刈りつめてあり、目は茶色だ。総司令官は目の前に直立しているふたりの若者を見すえながら、鉛筆で机をコツコツと叩いていた。

トッドはおちつかなげに体を動かした。トルーパは期待にこぶしを結んではまたといた。アルツ総司令官はごほんとせきばらいをした。

「諸君はなんのために出頭したのだろうと思っとるだろうな」

「おっしゃるとおりです」トッドの声にはかすかに横柄な調子がのぞいていた。

総司令官は黒いまつ毛をあげた。「金星に〈種子〉があってな」がらりと話が飛んだ。

「地球七区はその〈種子〉を必要としているのだ、ぜがひでも手に入れねばならないのだ」

このそっけない発言にどんな反応を示すだろうかと、総司令官は値ぶみするかのようにふたりを見ていた。

「それで？」といったのはトッドだった。

「諸君が取りに行くのだ」

トッドとトルーパは顔を見あわせ、また総司令官の方へむき直った。

「なぜ自分たちが？　ほかのものではいけないのですか？」

アルツ総司令官はふたたびまつ毛をあげた。「理由はいろいろある——諸君の兵役中の成績報告書——肉体的条件——身長、体型、骨格、顔面の配列——といったようなことだ」

「それがどんな関係があるのですか？」トルーパは知りたかった。彼はニューヨークを出たくてうずうずしていたが、金星には魅力を感じなかった。

アルツ総司令官はにやりと笑った。「大いに関係があるのだよ、大いにね」

「本題にうつっていただきたいですね」一瞬、アルツはたったいま、自分なんかよりはるかに強大な力を統べているのだということをトッドは失念していた。

「よかろう、本論へ入ろう」と総司令官はいった。「地球七区は強大である。ほかの区をひとまとめにしたよりも多くの兵器や装備を保有している。ただひとつ、われわれに不足しているものがある——人間だ。兵器や装備を扱う人間——兵士、がな。地球七区の総人口は他の区の合計と比したとき、かろうじて三分の一あるかないかだ」

トッドはためいきをついた。「それが、わたしたちが金星くんだりまで出かけねばならない理由なのですか？」

「地球七区は併合の準備を整えておるのだ」総司令官は言葉をつづけた。「もちろんいうまでもないが、このことは絶対に極秘である。現在、彼我の勢力は均衡がとれているが、拡張の準備はできておるのだ——東は地球八区九区、西は地球六区、五区、四区とな」

「拡張ですって」とトルーパはいった。

「ここ地球七区を中央司令部とする統合地球をつくるのだ」

トルーパはうなづいた。

「必要なものが手に入りしだい、進攻できるのだ。諸君が金星より持ち帰る〈種子〉とはどんなものか、説明しよう」

「わたしたちがなぜこの任務に選ばれたのか、まだ納得がいかないのですが」トッドは顔をしかめた。「肉体的特徴がこの任務とどう結びつくのです？　なぜわたしたちを？」

「過去にも〈種子〉を持ち帰ろうとした試みはあった。だが、幾度かの試みはすべて失敗に終った。もはや失敗を許す余裕はないのだ。いますぐ手に入れるか、さもなければ作戦をすっかり断念するかの瀬戸際なのだ。金星へ向かった先発隊はひとりも帰ってこなかった」

「なぜです？」これはトルーパだ。

「金星人たちが〈種子〉を渡したがらないのだ。彼らの文化にとり、非常に重要なものなのだよ」

「ほかの連中が失敗しているのに、わたしたちが成功するとお思いですか？」とトッドが聞いた。

「そこで肉体的特徴がからんでくるわけだ。諸君は金星人となって金星へ行くのだ。長身、碧眼、骨太、というしだいだ」

「背が高くてがっしりした男なら、地球七区にはいてすてるほどいるでしょうに」とトルーパは抗議した。

「さよう。だが今回の任務には、ある精神的特性が必要なのだ。記録によれば諸君はぴったりなのだ」

「その精神的特性とは？」トッドが聞いた。

「そんなことはどうだっていい。われわれは決定したのだ、諸君こそわれわれが求めている人間だとな」

「ばかばかしい話だ」とトッドはいった。「金星人の持っている〈種子〉がどんな役に立つというのです？　残念ですが承知できま——」

「いまより先、これは諸君の意志にまかせられるという問題ではなくなっているのだといっておくべきだろうな。諸君は、軍法下に入っているのだぞ」

「もう兵役はすませましたよ」トッドは総司令官に指摘してやった。

「十分承知しておるよ、ベリュウ」アルツ総司令官の声はひときわきつくなった。

深い沈黙が室内を満たした。アルツ総司令官はまたもや鉛筆で机をコツコツやりはじめた。

「一週間後に出発する。それまでに必要な外見的調節をすませるはずだ。さらに、言語や習俗、地理など——金星人として通用させるために要求されるあらゆる知識を身につけるのだ」

「で、その〈種子〉とは？」

「直径四分の一インチほどの小さなものだ。色はうすい青、透明な外皮膜の下にかすかな網の目状の繊維組織が走っている。出発までに写真を見、模型を眺めることになる。準備万端すべて手はずはできているのだ」

「〈種子〉はいくつ持ち帰るのですか?」と聞いたのはトルーパだ。

「二個で十分だ。出発前に諸君は特に階級を与えられよう」

「〈種子〉はそれほどまでに重要なものなのですね?」とトッドはいった。

「極めて重要である」

「どのくらい?」

「すでにいったはずだ。このまま現状にとどまるか、それとも活気に満ちた新たな変革を求めるかということだ」

「どのくらい重要なのです?」トッドはくり返した。

「諸君はまず外科病棟へ行くのだ」トッドの質問には一顧だにくれず、アルツ総司令官は命令を与えた。

ベリュウとトルーパはふり向いて出て行こうとした。アルツ総司令官は鉛筆の尻で机を叩いた。

「諸君、なにか忘れておらんか?」

トルーパがまずふり返った。トッドはのろのろと体を動かした。

「諸君はすでに軍法下にあるといわなかったか?」

トルーパはさっと挙手し敬礼をとった。トッドは一瞬、憎悪をこめて総司令官をにらみつけたが、ゆっくり手をあげた。

「解散」アルツ総司令官はぴしりといった。

その細長い部屋は白く、防腐剤の匂いがした。医師はトルーパのまわりをとびかうようにしながら、慎重に測定をした。

「手首からひじ、十三」と医師はいった。

白い上着の助手が数字をひかえた。

「ひじから肩、十三と四分の一」

ふたたび紙のうえを鉛筆が踊った。

「くるぶしから膝、十八と二分の一」

それからそれへと巻き尺が動いた。トルーパは長い台に体を伸ばし、終るのをじっと待っていた。

「髪、茶」と医師はいった。「眼……」とトルーパの顔をのぞきこんで「……茶」

「おれは生きてるのかな?」トルーパはむだぐちをたたいた。

「そう思うがね」医師はにっと笑ってみせた。「ひじを二、三インチ伸ばさねばならんが、かんたんなことだよ。足も少々短か目だが、これもうまく伸ばして進ぜよう」

トルーパはしかめっつらをしたが、医師の方はおかまいなしだ。「目はどうしようもない。青色のレンズでごまかすんだな。髪は青く染めねばならん。肌ももちろん……」

「もう元へもどらなくなるのかな?」

「いい顔が気になるかね?」医師はくすくす笑った。「心配ご無用。ほどこした処置はすべて元の状態に回復できるとも。肌は染めねばならんが、一年もすれば自然におちるよ」

トルーパは大きく深々とためいきをついた。

「そちらさえよければ、いつでもとりかかれるが」と医師はいった。

「いまがいいな」トルーパはどことなく運命に身をまかせているよう

だった。競争はこれひとつではないのだ。人生にはつきものなのだ。こづかれ、またこづかれ、いつだって……

麻酔器が鼻とくちをおおった。トルーパはちっぽけなリスたちが音もたてずに右往左往している静かな暗闇のなかへ漂っていった。

ふたりは睡眠学習室にいた。耳にはイアフォンがしっかりはめられてある。立体映写機が目もくらむような金星の姿を映し出し、耳からは音声が途切れることなく流れこんでくる。

まず銀河系内での位置が示され、直径、比重、大気組成、気温と日照が説明された。

つぎに画面に映されたのは、巨大な植物の映像だ。うすいピンク色で、コッカースパニエルの耳に似た大きな花弁がだらんとたれ下がっている。

「金星で発見された植物はいろいろあるが、これは〈桃色ユーカドル〉だ。その大きさと光に対する敏感性とに注目されたい。ユーカドル科には〈縞ユーカドル〉、〈紫ユーカドル〉、それに〈桃色ユーカドル〉などがある」

それらの植物はつぎつぎに立体スクリーン上に映写された。

「〈縞ユーカドル〉は」――スクリーンにぱっと映しだされた花は、桃色とうす紫の縞がついていた――「そのうちもっとも小型である。花弁は五枚。茎は短く地上近くに生育する。香りはたとえていうなら地球のマスクメロンとマグノリアのまじったようなものといえよう」

このとき、睡眠学習室のなかに、かすかなしゅうっという音が聞こえた。壁の穴からその香りが吹きこみ、トルーパとトッドの鼻に達した。

植物はまだまだあった。くらくらするほど多かった。声はうむことなく、最下等のものからこのうえなく複雑なものまで、すべての変種をならべていった。

「しかし、金星の植物相中、もっとも驚くべき進化をとげたものは」と声はつづけた。「これである……」

ひっかくような音と歪んだような雑音が聞えた。ボロテープめ、とトルーパは思った。スクリーンには目のくらむような色彩がぱっぱっと乱舞していたが、やがて焦点があい、金星人の背の高い青い姿が浮かびあがった。

「……人類に酷似している」不意に音声が回復した。「手首及び足首に向かって細くなっている長い四肢に注目されたい。頭部をおおっているものは人間の毛髪に似ており、色は濃い青である。これは目も同様である。そう呼称してよいものなら、肌は青である」

スクリーン上に手のクローズアップが浮かんだ。長い青い指は繊細さを示していた。

「全体のなかでは、おそらくこの手がもっとも重要な部分であろう。この部分を用いて食……」

またもや、いら立つようなひっかき音がテープに走った。スクリーンは依然として手を映しだしている。雑音のあいだをぬって言葉が切れ切れに聞こえてくる。「……自由移動の段階が達成されたあと……四肢はもはや……金星の土壌は……花ひらく……」

雑音が突然やみ、スクリーンはぱっとまっ白になった。白衣の男がぱちりと照明をつけた。男はトッドの耳からイアフォンを外し、指をぱちんと鳴らした。トッドは目をぱちくりさせて周囲を見回した。係員はトルーパに対しても同じ手順をくり返した。

「きょうはこれで終りだよ、諸君」彼は愉快そうにいった。

「テープを変えた方がいいんじゃないかな」とトルーパはいった。「いまのはずいぶんくたびれてるぜ」

「どうでもいいんだよ。向こうで間にあうだけのことは憶えられるよ、心配ない」

「そう願いたいものだ」とトッドはいった。彼はいまや自分に生きうつしとなっているトルーパの方を見た。ふたりとも背が高く青色で——骨は伸ばされ、肌は染められ、髪は青くなっていた。

スクリーンで目にした原住民にどれだけ似ていることか、驚異的なほどだ、とトッドは考えた。一瞬、彼の心はマイアミへとび帰った。そして自分を絶望的におし流したこのばかげた使命とに。金星とは！ばかばかしくって行く気にも……

「行くかい？」とトルーパが声をかけた。

トッドは目をあげてトルーパをじろりと見た。〈ドブネズミめ。貧民街の出だろう。肌が新しくかわり、骨が何本か長くなっただけで、もうおれと同等だと思っていやがる〉

「いや、しておきたいことがあるんでね」とトッドはこたえた。

トルーパはそっけなくうなづいた。〈ほかのやつらと同じか。自分勝手な金持ちのろくでなしだ。楽しいピクニックになりそうだぞ。まったく楽しみなことだ！〉

金星語の授業はすでにはじまっていた。夜ともなれば睡眠テープが頭に吹きこみ、日中は指導教官相手にくちに出し、抑揚やかすかな調子を身につけていくのだった。

しかもその間、ふたりは立体映写機とテープを備えた睡眠学習室にとじこもりっきりだった。〈種子〉の写真も見たが、ほとんどアルツ総司令官の説明どおりだった。

それはうす青く透けた小さなセルロイドの球体のようなものだった。外皮膜の下に青い線が網状に縦横に走っているのが見える。線は〈種子〉の表皮のすぐうわっつらだけのようだった。おそらく養分が足りれば破れて根を出すのだろう。

〈種子〉の模型があった。トルーパは一粒つまみあげて、ゆっくりひっくり返してみた。「このために、はるばる金星まで出かけるのか」と彼はトッドに話しかけた。

トッドはこたえない。

トルーパは〈種子〉をひっくり返し、またつまみあげた。「はるばる——」と彼はくり返しかけた。

「もう聞いたぞ」トッドは腹を立てたかのように、きつい口調でいった。

青いコンタクト・レンズの後ろでトルーパの目が細くなった。「兄弟、おれだってあんた同様、好きでやってるわけじゃないんだ」

「兄弟呼ばわりはやめろ」

「悪くないと思うんだがね」

「そうだろうともな。そっちにとっちゃあな」

「ひとつはっきりさせておこうぜ。おれは任務だからここにいるんだ。青い肌も青い髪も青い目も気に入らん。これまでよく考えたことはなかったが、いま思えば、あんたのことだって気に入ってるとはいえない」

「その科白はそのままそっくり返してやる」

「ではおたがい、理解しあえたわけだ。これは同窓会じゃないんだ。おれたちはあの〈種子〉を取りに行く。手に入れ、持ち帰ればそれでおさらばだ」

「けっこう」とトッドはいった。「では失礼する」

　彼はかかとでくるりと回った。長身の青い姿は広い廊下を堂々と歩いていった。

　トルーパはその姿をじっと見ていた。彼はこれまで何度も味わったことのある気分におそわれていた。すごい速さで回る踏み車のなかに立たされているようだった。

III

　銀色に光る長い宇宙船が空間を裂いていた。星々は声もなくはげますかのように、宇宙船をつつんでまたたいている。アルツ総司令官は宇宙服に身をつつんだふたりを前に立たせていた。ふたりは青い肌の背の高い男で、宇宙服は特別につくらせたものだった。アルツ総司令官は肩にくり色のケープを広げた黄色い軍服を着用していた。白い髪には士官の制帽がさっそうとのせられてある。

「あとわずかだ」と総司令官はいった。「あと二三分もすれば、諸君は金星の土を踏むのだ――諸君自らの足でな」

　トッドはうなづいた。この一週間くたくたになったが、金星について知っておくべきことは十分身につけたという気がしていた。これですべてうまく運べば〈種子〉を手に入れ、レーダーで地球に連絡し、救助船が到着しだいひろわれるだろう。もちろん、まだ先のことだ。いったん宇宙船という防禦から離れれば、自分自身でやるしかないのだ。

「〈種子〉を手に入れたら、直ちに報告することはわかっているな」

「わかっております」とトルーパがこたえた。

「その場合、信号を送った地点にいるのだぞ。救助船が諸君をひろうまで五日かかる」

「そんなことはもう何回も聞きましたよ」トッドがそっけなくいった。「われわれのことをどうしようもない白痴だと思ってるんですか」

「ベリュウ、その態度はなんだ？」アルツの声には怒りがむきだしに現われていた。

「自分たちはどうしようもない白痴に見えるのでありますか、総司令官殿？」最後のひとことにはアルツの地位に対するうわべだけの敬意がことさら強調されていた。

「その方がよっぽどいいぞ」アルツ総司令官は満足したようだった。「すべてに手ぬかりがないか、確認したかっただけだ。もうヘマを重ねる余裕はないのだからな」

　軍服の士官候補生が船室へ顔をつきだした。「頂点まで三分です、総司令官殿」

「わかった」アルツ総司令官はふたりの青い男の方に向き直った。「まもなく軌道の頂点に達する。当然のことだが、本船は着陸しない。軌道は例の星をかすめ飛ぶように計算してあるのだ。転回点に到達すれば少しだけ減速する。諸君はそこで降下するのだ」

「これも何度も確認ずみですよ」

「ベリュウ君、きみの態度は不愉快だ」と総司令官は警告を発した。

「なんですと、総司令官殿」トッドは驚いた。「今回の楽しい指令の責任が、一部自分の態度にあるとおっしゃるのですか」

警報ブザーが船室内に響きわたり、壁の警報灯がぱっと赤くともった。「ヘルメット着用せよ」と総司令官はいった。

トルーパとトッドは軟構造スチールのヘルメットをかぶった。彼らは地球上で何度も練習したように、大急ぎで相手のヘルメットのボルトをしめあった。

トッドは酸素を放出した。ヘルメットのなかにかすかな噴出音を聞きながら、彼は酸素量を調節した。つぎに宇宙服の胸部のボタンを押し、無線通信装置をテストした。「聞こえるか？」とトッドはトルーパに呼びかけた。

トルーパの手が胸に移り、一瞬後、彼の声がトッドのヘルメットに伝わってきた。「聞こえるぞ」

士官候補生がエアロックを開いた。壁に緑の灯がついた。ふたりは重々しい足どりでエアロックに入った。アルツ総司令官が挙手の礼を送った。ふたりが最後に見た人間が彼だった。背後でがちゃんと音高くドアがしまった。

トッドは外側のハッチの大きなハンドルを回し、じっと握ったまま壁の灯りが明滅するのを待ちかまえた。

「ほら」とトルーパの声が聞こえた。

頭上の青い電球がちかちかとあわただしく明滅した。トッドは肩をハッチへぶつけていった。巨大な宇宙船は航路変更にそなえ、しばし停止したかのように思えた。彼は暗黒のなかへ飛びだした。トルーパが推進装置を調節するまで、何秒か自由落下状態となった。それから推進装置を全開にした。

肩にしょった推進装置から赤味がかった黄色い塵のようなものが噴きだし、彼は暗黒のなかを切り裂いた。無限に広がる宇宙のなかで、彼は生まれてはじめての孤独を味わった。

トッドはちらとふり返って見た。トルーパが宇宙船を離れ、推進装置をひらいていた。トルーパが横へやってきた。巨大な宇宙船はぐるりと向きを転じ、新たなエネルギーを噴射してぐらりと揺れるや、暗闇の彼方へ消えていった。

「というわけだ」とトッドはいった。

「というわけか」とトルーパはいった。

足もとには、たなびく薄雲につつまれて、金星が浮かんでいる。グロテスクにふくれあがったふたりは、輝く星々を背景に虚空に漂よい、巨大な宇宙船が点と化し、ついに消滅するのを見送った。

トッドは推進噴流をぱっとひらめかせ、おびえきったウサギのようにぐるぐる回ると、おおい隠された惑星へ向かって降下した。

音もなく樹海に着陸するや、ふたりはしばし腹ばいに臥せ、待ちかまえた。着陸が目撃されなかったことが確実になると、トッドは胸の音声ボタンを押した。

「ヘルメットを取るべきだと思うか？」

「大気は呼吸に適するということだったぞ」とトルーパはこたえた。

トッドはヘルメット越しにトルーパを疑わしげに透かし見た。「さあさあ」とトルーパはいった。「外してやろう」

「だめだ」トッドはぴしゃりとはねのけた。「まずおまえのを外すのを手伝ってやる」

トルーパは肩をすくめると、ヘルメットと胸当てをとめているボルトを外しているトッドのまえにたった。トルーパがトッドのヘルメットに手を伸ばすと、トッドはぱっと飛びすさった。

「おれたちは〈種子〉を手に入れねばならないんだぞ」と彼はトルーパにいった。「どちらかは〈種子〉を持ち帰らねばならないんだ。空気がたしかに安全だとわかるまでは、ふたりともヘルメットを外すような愚はさけるべきだろう」

トルーパは冷酷な笑みを浮かべた。「おれが率先してヘルメットをとると思うのか？　なんだっておれが、おまえ以上に、アルツを信用しなければならないのだ？」

「つまらんことを」トッドは胸のボタンを押した。「どちらがヘルメットをとるか、一日中ここにつっ立っていることはできんぞ」

「ならおまえのヘルメットをとれ」

トッドの目がとつじょ恐怖にかっと見ひらかれた。「おい、後ろを見ろ！」

トルーパはさっとふり向きながら、宇宙服の腰にぶら下げた破壊銃に手を伸ばした。そのとたん、トッドは身を躍らせ、ふり向いたトルーパの体に、力をこめて肩からぶつかっていった。トルーパはバランスを崩し、どっと倒れこんだ。

トッドはす早くとびかかり、トルーパの胸を膝でおさえつけた。なめらかな動きで彼はトルーパからヘルメットを外し、丈高い草むらへほうりなげた。トルーパをぴたと大地へ釘づけにしながら、彼は怒気をむきだしにしたトルーパの顔にじっと目を注いだ。

かなりの時間が経過した。トルーパはにやりと笑い、なにかいった。トッドはヘルメットをかぶっていたので声が聞こえず、じっとくちびるを見つめた。トルーパはうなづいて、くちびるだけでOとKをつくった。

ようやくトッドはトルーパをたすけ起こし、ヘルメットのボルトを自分で外せるだけ外した。トルーパが残りを取ると、トッドは頭からヘルメットをのけた。

彼は大きく深呼吸してトルーパの方にふり向いた。「結局、アルツのいってたことは確かだったようだな」

トルーパの目が細くなった。「運がよかった、というわけか？」

その声の調子に驚いて、トッドはさっとトルーパを見た。「宇宙服を脱いだ方がいいようだ」彼はおだやかな口調でいった。

ふたりは体をゆすりながら宇宙服をぬぎ、金星の樹海のなかに青い長身をすっくとのばした。ふたりは腰巻きひとつになっていた。宇宙服のポケットから携帯用シャベルをとりだすと、す早くやわらかな土を掘りはじめた。

トルーパは途中で一度手を休め、宇宙服の胸当てにとりつけられた携帯レーダーを点検した。

「おい、急げ。早くしろよ」

トルーパもふたたび穴掘りに加わった。汗がどっと吹きだしはじめた。「こいつはちゃんと作動するのかな」といったが、表情は変わらない。

「おかしなことを」トッドはそっけなくいった。彼はいま掘ったばかりの穴に宇宙服を投げ入れた。「これからは金星語を使おう」

トルーパは自分の宇宙服を埋めながら、じっくり考えこんだ。「スパイごっこをやろうというのか？」

トッドは顔をあげた。「そうとも、おれはスパイごっこが大好きなのさ。このくさい樹海で汗をかくぐらいなら――」

彼はふっとくちをつぐみ、服をかくし終えた。「早くできないのか？」

「せいぜい急いでいるんだが」とトルーパはこたえた。「あわてたところでどうしようもないだろう？　どこへ行けばあの〈種子〉が見つかるか、なにか考えでもあるのか？　これだけの樹々の、どれかもわからんのだぞ」

「早目にはじめれば、それだけ早く終る。いま、おれが考えているのはそれだけさ」

トルーパはシャベルを宇宙服のうえに投げ出し、あとは手ですませた。そのあたりの草をひきちぎり、盛りあがったばかりの土の山にばらまいた。

「いいぞ」彼はいった。「行こうか」

Ⅳ

ふたりは樹海のなかを突き進んだ。いままでは金星語でしかしゃべらない。新たな植物にぶつかるたび、足をとめ、花を調べながら、青い網目の走った透明な〈種子〉を探した。

「たいした植物学者だよ」トルーパは眉をひそめた。

ふたりはなおも前進をつづけた。惑星をおおう厚い雲につつまれて、太陽はさっぱり生気がない。トルーパは暑かった――かつて記憶にないほど暑かった。肌が青色でさえなければ、もっと涼しくしていられただろうことは明らかだった。彼は肌の色を呪いだした。どこまでも単調に自分たちを取り囲んでいる樹海を、ついにはこの惑星そのものを呪いはじめた。

〈種子〉か――くそ、いまいましい！〈種子〉ほしさに、はるばる金星くんだりまで。干草の山のなかから一本の針を探すようなものだ。例の〈種子〉がどの植物のものか、なんだって教えてくれなかったのだろう？　なんでまた、極秘、極秘なのだ？

彼は重い足をひきずってトッドの後方を歩いていたが、丈高い植物にぶつかった。てっぺん近くひょろりと伸びたサヤを破ってみた。茶色い種子が六粒、地面にはじけおちた。トルーパはよつんばいになって追いかけたが、下生えのなかで、ギザギザの草で手を切ってしまった。彼は種子をつまみあげ、しげしげと眺めた。

「茶色だ」と彼はつぶやいた。「茶色だ！」

「どうした？」

「いや、なんでもない」トルーパは無愛想だった。

「では行こうぜ」

ふたりは樹海をかきわけながら、ふたたび前進を開始した。高木や低木、茂みややぶ、雑草の類いにいたるまで、好奇心にあふれた目と指でたんねんに調べながら。トルーパの汗はますますひどくなり、全身の毛穴という毛穴から水分がしたたりこぼれた。

「行くぞ」とトッドはいった。

〈行くぞ、行くぞ、行くぞか〉とトルーパは考えた。

とつぜん、実にもって不条理なことだが、暑熱、草木、危険な下生え、ひっかくとげ、足にからみつく雑草、これらすべてがトッド・ベリュウと化して、とぼとぼと歩いているような気がしてきた。トルーパのなかに憎悪の波がおしよせ、ふつふつと煮えたぎった。まえをとぼとぼ歩いている青い男を殺してやろう、レーダーで帰還信号を送ろう、じっと救助船を待とうと思うと、一瞬、目もくらむばかりだった。陰にひっくり返ればどんなにいいだろう——この暑さを逃れて……


「起きるんだよ」トッドの声がした。「前方になにか見えるぞ」

「なんだ?」トルーパの声は弱々しい。

「村のようだな。地球で見た写真をおぼえているだろう」

「いいぞ、村か！　こいつはいいや」

「こんど地球語をしゃべってみろ……」トッドは脅かした。

「やめな」とトルーパはいい返し、金星語で「原住民は見えるか?」

「安全が確認されるまで、おれにしゃべらせろ」

「このけちな調査隊の隊長がおまえだなんて、誰が決めたんだ?」トルーパの声には皮肉がたっぷり盛られていた。

「おれが自分で決めたのだ」

「その決定を誰が支持しましたかね、え?」

いまや村は目前に迫っていた。円錐形のわらぶき屋根の小屋が、きれいな円を描いて立ちならんでおり、その中央にはやわらかな土を高々と盛りあげたようなものが築いてあった。


とつぜん、小屋の中央にできた広場を、背の高い金星人が通りすぎた。トッドとトルーパに気がつき、彼は手を動かして友好的な歓迎の合図をした。

「おれにまかせろ」トッドがささやいた。

トルーパはなにかいいかけたが、考えなおした。

金星人はにっこり笑うと、ふたりの地球人の方へ近づいてきた。地球の外科医と魔術師のような助手たちの手際はなんともあざやかなものだ、とトルーパはひとりごちた。事情さえ知らなければ、広場を歩いているのは自分なのだと断言したことだろう。

金星人はふたりのまえで足をとめ、片腕を胸に曲げ、もう一方を高々とかざした。

機械的にトルーパは地球で学んだあいさつの礼をとった。

「ようこそ」と金星人はいった。「わが村は二重の栄誉をさずけられたり」

「われわれは歓迎の栄誉を受けたり——そは二重なり。われらふたりなれば」トッドは形どおりにあいさつを返した。

「わたしはラグー。タンドルの子だ」と金星人。

「わたしはトーダ。パーラの子で、これは弟のトルーだ」

「ようこそ、トーダにトルー」

「遠くから旅してきたのだ。村の名を聞かせてほしい、もどったとき、讃えられるように」

「クレセント8です。で、わたしたちは、あなたがたの到来をどの村に讃えればいいのだろう?」

トルーパはじっとトッドを見た。地球で見た立体地図を思い浮かべ、クレセント8を探し、忙しく必要な計算をしているのだろう。

〈クレセント8――クレセント11、9、10のすぐ近くで南部とはかなり離れている。安全をとって……〉

「クレセント5だ」とトッドはこたえた。トルーパが結論を出したのと同時だった。

「ようこそ」と金星人ラグーはくり返した。自分たちを招き入れ、食事とベッドを与えてくれるまでに、いったい何回〈ようこそ〉をいうつもりだろう、とトルーパは思った。

三人が村へ入っていくと、まるで手品のように住民が現われ、広場をどっと押しつつむと、口々に大声で〈ようこそ〉を叫んだ。男はひとりの例外もなく、トッドやトルーパのとそっくりな腰巻きひとつというなりだった。

体のバランスが変わっていることをのぞけば、まるで人間そっくりだ。やせて背が高く、明るい青い肌の下には力が秘められていることがわずかに見てとれた。

トルーパは興味を持って男たちを眺めていたが、そのときはじめて、広場へやってくる女たちに気がついた。女たちもやはり腰巻きだけだったが、それはほとんど膝のところまでもあった。豊かな乳房はむきだしで、熱帯地方の珍らしい花のようにはなやかだ。

ふしぎなまでに背の高いことは、男たちにどこか引き伸ばしたような印象を与えていたが、村の女たちの場合、それはしなやかで肉感的な美をうみだしていた。

女たちの肌もまた、雲を透かして照りつける太陽をうけてキラキラと輝いていた。長い青い髪は揺れる海草のように肩まで伸びている。目はわずかに斜視気味で、どことなく東洋風だった。しかし、目それ自体にはなんら異国的なところがないことに、トルーパは気がついていた。あけっぴろげで率直かつ正直な目だ。

女たちは首筋に、陽光にまぶしく光る宝石の首飾りをつけていた――それはみごとな球形をしており、白く美しく光っている。

女たちはさらに近づいてきた。トルーパは年をくった女が宝石をつけてないことに気がついた。それに、最年少とおぼしき何人かの小さな丸い宝石には輝きがない――にごった丸い小石のようなものだった。いちばん大きくキラキラ光る石をつけているのは、子どもでも老婆でもなく、いまが盛りの女たちだった。

トルーパは女たちをじろじろ眺めていたが、あまりにぶしつけだと思った。いつしかふたりはわらぶき小屋に案内されていた。ゆっくりと広場を横断しながらも、ラグーとトッドは休むことなくしゃべりつづけている。

「しばらくは滞在するのでしょう」とラグーはいっていた。「なにしろ、もうすぐ〈植えこみ〉ですからね」

トルーパはトッドの顔に混乱の雲が広がるのを見た。「〈植えこみ〉だって？」

トルーパは〈植えこみ〉を知識のなかに探したが、そんな言葉は聞いたおぼえがなかった。

ラグーはにっこり笑い、ふたりに手を回した。死人の手のように、冷たい感触だった。

「では、まだ播種をすませてないのですね」微笑をたやさずにラグーはいった。「この時期にわれわれの村を訪ねてくださるとは、いよいよもって名誉なことです」

　トッドがふたたび〈相互儀礼〉をくり返すのを、トルーパはうんざりして眺めていた。

「お疲れでしょう。こちらで休まれるといい。ご都合のよろしいときに食事を」

「感謝します」とトッドはこたえた。

「感謝します」とトルーパもいった。

　ラグーが立ち去り、ふたりは涼しい小屋のなかへ残された。

「さてと！」トルーパは地球語を使った。

「また注意しなけりゃならんのか！　金星語だ！　金星語でしゃべれ、わかったな？」

「そういらいらするな。青い肌をつけたまま出て行きたくってうずうずしてるのは、おれだっておなじことなんだ」

　トッドは広場をのぞいた。そして入口のたれ布をおろした。小屋のなかはたちまち暗くなった。「彼らをどう思う？」

　トルーパは肩をすくめた。「みんな同じに見える。どこでもいっしょだな——地球でも金星でも」彼はもう一度、肩をすくめた。

「素朴な連中のようだが」

「たしかにな」トルーパはひたいの汗をぐいとぬぐった。「あのラグモップだかなんだか知らんが、どうしてあんなに涼しい顔でいられるんだろうな」

「おまえも気がついたのか？」

　心臓がひと打ちするあいだ、ふたりの男は目を見あわせた。ふたりはともにひとつのことに気がついたのだ。一瞬のことではあったが、おたがいのあいだに理解が流れた。ちっぽけなものではあったが。

　しかし、暗いろうそくを手でもみ消すように、不信感がふたりをつつみ、それとともにまた警戒心が帰ってきた。

「もちろん気がついてた。そうでもなければ、くちに出したりするものか」

　トッドのまゆが不快げにゆがんだ。彼はたれ布の方に行き、布をまくりあげた。「度しがたいうすのろめ」彼は荒々しくいった。

「腹がへった」とトルーパはいった。

　彼は腰巻きをあげた。腰のまわりを皮のベルトが一周しており、それには多くのポケットがついている。彼はそのうちふたつをあけ、一方からは青の、もう一方からは白の錠剤をとりだした。

　錠剤を口の中にほうりこみ、す早くのみこんだ。「肉だ」

「金星人の食事はとらないようにといってたな」とトッドはいった。

「食べられるものかどうか、地球ではわかってないのだ」

「それをいうなら、この錠剤だってあやしいものさ」

「味覚は考慮されていないのだ。一日あたりの必要カロリーを補給するためのものだからな」

「デザートはどれにするかな」トルーパは別のポケットに指をつっこみ、ピンクの錠剤をとりだすと、ぽんとくちへ投げこんだ。「レモンのメレンゲ・パイだ」と彼は皮肉たっぷりにいった。

「早く〈種子〉が見つかればいいが」

　トルーパはおくびをだした。「チョコレート・プディングにすればよかった」彼は苦々しげにいった。

V

翌日、ふたりは原住民が起きだすずっと以前に、樹海のなかへわけ入った。きょうも暑かった——前日に劣らず暑かった。

トッドはマイアミ・ビーチを思った。豪華なホテルとプールを思った。そして思いを現在の状況へ向けた。彼は手でひたいをぬぐい、大きなためいきをついた。樹海には腐臭が、かつてこの地に群生していた樹木の匂いが、めったやたらと生い茂っている草木の匂いが充満している。

つるをかきわけ、かいくぐり、周囲を見回した。なにしろ多すぎる、植物が多すぎる。こんな途方もない探索に送りこんだのがふたりだけとは、アルツのやつ、気がふれているにちがいない。必要なのは三十年でも金星に腰をすえ、真理と同じくらい貴重な〈種子〉を探す植物学者の一団だ。

このたとえでいく分、気分がよくなった。〈真理と同じくらい貴重〉か。なるほどそうだろう、盗っ人と嘘つきの世界ではな。彼はまた地球のことを思い、金星と比較してみた。

たいしたちがいはないな、と彼は納得した。金星は植物でごったがえしている。一方、地球はけものだらけだ。ここ金星のでたらめに広がる原始の樹海では、植物は優位に立とうと闘争をつづけ、つるにつるを、つたにつたを、根に根を重ねているのだ。土を求め、日光を欲し、彼らはたたかっているのだ。弱い植物は強い植物に枯れさせられ、また絶やされる。ついには腐臭をはなつ樹海の土とくちはてるのだ。

地球でもおなじことだ。おれは運がよかった。おれは最強の植物のひとつだ。おれはくさい臭いをまきちらしながら蠢《うご》めく地球人を何百人でも売買できる——つまりそれが、金星での弱い植物に相当するのだ。

彼は地球上の泣きわめく人間どもにはなんの同情もおぼえなかった。この手に負えない樹海中でもつれあっている茂みに対してと同様に。しかし、ここがふしぎなところだが、彼は強大な植物に対しても、また地球を支配している人間たち——例えばアルツのように、より多くを求め、おしつぶそうとしている連中たち。ちょうどこの樹海中で支配力をふるっている植物に似ている——に対しても、いっこうに共感をおぼえることがないのだった。

正直にいえば、彼はこれまで自分には力がある、自分も彼らのひとりだと考えていた。その気になれば、びくびくふるえながら物ごいをする連中を、あっというまに押しつぶせるのだと。

〈おれの社会の申し子を〉彼はしみじみと考えこんだ。〈おれが憎んでいる社会の申し子〉

彼は大きなためいきをついて歩をとめ、後ろのトルーパへふり向いた。「休憩しよう。疲れた」

トルーパはうなづき、樹海のうえに尻をおろし、ぐったりと体を倒した。トッドもそのそばへすわりこみ、また顔をしかめた。

しばらくたって、トルーパはすわり直し、じっと樹海をのぞきこんだ。「新しいのがあるぞ」

「新しい何があるって？」

「木だ。はじめてお目にかかるやつだ」

「ふうん」トッドはだるそうにうなった。

「調べた方がいいだろう」トルーパはよっこらしょと立ちあがった。

「おれたちの探しているやつかも知れんからな」

トルーパが前方の明るい黄色い植物に向かって行くのを見て、トッドは目をとじた。その木は太く長い幹をしていた。頑丈で青々とした枝が幹からつき出し、つるがだらんと地面までたれている。幹の梢には大きな黄色い花が一輪、なんともいえず甘ったるい香りを発散させている。

トルーパは木のそばまで行き、幹に近づいた。そして黄色い花のしっかとざされた花弁をこじあけようとした。

「わあっ……」

その叫び声は手傷を負ったけものの中途で途切れた悲鳴のように、樹海を切り裂いた。トッドははっと飛びあがった。目は恐怖のあまりかっとひらいている。彼は身動きもならず、その場に根が生えたかのように立ちすくんだ。ひたいに汗がどっとふきだし、首筋をしたたりおち、川のように胸をつたい流れた。彼はぶるっとふるえあがり、全身の力を結集しようとしたが、もはやその力は失せていた。

七フィートと離れぬ先で、トルーパは首筋にしっかと巻きついたつるをふりほどこうと、必死にかきむしっていた。木がとつぜん命を持ち、だらんとたれていたつるが鞭のようにしなり、体にさっと巻きついたかと思うと手足をがっしとおさえこみ、黄色い花の方へじりじりと彼を引きずっているのだ。

「トッド！　救けてくれ！」

トルーパは幹をけりつけた。つるが一本、手を離した。彼はごほっと咳こみ、のどをぐいぐいしめあげている鋼鉄のようなつるをひっぺがした。と、またもやつるがしゅっとおそいかかり、彼の手に巻きつき、トルーパののどから引き離そうとする。

「トッド！」

静寂――惑星をおおいつくす雲のように厚く、梢からじりじり照りつける太陽のように濃い静寂。静寂――聞こえるのは木と人間が死闘をつづけるものおとだけ。

トッドは指定席の観客のように、ぴくとも動かずにその闘争を見ていた。トルーパはのどからつるをはがし、身をひこうとしていた。もう一本のつるがその顔をぴしゃりと打ち、苦痛とともに目が見えなくなった。つるは再度のどに巻きつき、大蛇がえものをしめて死に追いやるように、じわじわと力を加えだした。木はとんでもない力でトルーパの体を持ちあげようとした。トルーパは必死に足をばたつかせた。もう一度けりつけたが、とたんに体が浮きあがった。と同時に、黄色い花弁がぱっくりとひらき、毛むくじゃらのくちらしきものをあらわした。

トッドはぱっととびついてトルーパの足を両手でがっちりとつかんだ。探り針のようなつるがのびてきた。彼は片手でぴしゃっと払いのけ、トルーパをおさえながら、持ちあげようとする強力な力にあらがった。一本のつるがトルーパの胴から離れ、ぐるっとトッドの手をつかんだ。トッドはがぶっとかみついた。苦いものが舌をさした。ぺっとつばをはきもう一度かみつくと、つるがゆるんだ。

トルーパの体は木につかまれたまま、力なくぶらさがっていた。トッドはつるをひき裂き、むしり、ひっかき、かみついた。幹をけりつけ、おそいかかるつるをかわし、黄色い花弁を引っぱった。トルーパの体がどすんとおちた。つるが一本、そのくるぶしにしがみついている。トッドは狂暴な怒りにかられてつるのうえにとびのり、足で踏みつけ、けちらした。どっとよつんばいになるや、こぶしでガンガン殴り、ついにはかみついた。つるは樹海の地面をこすりながら、のろのろと後退していった。

トッドはトルーパの手首をとり、体をひきずって木から遠ざけた——ずっとずっと遠くまで。

ようやく手を休め、彼は遠くになにごともなかったかのように咲いている黄色い花に目をやった。腰をおろし、荒い息をついた。トルーパはトッドの足もとに横たわったまま、目もあけない。

やっとのことで息を入れると、トッドは手を伸ばし、トルーパの顔をぴしゃぴしゃと叩いた。トルーパは目をぱちくりさせた。トッドはもう一度叩いた。

今度は目が弱々しくひらいた。トルーパはしばしトッド・ベリュウをぼんやりと見ていたが、やがてかすかな微笑をのぞかせた。「ありがとう」とトルーパはいった。

トッドの全身に巣くう本能は、トルーパをどなりつけろと命じていた。彼の受けてきた訓練、へてきた体験、これまでの人間関係はことごとく、「どんな犬にでも同じようにしてやるさ」といってやれと命じていた。

しかし彼はいわなかった。たったいまの闘いで汗をかき、手もかすかにふるえていたが、彼はいわなかった。そのかわりに目をそらせ、トルーパの視線をさけて、こういった。「危機一髪というところだったな、トルーパ」

トルーパはうなづいた。まだその笑顔には力がない。「いまいましい〈種子〉め」と彼はいった。これを耳にするや、トッドはわれ知らず微笑した。

この木との遭遇を話すと、ラグーは利口そうにうなづいてみせた。「なんにでもいい面とわるい面があるのですよ」

そのとき、ふたりにはラグーの言葉が理解できなかった。しかし、のちになって、ふたりははっきりと悟るのだった。

村へおちつくようになって以来、ふたりはベルトの栄養錠にたよっていた。金星人の食習慣は一度も観察する機会がなかったが、もともとふたりには興味のないことだった。しかし、例の木との一件このかた、ふたりは村にいる時間が多くなり、そこではじめて、金星人には食習慣がないのではないかといぶかるようになった。実際、彼らが食事をしている場面には一度も出くわさなかった。

「ありえないことだな」とトッドはいった。「誰だって食わずにはいられないはずだ」

「食ってるのを見たことがあるのか?」

「ない、しかし……」トッドは言葉をにごして肩をすくめた。「もう少し念入りに観察する必要があるだろうな」

ふたりはいま少し慎重に観察を開始した。

金星人は素朴な性質だった。彼らは早起きし、円錐形の小屋のなかで太陽をさけて長い休息をとる。日中はほとんど労働をしない。ゲームや歌や踊りに時間をつぶす。彼らのする労働というのは、どうも宗教的なもののようだった。トルーパとトッドにはそう思えた。

村の中央部に、大きな土盛りが築いてあった。小屋はそれを囲むように配置されており、どの小屋からもその小山に行きやすくできていた。男たちは毎日、何組かに別れて樹海に入っては新鮮な土を持ち帰るのだった。そしてそれを小山のうえに積むのだ。

トッドとトルーパははじめその理由がわからなかったが、やがて自分たちがやっかいになっている主人の信仰をめぐり、ある仮説をたてた。その仮説は金星人たちが日々行なっている奇妙な儀式で実証されるように思えた。

不規則な間をおいて金星人たちはひとり、またひとり、小山に昇り、やわらかな土深くその手をつき入れるのだ。数分間じっとそのままにし、やがて引きぬく。

「儀式だな」とトッドはいった。「それしかない」

しかしふたりはなおも観察をつづけた。

そうして見ると驚いたことに、金星人には子どもらしいものがいなかった。老人、壮年、中年、青年たちはいる。だが子どもはいなかった。

「子どものいない社会なんて、考えられるか」トッドは困惑しきっていた。

「子どもは食っちまうのかも知れんぞ」

トッドは眉をひそめた。「どうかな。こんなに気のいい連中にはお目にかかったことがないが」

「彼らはあんたに好意を持っているからな。あんたが最初にいったように、彼らは素朴な人種なんだよ」

村にこれまでなかった動きが現われたのは、ほぼそのころだった。中央の小山には相かわらず土が足されていたが、もうひとつ土がまかれるようになった。それは大きな長方形で、やはり小屋でできた円のなかにあった。だが小山とちがい、それは平坦だった。

トルーパはラグーをつかまえ、これはなにごとだと聞いてみた。ラグーはにっこり笑った。「冗談をいってるんだね」

「いや、冗談じゃあない」

今度はラグーは大声で笑った。「もう少し待ってほしい、友よ。いま〈植えこみ〉の仕度にかかっているのでね」

「そういうことか」

「あんたも播くことになるよ」とラグーはうけあった。長方形の大きさがおよそ六フィートに百フィート程度になると、金星人たちは樹海から土を運ぶのをやめた。

そのあと、新しいゲームのようなものがはじまった。首にきらきら光る透き通った宝石をつけた若い娘たちが、村の若者のあいだを次々に回って行くのだ。娘たちは若者たちのために歌い、踊り、乳房を誇示し、髪をなびかせながら村中を練り歩いた。

ある朝、眠りから目ざめたトルーパが小屋の外に出ると、驚いたことにシカのような瞳の金星人が立っていた。トルーパは娘を見て目をしばたたかせた。まだ陽光になれておらず、まぶしかったのだ。

「お早う」と彼女は声をかけた。「トルーとかいうのは、あなたね」

「そうだ。パーラの子だ。兄のトーダといっしょにやっかいになっている」

娘はにっこりとほほえんだ。美しい歯なみが、首の宝石のように、まばゆく輝いた。トルーパはその宝石が一重なのに気がついた。首筋に優雅な曲線を描き、陽光をあびてキラキラ光っている。

「〈植えこみ〉の季節に自分の村を離れていて後悔しないの？」

トルーパはためらった。

「それとも、わたしたちの村が播くだけの価値があると思ったのかしら？」

トルーパはうなづいた。「そうなんだ」彼はくちごもった。「りっぱなところだから」

娘はまた微笑し、恥ずかしそうに目を伏せた。「うれしいわ。わたしはドーニャ。今度がわたしにとって、初めての〈植えこみ〉の季節なの」

「こちらもそうさ」

娘は目に驚きをこめて顔をあげた。「ほんとに？　ほんとなの？」

「もちろんだよ」

「もう約束はすませた？」

「いや——まだだ」

娘はふたたび目を落とした。「わたしのこと、ずうずうしいと思ってるでしょうね」

「そんな、とんでもない。とてもかわいいと思っている」

娘はトルーパに笑顔を向けた。「あなたにお願いするわね」当惑するトルーパを残して娘はもどって行った。

トルーパがこのことを話すと、トッドはもっともらしくうなづいた。

「おれもなんだ。〈植えこみ〉のときに祭りでもあるんじゃないかな。娘たちはエスコートでもたのむつもりなんじゃないか」

「なるほど、そこへ気がつくべきだった」トルーパはぱちんと指を鳴らした。

「まあ、おれたちもりっぱな金星人だからな、そうだろ」

「なんとね」とトルーパはこたえた。

Ⅵ

週があけて、〈植えこみ〉のときがやってきた。トルーパとトッドは小屋のまえの空地に立っていた。若者たちは小屋のつくった円のなかで、娘たちが踊るのを見守っていた。

ドーニャがトルーパのそばへよってきた。秘密めかした微笑。彼女はトルーパのまえにひざまずき、頭をたれた。

「きたわ、約束どおりに」

トルーパはうなづいた。

ドーニャは立ちあがり、トルーパの手をとった。彼女の手がひんやりと触れた。彼女は彼をうす暗い小屋のなかへ案内し、たれ布をおろした。そしてふりむくや、彼の胸のなかへとびこんだ。トルーパは用心深く、おずおずと彼女を抱きしめた。

「ためらってるのね」彼女は恥ずかしそうにいった。「わたしたち、いっしょに学ぶのよ」

その午後は甘いささやきと心地よい抱擁とに暮れた。そっとやさしく、ドーニャはトルーパの手をとり、首に光る球体へみちびいた。彼はどうしてよいものやらわからない。彼女は彼の手を強く最初の球体におしつけ、ついでその手をそっとはがした。球体は一瞬、彼女の肌にひっついたかと思われたが、やがてぽとんと落ちた。ドーニャは彼にぎゅっとしがみついた。

しばらく待ったあと、彼女はふたたび彼の手を球体へみちびいた。こうして球体はひとつ、またひとつと彼の手におちていった。やがて球体はひとつ残らずとれた。ドーニャは小さな声でささやいた。「あなたが播くあいだ待ってるわ」

トルーパはたれ布をあげ、陽光の下へ踏みだした。トッドが待っていた。ふたりはキツネにつまれた面持ちで顔を見かわした。

ふたりは若者たちについて、できたばかりの長方形へ進んだ。ふたりはおし黙ったまま見ていた。

若者たちは手の平に透明な球体を握りしめ、目をとじ、やわらかな土のなかへこぶしをぐいとつっこんだ。ひきぬいた手にはもう球体は影もかたちもない。

トッドは手のなかで、キラキラ光っている透明な球体を転がした。

「トルーパ」その声はかすれていた。「どうやら〈種子〉が見つかったようだぞ！」

「なんだと？」トルーパのくちががくんと開いた。

「〈種子〉だよ、これがそうなんだ！」

トルーパはキラキラ光る球を長いあいだにらみつけた。「いや、ちがう、あの〈種子〉は外皮の下に青い網が走っているんだ」

トッドはうなづいた。「あの〈種子〉は養分を吸収したやつなのだ」

「養分を？　なにをいってるんだ、トッド？　おまえの話しでは、まるでここの人たちは……」あとはのどにひっかかった。ふたりは長方形に近づいた。「植物人間か」

ふたりは手を土のなかへ差し入れ、種子を離し、儀式をすませた。

何度も何度もふたりはこの動作をくり返し、やがて種子はひとつ残らず播かれた。

トルーパは小屋にもどった。ドーニャが待っていた。「もう播き終ったのね？」彼女の冷たい指が彼に触れた。

「ああ、すんだよ」

「ありがとう」彼女は小さな声でいった。「うれしいわ、ほんとにありがとう！」

トッドとトルーパは種子の生長を見守った。一週間後、土中からひと粒掘りだしてみると、球体の外皮の下には早くも青い網目が広がりつつあった。

「あのろくでなしめ」とトルーパはうなった。「あいつ、おれたちに人間を持ち帰らせようとしたんだぞ。〈種子〉か！　人間を咲かせる〈種子〉だ！」

「まだわからんぞ」トッドが注意した。「もう少し様子を見よう」

ふたりは待ちつづけた。週がだらだらと月にかわり、〈種子〉は発芽をはじめた。まず長い茎状部、ついで四本の分枝。茎状部の先端に大きな球形がゆっくりと育ち、四カ月がすぎるころには、その球形はしだいに顔面らしい輪郭を呈してきた。分枝はますます長く伸び、色はあざやかな青であった。

トルーパは睡眠学習室での講習を、雑音まじりに聞こえてきた歪んだ音声を思い出した。

〈……自由移動の段階が達成されたあと……〉

それは八カ月目だ。木はぶるっと身ぶるいをし、土を払いおとすと完全な姿を現わした。

〈……四肢はもはや……〉

もはやどうだというのだ。もはや、本体に栄養分を供給しないのだ。トルーパは驚異の念とともに理解した。手がその代用となるのだ。いまこそ彼は知った。村のあの小山こそ、金星人の食事手段なのだ。

〈……金星の土壌は……〉

それこそ金星の生命体の源――すべての生命体は植物なのだから。

〈……花ひらく……〉

そして雌体の首筋に花ひらくそれこそが――とトルーパは補足した――種の存続を保証する貴重な〈種子〉なのだ。

その〈種子〉を、アルツはおれたちに持ち帰らせようとしているのだ。種子を播き、育てあげて拡張作戦とやらにロボットがわりに消耗しようというのか。

〈人間――兵器や装備を扱う人間……〉

奴隷を、戦うための奴隷を連れ帰れというのか。アルツはなんといってただろう？〈……今回の任務には、ある精神的特性が必要なのだ〉か。

おれとトッドにはその精神的特性とやらがそなわっているのだ。記録がそれを示しているのだ。

ベリュウとトッドは長い時間をかけてじっくりと話しあった。金持ちと貧乏人――奴隷を逃がしたりせず任務にぴったりだとアルツが判断したふたり組。

たしかにはじめのうちは、おたがいが何年もかけて築いてきた壁をうちこわすことはやっかいであった――生まれつき身にそなわったものをすて去ること、おたがい感情をぶつけあうこと、憎悪と孤独の壁を崩すことはやっかいであった。

ふたりはじっくり論議をつくした。いまこの地で送っている素朴な幸福と、地球上で彼ら金星人を待ちうけている運命とを比較した。

みちびき出される結論はひとつしかなかった。

翌朝、ふたりは別れを告げた。若い娘たちや、すっかり自由に歩き回る新生児たちは、すでに首筋にあの小さな透明の球体を現わしていた。

宇宙服は隠したところにそのままあった。ベリュウとトルーパは宇宙服を掘り返した。この先どうすべきか、ふたりはすっかり心得ている。レーダー発信機には異常なく、ふたりは地球へ帰還信号を送った。

救助船は五日後、空に浮かんだ銀の釘のように姿を現わした。ふたりはヘルメットをかぶり、肩に掛けた推進装置の動力を入れた。

救助船の乗員は歓声でふたりを迎えた。「総司令官は気が狂うぞ」と彼らは叫んだ。「ふたりとも勲章ものだな」

ふたりは地球にもどるまで、奇妙なくらいくちかずが少なかった。肌の色はしだいにうすれ、元にもどりつつあった。ふたりはほとんどしゃべることなく、質問にはぶっきらぼうにこたえるだけだ。

五日後、救助船が地球に帰り着いたとき、ふたりはすでに乗員を制圧していた。乗員をニューヨークの郊外でおろすと、ふたりは軍事局へ向かった。

アルツ総司令官は大満悦の態で、ベリュウとトルーパを出迎えた。ふたりは救助船の乗員が都合してくれた服を着ており、腰のホルスターには熱線銃がおさまっていた。

「ついにやりおったな！」とアルツ総司令官は叫んだ。

「やりました」とトッドはいった。

「で、〈種子〉は――〈種子〉は手に入れたのだろうな？」

トルーパの手にぱっと熱線銃が握られた。「なにをす――？」

「おまえの知っている〈種子〉とは、これだけだろう」引き金にかかった指に力がこもった。焦がすような黄色い熱線が部屋を切り裂いた。トッドの熱線銃がトルーパのそれに和した。アルツはどっとくずおれた。

ふたりは宇宙船に飛び乗り、ハッチをがちゃんとしめると、北へ向かって飛び立った。

宇宙船は滅びた文明の光芒をひきながら、心細い希望と化して虚空を走った。無数の星々がもの珍しそうにまたたいている。

「よそにも住むところはあるさ」とトッドがいった。

「もっとましな世界がな」とトルーパがうけた。

ふたりは珍しげに彼らを見ている星のひとつへ航路を定めた。操縦室の暗闇につつまれて、ふたりはにやりと笑った。

奇想天外小説 傑作集再録

「別冊 奇想天外 No.3 ドタバタSF大全集」1977年

Exit the Professor

by Henry Kuttner

教授退場

ヘンリイ・カットナー 酒匂真理子訳

いなか町でひっそりと暮らしていた
ミュータントの一家が、
ひょんなことで世間に知れ渡り、
科学者が調査にやってきた。

おらたちホグベン一家は、いっさい世間の連中とはかかりあわねえようにしてるだ。町から来た学者先生も、ひょっとするとそれは知ってたかもしれねえ。だども、よばれもしねえのに、いきなりのこのこおしかけてきやがってよ。だから、あとでやっこさんがいくらぶつくさ文句を言ったって、そりゃあ身から出たサビってもんだと、おら思うな。このケンタッキーじゃ、自分の豆畑をしっかとたがやして人様のすることにゃよけいな口をはさまねえってのが、礼儀になってるだよ。

おらたちが急ごしらえの新式散弾銃でヘイリイのやつらを追っぱらったときが、そもそも騒ぎのはじまりだっただ（もっとも、その銃がどんな仕掛けになってんのか、さっぱりわかんなかったけどもな）。なしてかっちゅうと、レイフ・ヘイリイの野郎が納屋の窓をこっそりのぞいて、チビのサムを見ようとしやがっただよ。そのあとレイフは村中に、チビのサムにゃ頭が三個あるとかなんとか言いふらした。

あのヘイリイのほら吹きどもが、なにぬかしやがる。頭が三個だとよ！　そんなおかしなことがあるわけねえだろ？　とにかく、チビのサムの頭は二個きりだし、生まれた日からこのかた、それ以上一個たりとふえちゃいねえだ。

で、おっかあとおらは新式散弾銃をこしらえて、ヘイリイ一家に思う存分ぶっ放してやった。前に言ったみてえに、あとんなっても、そいつがどんな力を出すのか見当もつかなかったな。乾電池を二、三個と、コイルだの針金だのをてあたりしだいくっつけたんだがよ、レイフをたちまち穴ボコだらけにしちまっただ。

検死官の見立てじゃあ、ヘイリイのやつらはあっというまにくたばったってことだ。そんなもんで、アバーナシイ保安官がうちに来て、みんなといっしょにモロコシ酒を一杯やってから、だれかが二セントくれればすぐさまおらをぶちのめすって言いくさっただ。勝手にしゃがれっちゅうところだ。けど、どっか北部の新聞記者がうわさをかぎつけたにちげえねえ。しばらくすると、でっかくて太っててやたらまじめな顔をした男がやってきて、あれこれ質問をはじめただ。

レスの叔父貴はポーチに腰をおろして、顔をすっぽり帽子でかくしたまんま、男に言った。「あんた、とっとと自分のサーカスにけえったほうがいいぜ。おらたちは、あのバーナムのじいさんにじきじき口説かれてもことわったんだ。ちがうか、ソーンク？」（フィニアス・テイラー・バーナムは十九世紀の米国の興行師。一八七一年に大規模なサーカス団を組織した）

「そうともよ」おらはあいづちを打った。「フィニアスってやつは絶対に信用できなかったもんな。なんしろ、チビのサムを化物って呼びやがっただ」

しかつめらしい顔をした、トマス・ガルブレイス教授っちゅう名前の大男は、おらをじろじろと見た。「年はいくつだね、若いの《サン》？」

「おら、あんたから息子《サン》なんて言われる覚えはねえだよ。それに、年なんかわかるもんかい」おらは答えた。

「きみはどうやら十八は越えておらんようだ。身体は大きいがな。バーナムと知りあいだったはずはない」

「ほんとだってば。おらをうそつきよばわりしたら承知しねえぞ」

「わたしはどのサーカスとも無関係だ。じつは生物発生学者《バイオジエネテイシスト》でね」ガルブレイスが言った。

おらたちは、腹をかかえて笑った。ガルブレイスはちっとばかしムカッとしたらしく、なにがおかしいんだとしつこくたずねた。

「そんな言葉、はじめて聞いただ」と、やっとこさおっかあが説明したちょうどそんとき、チビのサムがわめきだした。すると、ガルブレイスはまっさおになって、頭のてっぺんから足の先までガタガタふるえながら、派手に地面にひっくりかえっちまった。おらたちが助け起こすと、やっこさん、いまのはいったいなんだってきくだ。

「チビのサムさ。おっかあがあやしに行っただ。もうおさまってるよ」おらは教えてやった。

「あれは超低周波音《サブソニック》だったぞ」教授は早口に言った。「チビのサムとはなんのことだ？――短波送信機のことか？」

「チビのサムは赤ん坊だよ」おらはつい無愛想な声を出した。「うっかり名前なんか言ってあいつの注意を引いたら、また、ことだぜ。さて、そんじゃ、あんたの用向きを話してもらおうか」

　やつはノートを引っぱりだして、そいつに目を通しはじめた。

「わたしは、あー、科学者だ。われわれの財団は優生学の研究をしていてね、きみたちにかんするいくつかの報告を受けたんだ。どれも信じられんような内容のものばかりだ。同僚のひとりは、自然の突然変異が文化の未発達な地域で周囲から気づかれないままに存在することは可能だとの仮説をたてている。そこで――」教授はレスの叔父貴をじーっと見つめてきいた。「きみは本当に飛べるのか？」

　どうも、その話をするのは気がすすまねえだ。いっぺん、牧師さまからえれえお目玉をくらったことがあるだよ。レスの叔父貴が酔っぱらって畑の上をふらふら飛びまわってよ、クマ狩りに出てた猟師どもの腰をぬかさせちまっただ。ともかく聖書を読んだって、人間は空を飛ぶべしなんてこたぁ書いてねえもんな。レスの叔父貴はふつうはだれも見てねえときに、こっそりやるだけだ。

　でもって、叔父貴は帽子をもっと深く顔の上に引きおろすと、うなるように言った。

「そいつぁおおきに馬鹿げてるな。人間が飛べるわけねえだろ。近ごろはそういう機械の話をあっちこっちで聞くけどよ、なあに、でたら

「教授退場」（ヘンリイ・カットナー）解説１

　ヘンリイ・カットナー（別名義ルイス・パジェット他）は過小評価されている作家だと思う。その理由は――、

1)早く生まれすぎて、ＳＦ隆盛の時代に乗り損なった。
2)パルプ雑誌への短編発表が主で、決定的な長編名作がない（あれば、ブラッドベリ、マシスンなどと並び称されていただろう）。
3)同じくＳＦ作家のＣ・Ｌ・ムーアと結婚（共作）する以前の作品の評価が低い。

　しかし、短編集『ボロゴーヴはミムジイ』に収められた諸作を読むなら、カットナーが怪奇・ＳＦ・幻想・ユーモアのジャンルの壁を易々と越えてしまう素晴らしい奇想天外作家であったことがわかる。

　本作はアダムス・ファミリーを思わせるミュータント一家が調査に来た大学教授を撃退する珍騒動の一席。初出時にはドタバタＳＦのレッテルが貼ってあったが、これを読むと、カットナーがジャンルの垣根を超えた奇想天外な作家だったことを改めて痛感する。

（山口雅也）

めさ。どいつもこいつもアホこきやがって」

　ガルブレイスは目をパチクリして、もう一度ノートをのぞきこんだ。

「だが、きみたち一家にまつわる数多くの奇妙な風聞を、わたしは証拠としてつかんでるんだ。空を飛ぶのは、ほんの一例にすぎん。それが理論的に不可能だということはわかってるさ――むろん、わたしは飛行機のことを言ってるんじゃない――しかし――」

「ちっ、うるせえなあ」

「中世の魔女の軟膏は、トリカブトが成分になっていて、飛行の幻覚をもたらした――言うまでもなく、完全に主観的なものだ」

「おい、いいかげんにしねえか」レスの叔父貴はカンカンに腹を立ててた。めんくらったんだろうな、きっと。それからいきおいよく立ちあがった叔父貴は、ポーチに帽子を投げ捨てて飛んでったと思ったら、すぐにまた空からさっと舞いおりて帽子をひっつかみ、教授にむかってしかめっつらをしただ。叔父貴はそのあと谷の底へ飛んでっちまって、しばらくのあいだ姿を見せなかった。

　おらも頭に来ただ。

「おらたちゃ、べつにあんたからとやかく言われるすじあいはねえだ。レスの叔父貴までおとうみてえなことをしたら、こっちはえれえ迷惑だぜ。この前もうひとりの都会もんにうろつかれてからってもの、だれもおとうを見てねえんだ。あの野郎は、たぶん国勢調査の調査員かなんかだな」

　ガルブレイスはだまりこくってた。へんてこな顔つきしてただ。おらが酒をふるまってやると、やつはおとうのことをきいてきた。

「おとうなら、そこらにいるだよ。目に見えねえだけさ。そうしてるほうが好きなんだとよ」

「なるほど」ガルブレイスはもう一杯飲んだ。「くそっ。きみはいくつだったっけ？」

「わからねえって言ったろ」

「では、記憶にある一番むかしのことというと、なんだね？」

「なんにも思いださねえようにしてるんだ。頭んなかがこんぐらかっちまうでよ」

「信じられん。財団にこのような事態を報告することになろうとは、思ってもいなかったわい」

「よけいな詮索はしてもらいたくねえな。とっとと帰って、おらたちのことはほっといてくれ」

「まったく、信じられん」ガルブレイスはポーチの手すりごしに、新式散弾銃を見つけた。「あれはなにかね？」

「なにかさ」おらは言った。

「なんに使うんだ？」

「いろいろだ」

「フム。見せてほしいんだが、かまわんかな？」

「いいとも、帰ってくれるなら、あの仕掛けはあんたにやるだよ」

　ガルブレイスはそばに行って調べはじめた。おらの横にすわってたおとうは急に立ちあがると、あの北部もんを追っぱらえとおらに言いつけて、うちんなかへはいっちまった。教授が戻ってきた。

「驚いたな！　わたしは電子工学を多少こころえているが、あの装置はどうやらじつに途方もないもののようだ。原理はなんだね？」

「ええ？　ありゃ、なんにでもいっぺえ穴を開けるがね」

「弾丸《たま》を発射することはできん。銃尾にあたる場所にいくつかレンズがあったが――どんな仕掛けになってるんだ？」

「さあね」

「きみが作ったのか？」

「おっかあと二人でだ」

やつはそのあともくどくどと質問してきた。

「知らねえよ。散弾銃がふべんなのは、しょっちゅうたまを込めなきゃならねえってことだ。そんで、ちょいと手を入れりゃ、もうたまを込めずにすむんじゃねえかと思ったわけさ。そしたらほんとにそうなったんだ」

「あれをわたしにくれるというのは本気かね？」

「しつこくするのをやめてくれればな」

「いいか、きみらホグベン一家がこれまでずっと世間の目をかくれてきたというのは、奇跡的なことなんだ」

「おらたちにゃおらたちの流儀ってものがあるだ」

「突然変異の理論は正しいにちがいない。きみたちを研究しなければならん。これは、近年もっとも重要な発見のひとつとして――」やつはこんな調子でしゃべりつづけた。意味はよくわかんなかったな。

やがておらは、こいつにけりをつける方法は二つしかねえと腹を決めた。もっとも、アバーナシイ保安官のあの口ぶりから考えて、保安官のかんしゃくの発作がおさまるまではだれも殺さないほうがよさそうだった。騒動を起こしちゃまずい。

「もしも、あんたの望みどおりにおらがニューヨークへついてったら、うちのもんにはかまわずにいてくれるかい？」おらはきいた。


ガルブレイスはもう少しで約束しそうになった。しぶしぶだったけどな。でも、しまいには降参して、かならずそうすると誓った。おらが、いやだってえならチビのサムをたたき起こすぞとおどしたからだ。もちろん、やつはチビのサムを見たがったが、おらはやめとけと言った。どうせ、チビのサムはニューヨークにゃ行けねえだ。タンクから出たら、ひでえ病気になっちまうだよ。

おらが町であくる朝会うと約束してやったんで、とにかく教授はけっこう満足して帰っていった。けど、おらはすっかりいやな気分になってた。前いた土地でのあの大騒ぎ以来、一晩だって家族と別の場所で寝たことはねえだ。あんときゃ、大急ぎで逃げだすはめになったっけ。

たしか、オランダへ行ったはずだ。おっかあは、おらたちがロンドンからぬけだすのを手伝ってくれた男にいつもベタベタしてた。赤ん坊をチビのサムってしたのは、そいつのあだ名を取ったのさ。ちゃんとした名前は忘れちまったな。グウィンかスチュアートかペピスか――南北戦争より前のことは、ごちゃまぜになってるだ。

その夜は家族いっしょにだべって過ごした。おとうは見えないまんまだったけど、おっかあのにらんだとこじゃ、どうやらモロコシ酒を自分の割当て以上に飲んでるらしかった。でもおっかあはじきにやさしくなって、おとうに酒びんを渡しちまった。みんな、おらに行儀よくするんだぞと言った。

「あの学者先生はえらいりっぱなお人なんだからな」おっかあが言った。「学者はだれでもそうさ。やっかいかけるでねえぞ。なにかしでかしたら、おめえをたたっ切ってやるだ」

「おとなしくしてるよ、おっかあ」おらは答えた。おとうが横あいからおらの頭をなぐった。ひでえや。こっちにゃ見えねえのによ。

「こうすりゃ、おめえも肝に銘じるだろうぜ」

おとうの声が聞こえた。

「おらたちゃただの百姓だ。身のほどを忘れてうぬぼれるのは禁物だぞ」レスの叔父貴もいつものおこりっぽい声で言った。

「うそじゃねえ、おら気をつけるだよ。ただ、思うんだが――」

「決してもめごとに巻きこまれちゃなんねえぞ！」おっかあがくりかえした。と、じいさまが屋根裏部屋で動く音がした。じいさまは、一カ月のあいだ身動きひとつしねえなんてこともざらなんだが、今晩はめっぽう浮かれてるようだ。

そこで、もちろん、おらたちはなんか用でもねえかと上へあがってっただ。

じいさまは教授のことをしゃべってた。

「しょせん他人ではないか？　いやしき悪党めが。はたまたおのが一族をかえりみれば、かくも愚昧なるやつばらをこの家《や》にとどめおきしは、ひとえにわが心身の老耄せしゆえじゃ！　いささかなりと機知を有するはソーンクのみ。しかも、なさけなや、そのソーンクとて救いがたきうつけ者ときておる」

おらはぎくしゃくした足どりで近づくと、おそるおそる声をかけた。じいさまをまっすぐ見るのだけは、どうしてもできなかった。だどもじいさまは、おかまいなしにまくしたてた。

「そなた、たしかにそのニューヨークとやらへまいる所存か？　たわけたことを！　ロンドン、アムステルダム――さらにはニーウ・アムステルダム（ニューヨークがオランダ人の植民都市だったころの名）において、われらがいかに世人の好奇の目を避けようとつとめたか、失念したわけではあるまい？　見せ物小屋で生き恥をさらすことになるやもしれぬ。しかも、最悪の事態はまだそれからじゃ」

じいさまはおらたちのなかで一番年が上なもんで、ときどき口のきき方がおかしくなるだ。若いころ覚えた言葉づかいってのは、一生ついてまわるもんらしい。ひとつ言えるのは、じいさまがだれよりもきたなく毒づけるってことだ。

「ちぇっ、手を貸そうとしただけさ」おらは弁解した。

「小僧、見苦しいぞ。すべておまえの責任、おまえのとがじゃ。なぜ、あのような装置を作った？　ヘイリイ一族を殺害せし装置のことじゃ。おまえにいま少し分別がありさえすれば、科学者がここへ現れることもなかったろうに」

「あの人は教授でね。名前はトマス・ガルブレイスっていうだ」おらは言った。

「知っておる。チビのサムの心を通して、あやつの思考を読んだからな。危険な男じゃ。賢人ぶらぬ賢人というのは、この世にはおらぬものと見える。あるいはロジャー・ベーコンが唯一の例外かもしれん。わしは賄賂をおくらねばならなかった――しかし、ロジャーは大人物じゃったよ。よいか、聞け。

「一同いずれもニューヨークとやらへ行くことはまかりならぬ。この隠れ家を去ったそのときに、調査を受けたそのときに、われらは破滅するのじゃ。群衆がわれらを八ツ裂きにするであろう。おまえらのおろかな空中飛翔も、一身を守るてだてとはなり得ぬ。レスター、聞いておるのか？」

「でも、どうすりゃいいだね？」おっかあはきいた。

「なに、おらがあん畜生を始末してやるだ。貯水池に落っことしゃいちころよ」おとうが口を出した。

「そいで、水をよごそうってのかい？　やれるならやってごらんよ！」おっかあは金切り声をあげた。

「なんたるいまわしきやからの、わが胤《たね》より生ぜしことか！」じいさまは怒り狂った。「おまえらは保安官にもう人殺しはしないと断言したはずじゃ――すくなくとも、当分のあいだはな。ホグベン家の者の言葉はいつわりか？　何世紀にもわたり、われらは二つのものをかたく守ってきた――われらの素生の秘密と、そして、ホグベン家の名誉とをじゃ！　そのガルブレイスとかいう男を殺しなどしてみよ、わしがただではおかん！」

　おらたちはそろって青くなっただ。チビのサムがまた目をさまして、わめきはじめた。「じゃあ、どうするだ？」レスの叔父貴が言った。

「われらの秘密は守らねばならん。できるだけのことをするのじゃ。しかし、人殺しはいかんぞ。この問題は、とくと考えるとしよう」じいさまは眠りこんだらしかった。けど、例のごとく、本当のとこはわかんなかっただ。


　翌日、おらは約束どおり町でガルブレイスと会った。でもその前に、通りでアバーナシイ保安官とひょっこり出くわして、意地の悪い目つきでにらまれちまった。

「騒ぎを起こすなよ、ソーンク。ここではっきり言っとくからな」だとさ。こっちは冷や汗かいただ。

　とにかく、おらはガルブレイスに会って、じいさまがニューヨークに行くことを許してくれないと話した。教授はあんまりいい顔をしなかったけど、こうなったらもうどうしようもないってことは納得してくれただ。

　教授がとまってるホテルの部屋は、いろんな科学装置でいっぱいになってて、気味が悪かった。新式散弾銃が立ててあったけれども、全然いじくられた様子はなかった。教授はぶつぶつ言いだした。

「だめだね。山から出る気はねえだ。おら、きのうは考えなしにしゃべっちまっただよ」

「いいかね、ソーンク。わたしはきみたちホグベン一家について町中きいてまわったんだ。しかし、たいした収穫はなかった。ここいらの人間は口がかたくてね。それでも、その事実がまた新たな証拠となってくれた。われわれの仮説が正しいことはわかっているんだ。きみときみの家族はミュータントだ。どうしても研究させてほしい」

「おらたちゃミュータントなんかじゃねえよ。科学者ってのは、いつでもへんてこな名前をつけやがる。ロジャー・ベーコンからはホムンクルスって呼ばれたしな。だけど――」（ホムンクルスとは、錬金術師によってフラスコのなかで作られたといわれる人工小人のこと）

「なんだと？　だれだって？」ガルブレイスはさけんだ。

「あの――となりの郡で小作をやってる男のことさ」おらはあわててごまかした。だけど、教授が信じてねえのはたしかだった。教授は部屋のなかをぐるぐる歩きはじめた。

「むだだね。きみがニューヨークへ行かないなら、わたしは財団にかけあってここへ調査委員会をよこすつもりだ。きみたちは研究されねばならん。科学の栄光と人類の向上のためにな」

「フーッ、やれやれだ。どんなことになるか想像はつくだよ。おらたちを見せ物にするんだろ。チビのサムは死んじまうだ。なして、おらたちをほっといてくれねえんだ？」

「きみたちをほっとくだって？　あんな装置を作ることのできるきみたちをか？」教授は新式散弾銃を指さした。「あれはどういう仕掛けになっているのかね？」と、いきなりきいてきた。

「知らねえったら知らねえよ。ほんのまにあわせに作っただけさ。聞いてくれ、先生。世間の連中がおらたちを見物しにきたら、面倒なことになるぜ。てんやわんやの大騒ぎだ。じいさまがそう言ってるだ」

ガルブレイスは鼻を引っぱった。

「それでは――二、三質問に答えてもらえるかな、ソーンク？」

「調査隊は来ねえな？」

「いまの段階ではなんとも言えん」

「だめだ、先生。おら決して――」

ガルブレイスは深く息を吸った。

「きみがわたしの知りたいことを教えてくれるかぎり、きみたちの所在は内密にしておく」

「その財団てのが、あんたの居所を知ってるんじゃねえのか？」

「ああ――それは当然さ。だが、きみたちのことはだれも知らん」

おらは、ふと、ある計画を思いついた。やつを殺すのは簡単だが、もしそんなことをしたら、じいさまに半死半生の目にあわされるだ。それに、保安官にも釘をさされてる。で、おらは「ちぇっ」と言って、うなずいた。

いやあ、ガルブレイスの質問の数ときたら！　おら、目がまわっちまっただ。時間がたつにつれて、やっこさんはますます興奮してきた。

「きみのおじいさんの年は？」

「知るもんか」

「ホムンクルスか――フーム。彼は鉱夫をしていたことがあると言ったな？」

「いや、そりゃあじいさまのおやじだ。スズの鉱山さ。イギリスにいたときの話だ。でも、じいさまによると、そのころそこはブリテンて呼ばれてたんだとよ。ちょうど不思議な病気がはやってて、土地の人間は医者にかからなきゃならなかったそうだ――ドルーンだっけ？ドラッドだっけ？」

「ドルイドか？」（ドルイドは、キリスト教伝来以前に古代ケルト民族のあいだで信仰されたドルイド教の司祭。四世紀ごろに絶滅）

「そうそう、それだ。当時はドルイドたちが医者をしてたってことだ。とにかく、コーンウォール近辺の鉱夫がばたばた死にはじめたんで、どこの鉱山も閉鎖されたんだ」

「どんな病気だったのかね？」

おらは、じいさまから聞いたことを思いだして話した。すると教授はおそろしく興奮して、放射能についてなにか言った。おらにわかったのは、せいぜいそのぐらいだ。ひどく、やな感じだった。

「放射能により引き起こされた人工的な突然変異だ！」教授のあごのあたりが桃色になった。「きみのじいさんはミュータントとして生まれたんだ！　遺伝子と染色体の配置が変えられた結果だろう。おい、きみたちはみんなスーパーマンなんだぞ！」

「うんにゃ、おらたちはホグベンさ。それだけだ」

「優性遺伝質だ。まちがいない。きみたち家族はひとり残らず――あー、変わっていたかね？」

「なあ、先生――」

「つまり、全員が飛べたのか？」

「どうやるのかは、まだ自分でもわからねえだ。きっと、おらたちはどっかが狂ってんだな。じいさまはりこうだったよ。他人に見せびらかすなって、いつもおらたちに言いきかせてただ」

「護身のための偽装というわけか。固定した社会文化のなかに身をひそめていたほうが、一般標準からの変異を隠すのは容易だ。現代の洗練された文化のなかにいたら、きみたちの正体はたちまちばれてしまうだろう。だが、この未開の辺境においては、事実上きみたちは透明だ」

「おとうだけだってば」おらは言った。

「ああ、なんということだ」教授はため息をついた。「きみたちの内にひそむそれら途方もない天与の力を、もしも……。わかるか？　その気になれば、きみたちはどんなことでもできるんだ！」急に、教授はいっそう興奮した。おら、その目つきがどうも気に食わなかった。

「すばらしい。思いもかけずアラジンのランプを見つけてしまったらしいぞ」教授はうわごとみてえにつづけた。

「おらたちをそっとしといてほしいな。あんたも調査隊もだ！」

「調査委員会のことは忘れたまえ。しばらくこの件はわたしひとりであつかうことにしたから。ただし、きみたちが協力してくれればだがな。つまり、手伝ってもらいたいんだ。承知してくれるか？」

「やだね」

「それなら、ニューヨークから調査委員会を連れてくるまでのことだ」教授はざまあみろって調子でえらくうれしそうだった。

おらは、じっくり考えた。

「よし、おらにどうしろって言うんだ？」

「まだわからん。種々の可能性が充分につかめておらんのでな」教授はゆっくりと答えた。

けど、教授の頭はいそがしく働きだしたようだった。そうさ、いかにもそういう様子だっただ。

おらは窓のとこに立って、外をながめてた。すると、ふいに名案が浮かんだ。とにかく、教授を信用しすぎるのはりこうじゃねえ。そこで、おらは新式散弾銃のほうへぶらぶら歩いていって、なかの仕組みを少し変えた。

自分がどうしたいかは、ちゃんとわかってた。でも、もしガルブレイスから、なしてここの針金をねじってそっちのそれを曲げてるんだときかれても、たぶんおらにゃ答えられなかったろう。なんしろ教育がねえからな。そんでも、この新式散弾銃は、たしかにおらのもくろみどおりのことをするはずだ。

小さなノートにせっせとなにか書いてた教授が、顔を上げて、こっちを見た。

「なにをしてるんだ？」やつはきいた。

「もとどおりに直してやろうと思ってね。あんた、バッテリーをいじくったんじゃねえのか？　ためしに撃ってみな」

「ここでか？」びっくりしてた。「損害賠償を払わせられるのはごめんだ。テストはしかるべき安全な場所でするさ」

「あそこの屋根の上に風見鶏が見えるだろ?」おらは指をさした。「あいつを狙ったって、どうってことたねえさ。この窓からやってみなよ」

「キ、危険はないだろうね?」教授が新式散弾銃を使いたくてうずうずしてるのは、一目見りゃわかった。おらが、人を殺す心配なぞねえよとうけあうと、教授は深呼吸をひとつして窓へ行き、銃床を頰に当てた。

おらはできるだけ後へさがった。保安官に姿を見られたくなかったんでな。こっちはとうに保安官を見つけてた。やっこさん、通りのまむかいにある食料品屋の前のベンチに、腰をおろしてるだ。

なにもかも、おらの思ったとおりになった。ガルブレイスが屋根の上の風見鶏を狙って引き金を引くと、銃口から光の輪がパッパと出はじめた。ものすごい音がして、ガルブレイスはあおむけにぶっ倒れた。部屋はすげえ揺れ方だった。町中で悲鳴があがった。

ここしばらくは透明になってたほうが便利かもしれねえって気がした。で、おらは透明になった。

ガルブレイスが新式散弾銃を調べてるところへ、アバーナシイ保安官が飛びこんできた。食えねえ野郎だぜ、この保安官てのは。ピストルと手錠を両手に持って、保安官はすぐさま教授にがなったただ。

「見たぞ! きさまら都会の連中は、いなかでなら、なにをしてもかまわないと思ってるんだ。しかし、そうはいかんからな!」

「ソーンク!」とさけんで、ガルブレイスはあたりを見まわした。けど、もちろん、おらの姿は見えやしねえ。

それから、二人は言い争いをはじめた。アバーナシイ保安官はガルブレイスが新式散弾銃を射つのを自分の目で見てたから、だまされやしなかった。通りを引きずられていくガルブレイスのあとを、おらは足音をたてねえようにしてこっそりとついてった。だれもかれも気がちがったみたいに走りまわってた。たいていのやつが、両手で顔をピシャピシャたたいてただ。

教授は泣きながら、わからないわからないとさけんでた。

「きさまを見たんだ!」アバーナシイが言った。「きさまがその妙な機械を窓から突き出したとたんに、町のみんなの歯が痛みだしたんだぞ! なにがわからないだ!」

保安官は頭のいい男だ。おらたちホグベン一家とは長いつきあいだから、ときたまとんでもないことが起こっても、驚いたりはしねえ。それに、なんせ、ガルブレイスは科学者ときてる。そんなもんで、ひと騒ぎあったあとで、町の人間がことのしだいを聞きつけて、ガルブレイスをリンチにかけようとしただ。

けど、アバーナシイは教授を牢屋に入れた。おらはしばらく町をぶらついた。牧師さまが外に出て自分の教会の窓を見あげ、首をひねってただ。窓はどれもステンド・グラスだったんだが、なして急にどぎつい色になっちまったのか、わかんなかったんだな。おらにはわかってた。ステンド・グラスにゃ金がはいってるだ。金を使うと、きれえな赤い色が出るだよ。

最後におらは留置所へ行った。あいかわらず透明のままだったんで、ガルブレイスが保安官に話してることを、盗み聞きした。

「ソーンク・ホグベンのしわざさ。いいかね、やつがあの投光器を修理したんだ」教授はしゃべりつづけた。

「おれはたしかに見た。きさまがやったんだ。いててっ！」保安官はあごを片手でおさえた。「もうたくさんだ、うるさい！　おもての連中は本気だぞ。町の人間の半分が、歯が痛いって悲鳴をあげてるんだからな」

つまり、町の人間の半分が、歯に金をつめてたってことだ。

そのあとのガルブレイスの言葉を聞いても、おらはたいして驚かなかった。「わたしはニューヨークから調査委員会を来させるつもりなんだ。今夜にも財団に電話をかけようと思っていたところでね。彼らがわたしの潔白を証明してくれるだろう」

やっぱし、はじめっから教授はおらたちをいっぱいくわす気でいたんだ。たぶん教授ひとりの考えにちげえねえ。

「おれの歯を直せ――それからほかのみんなのもだ――さもないと、ドアを開けてやつらをなかへ入れるぞ！」大声で吠えてから、保安官は奥へ行って氷のうを頰にあてた。

おらは、そっとそこを離れてもう一度見えるようになると、廊下を歩くのにわざとやかましい音をたてて、ガルブレイスに聞こえるようにした。やつはさんざんおらに毒づいただ。おらはわざとまぬけづらをして、やつがくたびれるのを待った。

「おら、どうも失敗しちまったみてえだな。でも、始末はつけてやるよ」

「おまえにはもうこりごりだ！」教授は口をつぐんだ。「いや、待てよ。なんて言った？　この事態を収拾できるのか？――どうしようというんだ？」

「あの新式散弾銃をずっと見てたんだけど、どこが悪いか大体の目星はついただ。いま、あれは金に同調するようになってるだよ。そいだもんで、町中の金が光線だの熱だのを出してるってわけだ」

「誘導選択放射能《インデュースト・セレクティブ・ラディオアクティヴィティー》だ」ガルブレイスがつぶやいた。たいして意味はなさそうだった。「聞いてくれ。外の群衆のことなんだが――この町では始終リンチがあるのかね？」

「せいぜい年に一、二回ってとこだな。今年はもう二回やったから、割りあてはすんだっちゅうわけだ。けど、あんた、うちに来ないかね？　おらたちなら、人ひとりを隠すぐれえちょろいもんだ」

「はやくなんとかしろ！　さもないと、ニューヨークから調査委員会を呼ぶからな。それはまずいんだろう？」

こんなやつに会ったのは生まれてはじめてだ。うそつきのくせに、しゃあしゃあと正直者づらしやがって。

「安心しなよ」おらは言った。「すぐにあいつを直して、光の輪が出ねえようにしてやるから。ただ、町の連中に、今度のできごとがおらたちホグベン一家のせいだと悟られたくはねえ。おらたちは静かに暮らしてえんだ。こうしよう。おらはあんたのホテルに引き返して、散弾銃をすっかり作り直す。だからあんたは、歯が痛いって言ってる連中をみんなひとっところに集めて、引き金を引いてくれりゃいい」

「しかし――それは――」

教授は新しいもめごとが起こるのを心配してた。おらは、なんとか言いくるめなきゃならなかった。外で大勢がわめいてるおかげで、それほど骨は折れなかっただ。やがて、おらは二人と別れたが、透明になって戻ってきて、ガルブレイスと保安官の話に耳をすませた。

二人は言われたとおりに手はずをととのえた。歯の痛い人間は、みんな公民館で待つことになった。そいでもって、あとからアバーナシイが新式散弾銃を持って教授をそこへ連れてゆき、みんなの前で教授に引き金を引かせるって寸法だ。

「それで本当に歯の痛みが止まるかな?」保安官がたずねた。

「そう――まず大丈夫だと思うがね」

アバーナシイは教授がちょっと口ごもったのに気づいた。

「それじゃ、まず最初におれでためしてもらおうか。ほんの確認の意味でな。おまえは信用できん」

どうやら、他人を信用してる人間なんざ世のなかにゃいねえらしいや。

おらはホテルへ取ってかえすと、新式散弾銃を作り変えた。そんとき、こまったことが起きただ。おらの身体が、だんだん透明じゃなくなってきちまっただよ。おら、まだガキなもんで、どうしようもねえだ。

あと二、三百年もしたら、好きなだけ透明でいられるようになるだ。けど、いまんとこは、そんだけの腕がねえってわけさ。問題は、だれかに手伝ってもらわねえと、計画どおりにいかなくなっちまったってことだ。人に姿を見られてちゃ、手も足も出ねえだよ。

おらは屋根にあがって、チビのサムを呼ぶと、やつの頭んなかにもぐりこんで、おとうとレスの叔父貴におらの考えを伝えさせた。ちょっとすると、レスの叔父貴が空からおりてきただ。やけに重そうなのは、おとうを背中に乗っけてるせいだ。おとうは、タカに追っかけられたってんで、ええ見幕だった。

「だれにも見られちゃいねえよ。たぶんそのはずだ」叔父貴が言った。

「きょうは、みんな自分のことで手一杯だよ」おらは言った。「ちょっくら手伝ってくれねえか? 例の教授が調査団をここに来させて、おらたちを調べる腹でいやがるだ。あんなして約束したくせによ」

「たいしたことはできねえぜ。あいつを殺すわけにゃいかねえしな。じいさまの命令だでよ」おとうの声がした。

そこで、おらは計画を話した。おとうは透明になってるから、簡単にやれるはずだ。それから、おらたちは屋根にすきまを開けて、ガルブレイスの部屋を見おろした。

ちょうど、まにあっただ。保安官はピストルをかまえて、じっと待ってた。教授は、青い顔で、新式散弾銃をアバーナシイにむけた。ことはすらすらと運んだ。ガルブレイスが引き金を引くと、紫色の光の輪が飛びだした。それだけだ。保安官が口をあけて、ごくりと息を飲みこんだ。

「きさまの言葉はうそじゃなかった! 歯が痛くなくなったぞ!」

ガルブレイスは汗をかいてただ。けど、見えっぱりなやつさ。

「当然だ。言ったろうが――」

「さっそく公民館へ行こう。みんなが待ってる。全員を直すまで、この町からは出さんからな」

二人は出ていった。おとうがこっそりあとを追っかけ、レスの叔父貴はおらを乗せて、二人の頭の上を飛んでいった。屋根すれすれに行けば、見つかることはねえ。少しあと、おらたちは公民館の窓の外に浮かんで、なかをのぞきこんでただ。

こんなすげえうめき声を聞くのは、あのロンドンでのペスト(一六六四―一六六五年に大流行し、約七万人が犠牲になった)騒ぎ以来だ。なかで押しあいへしあいしてる人間が、ひとり残らず歯が痛いってウンウン言ってるんだもんな。アバーナシイが、新式散弾銃を持った教授とならんではいってくると、だれかがさけび声をあげた。

ガルブレイスは舞台で銃をかまえ、みんなを見おろした。保安官がまたピストルを引っこぬいて、静かにしろ、すぐ痛みは消えるからと言った。

もちろん、おとうの姿は見えなかっただ。でも、舞台にいるのはまちがいなかった。新式散弾銃におかしなことが起こっただよ。ほかに気づいたやつはいなかったが、おらはそれを待ってただ。おとうは——透明なまんまで——少しばかり機械の仕組みを変えてるだ。どうやるかはおらが教えといたけど、おとうも、やることはちゃんとこころえてた。で、じきに、銃はおらたちの考えどおりに動くようになった。

そのあとが、見ものだっただ。ガルブレイスが銃のねらいをつけて引き金を引くと、光の輪がいきおいよく飛びだした。今度は黄色だ。おらはおとうに、公民館の外にいる連中には迷惑がかからねえ程度にしといてくれと、念をおしといただ。けど、なかじゃあ——

まあ、たしかにみんなの歯痛《はいた》はおさまっただ。金のつめ物がなくなっちまえば、もう、そいつが痛むわけはねえもんな。

おとうは、生きてる物以外はなにもかも消しちまうように、銃を直しただ。射程距離は、ちょうどよかった。座席が全部と、シャンデリアの下のほうが、だしぬけに消えた。集められてた連中にも、効果はてきめんだった。義足のジェフは、義足といっしょにメガネをなくしたし、入れ歯を入れた人間は、そいつをなくした。

おまけに、服まで消えちまっただよ。靴は生き物じゃねえし、ズボンもシャツもドレスもそうだ。あれよあれよってまに、公民館のなかの人間は、全員、素っ裸になっちまっただ。けど、なんにしろ、歯は痛くなくなったんだからな。そうだろう?

おとうとおらは、一時間後にうちに帰った。それから、ドアがいきなり大きく開いて、レスの叔父貴のあとから、教授がよろよろとはいってきた。なんともひでえありさまだっただ。床にがっくりすわりこ

「教授退場」（ヘンリイ・カットナー）解説２

ヘンリイ・カットナーは、1936年にそもそも怪奇小説作家としてウェアード・テールズ誌からデビューしたのですが、長いあいだ、“三流”のレッテルをはられていました。どの作品も、ラヴクラフト、ワインボウムといった先輩作家の模倣の域を出ず、さらには、ＳＦに低俗なエロを持ちこんで読者から激しい非難を受けるというしまつだったのです。その彼が真のＳＦ作家に成長する契機となったのは、1940年のＣ・Ｌ・ムーアとの結婚でした。ノースウェスト・スミス・シリーズなどの作者として当時のＳＦ界の人気を一身に集めていたムーアの積極的な助力のもとに、彼はみちがえるばかりの秀作を次々と発表して、おしもおされもせぬ一流作家にのしあがりました。このホグベン一家シリーズも、彼らおしどりコンビが生み出した傑作ユーモアもので、本篇はその第一作にあたり、スリリング・ワンダー・ストーリーズ誌の1947年10月号に発表されました。なお、第二作 Pile of Trouble が、「トラブル・パイル」という題名で、ＳＦマガジン1963年12月号に翻訳されています。

（訳者）

むと、ガルブレイスはぜいぜい息をしながら、おそろしそうにドアを振りかえった。

「ありゃ、おもしろかったぜ」レスの叔父貴が言った。「おらが町の外を飛んでたら、教授が大勢の人間に追っかけられてるじゃねえか――なかには、シーツを身体に巻きつけてるやつらもいたな。教授にたのまれたんで、ここへ連れてきてやったのさ」叔父貴はおらにむかって片目をつぶった。

「ア、ア、あいつらは、ここまで押しよせてくるだろうか？」ガルブレイスがきいた。

　おっかあがドアのとこへ行った。

「たいまつが、いっぺえ山を登ってくるだ。あんたにゃ気の毒だけどよ」おっかあは言った。

　教授はおらをにらみつけた。

「前に、わたしを隠してくれると言ったな？　さあ、そうしてもらおうか！　これはおまえの失敗のせいだ！」

「そうかな」

「わたしを隠せ。さもないと、調査委員会を呼ぶぞ！」

「それじゃ、もし安全にかくまってやったら、その調査隊のことはきれいに忘れて、おらたちをほっといてくれるかい？」おらは言った。

　教授は約束した。

「ちょっくら待ってくれ」と言うと、おらはじいさまに相談しに屋根裏部屋へあがっていった。

　じいさまは目をさましてただ。

「どうするね、じいさま？」おらはきいた。

　じいさまは、チビのサムにやつの頭んなかをさぐらせた。

「あの無頼漢の申すことは、すべていつわりじゃ」じいさまはすぐに言った。「なんとしても、下劣なる者どもの一団をここへ呼びよせる決意じゃ。口先で誓いしことなど、意に介してはおらん」

「そんでも、やつを隠してやったほうがいいかね？」

「然り《アイ》」じいさまは言った。「ホグベン家の者に二言なし――決して殺すことはならん。そのうえ、窮鳥ふところに入れば猟師もこれを射たずじゃ」

　ひょっとすると、じいさまは片目をつぶったかもしれねえ。だども、じいさまがそんなことしたって、はたのもんにゃわからねえだよ。そこで、おらははしごをおりた。ガルブレイスはドアのとこで、山を登ってくるたいまつの明かりをながめてた。

　やつはおらのえり首をつかんだ。

「ソーンク！　もしわたしを隠さんと――」

「わかったよ。こっちに来な」おらは言った。

　こんなわけで、おらたちは教授を地下の穴蔵に連れてっただ……

　追手の連中が、アバーナシイ保安官を先頭にしてやってくると、おらたちは馬鹿のふりをした。みんなが家《や》さがししてるあいだ、チビのサムとじいさまは透明になってたもんで、気づかれねえですんだ。もちろん、ガルブレイスは見つかりゃしなかっただ。約束どおりに、うまく隠してやったからな。

　これは、もう何年も前のことだ。教授はいまも元気にしてるだよ。けど、おらたちを調べてるわけじゃねえ。ときどきやつのはいってるびんを取りだしちゃ、おらたちのほうで、やつを調べてるだ。

ほんとに、えらくちっぽけなびんだぜ！

Kisou-Tengai Anthology

奇想天外

SF
MYSTERY
FANTASY
HORROR
NONFICTION

「別冊 奇想天外 No.13 SF MYSTERY 大全集」1981年

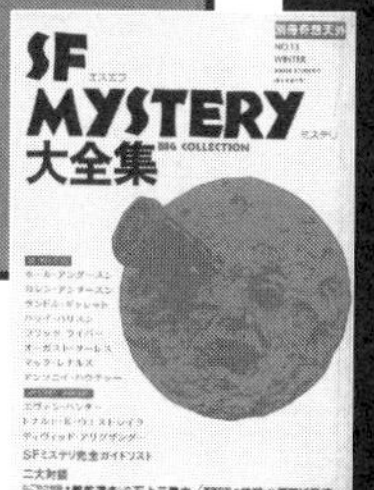

時空海賊事件

―ソーラー・ポンズの事件簿

The Adventure of the Snitch in Time

by Mack Reynolds & August Derleth

マック・レナルズ&オーガスト・ダーレス

日暮雅通訳

退屈をもてあますポンズの前に奇妙な依頼人が……

これから語る事件にわが友ソーラー・ポンズが関わったのは、明白な理由により定かにできない、ある年の秋の午後のことであった。あの状況下だからそう思えたのかもしれないが、わたしたちの時代あるいはそれ以前の諮問探偵に起こった事件としては、最も驚くべきものであった。また同時に、それが今まで世に知られずに残った存在理由でもあるのだが、同じくらいきわめて異常な奇禍のひとつでもあった。

あれはロンドンが黄色い霧にすっぽりとおおわれた日々のことで、わたしたちは二日間というもの、下宿にとじこめられたままであった。外界からのものといえば、時おり配達される新聞と、しんぼう強い下宿のおかみの、ポンズの乏しい食欲に対する絶え間ない不平だけ、という状態だったのである。

暖炉には火があかあかと燃え、暖かく気持ちがよかったが、わたしたちはその部屋にも飽きあきしはじめていた。ポンズは顕微鏡による観察をし尽くし、化学実験装置もほうり出していた。例の忌わしい射撃訓練もやめてしまっていた。そして今回は、いつもマントルピースのまん中にナイフでつき刺してあるあの手紙の類が、一枚もなくなってしまったのである。ポンズは乱雑な部屋の中を落ち着きのない様子で絶え間なく歩きまわり、ビロード張りの椅子に腰かけて、ストラディヴァリウスとアマティのバイオリンの相違点を述べ立てたかと思うと、空《から》のパイプを手にして立ち上がったりした。

そして炉辺に立ち、マントルピースの下にびょうで留めたペルシャスリッパのつま先から、シャグ煙草をとり出そうとして、突然手をとめた。押し黙ったまま、その鷹のような鋭い顔に好奇心に満ちた表情をうかべ、聞こえてくる音をつかまえようとでもするかのように身をのり出し、一瞬立ちつくした。

「ぼくの思い違いでなければね、パーカー」ポンズはめったにない重々しい口調で言った。「ぼくらは、今までで最も尋常ならざる客をむかえることになるよ」

わたしはその時まで窓際に立って外をながめていたので、振り返ってポンズに言った。「この三十分というもの、霧の中には何ひとつ見えないがね」

「いや、パーカー、きみはまちがった方向を見ているのさ。足音はむこうから近づいてきているんだ。しかもやや上のほうからね」

そう言いながら、ポンズは灰色の眼に警戒の色をうかべ、ドアのほうを向いた。

わたしは、しばらく前から奇妙な音がしているのに気づいていた。雨水が規則的に屋根に当たるような音だ。きっとポンズは、この音を足音とまちがえたのだろう。ところがわたしがそう思ったのとほぼ同時に、われわれの部屋のドアにまったく奇妙なことが起きた。外の道路に通じる階下のドアがあく音も、階段を昇る足音もまったく聞こえなかったのに、この部屋に押し入ろうとしてドアをこすっているような、奇妙な音がしたのである。その物音はドアのてっぺんから始まり、中央の羽目板のあたりまで下がってきたところで、ようやくはっきりとわかるノックの音になった。

ドアの近くにいたわたしは、あけようとしてからだを動かした。

「用心するんだ、パーカー。それからびっくりしないように。ぼくがとんでもないまちがいをしていない限り、これはぼくらとは別の世界から来た客だからね」

わたしはびっくりして、ぽかんと口をあけたままポンズを見つめた。今まで、かれの信じられないような推理には何度も驚かされてきたが、今回のこれだけ落ち着きと自信に満ちた言い方をみると、そのことばがわたしにはとても信じられない内容であるにしても、かれが冗談を言っているわけではないことに疑いはなかった。

「さあパーカー、お客を待たせてはいけないよ」

わたしは思いきってぱっとドアをあけた。戸口に立っていたのは、陽焼けした顔に頑丈そうな身体で、まばゆいばかりの輝く色をした不思議な服を着た男だった。足にはサンダルともスリッパともつかない、おかしなものをはいていて、それが、はじめわたしが水のしたたる音と勘違いしたあの奇妙な音をたてていたのに違いなかった。だがポンズは今まで聞いたこともない音であるにもかかわらず、これを足音であると正確に判断したのであった。

客はちらりとわたしを見ると、口を開いた。「ああ、あなたがあの有名な、文学をおやりのお医者さんですな？」そして、冗談でもいうようなふざけた笑みをもらした。

わたしは、このあいさつのしかた、ほとんど傲慢ともいえる喜び方に驚きあきれて、一瞬口ごもってしまった。

「どうぞお入りなさい」ポンズがわたしのうしろから声をかけた。「パーカー博士の無作法はどうか大目に見てやってください。ぼくには、あなたが非常に遠くからいらしたことがわかります。疲れの色がはっきりと出ていますよ。こちらにおかけなさい。そして、この部屋を訪ねることになった原因を話して、楽になさったらどうですか」

客はポンズの招きに感謝して軽く頭を下げながら、部屋に歩み入った。

「お約束もなしに突然お訪ねしたことを、お許しください」客の話しかたはどこかぎこちないところがあり、はなやかな、ヴィクトリア朝時代の人間のような身振りだった。「ほかに方法がなかったものですから。自己紹介させてください。わたしは、太陽系連盟、地球《テラ》連邦警察の捜査官、トバイアス・アセルニです」

ポンズの眼はうれしそうにきらきら光っていた。

「時空海賊事件」
（マック・レナルズ＆オーガスト・ダーレス）解説

作者のオーガスト・ダーレスは1920年代からホラー、ＳＦ、ミステリと多岐にわたる作品を発表しているアメリカの作家。

ホラー関係では専門出版社の《アーカムハウス》を設立、当時不遇だったＨ・Ｐ・ラヴクラフトの作品出版（ラヴクラフトの〈クトゥルフ神話〉の体系化やメモを基にした新作発表等）やロバート・ブロック、レイ・ブラッドベリ等をデビューさせるなど、斯界に多大な貢献をしている。また、シャーロッキアンとしても知られており、ホームズ・パスティーシュの〈ソーラー・ポンズ〉シリーズの作者としても名を馳せた。

一方のマック・レナルズも50年代から活躍しているアメリカのＳＦ作家で、邦訳も短編が多数ある。

本作はソーラー・ポンズ・シリーズの一編であるが、SFに強い二人の共作だけあって、時空・次元を超えた、正に雑誌『奇想天外』掲載に相応しい手の込んだ奇想天外SFミステリとなっている。

（山口雅也）

「失礼ですが」わたしはがまんできずに話に割りこんだ。「冗談というのは楽しいものですが、時と場所をわきまえなくてはね。いったいどこからいらしたんです?」

客はポンズの示した席に腰かけていた。わたしのことばを聞くとちょっと口をつぐみ、ローブのような衣服の内側から紫色の表紙の小さなノートブックをとり出し、親指でページをめくっていった。

「失礼しました」つぶやくような声だ。「あなたがたの、あのいささか不思議なカレンダーを使うならば、われわれの時代は西暦二五六五年ということになります」

それまで客を仔細に観察していたポンズは、椅子の背にもたれかかると、眼を閉じて両手の指先をつきあわせた。「するとあなたは、ご自分が今から約七百年後の未来の、政府捜査官だとおっしゃるわけですな? アセルニさん。つまり、時間を超えた旅行者ですか」

客はしかめっつらになった。「正確には違います、ポンズさん。わたしの知る限りでは、時間旅行《タイムトラベル》などというものは存在しませんし、そういった旅行法が開発可能だという話も今まで聞いたことがありません。わたしがここに存在することの証明は、もっと簡単なものです。つい最近、われわれは宇宙というものがただひとつではなく、無数に存在するということを発見しました。『起こる可能性のある事柄』というのは、すべてがすでに『起こった事柄』であり、『これから起こる事柄』でもあり、今『起こっている事柄』でもあるのだ、ということを学んだのです。別の宇宙が無限に存在するということを知れば、このことは簡単に理解していただけると思いますよ。わかりやすく説明しましょう、ポンズさん。たとえば、あなたが今いるこの世界のほかに、ウォータールーでナポレオンが勝った、という史実をもつ時空連続体があります。さらにウォータールーの戦いが引き分けに終わる世界も、ウォータールーの戦いが存在しない世界も——いや、ナポレオンが生まれさえしなかったという世界も存在するのです!」

わたしは、こみあげてくる怒りにポンズのほうをちらりと見たが、わが友の顔は、精神を集中しているときにいつも見せる、あの夢みるような表情になっていた。この明らかにペテン師とわかる輩にだまされているとは思えなかった。

「この世界とは別の、無数の世界が……」ポンズはつぶやいた。「そこには別のぼく、別のパーカーがいて、われわれとほとんど同じ生活をしているのですね?」

客はうなずいた。「その通りです、ポンズさん。しかももっと別の時空連続体もあります。あなたがた自身の存在しない、あるいは存在したことのない、これからも存在しない、という無数の世界が」そしてかれは、申しわけないとでもいうように咳払いをした。「それからポンズさん、この多次元宇宙の中には、あなたがたお二人が、大衆作家の生み出した小説上の人物であるという世界もいくつかあるんです」

「これは驚きだ!」ポンズは叫ぶと、わたしのむっつりした顔をちらりと見てつけ加えた。「だが全く信じられないことではない。ねえ、パーカー?」

「とんでもない! きみはどうしてこんなばかげた話をおとなしく聞いていられるんだい?」

「いや、パーカー」ポンズは静かな声で言った。「早まった結論は出さないようにしようじゃないか」

「いきなりめんくらうようなことを言って、申しわけありません、パーカー博士」客は落ち着いた調子で口をはさんだ。「でもわたしは、確かに今申した宇宙から来たのです。その時空連続体においては、わたしが生まれるおよそ七百年前に、ソーラー・ポンズ氏とリンドン・パーカー博士の登場する一連の物語が、おそらくパーカー博士によって書かれ、推理の文学としてあらゆる時代の人気を得たのです」

「それが全部ほんとうだとすると」とポンズ。「あなたはなんのためにここにいらしたのですか？」

「ご相談にのっていただくためです」

　ポンズは静かな笑みをうかべて、「そうだと思っていました。しかし小説中の人物に相談しても、あまり役に立たないのではないですかな？」

「これは一本とられましたな。しかし小説中の人物というのはわたしの宇宙の、わたしが生まれる七百年前のことです。この宇宙では、あなたはまさに実在の人物であり、世界一の名探偵なのです！」かれはため息をついて話を続けた。「ポンズさん。まずあなたが実在する連続体をさがし、さらにあなたと同時代の世界に行くということがいかにむずかしいか、あなたには想像できないでしょうな」

　ポンズは左の耳たぶをなでながらしばらく黙ってすわっていたが、やがて口を開いた。「犯罪のパターンとその捜査は絶えず進歩しています。あなたは連続体の選択を誤りましたな、アセルニさん」

「わたしはそうは思いません、ポンズさん。あなたがわたしの話を最後まで聞いていただけるならばですが」

「続けてください」

「わたしたちの世界で最も科学的に進んだ犯罪者集団のひとつに、クラブ・サリーズとよばれるものがあります。これは、首領モリアーティの一番好きな色、さくらんぼ色《サリーズ》をとってつけられた名で、連中は――」

「モリアーティだって！」ポンズが叫んだ。

「そうですポンズさん、モリアーティです。この名前はあなたもよくごぞんじと思いますが？」

「もちろんですとも！」ポンズは一瞬ことばを切り、眼をとじた。「パーカー、きみも知っての通り、あのライヘンバッハでのかれの死は、ほかの時のと同様にかなり疑わしいものだと、ぼくは常に思っていた」

かれは椅子の中で身体を起こすと、客をじっと見つめた。「どうか続けてください、アセルニさん。有名なあのわたしの先人は、結局のところ手詰まりになったわけですが、あなたはわたしに完璧な勝利を得るチャンスを与えてくれるのです！」

「ええ、ポンズさん。あなたは驚かれないでしょうが、モリアーティとその一味は、過去いく度か、まんまと懲罰からのがれてきました。わたしがあなたの助力を乞いにやってきたのは、連中を逮捕するためです。連中の犯罪方法は、わたしがここへやってくるのを可能にした理論と同じものをもとにして開発したものです。モリアーティとクラブ・サリーズは、いつもわれわれの時代より未発達の時空連続体に侵入し、われわれの最新兵器と装置を使って逃げ道を確保した上で、美術品を略奪してきたのです。たとえばつい最近では、二十世紀の世界に行って、ダビンチの作品をひとつ、レンブラントを六つ、それからケリーの作品のきわめて貴重なコレクションを盗みました」

ポンズの眼がやや大きく開かれた。「アイルランド人がダビンチに匹敵する芸術家を生み出したとおっしゃるのですか？　アセルニさん」

「その通りです。ケリーという名の人物が、〝ポゴ〟とよばれる天才を扱った作品をつくり出し、それがかれの時代の何百という新聞に連載されました（『ポゴ』はアメリカの新聞連載マンガ）。今回盗まれたのはその〝ポゴ〟のオリジナルで、とても貴重な未発表の絵が数点含まれているのです。この途方もなく高価な宝を手にして、モリアーティとその一味はまんまとわれわれの時空連続体に舞いもどってきました。当然のことながら、われわれの世界ではなんら罪を犯していないのですから、連中を処罰することはできません。通常の状況下であれば、犯人が盗みを働いたところの官憲に引き渡すことが可能なのですが、事態は複雑すぎてそれもほぼ不可能です」

ポンズはほほえんだ。独創的ではあるにしても、とても正気とは思えないこの依頼人の話を聞きながら、いぜんとして迷惑そうな顔つきなど少しも見せない。

「おそらく、その『不可能』というのは、犯罪者の一団を、その犯罪の行われた世界には存在しない国から送還するということに伴う問題を形容したことばでしょうな。だが二十世紀の国家は、その時代の警察に対し七世紀も進んだ犯罪者たちを処理するために、特別な保護対策を――ただし実際役に立てばですが――採用せざるを得ないのではないでしょうか」ポンズは頭を横にふると、うすい唇にやわらかな笑みを浮かべて続けた。「しかしこういった細かい問題を考えるのはやめないと、そのうち時間と空間の高等数学の論議になってしまいますな」

「この問題の重要性というのは、今やはかり知れません」客は話を続けた。「モリアーティとクラブ・サリーズの成功が続けば、ほどなくほかのこうした犯罪集団が連中に張り合うことは疑いの余地もありません。そして結局は、無数の『時空海賊』たちが生まれ、それまでの仕事をやめてこの手のノビ《スニッチ》に弱い時空連続体での仕事へとうつってゆくのです」

「ノビ？」わたしはくり返した。

「初歩だよ、パーカー」ポンズはじれったそうに言った。『窃盗』の慣用語だということは明白だよ」

「これはあなたのところも例外ではないのですよ、ポンズさん」アセルニはことばを続けた。「増え続けた犯罪者たちは、遅かれ早かれこの時空連続体の、この時代にも現われることでしょう」

はっきりとはわからなかったが、わたしにはこのひとことでポンズのほおの色がやや変わったように見えた。だがもしこのとき、かれのやせた身体に震えが走ったのだったとしても、次の瞬間にはもういつもの完全な統率下にもどってしまっていた。かれは静かにすわったまま眼をとじると、頭をうなだれて胸のあたりまで下げ、両手の指先を山の形につきあわせた。

客は静かに待った。

ほどなくポンズは眼を開き、客にむかって言った。「アセルニさん、ひとつお尋ねしたいのですが――あなたの世界には所得税というものがありますか？」

アセルニはうなるように言った。「ありますとも。去年なんか、信じられないほどうんととられましたよ。官僚主義もいいとこです！」

「すばらしい！　それならなぜモリアーティを脱税で起訴しないんですか？」

アセルニは悲しげに頭を横に振った。「われわれの時代の犯罪者は進歩していましてね、ポンズさん。連中は税金を払うんですよ」

ポンズは再び沈黙の世界にもどり、キャラバッシュ・パイプに火をつけた。だが今度はすぐに口を開いた。

「ぼくには少しばかり英国の法律について知識がありますがね、アセルニさん。そちらの法律とはおそらく違っているでしょう。あなたの世界のあなたの時代では、どういった社会組織になっているのですか？」

「産業的封建制度という表現のしかたが一般的ですね」

「聞いたことのないことばですが、意味あいはわかります。説明していただけますか」

「奴隷制度から封建制度が、そして封建制度から資本主義が発達したのと同じように、われわれの時空連続体において、産業封建主義は資本主義から発達したものです。少数の財政公爵、産業男爵、運輸卿などが政府と事実上のすべての富を完全にコントロールしてしまうまでになっています」

「国境というものはまだ存在していますか？」

「地球は統一されています。しかし太陽系のほかの惑星との結びつきは弱いものです」

「では当然、ほかの惑星とのあいだの関税法をお持ちですね？」

「きわめて厳密なものをね。先月、ダップルの実を密輸しようとした火星人を二、三人逮捕しましたが、十年の刑をくらいましたっけ」

「それこそモリアーティの一味を捕えるのに格好のわなになりますよ、アセルニさん。連中はその美術品に輸入税を払わなければならないはずです。そうしなければ法律を破ったことになります」

依頼人はやっと笑い顔をみせた。「そうですとも、ポンズさん。ついに問題の解決にゆきあたりましたね」

そう言うとかれは立ち上がった。ポンズはことばを続けた。

「お国の政府は、ほかの時空連続体からの輸入に対して莫大な税金をかけたらいかがでしょう。この手を使えば、あなたの時代の犯罪者が、税金を払うほど進んでいるという点から考えて、おそらくこれ以上の侵略はくいとめることができるでしょう」

依頼人はいかにも帰りたそうだったが、それをためらっていた。「ポンズさん、あなたのご親切に報いる方法が何かあればいいのですが。残念ながらわたしたちのあいだでは、貨幣体系も違いますし。わたしにできるのは、わが時空連続体の名のもとに心からの感謝の気持ちをささげることだけです」

「わたしたちのこの世界が、今後モリアーティのような男のえじきにならないということを約束していただけるだけで、十分な報酬となりますよ。だがちょっと待ってください――あなたにはまだ何か頭を悩ますようなことがあるようですね」

帰りかけていたアセルニは、戸口のところでふり返ると、ゆがんだ笑い顔をみせた。「ええ。このことは、問題のほんの第一段階にすぎないのではないかと思えるのです。私がすべての時代を通じて最大の名探偵をさがしにここへ向かったことを知って、モリアーティはしかるべき防衛策をとりました。一味の男をひとり、別の時空連続体に送って、ランドルフ・メイスンという名の、最も抜け目のない弁護士に弁護を依頼するように手配したのです（ランドルフ・メイスンはM・D・ポーストの生んだ悪徳弁護士）」

「どうかご安心ください」ポンズは即座に答えた。「ぼくが、今売り出し中の若き同業者をご紹介できますよ。かれはもっと優秀で、この世界の法律界でかなりの評価をうけています。フィクションの中でなら珍しくないことでしょうが、奇妙なことにかれも同じ名字ですよ。名前のほうは確かペリイと言ったはずです。合衆国の西海岸にいるぼくの通信員たちが、かれの才能に関して詳しい報告をくれています。ロサンジェルスに行かれれば、おそらく会えることでしょう。あなたの政府の一件はかれにゆだねることにします。ではさようなら、アセルニさん」

　客の背でドアがしまるが早いか、わたしはポンズに向きなおった。

「ぼくらのうちどちらか、やつのあとをつけて行って、当局に逃亡を通報すべきじゃないのかい？」

　ポンズは窓際に歩みよると、霧にけむる通りを見おろしていたが、そのままふり向かずに、わたしに聞いた。「かれは気がふれているというのかい？」

「当然じゃないか！」

「当然だとね！」ポンズは頭を横にふった。「ぼくはときどき思うんだがね、パーカー。ぼくにとっては物足りないにせよ、きみにはなかなか観察力がある。だがその能力も、どうしようもない強情さが障害になっているようだ」

「ポンズ！」わたしは興奮して叫び声をあげた。「きみはまさか、あの——あの頭のおかしいペテン師にだまされてしまったんじゃないだろうね？」

「ではきみは、かれの頭が狂っていて、かつペテン師でもあると言うわけだね？」ポンズは、いつもわたしをいらいらさせる、あの優越感に満ちたような笑いをうかべながら言った。

「やつがそのどっちだなんてことは問題じゃないさ。どっちかであることに変わりはないよ」

「ペテン師だとしたら、動機はなんだい？　頭がおかしいのなら、どうやってこの霧の中で道がわかったんだ？　きょうの霧は今までで一番の濃さじゃないか。人間には、単に自分たちにとっては信じられないことだからというだけで、ありそうもない物事を無視してしまう不幸な傾向があるようだね。ねえパーカー、きみはぼくのこの推理活動という領域におけるささやかな冒険のいくつかを、小説の形で残しておこうと考えたことはないかい？」

　わたしは答えるのをためらった。

「さあ、パーカー。きみがそう考えたことがあるのはわかっているよ」

「正直なところ、そう思ったことはあるよ」

「まだ書いてはいないかい？」

「ないさ。誓ってもいいよ」

「その考えを誰かに話したことは？」

「ない」

「さっきの客は、きみのことを文学をやっている医者、と言ったね。『あの有名な、文学をおやりのお医者さん』というのが正確なところだったと思う。きみの言うように、かれがただの精神異常かペテン師だとしたら、きみの心の中にしかないこの希望と野心を、どうやって知ったんだい？　それとも精神異常者とペテンのあいだには、なにかかくされたつながりがあるのだろうか？　わがアセルニ氏のおかげで、ぼくの希望には関係なく、きみがぼくのささやかな能力を利用して文士になるべく運命づけられている、ということがわかったよ」

「ポンズ、誓って言うが、ぼくはきみのことを文章にしたことなど、ただの一度もないよ」

「だがきみはそうするのさ。そうなるんだ。ほかのあらゆる可能性がすべてだめだとわかった場合は、どんなに信じられない、ありそうもないことでも、残ったものが真実なのだ、という、先人の有名な信条を思い出したまえ。きっと今回の一件は、将来きみが秘かに顔を赤めながら書いてゆく物語のひとつになることだろうと思うよ」

結局のところ、この点について、わが友のことばはまったく正しかったのである。

Kisou-Tengai Anthology

奇想天外

SF
MYSTERY
FANTASY
HORROR
NONFICTION

鈴木いづみ

わすれない

地球文化の洪水の中で、ミール星人は変質していった。
両親も兄も失ったマリは、兄の恋人だった地球人のエマを、
精神病院に訪ねてみようと思った。

「奇想天外」1977年6月号

「地球へいかないか」

ジェバがいった。

マリはカウンターのうしろから、香水のびんをだしてならべた。

「なぜ、いまさら、そんなことをいうの？　みんな死んだというのに。おもいだしたくないわ——これなんか、セクシーで、地球人の女性にアピールしますよ。ミール星人の体臭っていうのは、はじめはいやがられるけど、非常に魅力的なんだって」

ジェバは声をひくくした。

「そんなことはどうでもいいけど——みんな死んだわけじゃない」

「そりゃ、あなたやあなたの家族は生きていて、妹さん、こんど地球人と婚約したんですってね。けっこうなことだわ。地球人との縁組みって、出世の早道だっていうから。だけど、わたしはひとりぼっちよ。六年まえから」

舗装された道を、風がふいている。陽光にあふれた街路を、何事にもわすれっぽくなった気楽な人間たちがあるいている。

「駐留軍の一部はひきあげたそうだ」

ジェバはしずかにいった。

昼さがりだが、店のなかはこんでいる。デパートめぐりを娯楽とするミール星人のいなか者でいっぱいだ。

「そういえば、最近、地球軍の兵隊が目につかなくなってきた。そのかわり、商社のやつらが多くなってきたが。おれたちはみんな、あのみじかい戦争をわすれてしまったんだ」

マリは、十九才のときの失恋をおもいだした。真夏のしずかな昼さがり、男は角をまがってきえた。あのときの、ドーンと冷えた喪失感は、ひとつの大きな石となって胸の底に横たわっている。あれは、地球でのできごとだった。

ミール星にかえってきてしばらくして、両親はいってしまった。半年後に、兄のソルはミール星に向かう宇宙船のなかで、自殺した。

気がついたら、土地も家もとりあげられ、彼女はアパートでひとりぐらし、にっこりてきぱきの売り子になっていた。

「六年もたつのか」

ジェバは、頭をふった。

「おにいちゃんは、なぜ死んだの？　立場上？　ところが、地球人的になってしまったのかしら」

「追いつめられていたことはたしかだよ。それにだいぶ、イライラしてた。だけど、あいつはだれよりも誠実だったからだ。ほかにいえることはない」

「例の殺人容疑は？」

「冗談じゃない。ルアナは、いまでもピンピンしてるよ。この星に別荘をもったりして、たいしたもんだ」

「おにいちゃんは、結婚したんじゃなかったの？」

「ああ、そうみたいだな」

ジェバは眉をひそめた。

「その相手の女のひとは？」

「なんだか、精神病院にはいってるとか……内実は、わからんよ。もと宇宙局長官の妹だっていうからなあ」

「ふうん」

「いいかい。きみは、仕事で地球へいくんだから、そんなにこわがることはない」
ジェバは上体をおこした。
「どんな？」
「ファッション・モデルだ。いいや、心配することはない。きみは、すごく若くみえるからね。それに、三十代のはじめの女のコ向きの商品なんだ。豪盛なもんだよなあ。三十代のオンナノコってのは」

「わすれない」（鈴木いづみ）解説

第一回編集会議で候補になっていた小鷹信光訳のチェスター・ハイムズ「へび」が単行本に収録されていることが判明。別の候補作を探すことにした。机に山積みになっていた『奇想天外』誌（第二期）の一番上の一冊を無作為に選んで開いたら、鈴木いづみの本作が目に飛び込んできた。私にとって、鈴木いづみは、先ず日本フリージャズの鬼才、阿部薫のスキャンダラスな妻（ヌードモデル、ピンク女優、飲酒、ドラッグ、自殺etc.）であり、阿部の追悼文（オーヴァードースで夭折）や二、三の短編を読んだきりで、『奇想天外』誌に作品が載っていたという認識は薄かった。

その段階で、復刻版候補には日本人作家のものも女性作家のものもなかった（その後分冊化により大和眞也の作品も収録を決定）。これは格好の作ではないかと思い、早速頁を開く。

政治運動、シナトラのジャズ（先行作ではフリージャズの王者サン・ラの記述もあった）、麻薬、「港のヨーコ・ヨコハマ・ヨコスカ」（70年代のヒット曲）、そして、性行為etc.の言葉が目に入る。これは、雑誌『奇想天外』が駆け抜けた70年代に、サイケデリア、ドラッグ・カルチャー、フリー・セックスを経験した「大人」の男女の意識の内奥を探った作品になっているではないか。それに「ヨコスカ」といえば、私自身が生まれ育った町であり、今現在本作を読んでいる場所でもある。この奇遇はいったい……。

何かの宿縁を感じるとともに、なぜか無性に音楽が聴きたくなり、サイドテーブルに山積みになっているＣＤの山に手を伸ばす。アトランダムに摑んだ漆黒のＣＤの表題を見て仰天した。『なしくずしの死（Mort À Crédit）』——鬼才阿部薫の渾身のLive二枚組である。それは鈴木いづみ作品を手に取る二週間前に、たまたま他のＣＤを探している最中に見つけて、いつか聴こうと取り出したものであり、時系列的には鈴木いづみとは全く別の因果で置かれていたものだった。作家・哲学者のアーサー・ケストラーが言うところの《図書館の天使》（求めていたものが偶然目の前に現れる共時性現象《シンクロニシティー》）が舞い降りたのである。世界が「この作を今一度世に出せと」叫んでいる気がして、採録を決めた（現在鈴木いづみ作品は流通しているが、カルト作家の枠内でのことのようで、若いＳＦ読者には届いていないと思われる故）。

本作は、やはり阿部薫との交感の中で生まれた入魂作であると思う。

ヨハン・ゼバスティアン・バッハ＆アンナ・マクダレーネ・バッハ、ジョン・レノン＆オノ・ヨーコ、ヘンリイ・カットナー＆Ｃ・Ｌ・ムーア、ダシール・ハメット＆リリアン・ヘルマン、ロス・マクドナルド＆マーガレット・ミラーetc。……運命の邂逅を果たしたソウル・メイト同士が結ばれて生れた入魂の作というのは枚挙にいとまがない。

その好個の例として、フリージャズの鬼才と異能のＳＦ作家——サイケデリック～ドラッグ・カルチャーの時代を凄絶に生き死んでいった宿命のソウル・メイト同士が結ばれて生れた入魂の一作をここに供する。

（山口雅也）

ジェバは、5スタでカメリハ、という感じの顔になった。彼は、銀河三大広告会社のうちのひとつに下うけ企業をつくり、なんとそこのチーフ・プロデューサーだというのだから（マリの意見としては、あきれるというかいいかげんなはなしである。彼女は、いなか者のつねとして、広告業界やレジャー産業を軽薄視していた。それで、香水売り場に立たなければならなくなったときは、生活のためとはいえ、ひどくつらかった。それなのに、ファッション・モデルとは！）。

「だめよ、そんなのは！」

「6時に、うえのソーダ・ファンテーンにいるから」

彼は微笑しながら、とおざかった。

しかめっつらをしてみせたちょうどそのとき、地球人の上司がとおりかかった。

「えーとね、彼女の経歴、書きかえてさ、『地球生まれのオンナノコ』としちゃおうぜ」

「いや、そんなこと、する必要ないよ。もっと尊大に孤独感をただよわせていく。『銀河はわたしのふるさと』『彼女はひとりでやってきた』とね」

「売り物はなんだ？　香水とトワレと石けんのセット？　彼女、素朴すぎないかね？」

「そこがいいんだよ。彼女の部屋には、テレビがないんだぞ。ねえ」

男たちは、地球人とミール星人と半々ぐらい。ずいぶんと、ばかげたことばかりいっている。

「もちろん、彼女にはスキャンダルがないさ。だけど『初恋から十年』って、感じでやってもらいたいね。男がいるのかいないのかわかんないけど、いてしかるべきって感じでさ」

「そうだ、二十五すぎて男がいないってのは不潔だなあ。ほんとにいないのかい？」

彼女は困惑して、ジェバをにらんだ。

「ソルのことをおもいだすな。あいつは、優秀なボクサーのように、ものしずかな男だった。つまり、ミール星人らしいやつだった。いまは、そういう男がいなくなったんだな」

彼はかるくわらう。

「そういうふうにみえるだけさ」

地球人の男がなぐさめるようにいった。

「だけど、おれたち、みんなわすれちまったんじゃないか。無条件降伏したときのことを」

「わすれやしないよ。おれたちはもっと執念深いはずなんだ。あの戦争がなんらかの形でのこらないはずはないんだ。それも一代かぎりじゃなくて……それが精神的遺産てものじゃないのかね」

彼らはたがいの顔、クリームいろとみどりいろの顔をみつめあう。

「ジェバ、ソルは政治運動をやってたのかい？」

地球人の男がたずねた。ジェバはちらりとマリをながめ、「さあね」とこたえる。

兄はいったい、なにをしていたのか。彼はなにをいいたかったのかな。なにをどうしたかったのか。そして、はじめからうしなわれている、中身のない、からっぽのわたしの青春は？

マリは、地球へいこう、とおもう。あらかじめうしなわれたものは、なんだったのだろう。自分が獲得すべきものは？

その女のしろい顔には、こまかいしわがよっている。すがたかたちにも、動作にも、新鮮さはすっかりうしなわれた。彼女は従順で規則ただしい生活をおくっている。

顔の手入れには、特に時間をかける。クリームをべったりとあつくぬっては、ひとりでため息をついている。

「もう、わたしは、きれいじゃなくなった。街へでても、きっとだれもふりかえらない」

彼女は、ゆううつさをかくしきれない。そのほかのときも、おそろしい自制を発揮しているのである。叫んだり泣いたりしないために。

彼女は、すっかりはだかになって、やせた胸にぴったりしたブラジャーをつけ、そんな必要もないのに、きんいろのS判のコルセットをつける。それから、ごくていねいに服をきていく。アイラインをひいてからアイシャドウをつけ、真珠のかざりピンで髪をゆいあげる。香水をつけおわってから、彼女の手はボタンをひとつひとつはずしはじめる。

泣きだしそうになると、ベッドにもぐりこむ。スカートのすそに手をいれ、自分の脚のつけねに指をあてる。そこはいつもおそろしい空洞で、みどりいろの粘液にあふれていたのは、百年もむかしだ。

彼女は自分のくちびるにふれ、乳房に手をいれて、ぐったりする。だれもそこにさわってくれない。

あまりにもながいあいだ、ひとりで寝ていた。昼間の気まぐれなねむりや、夜の疲労をひきおこすだけの夢の連続のなかにも、あの男はもう、あらわれない。

彼があらわれて、抱いてくれたらいいのに。そうだ、いちどでいいから（いちどだけでは満足できないけれど）ミール星人のあの男が、濃いみどりいろのまつげをふせて、ぼうっとかすむようなやさしい目をしてくれたらいいのに。

「わたしは、色情狂なのかしら」

彼女は、真剣にかんがえてみる。

「だって、なぜこんなところへいれられてるのか、わけがわかんないわ」

それを問いただしてみるのはおそろしいので、彼女は医師と口をきく気にもなれない。いつだって、うわのそらである。

彼女は姉に手紙をかく。

「わたしはいつもいい子にしてるので、もうちょっときれいなものを買ってください。火をつけるといいにおいがするロウソクがほしいのです。赤、オレンジ、ピンク、みどり。青紫いろの部屋着。夜、退屈しないように、いろんないろのビーズ、針と糸。それから、パパにもうちょっとオカネをくださるようにいってください」

そのパパがちょっとまえに死んだことを、彼女は知らない。エマはだから、病院で特別あつかいされているわけではないのだ。宇宙船が捕獲されたときに「かんじんな男」のことを、なにひとつしゃべれなかったから、ここへいれられたのだ。あのときは、彼女も錯乱していた。

ソルは、どれほどの量の愛をのこしていってくれたのだろう。あの最後の意識のときに。彼は、ただ、自分はなにひとつごまかしたわけではない、とつたえてきた。彼の心はよわくなっていた。そしてエマは、彼がひどく自分をたよっている、のを知った。彼女を肉親としてあつかっているのだった。

　エマはよくうすらわらいをして、むかしのうたをうたった。「どうせ、あたしをだますなら」あの男は、死ぬまでだました、というわけだ。

　彼女はスパイ容疑をうけたが、実際なにひとつ知らなかったし、「あのひとのこころがあたしを抱いたとき」のふしぎな体験を口走ったりしたので、精神病院にいれられた。

　入院してからおかしくなることだって、ありうる。エマはうつろになり、ふさぎこみ、睡眠薬を常用しても、夜は四、五時間しか、ねむれない、とうったえた。

　彼女は自分の罪業をでっちあげ、いつかその罰で裁かれるのだ、と信じた。彼女の時間は審判のときにむかって、らせん状にすすんだ。ソルとの日々に回帰しながら、正義の世界へとのめりこんだ。分裂症と診断された。


　豪華客船で、彼らは地球へむかった。ジェバはいちいち「おお、ゴーカだな」と感嘆するので、マリはわらった。なかにひとり、イキな客がいて、後部においてあったピアノをひきはじめた。カクテル・パーティーみたいになった。

「宇宙船ってのは、おちるもんだぜ。これでよくおちないな」映画は一九三〇年代ラブ・ロマンスものをやったし、ジェバは上きげんだ。

「戦前にはかんがえられなかったことだ。おれは、むかしの映画によわいのだよ。神聖ガルボ帝国って知っているかい？　それじゃ、マルレーネ・ディートリッヒは？」

　マリは知らない、とこたえた。

「三十才のオンナノコは、そんなこと知らなくてもいいのかな？　おれたちは、じつはほかに目的をもっていくのだよ」

　そんなことだろう、とおもった。マリは、カクテルグラスをおいた。

「地球文化の洪水もいいとおもうけどね。おれは感激して達しそうになるときだってあるくらいだ。十代のとき、地球にいったもんで、ある種のことばや音楽に、昂奮しちまってね。射精しそうになるくらいだよ。ねえ、『港のヨーコ・ヨコハマ・ヨコスカ』って、知ってる？　知らないだろう。こういう侵略のしかたって、あるんだな。ちらちら味をおぼえさせといて、最後には強姦。それから『愛している』というんだよなあ」

　ピアノひきは、ヴェルベット・ボイスでフランク・シナトラのヒット曲かなんかをうたっている。

「しかし、文化の交流もいいが、もうたくさん、という気がしないでもない。おれたちはむかしのしずけさをとりもどしたい。おれたちの土地、おれたちのながい文化、おれたちの家族」

　マリは顔をふせた。

「きみたちきょうだいは、地球うまれかと誤解されるんじゃないか？　スペイン語で、マリは海、ソルは太陽っていうんだとおもったな。むかし、マリソルって歌手がいたんだ。おれって、やたらにくわしいだろう。ブルーライト、ヨコーハマーッと」

　ジェバは、いくらか酔っている。

「政治運動？　うまくいくかしらね」

マリはひややかにいった。

「うまくいくとかいかないとかの問題じゃあないのだ。おれたちの、生きるということに関する姿勢だぞ。うまくいかなくて、もともとなんだ」

「だって、地球との混血児が、どのくらいいるとおもっているの？　いまさら、鎖国みたいなこと、無理よ」

「鎖国じゃないさ……おれたちの故郷をつぶされてたまるか）

ジェバは情熱をこめていった。

この男は調子いい、とはおもいながら、マリはだまっていた。彼はあんな状況のなかから、戦争を生きぬいたのだ。

「おひさしぶり」

地球人の女が、ジェバにうなずいた。黒いドレスをきて、頭をシニヨンにゆい、黒いヴェールをかぶっている。シニヨンの横にバラの造花をさして。

「おお、ルアナ」

彼らは抱きあってあいさつした。

「これはまた、なんと典雅な……ダイヤモンド鉱山は掘りつくしたのかね」

ジェバは、裕福そうな女をあてこすった。

「いまや、ウランだわ。まあ、ジェバ、あんたこそ、おいそがしそうで、ハツラツとなさってるんじゃない……こちら、うちの主人。うちらもあの戦争以来、ウヨ曲折してね」

なんという軽薄な人間たちだ、とマリはおもった。

「そうだろう、そうだろう」

「おもいがけなく、あてちゃってさ。休暇でかえるとこなの」

ルアナのくちびるは、はやりの真球いろで、ひかりのかげんでぬらぬらうごいてみえる。

「ソルは、かわいそうなこと、したわねえ。あのひと、純愛に生きたのねえ」

女は、ケラケラわらった。

「へ、けっこう、はりあってたんじゃないか？　エマとさ」

「そんなことございませんわよ。あのあと、エマは流産したんだって。それで、精神病院なんだもんね。ほんとにアイしあっていたのよ。アイのコリーダよ」

なにをいってるんだ、とおもい、マリは自分の席にもどろうとした。ところが、ジェバがたちはだかっていて、ゆくてをさえぎるのだ。しかたがない。パーサーに合図して、もう一杯、カクテルをもらった。

「栄光への脱出は、死ぬおもいだったみたいね。じっさい。死んだひともいるし」

ルアナはハリウッド式のジェスチャーをまじえて、しゃべる。

「栄光じゃないさ。あのときといまと、どちらがみじめか、わかったもんじゃない」

ジェバは、きまじめな顔になった。

「人間、生きてるかぎり、みじめだわよ。あたしたち、あのあと知りあって結婚したの。主人の仕事がちょうど、ミール星と関係あったもんで……いま、とてもしあわせよ。このあいだの結婚記念日には、ダイヤのブレスレットと会社の名義をひとつもらったわ。あたらしい化粧品会社」

ルアナも必死でつっぱっているのだ。あまり過去にはふれてほしくないこととか、いかにプライドがつよいかとかを、とおまわしにほのめかしている。

ジェバとルアナは、おたがいに「裏切り者！」とののしりあうことだって、できるのだ。たがいの利益のために、それをしないだけで、じつに微妙な立場にいるのが、わかる。

「そのはじめてのキャンペーンにつかうのが、このコ」

ジェバはマリをさししめした。

「あら」

ルアナは目であいさつした。

「似てるとおもわないか？」

ジェバは、ひとことといった。

「……おもうわ」

ルアナも声をひくくする。

死んだ人間についていうときは、だれでもそうなのだろうか。

「でも、いいこじゃない……よかったわ。きっと、売れるわよ。新鮮な感じだし」

彼らは過去のかげりをひきずりつつ、恥にまみれて、それでも生きている。

人間はだれでも、わすれることができないことがひとつはあるのだ。

マリはピアノのうえに、からになったカクテルグラスをおいた。自分のシートにもどって、カーテンをとじた。目のなかが、白くもえあがっている。つかれすぎているのだろうか。


十九才のときの失恋以来（相手は地球人の男）、いつもだれかをなにかをうしないつづけている。彼女はひっそりと退却をつづけるだけなのだ。どうして、こうなってしまったのか。

「そういうわけで、きみはとてもいいコだった。ぼくは、けっしてわすれないよ」

去るまえに、男は彼女の頭をなでてそういったのだ。

わすれない？

ほんとうに、わすれないというのか？

あの男はきっと、もうわすれている。そしてふたりの子どもの父親となっている。

わすれない、なんてことばでちかわなくたって、わたしたちの星の人間は、たいていわすれやしないのだ。だから、両親も兄も、心のうつわがいっぱいになって、この世から去ってしまった。

わたしはまだうつろだから、生きているのだ。からっぽな者は、それをみたすために、生きつづけなければならない。

その女にあおう、とふとおもった。

この六年間をひとりぼっちで、生きつづけているその女に。彼女は、なんのために生きつづけているのか。

酔っぱらったルアナがやってきて、むかいのシートにもぐりこんだ。

「チェッ、なにいってんのさ。みんな、うそつきばっかしだよ」とかなんとか、いっている。「これが主人でございます、か。ああ、あなた、どうして、そう、カンにさわるようなしゃべりかたするのかしらね。あたし、もう、あきあきしたよ。はやく、離婚してよ。あたしゃ、生きてるのさえ、あきあきしてるんだからさ」

「おい、おい」

同時に男の声がきこえる。

「しずかにしないか」

「あんたこそ、だまっててよ。声もききたくないわ」

「なにをいってるんだ」

「あたし、あんたの顔みると、イライラするんだから」

平手でうったような音がした。沈黙。しばらくして、ルアナが泣きはじめる。

「なにすんのよ。いやーよ。そんなにいばらないでよ」

「いばってるのは、おまえだろう」

男の声は、昂奮していない。

「ふん、なにさ、ひとのよわみにつけこんで……亭主づらしてさ……六年もまえのことじゃないか。あたしはあんとき、べつにミール星側についたわけじゃないよ」

「ソルにつれてってもらえなかったくせに」

「べつに、あのひとは、なんでもない関係じゃないのよ。それより殺人容疑をきせたり、よくもできるわね」

「浮気女」

「浮気なのは、あんたのほうでしょ。さっきも、あのモデルの子にちょっかいだそうとしたから、あたしがあいだにはいったんじゃない。ちょっと目をはなすと、すぐにおしりなでたり、胸さわったりしてさ」

「そんなことはしてないよ」

「しようとしたから、やめさせたのよ」

「おまえは、あの男のことを、まだわすれないのか」

「わすれるとかわすれないとかいう関係じゃないっていってるでしょ。それをタネに、あんたは、あたしを死ぬまで、ゆすりつづけるのね」

兄のことだ。すでに形骸化してしまった嫉妬が、この夫婦の核になっているのか。

「ゆするとは、どういうイミだ」

しばらくふたりはだまっている。

服のすれる音がする。抱きあってるのだろうか。まさか。

「いいわよ。わかった。ごめんなさい」

荒らい息づかいで、ルアナがささやいた。

「はじめっから、そういえばいいんだ」

男の声は、いくぶんやさしくなっている。

なんて奇妙な夫婦なんだろう。

実在したかどうかわからないが、過去の不倫をたがいにまさぐりあって、それでようやく関係をなりたたせているのだ。

「……いや」

ルアナは、やわらかい声で、ささやいた。

「いや」

今度は、もっと切迫している。それから降伏してしまったのか、みじかいあえぎだけになった。

マリは目をひらいた。

クリームいろのカーテンだけがみえる。

なんて、恥知らずな夫婦なんだろう、と彼女はかんがえる。彼女は、性の深淵について、感覚的に知りえなかった。ああいう形のカップルもあり、こういう関係の男女もある、ということが、あまりよくわからない。

彼女にとっては、純愛だけが合格で、あとはすべてペケというわけだ。そして、純愛ということも、概念として理解しているだけだった。どういうものが純愛か、さえ経験したことはなかった。

十九才の彼女のまえを、真夏の昼さがり、自転車で去っていった男が、ひとりいた。

とおいむかしのはなしだ。

その喪失感というか、空白感のなかで、彼女は生きていた。

そして、あれは愛ではなかった。

いまごろになって、彼女は理解し、あるきはじめたのだ。

「ごめんね、あなた、あたしはわるい女ね」

ルアナがおちついた、あまえた調子で、夫にはなしかけている。

「うん」

「でも、もう、ソルのことはいわないでよ」

「ほんとはいつまでも、いってほしいんだよ。だから、おれはいうんだ」

「……」

ルアナはこたえない。ずいぶん間があって、突然ふつうの声で「まあ、あんたって、頭がいいのね」などと、バカげたことをしゃべっている。

マリは微笑して、目をとじた。

「きみは朝、公園を走るんだ。それから、頭をポニーテールにして、自転車にのって……」

ジェバが、イメージをしゃべる。

「いや」

マリは小娘みたいに頭をふった。

「なにが？」

「自転車、いやなの」

「どうして？」

ジェバは、タバコに火をつけた。むかし、失恋したその相手の男が、自転車で去ってしまったからだ、なんてバカげたことはとても口にだせない。

「どうして？」

ルアナがジーンズすがたで参加している。ここは、ルアナの家の居間だ。昼さがりの陽が、窓ぎわできしみをあげている。

「自転車にのれないのか？」

ジェバがたずねた。

「ええ、そうなの」

「わかったわ。ジェバ、いいじゃないの。自然な形でやれば」

ルアナが、手をふった。

女が、つめたいのみものをつくって、はこんできた。

「いいかい、三十才の小娘じゃないよ。それだと、いかにも不自然だからな。三十才のオンナノコって、感じ、だせない？　あんまりはずかしがらないで、さ」

「夜はディスコティックへいくわけ？」

ルアナがたずねた。

「もちろん。ところが、そのときは、ジーンズのうえに大きな三角形のストール、かけてるんだ。男といっしょだけど、とちゅうでひとりでかえったりしてね。泳げるかい？」

「ええ」

「ああ、よかった。それもできなかったら、おれはどうしようかとおもったよ」

全員が、かるくわらった。

ルアナの家は、じっと耳をすますと、ジーとかカタンとかいう、じつにかすかな音が、たえずしている。エア・コンディショナーにスイッチが自動的に、はいる音、きれる音。さまざまなスイッチが、自動的にはいったりきれたりしている。ある部屋には、盗聴装置があり、ある部屋には盗聴防止装置がある。

こんな家でひとりで暮らすんだったら、さびしくてしかたがないだろうな。とマリはおもう。そんな感想をちらというと、ルアナはびっくりしたようにこたえた。「なんの装置もついていない家なんて、こわくていられないわ。いつ強盗がはいってくるか、わからないでしょう」

これが、地球の文化というものなんだ、ということを、やがてマリは知るようになった。みんなが、こんな家に住んでいる。赤外線透視装置がついた、金庫みたいな家に。

そうじゃないところにすんでいる人々は、いわゆる下層階級だとおもいこんでいる。

「わたしなんか、下層階級をこえてるね」

マリは、ミール星の一部屋しかない、立体テレビも食器洗い機もない、カギさえかけたことのないアパートをおもいだして、ジェバにいった。

「そのままのイメージでいってもいいよ。しかし、そうすると、ヒッピーみたくなっちゃう。ヒッピーっていうのも、一種のぜいたく階級なんだ」

「そうすると、まずしいひとびとなんて、どこにいるの」

マリは地球的イメージの質問をした。

「ホテル住まいとかさ、病院、刑務所、児童養護施設、そういう公共的なところにいるひとなんか、そうじゃないか？　おれなんか孤児院出身だもの」

「うそだあ」

「うそじゃないよ。地球にきて、両親がわかれたんだ。母親にひきとられたんだけど、彼女、麻薬中毒になっちまったんだよ」

ジェバは、信じられないようなはなしをした。

「彼女は病気で死んだ。死ぬときはおれ、そばにいたよ。十六才だった。父親は、地球人の女とくっついて子どももできて、地球防衛軍にはいっていたもんね」

「十六才からずっとひとりなの？」

「そうだよ」

彼女はそのことで、いくらか彼を尊敬する気になった。マリは、自分は孤独に耐えている、とおもいこんでいるので、自分以上に孤独な境遇にいる人間は、えらいと感じてしまうのである。

そうなると、ルアナとその夫のような夫婦でも、ひとつの関係ができていれば、孤独ではない、ことになってしまう。ルアナはさびしい人間にちがいないが、ああいう関係にあまえていられるから、ひとりぼっちではない。

彼女は、あまえることのできるひとがほしい、と不意におもう。

「だから、おれ、ひとりぐらしは二十年選手なんだ。女の子なんかいると、うるさくてしかたがない。ちょっといるぶんにはいいんだけど、一日じゅういられると、かったるくなってくるんだ。それにおれ、なんでもひとりでやっちゃうもんね。洗たくは全自動だし、食べものは外食か出前でしょ。朝おきると、ふろ場のそうじなんかしてさ、でかけるわけよ」

「うちにかえったとき、だれもいなくても、べつにさびしくないの？」

「ない」

ジェバは、あっさりこたえた。

「だって、まっ暗でさむくて……」

「それはミール星のアパートのイメージね。地球では、自動装置がはいっているんだ」

「あ、そうか」

「それどころか、立体テレビ、けしわすれていくと、他人がいるもんで、ギョットしちゃうよ。他人の映像だけなんだけどさ。それで『お帰りなさい』装置、つくって売ったこともあるな。独身者用に。『あら、おかえりなさい、おつかれでしょ。ごはんが先？　それともおふろ？』とか、犬を飼いたいけどめしやるのがめんどくさいやつ用に『ワンワン』って、ときどきでてきてなくんだ。さらにそれを発展させて『出張赤ん坊装置』かんがえたバカがいるけど、これはむずかしいね。どういう赤ん坊が好みかってのもあるけど、子どもって成長するから」

ルアナはミール星産のジュースをのんで、つまらなそうな顔で自分の爪をながめている。

自動装置がいくつもついた家に住んで、ときおり夫と顔をあわせ、自分の仕事を勝手にして勝手な時間にでかける。ねむるまえに夫といっしょになって、その気になれば、六年まえの不倫事件でもでっちあげて、それに刺激されて抱きあう。抱きあわないときは、じゃまな肉体をどうやって無視するのだろう。

無視するしないのテクニックは、非常にむずかしいのではないだろうか。ふたりともでかけないで家にいる一日は、どうやってすぎるのだろう。朝食、そうじ、昼食、ふろ、夕食の順か。

六年間もいっしょにいて、いったいどんなことをしゃべるのだろう。

「じゃあ、いいわ。イメージ・スポットを二カ月つづけることにしようか」

ルアナがぽつんといった。

「それでおしまい？」

「評判よかったら、つぎのシーズンも、彼女をつかうわ。しばらく、地球でブラブラしてたらいいじゃない。このひとは、売れるわよ」

ルアナはたいくつしたように、表情のない顔になった。

ジェバもだまってしまう。

マリはうつむいて、疲労を感じていた。エア・コンディションがゆきとどいているというのに、ここの空気はわるいのだろうか。いや地球への旅だち以来、彼女はずいぶんやせてしまった。昨夜はよくねむれなかった。愛とか罪とか孤独とかをかんがえているうちに、夜があけてしまった。

血がさがる感じである。

こんなはずはないのだ。

「あなた、すこし、休んでいったら?」

ルアナが他人ごとのようにいい、部屋をでていった。「顔色がわるいわよ」

すこしねむれば、よくなるかもしれない。

マリは、かってに二階へあがり、寝室のひとつをあけて、そこでねむった。朝、だれかがねむっていたような形跡がある。ルアナのベッドだろう。

みじかいまどろみのなかで、血が脚の先から頭へ移行し、流出してしまうような感覚をおぼえた。

奇妙なみじかい夢をみた。

すぐに目がさめた。

他人に考えを支配されているような感じもする。

みどりいろの顔をした、ながい顔をした男の夢をみた。

その男はどんよりした目で、さがった二重まぶたが、発狂した者のような印象をあたえる。みじかい白い着物を頭からかぶり、腰にひもでくくりつけているが、それはからだをおおってはいない。白い着物には、赤インクで×じるしが、かかれている。追放のマークである。

性器はむきだしで、だらりとさがっている。不能である。夢のなかで、そこが露出されていることを、マリは恥ずかしくおもった。足は両方とも小指がなく、人工的に切られてしまったようである。五センチくらいのゲタのようなものに、くくりつけられている。

男はみどりいろの肌に手をあてて、くちには折れまがったストローかキセルのようなものをくわえていた。

夢からさめる過程で、マリは解釈をしていた。
①王によって罰をうけた者
②頭がくさる病者
③からだがくさる病者
④他人の脳を吸いとっている者
⑤姦淫の罪を行った者
⑥知らないあいだに、胴が横に切れて、上半身と下半身がはなれてしまった者
とにかくその男は、なんらかの罪業のために、そんな恥ずかしいかっこうをさせられているのである。その夢のなかで、マリは「かわいそうだ」とおもった。なにをしたか知らないが、あんまりである。

短い着物を頭からかぶせたりしたら、そのあいだにからだが成長してしまう。前はちゃんとおおわないと(他人にみせびらかすものじゃないし)と彼女はおもった。

その男のイメージは、だれかによっておくりこまれたもののような気がしてならない。テレパシーをみじかい夢としておくってきた人間は、あきらかに女である。そしてこの男に非常な愛情をもっている。なにか、特別な執着心を抱いている。その、頭のおかしいようなはだかの男を、自分のものだ、と感じている。

その男はミール星人だ。

ソルという。

マリは起きあがりながら、頭がふらつくのを感じた。腰がだるい、

性行為を行ったあとのような感じ、というより、男に抱かれたい入れられたいと熱望したのに、それをしてもらえなかったようなだるさである。

こんな夢をみた女は、目をさましつつ、赤面しながら、同時に重苦しいものを感じているだろう。

女は永遠にうしなわれてしまったその男を、自分の肌で抱けないということで、ひどく憤慨している。

何年も何年もその男のことを夢み、くりかえしてはおもいかえしていたのに、顔はよくおもいだせない。

それにしても、この男は、女にたいしてなんの罪をおこなったのだ。王による罰なんて、なんでもない、と女はかんがえている。なぜならば、ある時期、男は女にとっての神であったからだ。そして死んでしまったからには、神による罰など、うけるわけがない。正義の世界にのめりこんでいく女にとっては、それも罪業の一種である。男は、こころがよわくなって叫びながら死んでしまった。神はそんなことをしてはいけないのだ。

女はだから、矛盾になやんでいる。

女のからだは、ある特定の男をあまりにもながいあいだもとめつづけたために、ひからびつつある。それでも生きているのが、彼女は苦しいのである。どうして、その男でなければいけないのか。彼女にはわからない。

女の愛は、対象をうしなって、狂気のなかへのめりこんでいる。

エマだ。

マリは、その名前を口にだしてみる。なんのなじみもない。しかし、死んでいくとき、兄は「エマ」とよびかけていた。

エマは、テレパシストなのか。

マリにとって、こんな経験は、はじめてである。狂気のなかで、エマはこの種の夢想や白昼夢にさいなまれているのだろうか。いつも？

ああ、いつもこんな夢をみるのなんて、なんてたまらないことなのだろう。なんと恥多いことなのだろう。エマだって、そのくらいのことは意識しているのである。

しかし、病院に収容されてから、彼女の世界は、じょじょにねじれていってしまった。なぜだかは、わからない。病院の外の空気はちがうのだろうか。

こうして、毎日おしゃれして、部屋にロウソクをともし（火をあつかうことは禁じられているのだが、エマはいつもずるいやりかたで病院の規則を破ってしまう）ひとりぼっちで待っているのに、なぜソルはきてくれないのか。

彼はながい浮気をしているのだ。

腹だたしさのために、目のなかが赤くなるような気がする。しかし、彼は彼女がここにいるのが、わからないのかもしれない。それとも、エマがもう美しくないので、きてくれないのかもしれない。だったら、もうきてくれる可能性は、うすくなってしまったわけだ。エマの顔やからだは、ますます以前のうつくしさをうしなっていっているから（時間につばさがはえて、わたしひとりを老いさせていく）もう、彼には彼女が識別できないのかもしれない。

それとも彼は、あの最後の放電のあと、脳が灼ききれてしまったのだろうか。そのためにこういう病院か、刑務所のようなところに収容されているのかもしれない。

世間では、戦争はおわった、という。ミール星人やその混血児を、他人への見舞い客のなかに、みかけることもある。しかし、まだ刑務所にはいっている人間だって、いるのかもしれない。

彼の死体をみたわけではないエマは、その死を、まるで信じていないのだ。

父母やきょうだいたちはよりあつまって相談して、彼女にそう信じこませようと、きめたのだろう。


マリはひどい疲労感のなかへ、おちていった。他人の狂気に接触するということが、どういうイミをもっているものかがわかった。口のなかがくさり、からだが半分とけかかっているような感じさえする。外は、陽ざしがうすくなっている。

彼女は、身をおこそうとした。みどりいろの髪が腕にながれ、ヘアピンがひたいにひっかかった。

それをもぎとり、ベッドにおとし（だらしない女といわれるだろうな）からだをおこそうとした。そのままの姿勢で、目をほそめる。全体にしびれがのこっていて、うまくからだがうごかない。

カーテンは二枚とも、ひらいている。ぎらつくひかりのなかで、あの重苦しい、ねむりといえないようなねむりを、ねむってしまったのだ。陽はかげり、エア・コンの音だけがきこえる。

ルアナとジェバはでかけたのだ。

彼らはいそがしい。

彼らのような人間とつきあい、彼らのような思考のパターンをまねて、彼らの地平にいればいいのだ。そうすれば、日常のなかにいることができる。

ジェバのさそいに（あるいはルアナの夫のさそいに）のって、彼ら程度のものの感じかたをし、彼ら程度のエネルギーで、男を愛し人生を愛していればいいのだ。

愛しすぎてはいけないのである。

病院にとじこめられ、やり場のないおそろしいエネルギーで、過去だけを材料として、からっぽな愛の世界を構築している。そんな女の周波数にあわせてはいけないのだ。

しかし、あの女は、どうしてとどかせることができたのだ。からっぽだということにおいて、彼女たちの精神の周波数は、似ているのだろうか。


マリは窓からしたをのぞいていた。

ひとりの男があるいている。

彼女のこころは、いま、ふわりとまいおちて、その男のうえにかぶさってしまいそうだ。精神遊離というほどでもないが、肉体をはなれて自由になっている。

突然、なぜその男がそこにいるのか、気になる。屋敷の内部だ。見知らぬ者は、はいれないはずだ。それとも、スタッフのひとりなのだろうか。

男がたちどまった。どうしようか、かんがえているような感じである。

マリは、彼がうえをむけばいいのに、とおもった。彼はうえをむいた。彼女は十九才になって、彼にあの街角でわらいかけた。

自転車にのって去ったはずの男は、メガネをひからせて、ゆううつそうに彼女をみとめた。そんなにいやがることないでしょう？　ああ、でもめんどうなんだもの、と男はいう。どうして？　ここまで、あがってくるのが？　彼女はたずねた。ああ、と男はこたえた。おれはプロだから、めんどうくさがっちゃ、いけないんだ。

それで、男はひっそりと、二階まであがってきた。警報装置は鳴らないのだろうか。「いまの時間は、鳴らない」

男はつぶやいた。これからなにをしようか、思案しているような、ようすでもある。

「あなたは強盗なの？」

マリは、ばかげた質問をした。

「いや、そうと決まったわけじゃないけど」

男は、まよっているふうだ。

「じゃあ、強姦魔なの？」

「いまは、その気がないんだよ」

彼は、困惑したようにいい、彼女をみてわらった。

「あなたは、あたらしいモデルだろう？」

「ええ」

彼はなれなれしくたずねる。

「じゃあ、いっしょにきてもらおうか」

「仕事があるの」

「その仕事を、ちょっとおくらせるか、中断してもらえると、ありがたいんだけど」


彼は、ずうずうしく、にっこりとわらった。

「あなたって、それが当然みたいにいうのね」

マリは、まじめにこたえた。

「当然なんだよ、おれにとっては」

彼はベッドに腰かけた。

「わたしって、もう、かわいくない？」

マリは無意識のうちに、彼を自分の過去にくみこんだ質問をした。

「いや、いまでもとてもかわいいよ」

彼はすこしもわらわずにこたえ、手をのばして、彼女のほおをちょっとなでた。

「むかしがどんなだったか、だいたい、見当がつく……えーと、ここをでてね、まずお茶でものもうよ。おれはちょっと、つかれてしまったんだ」

ジェバは当惑するだろう。すくなくとも、「まあ、いいや」とはいわないだろう。彼だって、プロフェッショナルなのである。

「あなた、妻子もち？」

「とんでもない。それで女の子のお守りなんてしたら、オクサンに殺されてしまう」

彼はまじめにこたえているのであろうが、態度が大きすぎる。

むかしの恋は、どんなふうにしてはじまったんだっけ？　はにかみ屋の彼女にたいしては、よほど積極的にふるまってでないと、だめだったにちがいない。

「とにかく、ここをでない？　エア・コンきいてて快適だけど……」

「外は？」

「すごくあつくるしいよ。真夜中になると、ひとがいっぱいでてくるの。気がちがってるんじゃないの？　ここのひとたちは。十二時すぎに、すごくあかるくなるんだ。盛り場には、大群衆があふれてくる」

「なんで、ひとがでてくるの？」

「おもしろいこと、さがしてるんだろう。みんながみんな、そうなんだ。それで、音楽きいたり、おどったり、ひとにあったり、酒のんだりする」

「そういうとこへでてこないひとたちは？」

「もう、あきらめてるんだろ」

　男の口のききかたは、へんにしみじみとしたやさしさがあふれている。

　この男のことを、なんだか、とても気にいりかけている。映画だと、男と女がであうと、おたがいにとても気に入ったりするのが、きまりみたいなものだ。映画みたいだな、とおもう。一種無感動な状況なのだが、彼を気にいってるのはたしかだ。

「もう、いかないと……ねえ」

　彼はさりげなく、彼女の首のうしろに指をいれた。

「ええ」

　マリは口のなかでこたえる。わたしは、その精神病院へいってみないと。まるでむくわれない愛を、けんめいになってつくりあげているその女に、あわないと。愛というものは、いちど完成されたら、そのなかに安住できる建物みたいなものじゃないのだ。毎日毎日、ぼろぼろとこわされていくから、毎日努力してつくりあげていかないと、いつか形だけになってしまう……。

「オカネある？」

　ジェバにもらった小切手は、つかうわけにいかない。

「すこしあるよ」

　男は口をすこしあけて、慎重にこたえた。

「じゃあ、いくわ」

　わたしがいなくても、ルアナの化粧品会社がつぶれるわけじゃない……。

「そうだね」

　ふたりは、階段をおりていった。スイッチが自動的にはいる音がする。フィルムがまわるような音がする。撮影されているのか？　しかし、この家を、一歩でてしまえば、もう追跡できないのに。

　ふたりは、夕暮れのなかで、コーヒーハウスにいた。

　なにごともおこりそうではなかった。そして、なんでもおこりそうだった。

　昼間のみじかい悪夢を、マリはおもいだした。女は、男がただそばにいてくれるだけでいいのだった……いままでのつぐないとして。

　ひとがそれ以上は耐えられなくなったとき、心の許容量が限界をこえているのだ。ミール星人は、いってしまう。自殺してしまうのだ。だが、地球人の心は、べつのなにかにかわってしまう。地獄のくるしみへと。

　マリの手に男の手がかさねられた。彼女はそれをはずそうとはしなかった。彼女はそのまま、ものおもいのなかへしずんでいった。

わがままなテレパスは、彼女をくるしめた。

彼は去ってしまった。あれほどふかく愛しあっていたのに。女の生涯のこれが最後と感じられるような六年間、男のいない六年間、彼女は自分の人生をふりかえって、はげしく充足をもとめるが、けっして満足されることはない。不安定な状況のなかで、なにひとつ解決されない。

いつも切迫しているのだ。

事態は緊迫している。

目ざめたとき、マリはよくぼんやりしていることがある。男は、まだ、熱っぽくかたりかけることがある。

「あなた」

とびあがりつつあるヘリタクシーの窓をあけて、そこからとびおりようとしたあと、彼女はやっと自分から口をひらいた。彼女は、どのくらい自分が男にしがみついているかを、つよく意識した。

「恋愛なんかしちゃ、こまるじゃないの」

ジェバが声をかけた。

霧雨がふる路上で、マリは、百年もまえに知っていたひとをふりかえるような気持ちで、ゆっくりと顔をあげた。

彼女は、パンとタバコとミルクを買って、ぬれてあるいていた。ぬれてあるける道路なんて、いまは非常にすくなくなっている。ジェバが、この種のほろびつつある遊歩道にくわしいとは、知らなかった。

小切手は、ルアナの家へ郵送したのだ。

男は売りだすまえの小説家だ、と自己紹介した。彼女との恋愛をかくのだといって、音声ライターのまえにすわることがある。

ふたりは非常にながいあいだ、しゃべり、熱中してイメージをつみかさねることがある。彼らは自分たちの関係を、記述に価するものだとおもっていた。

「男を獲得した女の顔になっちゃ、こまるんだよ」

ジェバは、タバコをすて、彼女のあとからついてあるいてきた。

「ふむ……しかし、そうでもないな。あいかわらず、三十才のオンナノコの顔だ。撮影はつづけてきたよ。あいつは、契約するまえのスタッフのひとりだが、きみをみて、仕事する気がなくなったなんて、まったくおかしなやつだ。キザで、おおげさで、ものものしくて……きみの少女趣味にあうだろう。フィルム、だいぶまわしたから、仕事はおわったよ。あとは編集だけだ。きみは、銀行の口座をもってるかい？」

彼女はだまって、首をふった。

ジェバは、プラスティックのカードを、彼女に手わたした。

自然な感じをだそうとして、はじめから、ルアナがしくんだのだろうか。

しかし、あのいやなみじかい悪夢のあとで、出会わなかったら、こんなふうにはならなかった。

「彼女にあいにいくわ」

ある日、マリはいった。男についてきてもらいたくなかった。しかし、彼は当然のように、ついてきた。

緊張してふるえながら、彼女は病院の中庭に立った。

温室からでてきたのは、やせた中年女だった。ぞろりとするぶかっこうな服をきていた。

エマの髪は大きなゴムでたばねてあり、ひたいやわきから何たばも、ほつれ毛がおちていた。

その大きなするどい目は、彼らをみて一瞬おびえたようにみえた。エマには、うつくしいところはひとつものこっていなかった。やつれた顔はいやらしく、くちびるはくだらないことがはっきり発音されないように、人まえではこまかくふるえていた。

「あなたにあいにきたのです。わたしの兄はソルっていうんです。六年まえに死んでしまいましたけど……」

エマはふしぎそうな顔をした。

その名前が他人に発音される、とはおもわなかったらしい。

「……ソル」

「ええ」

「ソル。おぼえているわ。おぼえているどころじゃないわ。だけど、あのひとは、だれだったのかしら。口にだしていってしまうと、わからなくなるわ。お嬢さん、ずいぶんおきれいね（エマは、ねたましそうにいった。くちびるがへんな形にまがった）あなたに似たひとを、むかし……そう、ずうっとむかし、みたことがあるような気がする」

医師は、気をつけてくださいよ、といった。彼のことには、なるべくふれたくないのです。あのひとは、それにすっかり夢中になって、おかしなふるまいをするのです。

「……ソル……あいたいわ」

つよい不満をもった、ちいさな子供のように、彼女は眉のあいだにしわをよせた。

「あれは、戦争がはじまるまえでしたよ。わたしたちはほんとうに、おたがいのものだったのです。ソルは、カーッとなればなるほど冷静になるようなおそろしい男で、しずかな野獣みたいだった。わたしは、彼がこわくてたまらないときがあった。うすきみわるい、というか……だまって、目をギラギラさせているの。まるでトンボみたいに。やせほそって、熱をだして、目ばかりギラつかせてね。彼はもしかしたら、麻薬をやってたのかもしれない。いいえ、きっと、クスリをやっていたわ。わたしはそんなものに手をつけなかった（と、エマはうそをついた。彼女の口調は二十年も睡眠薬をのみつづけている者特有の不明確なものだった。もっとも、それは自信のなさのあらわれでもあったが）ほんとうよ」

彼女は、だらしなくわらうと、よだれをたらした。それを手の甲でぬぐい、クーラーのある面会室へはいった。

エマの動作はふらついていて、あやつり人形ほどの安定もなかった。彼女の顔はゆがみ、うすっぺらなくちびるのまわりに、たくさんのこまかいしわがよることがあった。そうすると、そのみにくい下半分のために、いかにも老婆みたいな印象がつよくなった。

エマはくちびるをもぐもぐさせながら、わけのわからないことをささやき、あらぬほうをみつめることもあった。

「彼は（とマリは慎重なことばづかいをした）どんなひとだったのですか」

エマはこまったように、目をあげ、なにかみつめるものをさがそうとしていた。彼女は目をそらし、ガラスの外の夏草をながめた。

「いま、彼がいなくてよかった、とおもうときもあるの。というのも、わたしは、なんだか急にきたない顔になってしまったので」

エマはため息をつき、ぐちをこぼした。

「どうして、わたしはねむれないのかしら。タバコをやめられないのかしら。夜じゅうおきていると、皮膚が、つっぱって乾いて、しわが二十本もよるような気がするの」

この女性の年齢は三十才をいくつもこしていないはずだった。マリの生気にあふれたうつくしさとの対照は、残酷だった。

「わたしは、トランクにはいってるうちに、古ぼけて、時代おくれになっちゃったのね」

エマの黒目はずりさがって、目のふちにやっとひっかかっている、というありさまだった。彼女はそのまま、床をみつめた。

「彼はとっても魅力があって、だれだって、すきにならずにはいられない、みたいなとこがあったわ。でも彼自身はすききらいのはげしいひとだった。彼はいつも、とりわけすきな女、というのをひとりとっておいて、その相手に熱中することによって、力を得てる、みたいなとこがあった。ほんとをいうと、彼をすきになりはじめたのは、彼が死ぬ、ちょっとまえからだったの」

マリは、エマがその奇妙な目つきをやめてくれればいい、とおもった。

「これは、おみやげなんですけど……」

マリは、紙袋をひらいて、ネックレスや造花や、きゃしゃなサンダルをとりだした。エマは微笑し、さっそくそれをつけてみた。

「ねえ、おかしくないかしら。あたしみたいな年で……あたしは、つばがうーんとひろい円盤みたいな帽子がほしいのよ」

「今度、もってきます」

マリはいったが、二度とくることがないのを知っていた。ミール星人の女をくるしめるテレパスの老婆は、自分でそれを知ることなく、その能力を発揮しているのだった。この追憶のなかに生きる、地球人の女とのちがいをみつけようと、マリは必死になっていた。エマはまるで悪性新生物の、母親みたいだった。侵入者にとりつかれてはいるが、やっかいな彼女の母親にはちがいないのだ。

そして、破滅のうたをうたっていた。

男は、ジュース類を買いに、売店へいった。

「あなたは、もうすぐ死ぬのよ」

マリは悪意をこめて、つよくいった。

「……そうかもしれない。息苦しいの。でも、いつまでも生きてるなんてことはないわ。人間は。わたしは、それを希望としてるの」

ソルがとりついたように、エマは老いさらばえ、生きさらばえるような予感もあった。

「でも、わたしは、いちど死んで、生きかえったから……」とエマ。

「ソルがいってたわ。きみはベッドのうえで死ぬって。わたしは戦争で死なかったから。中性子爆弾までつかわれたっていうのに」

「あなたは死ぬのよ」

テレパシーをうける能力があるのなら、つたえる能力もあるはずだ。

マリは目に力をこめ、背すじをしゃんとさせて、いいつづけた。

「あなたは死んだのよ」

エマは目をとじた。

「ええ……わかってるわ」

「いつまでもくるしんでないで、死んでしまいなさい。あなたたちの愛の物語はおわってしまったのだから」

エマのテレパシーが、自分たちふたりの仲をこわす、と彼女は感じていた。

エマはくちびるをもぐもぐさせた。

「おわってはいないわ。おわらない物語だって、ある……ああ、でも、いいかげんで、おわりにさせたいの。毎日、あなたを愛していると、わたしはくたびれてしまう。生きていく力がなくなるの。だって、あなたは、もういないのだもの」

老女は、目をひらいた。

にごったなみだと、よだれが、彼女の顔をよごした。エマはそれを、手でぬぐった。

「……ソル、もういちど、ききたいわ。あなたは、わたしのことを、もう、わすれてしまったの？」

エマはふいに、少女のような顔になって、目のまえのみどりいろの顔をまっすぐにみて、問いかけた。

「わすれない」

おもわず、こたえた。しまった、とおもったが、もうおそかった。けもののような声が、年とった女のからだから、ひきしぼられた。彼女は立ちあがり、身をよじり、ドアにむかって、突進した。奥の部屋の自動ドアがひらき、ながい廊下がみえた。

エマは、おそるべきはやさで、叫びながら、廊下をはしりさっていった。

不透明なドアが、彼女のもがくようなすがたを、さえぎった。けものじみた叫びは、まだつづいていた。ドアの向こうで、数人の看護人の足音がした。

マリは、面会室のなかで、立ちつくしていた。

「わすれないわ。ええ、ほんとうよ。しかたがないじゃないの。わたしたちは、わすれない。わすれられない。死んだって、わすれられないことがある」

外では草が陽に照らされて、ぐったりしていた。

男がつめたいのみものをもって、もどってきた。だまってはいってくると、事態を了解しようと、眉をよせた。

「どうしたんだ」

「いってしまったのよ」

全身から力をぬいて、マリはソファーのうえにすわった。

「なにを」

「ほんとのことを」

「彼女はどうしたんだ」

「きっと、悪性の発作をおこしたんだわ」

「……そんなこと、いってはいけなかったんじゃないか？　なにをいったんだ？」

「わすれないってこと。あなた、わかるでしょう。ミール星人っていうのは、心のいれものがいっぱいになると、死んでしまうのよ。それは、いろいろな大事なことを、けっしてわすれないからだわ」

「うむ」

「だから、心がわりなんて、ないんだわ。死んだって、わすれないから」

「かえろうよ」

男はいった。ぬぎすてられたぎんいろのサンダルが片方、カーペットのうえにおちていた。

半月たって、エマは精神病院の火事で、焼死した。こともあろうに、彼女の部屋から、火がでたのだ。二十個ものロウソクに、火をともし、おもいでのなかにかえっていったために。

シャーロック・ホームズ アフリカの大冒険

異常ウィルス培養方法が
ドイツ人スパイに盗まれた。
隠退してミツバチの研究をしていた
ホームズは、国の命運を担って
アフリカへ旅立ったが……

医学博士 ジョン・H・ワトスン
フィリップ・ホセ・ファーマー 編
白川星紀 訳

ワトスン博士
グレイストーク卿
ディヴィッド・コパフィールド
マーティン・イーデン
ドン・キホーテ
以上のアメリカの管財人

イラストレイション 楢 喜八

The Adventure of the Peerless Peer

by John H. Watson, M. D.　Edited by Philip José Farmer

まえがき

誰でも知っているとおり、シャーロック・ホームズの未発表の事件に関する、ワトスン博士の手稿は、本人の手によってガタガタのブリキの文箱におさめられていた（訳註＝「ソア橋」参照）。この箱は、チャリング・クロスのコックス銀行の地下金庫に置かれていた。世界中の人々が、いつかこれらの書類が公開されるものと期待していたにもかかわらず、第二次世界大戦中の空襲で銀行は粉々に破壊されてしまい、すべての希望も打ち砕かれてしまった。風説によれば、ウィンストン・チャーチル本人が命じて焼け跡を捜索させたが、箱の影も形も見当たらなかったとのことである。

この不首尾に落胆することはない、とお知らせできるのは私の欣快とするところである。いつ、なぜかはわからないが箱は、フルワースの村の近くサセクス高原の南斜面にある小さな別荘に移されていたのだ。ここが、誰でも知っているとおり、隠退してからのホームズの住まいだった。大探偵が最後にどうなったかについては知られていない。死亡記録はない。たとえあったとしても、彼をいまでも生きている人物と考える多くの人々は、記録を信じまい。この信仰的とも言えそうな信念は根強い。仮にまだ生きていれば、このまえがきを書いている時点でも百二十歳に達しているというのに、である。

ホームズに何が起こったにせよ、別荘は一九五〇年代後半に、十七代デンヴァ公爵に譲られている。箱は、その他の品々とともにノーフォークの公爵領に移された。閣下はもともと御自分の死去までは書類の公表をさし控えるおつもりだった。ところが閣下は現在八十四歳にもなられるにもかかわらず、百まで生きられそうに感じられるという。世界は長く待たされすぎ、その上ワトスンの物語がいかに衝撃的であろうと受け止める姿勢はできている。そこで公爵は一部を除いた残りすべての刊行に同意なさり、その残された一部すら、中で言及されている人々の子孫さえ許可すれば、公表されるかもしれないのである。感謝すべきは寛大な決断を下された閣下に対してであろう。

この吉報を耳にして拙編者は、ワトスン文書を扱う英国側代理人に連絡をとり、めでたくアメリカ代理権を獲得した。お手になさっている冒険譚はその第一弾であり、今後、間を置いて他のはなしも続くことになっている。

ワトスンの手稿は明らかに第一稿である。この冒険の間に、登場人物が実際に語った言葉を記録した箇所が、何カ所か抹消され、あるいは伏せ字になっている。この物語の「超俗の貴族」は「グレイストーク」と呼ばれているが、一度だけワトスンの古い癖が顔をのぞかせて、たまたま「ホールダネス」と書いてしまっている。彼が「ホールダネス」を使ったのは「プライオリ学校の冒険」で、ホームズの高貴な依頼人の正体を隠すためだった。ホームズ自身も、「白面の兵士の冒険」の中でこの貴族に触れるとき、「グレイミンスタ」の偽称を使っている。

拙編者の推理では、ワトスンがこの物語で「グレイストーク」を使うことに決めたのも、ワトスンが「ホールダネス」と呼んだ方《かた》の甥の、アフリカにおける活躍をもとにした小説で、「グレイストーク」という偽称が世界的に有名になったためである。

これからお目にかける冒険は、いろいろな点で特異である。ここで明らかになるとおり、ホームズは「最後の挨拶」の後も隠退生活にと

『シャーロック・ホームズ　アフリカの大冒険』（フィリップ・ホセ・ファーマー）解説１

〈リバーワールド〉や〈階層宇宙〉シリーズ等のＳＦ作品や、あらゆるタブーを破ったエロティック・バイオレンスの快作『淫獣の幻影』シリーズなどで知られたヒューゴー賞ＳＦ作家フィリップ・ホセ・ファーマーの手による一大ホームズ・パロディ長編（英原題は『超俗の貴族の冒険』とでも訳したらどうだろうか）。ホームズとジャングル王ターザンがアフリカの地で運命的邂逅を果たす。それだけではない、同時代の様々な架空のヒーロー・キャラクターも登場する。そのあたりの作品背景については、ファーマーが架空人物を偏執的に研究した経緯について訳者の黒丸尚さん（白川星紀名義）が懇切丁寧な解説を付しているので、物語の読了後にそちらを参照されたい。（＊）

物語は、第一次世界大戦の最中、ワトスンと友人のフェル博士（そう、ディクスン・カーのあの名探偵です！）が歓談している折に、外務省のマイクロフト（そう、ホームズのお兄さんですよ）から召喚状が届くところから始まる。ワトスンが外務省へ駆けつけると、そこにはマイクロフトの他に二人の人物が同席していた。一人はマイクロフトをして「探偵術においてホームズその人と肩を並べる」と言わしめた英国情報部の有能な副官——若き日のヘンリ・メリヴェール卿であり（ここまでで、ミステリ・ファンは悶絶必至）、もう一人は、引退したはずのシャーロック・ホームズその人ではないか！　そして、マイクロフトの口から語られる《ウルトラ・バカミス》な国際的大陰謀怪事件……それを聞いて動揺する（！）ＨＭ卿。ホームズとワトスンは引退後の老骨に鞭打って、大英帝国のために立ち上がり、最新鋭飛行機に乗って暗黒大陸へ飛ぶのだった……。

乗り物酔いで嘔吐を繰り返し、意気阻喪するホームズが可笑しい。だが、臥せっている暇はない、ドイツ空軍が次々と襲い掛かり、遂には巨大なツェッペリン（バンドじゃなくて飛行船のほうね）と大立ち回りを演じることとなる。

前半は波乱万丈の大冒険、後半は、例の「初歩的なことだよ、ワトスン君」のホームズ流名推理も披露され、伏線も怠りなく、途方もなく意外な解明へと導かれる。

傑作。——ファーマーひとりの代表作であるばかりか、ミステリ史上に残る傑作であると断言してしまっていいだろう。初読時、胸が熱くなったことを覚えている。物語自体の幕切れの感動もさることながら、ファーマーが、手すさびのパロディなどではなく、自分の愛した虚構のヒーローたちを称揚するために真摯に書いた入魂（シャーロッキアンの矜持にかけて聖典に列せられる程）の作に仕立て上げていることに心打たれたからだ。

これ以上の内容紹介は野暮なので、以下、惹句を羅列させていただく。

シャーロッキアン（英国ではホームジアン）ＭＵＳＴ（必読）、ターザン崇拝者ＭＵＳＴ、ミステリ・冒険・スパイ・ＳＦ小説ファンＭＵＳＴ。パルプ雑誌愛好家ＭＵＳＴ、カー熱患者ＭＵＳＴ、バカミス・オタクＭＵＳＴ、架空人物研究家ＭＵＳＴ、パロディ蒐集家ＭＵＳＴ、奇想天外小説主義者ＭＵＳＴ——そして、全読書人ＭＵＳＴ！

（山口雅也）

（＊）ファーマーが、架空の人物に限らず現実の歴史上の著名人たちにも執着を見せていたことは、彼の〈リバーワールド〉シリーズ（ヒューゴー賞）を読めばおわかりいただけると思う。

どまることを許されていない。アフリカに二度目の訪問をし、（本意ならず）ハルツームのはるかかなたへ行き、こうして英国をおびやかす最大の危機から救ったのである。偉大なアメリカ人飛行家にしてスパイ、二人の生涯に関して光明を与えている。またワトスンは四度目の結婚を果たしたことが知れるし、古代エジプトに比肩する文明の崩壊も初めて記録されている。ホームズの養蜂学に対する貢献と、それを利用していかに本人のみならず他人の命までも救ったかが、ここに語られている。それとともに、この物語で明らかにされるように、ホームズの天才的推理力は、グレイストークのアメリカ人伝記作家による作品の明敏な読者をまどわしてきた矛盾を解明するのである。

この矛盾のうち、ある物はグレイストーク卿本人の手で「グレイストーク卿回顧録抄」（『母はすてきな獣《けだもの》だった』フィリップ・ホセ・ファーマー編、チルトン社刊、一九七四年十月）の中で明らかにされている。しかしながら、これとてもワトスンの記録ではほんの一部であり、解き明かされた謎の一つにすぎない。しかも、この物語そのものが、いくらか別の観点から謎を提示しているのである。

以上の理由から、拙編者は作品をしてこの点について語らせることにした。それに何より、拙編者は、〈聖なる文書〉に手を加えようとは夢にも思わないからである。

――フィリップ・ホセ・ファーマー

1

陽気にペンをとって、こう書くことができる。我が友シャーロック・ホームズのきわだって特異な才能を書き残すのも、これが最後になる、と。確かに以前も私が同じようなことを書いたことはあったが、その時の私の心は、およそ考えうる限り沈みきったものだった。今度こそ、これを限りにホームズは隠退したと言い切れる。少なくとも彼は、もう二度と探偵ごっこをしないと誓った。超俗の貴族の一件で経済的に安定したことでもあり、また、我らの大敵を打ち倒した今では、もはや我が国を脅かす危機もあるまいと予見してもいる。さらに、彼はこう誓った。母国の土以外は二度と踏むまい、と。また、飛行機のそばには決して寄るまい、と。飛行機の姿を見たり音を聞いただけで、血も凍りつくのである。

これから物語る奇妙な冒険が始まったのは、一九一六年二月の二日だった。その頃、私は年もかえりみず、ロンドンの軍病院にスタッフとして勤務していた。ツェッペリンがその前二晩イギリス――主に中部諸州――を空襲爆撃した。比較的被害がなかったとはいえ、七十人が死亡、百十三人が重軽傷を負い、損害額は五万三千八百三十二ポンドにのぼった。これは一月十九日に始まった一連の空襲のうち、最近のものだった。もちろん恐慌状態を呈することなどはなかったが、勇敢な英国魂も幾分か不安を味わっていた。当然ドイツの諜報員がふりまいた噂だろうが、カイゼルは海峡を越えて一千機の飛行船を送りこむつもりだと言われていた。この噂について、私は若き友人フェル博士（訳註＝ジョン・ディクスン・カーの創造した名探偵）と私の宿舎でブランディを傾けつつ話しあっていたのだが、その時、ドアがノックされた。私が開けるとメッセンジャーがはいって来た。電報を手渡されたので、時をおかず読んでみた。

「一大事だ！」と私は叫んだ。

「どうしましたね」ようよう椅子から腰をあげながらフェルが尋ねた。

その頃の戦時配給食を食べていても、彼はひどく体重を増していたのだ。

「外務省への召喚状だよ」と私が言った。「ホームズからだ。しかも僕に特別休暇が与えられてる」

「シャーロックですか」とフェル。

「いや、マイクロフトだ」と答えた。何分かたって、数少ない手回り品を荷物にまとめた私は、リムジーンで外務省へ送られた。一時間の後、小さくて簡素な部屋へ通されると、そこにはマイクロフト・ホームズの巨体が、大英帝国および諸外国に糸をかけ渡す大蜘蛛然として腰をおろしていた。その他にも二人が同席しており、その二人とも私の知りあいだった。一人は准男爵の子息である若きメリヴェール（訳註＝カーター・ディクスン〈本名ジョン・ディクスン・カー〉の創造した名探偵）で、今は英軍情報部の長の有能な副官を勤めているが、近々その長の座につくことになっていた。彼はまた外科医の資格も持ち、かつて私がバート校で教鞭をとっていた頃は教え子の一人であった。マイクロフトの言うには、メリヴェールは探偵術においてホームズその人と肩を並べ、マイクロフト本人にも劣らない可能性をもつとのことだ。この「意地悪」に対するホームズの返事は、実践してみて初めて真の資質が現れる、というものだった。

陸軍省から離れてメリヴェールが何をしているのか、不思議には思ったものの、この疑念を口にする機会がなかった。同席していた第二の人物を見て、私は嬉しく思うと同時にびっくりしてしまったのだ。髪が灰色になりかけ、一度見たら忘れられない鷹に似た横顔を持つ、背が高く痩せた姿を、もう一年以上も見ていなかった。

「ねえ、ホームズ君」と私。「フォン・ボルクの一件が片付いたから僕はてっきり……」

「東風《こち》がぞっとするほど冷たくなってきたのさ、ワトスン君」とホームズは言い、「国民の義務のほうでは、定年を認めてくれなくてね、こうして蜂を離れてもう一度祖国のために一肌ぬぐことになったのさ」

いっそう厳しい顔つきになって、こう付け加えた。「フォン・ボルクの件は済んでいないんだ。あまりたやすく捕ったものだから、僕達はあいつを見くびりすぎたらしい。あたりまえなら、そうそう簡単に捕るタマじゃないんだ。あいつをフォン・ハーリンクと一緒にドイツに帰したことで、我が政府は重大な誤ちをおかした。あいつは銃殺されてしかるべきだった。最近届いた報告によると、あいつが帰国してからドイツ国内での自動車事故で、僕達のやりそこねたことが果たされそうになったそうだ。ところが左目への永久的傷害を残して、あいつは回復してしまった。

「マイクロフトの言うには、フォン・ボルクはこれまで我々に対して測り知れない損害を与え、今も与え続けているそうだ。情報部では、あいつがエジプトのカイロで活動していると言う。ただ、カイロのどこで、どんな具合に身をやつしているかは、わからない」

「あの男は実に危険だ」マイクロフトが言い、グリズリーの前足ほども不格好な手を嗅煙草入れに伸ばしながら、「誇張でなく、あいつこそ世界中で最も危険な男だと言い切れる。少なくとも連合国側から見て、ね」

「モリアーティ以上かい」と言うホームズの瞳が輝きを加えた。

「ずっと上手《うわて》だよ」マイクロフトが答えた。嗅煙草を吸いこみ、くしゃみをすると大きな赤いハンカチで上衣をぬぐった。彼のうす灰いろの眼は内省的な表情を失い、遠くの標的を暗黒の中に探る探照燈のように燃え上がった。

「フォン・ボルクは、カイロで我が政府が雇っていた亡命ハンガリア人科学者の化学式を盗み出した。この科学者は、ファラオの地に特有の、とある細菌で実験をしていて、その結果を最近になって上司に報告したのだ。この細菌を化学的に変化させると、ドイツ漬物だけを食べるようにできることを発見したわけだ。たった一個の細菌をドイツ漬物の上に置いただけで、めざましい割合の増殖を始める。六十分後には一ポンドのドイツ漬物（サゥアクラゥト）を一分子にいたるまでしゃぶり尽くす群生となるのだ。

「この重大な意味が、おわかりだろう。この細菌は、科学者の言うところの変異株なのだ。ある種の薬品処理を加えると、形態も機能も変化してしまう。この変異株のはいったびんをドイツに落とすか、あるいは諜報員に直接細菌を持ち込ませてみたまえ。ドイツ全土がたちまちのうちにドイツ漬物（サゥアクラゥト）欠乏状態になる。食糧供給、士気ともに、壊滅的打撃をうけるのだ。

「ところがフォン・ボルクが、どうしたわけかこれを聞きつけ、化学式を奪って記録や薬品類に火を放った上、細菌をどう変異させるか知っている唯一の人間を殺してしまったのだ。

「しかしながら、あいつの悪行も、なされるとすぐにそれと知れた。カイロ周辺の厳重な非常線を張りめぐらしたので、フォン・ボルクは原住民居住区のどこかに隠れているものと考えてよさそうだ。この網も、長い間締めておくわけにはいかん。そこでシャーロック、お前に彼の地へ急いでもらい、奴を追い詰めてほしいというわけさ。英国は

お前に大きく期待をかけているぞ、弟よ、だからきっとお返しも大きいだろうさ」

私がホームズを振り返ると、彼も私と同様に動揺しているようだった。「ねえ君、まさか僕達はカイロへなんか……」

「その『まさか』だよ、ワトスン君」ホームズが答え、「他の誰が、あのチュートン狐を嗅ぎ出し、他の誰が奴を罠にかけるというのかね。フォン・ボルクの奴に目に物見せてやれないほど、老いぼれてはいまい」

私はホームズがまだアメリカ語のくせから抜けきっていない事に気付いた。おそらく私が「最後の挨拶」と題した冒険でフォン・ボルクを追う時に、アイルランド系アメリカ人の役柄にすっかりなりきってしまったためだろう。

「それとも」あざけるように彼が言う。「君は本当に、老軍馬は居心地のいい牧草地を離れるべからず、と思いこんでいるのかね」

「僕は一年半前と同じく丈夫だとも」私は言い返し、「僕がここまでだと言って引きさがったことがあるかい」

彼はクスクス笑いながら私の肩を叩いた。めったに示さない彼の仕草に、私の胸が熱くなった。

「あい変わらずだね、ワトスン君」

マイクロフトが葉巻を届けさせ、みんなが火を着けている間に、言う。「君達二人は、今夜ロンドン郊外の王室海軍航空隊（R・N・A・S）の基地から出発してもらう。カイロへは二段階に分けて、つまり二人のパイロットで飛ぶ。積荷が貴重だから、飛行家は慎重に選んでおいた。フン族ど（訳註＝当時、ドイツ軍の〔あだ名がフン族だった〕）はすでに君達の目的地を知っているやもしれ

118

ん。だとすれば、奴らは必死になって君達を途中で撃墜しようとするはずだが、こちらの飛行家もえり抜きだ。二人とも戦闘機のパイロットだが、爆撃機を飛ばしてもらう。最初のパイロット——つまり今夜、君達を羽根にのせてくれる男だが——これは若い男だ。実を言うとまだ十七歳で、軍務につく時に歳をごまかしたんだが、公式には十八歳という事になっている。二週間で敵を七機も落とした上、敵の戦列の背後にこちらの諜報員をおろすという殊勲もあげている。君達も知っている男かもしれないな。少なくとも彼の大伯父は知っていよう」(編者註1)

彼は間を置いて、言った。「もちろん、今は亡きグレイストーク公爵を忘れてはいまい」

「あの時受け取った謝礼の額は、けっして忘れませんね」ホームズは言い、クスクスと笑った。

「君達のパイロットとなるジョン・ドラマンド大尉は、現グレイストーク卿の養子になっているのだ」とマイクロフトが言葉を続けた。

「でも待ってください」と私、「グレイストーク卿について、何やら奇怪な話を聞いたことがあるような……。卿はアフリカに住んでいるんじゃありませんか」

「そうとも、暗黒きわまるアフリカにね」とマイクロフトは言い、「樹上の家だと思うが」

「グレイストーク卿が樹上の家に」と私。

「そうとも」マイクロフトが言い、「グレイストークは樹上の家に、猿と一緒に住んでいるよ。少なくとも噂によればそうなっている」

「グレイストーク卿が猿と一緒に住んでいるって」と私は言い、「きっと雌猿でしょうな」

「そうとも」マイクロフトが答えて、「グレイストーク卿にはゲイがないから、ね」(編者註2)

「それにしても」と私が言う。「このグレイストーク卿は前の公爵の息子じゃありますまい。『プライオリ学校』の冒険で僕達が誘拐者から救い出した、公爵の子息のサルタイヤ卿じゃないはずだ」

ホームズが突然、子羊を見つけた鷲のように鋭い顔つきになった。兄の方へかがみこむように言う、「公爵閣下と、その奇想天外な小説のヒーローとの間に、何か関連があるのではなかったですか。そのアメリカ人物書きは——何といったかな——ベイロウズだか、バロウズだったか。そのヤンキーの主人公はなんらかの形でグレイストーク卿をモデルにしているんじゃありませんか。本がアメリカで出たのが一九一四年の六月のはずで、海上封鎖のためにこちらへ届いた部数はごく僅かですが、それでも僕も噂は耳にしている。閣下さえ小説をお目に留めれば、名誉棄損や中傷や人格侮辱その他いろいろで起訴できると思うんだが」

「僕にはわからんね」とマイクロフトは言い、「作り話《フィクション》は一切読まんから」

「でも僕が！」とメリヴェール、「僕は読みますよ。その本も読みましたけど、わくわくするような素敵な話で、でも気違いじみてることと言ったら……。とあるイギリス貴族の継承者が雌猿に引きとられ、野蛮で毛むくじゃらの群れと一緒に育てられて……」

マイクロフトが掌をテーブルの上に叩きおろしたので、みんなびっくりし、私は、ふだん冷静そのもののマイクロフトがこのように前代未聞の乱暴さを見せるのはどうしてか、訝しく思った。

「狂った貴族や想像力過多のヤンキー物書きのおしゃべりで時間を無駄にするのは、もうたくさんだ！」と言い、「帝国が今まさに揺るぎ崩れようとしている時に、まるでパブにでもいて世の中平穏無事だというように、しゃべり散らしている！」

彼の言う事がもちろん正しいので、私達みんな——たぶんホームズも含めて——きまりの悪い思いをした。しかしながら、この会話はこの時考えたほど無関係ではなかったのだ。

マイクロフトとメリヴェールから口頭で指示を受け、一時間後に私達はロンドン郊外の秘密飛行場へ向け、リムジーンで出発した。

＊第一章　編者註
1　これこそワトスンが不注意にも「ホールダネス」と書いてしまってから訂正した部分である。
2　通常の場合なら、拙編者はこの古めかしい冗句を削除してしまう。読者諸賢も何らかの形で、この冗句を耳にされたことがあろう。しかし、これはワトスンの物語であり、歴史的な重要性を帯びているのである。これによって、この言い回しがいつどこで起こったか知れるではないか。

2

我々の運転手は、ハイウェイをそれて狭い土の道にはいり、オークの密生する森をうねるように走った。侵入者に対し、ここが軍用地であると警告する掲示を、半マイルばかりの間にいくつも目にしているうち、道をさえぎる有刺鉄線の門に止められた。武装した王室海軍航《R・N・A》空隊《・S》の衛兵が書類を調べた上で、進むようにと手を振った。十分後、私達は森を抜け、きわめて広大な草原に出た。北の端には高い丘があり、その下の部分が、びっくりして開けた口のように、大きな穴になっていた。びっくりするのは、その口が洞窟でも何でもなく、丘の自然の石を掘り出して造った、格納庫になっていた事だ。私達が車から降りる間にも、男達が格納庫から巨大な飛行機を押して出て来た。両翼が折り畳まれて胴体についていた。

その後、事は素早く運び——私にとっては素早すぎたほどで、ホームズにとっても多少素早すぎたかもしれない。何と言っても、私達が生まれたのは、最初の飛行機が飛ぶ半世紀も前なのだ。私達の眼で見ると近年の発明にあたる自動車も、総じて有益な道具と言えるかどうかわからない。そんな私達が司令官に案内されて、化け物じみて巨大な飛行機に近づいていたのだ。司令官の言に従えば、何分か後には私達もその胴体に納まって、大地を下に、後に、することになっていた。

私達が歩み寄る間にすら、複葉の翼が広げられ、定位置に固定された。傍にたどりつく頃には、作業員がプロペラを回し、二基の発動機は着火していた。回転部からは雷鳴が轟きわたり、排気からは炎が吐き出されていた。

ホームズの本心がどうあったにせよ——彼の肌は多少蒼みがかっていたが——精力的な好奇心、あの、重要な事は何もかも知ろうとする欲求を抑えることはできなかった。ところが、暖まりかけた発動機の唸りの中で司令官に話しかけるには、大声でどならなければならない。「海軍省の命令で、あなた方が使うために装備した物です」と司令官が言った。彼の表情を見ると、この機を私達だけのために準備するからには、私達がよほど特殊の人物だと考えているようだった。「これはハンドリイ・ペイジ０／100の試作型です」と大声で言い、「ドイツ爆撃のために海軍省が作らせた『驚天動地の飛行機』という奴の一号機ですよ。二五〇馬力のロールス・ロイス・イーグルⅡ発動機を、ごらんの通り二基積んでいます。密閉式の乗員室がありましてね。エンジンのナセルと胴体の前部は装甲されていたんですが、速度を増すために装甲板は取り去りました」

「何だと」ホームズが叫び、「取り去ったと」

「ええ」司令官は答えて、「あなた方には関係ないことです。あなた方は乗員室に乗るんですし、乗員室は最初から装甲されてませんから」

ホームズと私は顔を見合わせた。司令官が話を続けて、「航続距離を伸ばすために予備の燃料タンクを据えました。それが乗員室のちょうど前で……」

「それで、もし墜落したら」とホームズ。

「ヒュウ」ニッコリ笑って司令官は言い、「痛くありませんとも。衝撃で死ななくても、火を吹いた燃料が肺を焼いて、即死させてくれます。ただ一つ問題なのは死体の判別です。真ッ黒焦げですからねえ」

移動式の、木の短かい階段を登って、私達は乗員室に乗り込んだ。司令官がドアを閉め、ようやく、わずかながら轟音が弱まった。司令官は、私達のために装備された寝棚とW・Cを指し示した。W・Cには、タンクから水が重力を利用して注がれる小さな洗面器と、床にボルトどめにしたおまるが数個あった(編者註1)。

「この試作機は乗員を四人乗せられるようになっています」と司令官は言い、「もうお気付きになったことと思いますが、機首砲手用のコクピットと、そのすぐ後ろにパイロット用のコクピットとがありまして、後部にもうひとつ機銃手用のコクピットがあります。それに機体の下側から機関銃を出して、後部をまもるように、はね戸をつけてあります。お二人が立ってらっしゃるのが、はね戸の上で」

ホームズと私は足をどけたが、そうみっともないほどあわてふためきはしなかったつもりである。

「現在の積載重量から考えて、私達は、この機が時速およそ八十五マイルで飛ぶものと推算しております。もちろん理想状態を前提としての話ですが——。重量を軽減するために、通常装備の機関銃は取り外すことにしました。実のところ、この目的を果たすために、操縦士と副操縦士以外の乗員も省いたのです。確か操縦士が個人的に武器を持ち込むはずです。短剣一本、ピストル数挺、カービン銃一挺、それに特別に据えつけたシュパンダウ機関銃があります。ところで、この銃はフォッカーE1からの戦利品でしてね、この時ウェントワース大佐は敵パイロットの頭の上に灰皿を落として撃墜したんですよ。それにウェントワースは手榴弾を数箱にスコッチ・ウィスキーを一箱も積み込んでますな」

ドアが、いや扉が、というか、つまり王室海軍航空隊《R・N・A・S》でドアを何と呼ぶのかわからないが、それが開くと、中背ながら肩幅広く、腰の引き締まった若者がはいって来た。R・N・A・Sの制服を着ている。眼鼻だちの整った若者だが、その眼はホームズと同じように鉄灰色で吸いこまれそうな力を持っていた。そればかりでなく、どこか奇妙な所がある。この時にどれほど奇妙か知っていれば、私もこの飛行機からさっさと降りていたところだ。ホームズとて二の足は踏まなかったろう。

彼は私達と握手し、二言三言、言葉をかわした。抑揚の少ない中西部アメリカ語を聞いて私はびっくりしてしまった。ウェントワースが何かの用事で後部に消えると、ホームズは司令官に尋ねた。「なぜ英国人のパイロットをよこさなかったのかね。あのヤンキー志願兵も、きっと有能には違いないんだろうけれども、それにしても……」

「ウェントワースの天才的な操縦ぶりに匹敵する男といったら、ただ一人しかおりませんよ。その男はロシア皇帝に仕えているアメリカ人でしてね、ロシアではケントフとして知られておりますが、本名じゃありません。ロシア人は『黒い鷲《チョルニイ・オリオル》』という尊称をたてまつってますし、フランス人は『黒い鷲《レーグル・ノワール》』と呼んでます。ドイツじゃ『黒い鷲《デル・シュヴァツル・アドラー》』には生死を問わず十万マルクの懸賞金をかけてますよ」

「その男はニグロかね」と私。

「いや、『黒』というのは彼の恐ろしい評判を表わしているんです」と司令官が答え、「ケントフはあなた方をマルセイユから先で引き受ける手筈になっています。あなた方の任務が重要だというので、ロシアから彼を借り出したんです。ウェントワースは、このあとすぐに別の任務が控えてますので、比較的短かい飛行だけに使います。たとえ墜落して生き延びることがあっても、あの男なら誰よりも――まあケントフは別ですが――うまく敵地を抜けて、あなた方を御案内できますよ。ウェントワースは人並み外れた変装の名人ですから……」

「そうかね」胸をそらし、凍りつくような眼で司令官を見据えながら、ホームズが言う。

　失言に気付いた司令官は話題を変えた。私達に、かさばる落下傘の装着法を教える。落下傘は寝棚の下にしまい込むようになっていた。

「ドラマンドという若者はどうしたね」と私が尋ね、「グレイストーク卿の養子だが、彼が操縦するはずじゃなかったかな」

「ああ、彼なら病院にはいってますよ」ニッコリ笑いながら司令官は言い、「たいした怪我じゃありません。鎖骨と肋骨を何本か折りまして、肝臓破裂の恐れがあって、脳震盪に、頭蓋骨骨折を起こしているかもしれません。エンジン停止のまま着陸しようとした時に、着陸装置が壊れましてね、煉瓦塀にぶつけたんです。よろしく、と言ってました」

　ウェントワース大佐が突然また現れた。ぶつぶつとつぶやきながら、私達の毛布、敷布とめくってみて、寝棚の下までのぞく。ホームズが声をかけた。「大佐、どうしました」

　ウェントワースは立ち上がって、例の不思議な灰色の眼で私達を見た。「コウモリの音を聞いたような気がして」と言い、「羽根をパタパタさせて。大コウモリ。でも見あたらないな」

　それから大佐は乗員室をあとに、狭いトンネルに向かった。このトンネルは、パイロットが機外に出ずに操縦室にはいれるように、特に作られた物だった。副操縦士のネルスン大尉がもう発動機を暖めていた。司令官は私達に幸運を祈ると、すぐに機を降りた。よほどの幸運が必要になりそうだと思っている様子だった。

　やがてウェントワースから機内電話で、寝棚に横になるか、しっかりした物につかまっていろと指示が来た。いよいよ離陸準備だ。私達は寝棚にもぐりこんだ。機はゆっくりと滑走して発進点へ進んだ。発動機は「レヴ・アップ」している。やがて草原の上をゴトゴトと進み始めた。その間中、私は天井を見詰めていた。たちまち尾部が浮き上がり、突然空に浮かんだ。ホームズも私も、ただ寝ていることに耐えられなくなった。やむにやまれず起き上がり、ドアについた窓から外を見た。地面が下に後ろに遠ざかって薄闇に消え、家が、牛が、馬が、馬車が、小川が、そしてテムズ川そのものが小さく、小さくなっていくのを見て、私達は二人とも不安ながら爽快な気分になった。

ホームズはまだ蒼ざめていたが、それが高さ故の恐怖でなかったと私は確信している。要は、完全に他人まかせ、つまり事態が思うままにはならないという恐怖だった。地上であればホームズは自由きままである。ここではホームズの生命身体ともに二人の見知らぬ人間の掌中に握られていて、しかもその内の一人ときたら、極めて奇妙な人間として印象づけられているのだ。そしてまた、たちまち明らかになった事だが、いかに鋼鉄の神経を持ち平静な消化力を誇るホームズといっても、飛行機には弱かったのだ。

機は飛びに飛んで、闇夜に英仏海峡を越え、フランスの西部を横切り、ついで南西部も越えた。私達は炎に照らし出された滑走路に着陸した。ホームズは機から降りて脚を伸ばしたいと言ったが、ウェントワースが禁じた。

「何がこのあたりをうろついているか、わからんですよ。あなた方を見分けたら、かがみこんで躍りかかって、跡もとどめないようにされるかもしれない」と言った。

彼が操縦席に戻ったので、私は、「ホームズ君、あの男はスパイがいるかもしれないと言うのに、何だか奇妙な表現をしたじゃないか。それに、あの男の息はスコッチ臭くなかったかい。操縦士は飛行中に飲んでいいのかい」

「正直言って」とホームズ、「気分が悪くて気にしていられん」言い終わると、W・Cへ続くドアの前で寝ころんでしまった。

真夜中になり、巨大な飛行機は月もなく真っ暗な大気を突いて進んでいた。ネルスン大尉が、夜明けまでにはマルセイユ郊外の飛行場に着陸できそうだという、陽気きわまることを言って、自分の寝棚にもぐり込んだ。ホームズはうめき声をあげた。ごくまともな男に思えたので、私は大尉におやすみを言った。たちまち私は眠り込んでしまったが、しばらくしてビクリと眼を醒ました。ホームズとの戦いで長年の経験を積んでいるから、眼醒めた事を明からさまにする愚はおかさなかった。眠りこけているふりをしながら寝返りをうち、薄目をあけて見た。

音か震動か、それともこの道の達人としての第六感のせいかもしれないが、私は眼醒めていた。通路を隔てた向う側に、頭上のただ一つの電球に照らし出されて、ネルスン大尉が立っていたのだ。その若々しく整った顔には、状況に全くそぐわない表情が浮かんでいた。顔つきがあまりにも毒々しかったために、動悸が起こり、毛布の外の寒さにもかかわらず汗が流れた。彼の手には回転式連発銃《リヴォルヴァ》が握られ、それを持ち上げた時は、私の心臓も止まるかと思われた。しかし彼は私の方には向かわず、機首の方の操縦席に通じるトンネルに向かったのだ。

彼が背を向けたので、私は寝棚の上から手を伸ばし、ホームズに触れようとした。が、警告する必要はなかった。身体の具合がどうあろうと、彼は以前に変わらぬ狐だった。確かに老いぼれた狐には違いない。それでもやはり狐なのだ。彼の手が伸びて来て私の手に触れ、その数秒後、彼は寝棚をおりて立っていた。手にしていたのは愛用のウエブリイで、これでネルスンの背に狙いを定めると同時に止まれと叫んだ。

発動機の轟きの中で彼にホームズの声が聞こえたかどうかはわからない。たとえ聞こえたとしても、考える間がなかった。銃声が、発動機の唸りにかき消されて、ほとんど聞きとれないくらいに響き、ネルスンはのけぞって倒れ、床の上を数フィートも滑った。額から血が吹き出していた。

　ウェントワース大佐の顔に薄明りがさし、その眼は燃え上がるように輝いていた。きっと錯視だったに違いない。顔が一瞬ゆがんでいたがやがて穏やかになり、彼は光の中に歩み出た。私も寝棚からおりて、ホームズと一緒に彼に近づいた。近づいてみると、きつく、それでいて香り高い良質なスコッチの臭う息に気付いた。

　ウェントワースはホームズが握っていた回転式連発銃《リヴォルヴァ》を認めてニッコリ笑い、こう言った。「やはり評判通りですな、ホームズさん。しかし、俺も奴を待ち受けてたんです。俺が計器盤に意識を集中させている時に襲いかかって来るだろうと思ってました。あいつ、俺のケ×に風穴あけるつもりでいやがった」

「彼はもちろんドイツのスパイだが」とホームズ、「君はどうしてそうとわかったね」

「俺は誰でも疑うんだ」とウェントワースが答える。「奴には目をつけてて、無線を使ってるのを見かけた時に、立ち聞きしたんだ。まわりがうるさすぎてハッキリとは聞きとれなかったが、奴が喋ってたのはドイツ語だった。単語がいくつか聞こえたよ。『しっぽ《シュヴァンツ》』とか『きたない奴《シュヴァインフント》』だとか。きっと、こっちの位置をドイツ帝国軍航空隊に教えてたんだろう。奴が俺を殺せなくても、俺達は撃ち墜とされるってわけだ。フン族どもは今頃、俺達を途中で襲うつもりで出発してるだろうな」

　これだけで、びっくりするには充分だったが、ホームズも私も同時に、もっと気にかかることに思い当たった。ホームズの方が例によって素早く反応して、どなった。「誰がこの飛行機を飛ばしてるんだ！」

　ウェントワースはものうげに微笑んで言う。「誰でもないですよ。御心配なく。俺が先月発明した、ちょっとした機械に操縦装置が連結してあるんだ。空さえ荒れてこなけりゃ、機はひとりでにまっすぐ飛びます」

　彼は急に体を硬ばらせ、首をかしげると、こう言った。「聞こえるかい」

「おいおい、君」と叫んだのは私で、「あんなに発動機がひどい音をたててるのに、何も聞こえるはずがないじゃないか」

「ゴキブリだ！」とウェントワースが吠え、「バカでかい空飛ぶゴキブリだ！　極悪非道の科学者め、また恐ろしい物を世に放ったな！」

　彼はくるりと向きを変えると、トンネルの暗闇に姿を消した。

　ホームズと私は顔を見合わせた。やがてホームズが言うには、「僕達は気違いのなすがままだよ、ワトスン君。しかも、着陸するまでは、僕達には手の出しようがないんだ」

「パラシュートで降りるという手はあるよ」と私。

「できれば、それはしたくない」とホームズは強く言い、「それに、どうも公平正大じゃない。パイロットはパラシュートを持っていないんだからね。ここに二つあるのは、僕達が民間人だからだよ」

「別段ウェントワースに、僕と一緒に降りてもらうように頼むつもりはなかったんだけれども」と私はつぶやいたが、これを口にするのが、

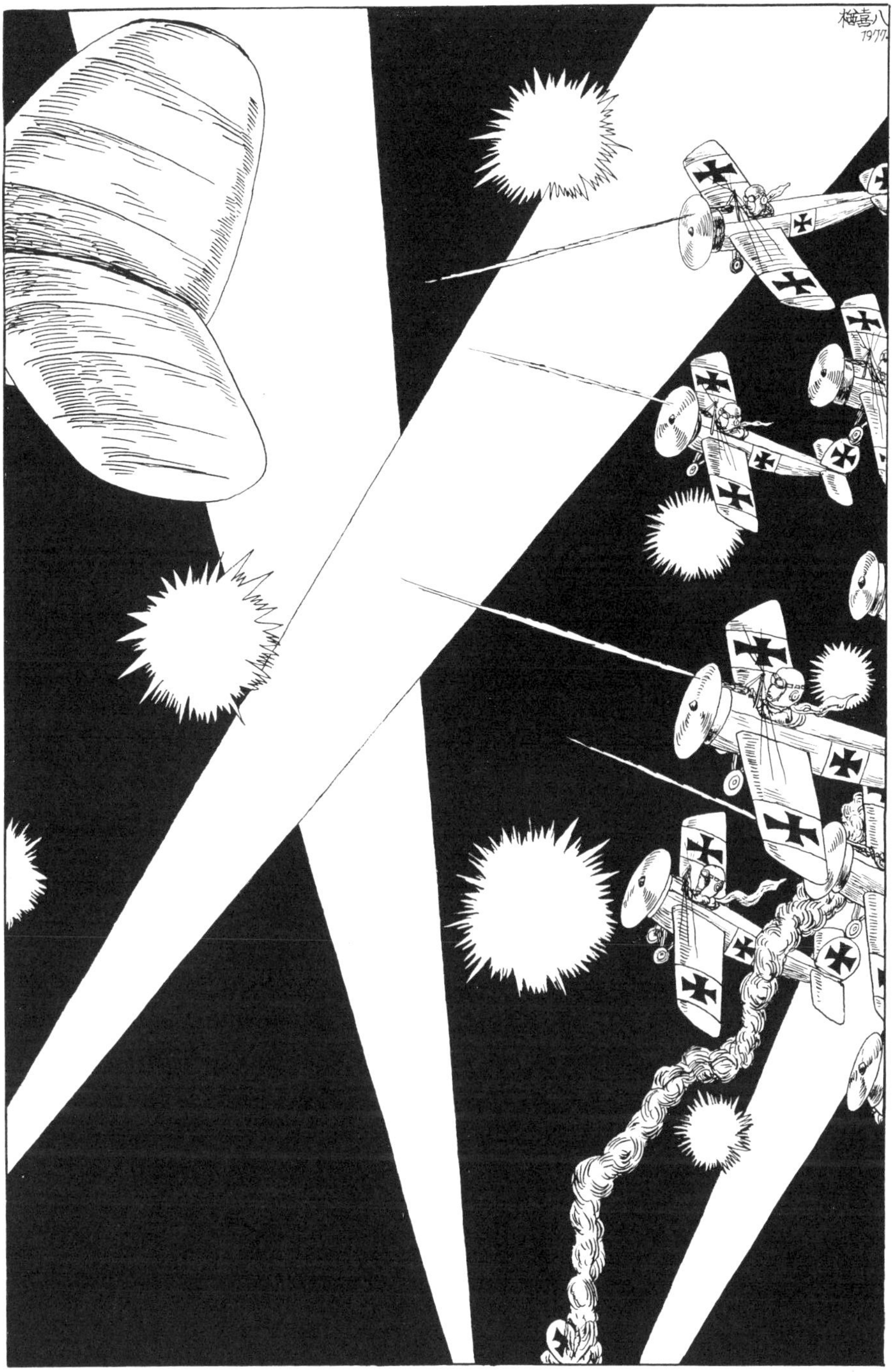

何か恥ずかしかった。

ホームズは聞いていなかった。再び彼の胃が、ありもしない内容物を拒絶し始めたのだ。

＊第二章　編者註

1　ワトスン博士は、この衛生設備に関する説明を、物語の最終稿では削除するつもりだったのだろう。少なくとも、これまでの事件録では、このような描写はすべてヴィクトリア王朝的に控え目だった。しかしながら、これが書かれたのは一九三二年であり、ワトスン博士も時代精神のために表現の自由が認められていいと考えたのかもしれない。

3

夜明けになってたちまち、ドイツ機が襲ってきた。後で聞いた所によるとフォッカーEⅢ単座単葉機で、シュパンダウ機関銃を二挺積んでいる。機関銃はプロペラと連動していて、回るプロペラの隙間を縫って弾丸を撃つようになっているのだ。

ホームズは頭をかかえてうめきながら床にすわりこんでいて、私は彼に同情しながらも泣きごとは聞き飽き始めていた。とその時、電話のベルが鳴った。壁に、いや仕切りにというか、つまり何と呼ぶのか知らないが、そこに取り付けられた箱から、私が受話器を取った。ウェントワースの声がわめいていた。「パラシュートを着けて、何かにしっかりつかまっていろ。×××たれフォッカーが十二機、一編隊《シュタッフェル》お揃いで十一時の方角から来やがったぞ！」

私は聞き違えた。（訳註1）「うん、でもそれはどんな種類の飛行機なのかね」

「フォッカーだよ！」と彼はどなり、付け加えて、「いや、違った。俺の目の錯覚だ。あれはバカでかい空飛ぶゴキブリだ！　一匹一匹に鉄カブトと飛行メガネをつけて切り込み刀を持ったプロシアの将校が乗ってやがる！」

「何と言ったのかね」私は受話器に向かって叫んだが、電話は既に切られていた。

ホームズにウェントワースの言った事を告げると、彼は飛行機に酔っていることを忘れてしまった。ただし様子は相変わらず具合悪そうだった。私達はよろめく足でドアの所へ行き、窓の外をのぞいて見た。

夜は今や昼より明るい。攻め寄せる敵機が吐き出す照明弾のためだった。敵のパイロットは、明りを利用して私達の無防備な機に、機関銃の照準を合わせるつもりなのだ。すると、それでも不充分だと言うように、砲弾が炸裂し始めた。私達の機のすぐそばで破裂する物もあり、爆発の衝撃で機は身を震わし揺れた。巨大な探照燈があたりを照らし、機体に鉄十字を描いた単座機を照らし出すこともあった。

「高射砲だ」私は声をあげ、「フランスの対航空機砲がフン族どもを撃っているんだ。馬鹿め！　僕達に当たってしまうかもしれないじゃないか」

何かがかすめ過ぎて行った。見失ったが、たちまち、照明弾や探照燈の強烈な光を抜け、周囲に炸裂する砲弾をものともせず、私達めがけて急降下して来る戦闘機が目にはいって来た。プロペラの向こうで、小さい赤い眼が二つまたたいていたが、私達のいる所からほんの数フィート離れたあたりの機体に突然穴があいて、初めてその眼が機関銃の銃口だと気付いた。私達がしゃがみこむ一方、巨大な機体が横に揺れ、沈み、昇っては落ちこむので、私達はここと思えばまたあちらと、床をころがり胴体に叩き付けられた。

「もう先は見えたよ」と私はホームズに大声で言いたて、「パラシュートを着けろ。敵機に撃ち返すことはできないし、この機は遅いし動きが鈍いから、とうてい逃げきれん」

これが大きな間違いだった。しかも例の気違いは大いなる悪魔だった。あの機ののろまな巨体を操って、この眼で見なければとうてい信じられないようなことをやってのけたのだ。何度も何度も宙返りし、私達が、缶に入れられて揺さぶられた子ネズミのようにつぶされなかったのも、ただ無我夢中で寝棚の柱にしがみついていたお蔭だった。

一度、私よりいくらか耳の感覚の鋭いホームズが、こう言った。「ワトスン君、あの阿××郎は機関銃を撃っているんじゃないかい。この飛行機を操ってこんな離れ技をやっているのに、その上どうやって、両手で持たなけりゃうまく扱えない武器まで使っているんだろう」

「わからないな」と本当のことを答えた。その時、私達は、しっかりつかまっていればこそ落ちないものの、柱からぶら下がっていた。機は左を下にしていたのだ。足の下の方にある窓から、ドイツ機が一機、煙の尾を引きながら落ちて行くのが見えた。そしてそれにもう一機続き、地上から千フィートかそこらで火の球になった。

ハンドリイ・ペイジ機は姿勢を立て直し、私は頭上でドタドタいう音と、続いて機関銃の連射音を聞いた。何かがすぐそばで爆発し、残骸が窓の外を流れ去った。

これにはギョッとさせられたが、それよりギョッとさせられたのが窓を叩く音だった。驚いたことに、この音の源はドアを叩く拳だったのだ。私はドアまで這って行って立ち上がり、のぞいてみた。さかさまになって、雲母ごしに私を見詰めていたのはウェントワースの顔だった。唇が動いて言葉が読み取れる。「ドアを開けろ。入れてくれ」

私は呆然としてそれに従った。たちまち、いまだに私には人間技と思えないような曲芸じみた身のこなしで、彼がドアからとびこんで来た。片手にはライフルの銃床をつけたシュパンダウを握っていた。私が彼の腰にすがりついている間にも、彼はドアを閉じて、金切り声をあげて冷たく吹き込んで来る風を締め出した。

「あれで良し」と叫ぶや、床に横たわっているホームズのすぐ後ろに機関銃を向け、そのすぐ耳許をかすめて三度、短かく連射した。

ホームズが言った。「まったくねえ、君……」ウェントワースは、わめき散らしながらホームズの傍を走り過ぎ、やがてまたシュパンダウの射撃音が聞こえてきた。

「ともかく操縦席には戻ってくれた」ホームズが弱々しく言う。しかしながら、これはホームズが誤りをおかした一例だった。たちまち大佐は戻って来たのだ。はね戸を揚げ、銃身をつっこんで一連射すると、「ザマァ見やがれ、このク××レ、クサレ×××め」と言い、はね戸を閉じると、機首へ駆け戻って行った。

四十分後、機はマルセイユ郊外のフランス軍飛行場に着陸した。機体といわず翼といわず、弾痕の穴だらけになっていたが、幸いなことに燃料槽には一発も当たっていなかった。機体を調べたフランス側の司令官が言うには、外から撃たれた穴より中から撃った穴の方が多いそうだ。

「そりゃそうよ」とウェントワースは言い、「ゴキブリと奴らの仲間の空飛ぶ豹が、機内をそこいら中、うろついてやがったんだ。すんでの所でこの二人の御老体もやられるところだったよ」

数分後、英国の軍医が現れた。ウェントワースは、六人の男を相手に大立ち回りを演じたあげく抑えこまれ、拘束衣を着せられて救急車で運び去られた。

わめき散らしているのはウェントワース一人ではなかった。蒼ざめた顔をゆがめ、両の拳を握りしめたホームズが、兄のマイクロフトや若きメリヴェールを初め、およそこの件に責任のありそうな者を片端から呪っていた。ただし、もちろん国王陛下は別である。

私達は、極めて階級の高い仏英両軍の将校が詰めている部屋へ案内された。中でも一番偉いチャトスン＝ドーズ＝オーヴァリイ将軍が話した。「さよう、ホームズさん、彼が時々発作的に幻覚を見るのは我々も知っておりました。正直に言って、狂ってしまうんですな、あれは。それでも彼は、植民地人でありながら我々側の最高のパイロットであり、かつまた最高の諜報活動員であるわけです。また英雄的行為もありましたしね。彼の幻覚は決して裏返しに表れない、という事はつまり、仲間は決して傷つけないのです。まあ、一度だけイタリア人を撃ったことがありましたが、そいつはただの一等兵でしたし、イタリア人でしたし、ただの事故だったんです。従って、彼に働いてもらうのは認めざるを得ないだろうと思うわけです。彼の状態について、民間人に一言でも漏らされては困るのも当然でして、従って御両人には、この事すべてについて何も口外しないと誓っていただかなくてはなりません。これは当然のなりゆきでもあり、また当然、愛国心にかかわる事です。彼には休養療法を少々加え、アルコール抜きももちろん行なって、それから任務に戻します。英国は切実に彼を必要としておるのです(編者註1)」

ホームズもまだいくらか何やら口走っていたが、彼は常に現実から目をそむけない男であり、また現実に従って自己を律する男でもある。そんな彼であっても、ウェントワースの命同様に極めて貴重な彼の生命が、殺人狂の手に委ねられた事については、いくらか皮肉めいた事を言わずにいられなかった。やがて冷静になってこう尋ねた。「それで私達をエジプトまで運ぶパイロットは。これまた無責任な狂人ですかな。敵よりパイロットの方が恐ろしいなどという男です」

「ウェントワースに優るとも劣らない、優秀なパイロットだそうです」と将軍は言い、「アメリカ人でして……」

「何たる事だ！」とホームズは言い、うめいてから付け加えて、「どうしてまた、正真正銘の優良な英国の血統をうけたパイロットを使えないんですか」

「ウェントワース、ケントフとも、英国で最優良の血統ですぞ」オーヴァリイは強く言い、「二人ともそれぞれ英国で最も古く高貴な家系の子孫です。実を言えば、王室の血も混じっておりますよ。ただ、たまたま植民地人なのです。これから御二人を運ぶ男は、国王陛下のいとこに当たられる全ロシアの皇帝《ツァー》に仕えて、諜報活動員を務めています。皇帝は御親切にも、彼と、偉大なるシコルスキ・イリヤ・モウロメッツV型機を御貸与下すったのです。ケントフは全乗員ともども、ここまで飛んで来て、もう離陸の準備もできております」

ホームズの顔色が一層蒼ざめ、私も六十四歳という年齢をしみじみ感じていた。一瞬の休息も許されないと言うが、たいていの若者ですら数日は寝込みそうな経験をしてきた直後なのである。

＊第3章　編者註
1　このウェントワースが、アメリカの同胞達とともに一九一八年に軍務について、暗号名でのみ知られる、あの男なのだろうか。だとすれば、砲兵隊の士官からやがて〈スパイダー〉としてニューヨーク市の犯罪者から恐れられるようになったリチャード・ウェントワースの、彼は兄弟かもしれない。これが事実であれば、拙編者がグレイストークの伝記中で提示したような、〈G―8〉も〈スパイダー〉も〈シャドウ〉も同一人物の分裂人格だという理論は根拠を失う。
訳註1　原文でウェントワースの言葉は＊＊＊＊ing Fokkerと伏せ字になっていて、伏せられた部分にfuckがはいることは容易に想像できる。ウェントワースの発音にアメリカなまりのあることが述べられているので、fucking Fokkerの発音は「ファキン・ファカ」に近く、つまり、イギリス人のワトスン博士の耳にはfucking fuckerのように聞こえたものと思われる。

4

オーヴァリイ将軍みずから、巨大なロシア製飛行機のところまで私達を案内した。歩きながらホームズの質問に答えて、機の特徴を解説してくれた。

「これまで数ある飛行機の中でも、四発のものと言えばただ一つ、ロシアで作られた機だけなのです」と言い、「英国の面目も失墜ですな。第一号機が製作されて飛んだのが一九一三年でした。この機は――もう御覧になれるでしょう――複葉でして、着陸装置に車輪とスキーが使われております。エンジンは百五十馬力のサンビーム製水冷V列が四基。サンビームというのは、残念ながら不満な所が多いのですがね」

「そんな事なら知らずにいた方がよかった」と私はつぶやいた。ホームズの顔色が急に蒼白になったところを見ると、彼の感想も私と似たりよったりだとわかる。

「翼長九十七フィートと九インチ半。全長は五十六フィート一インチで、高さが十五フィート五インチと八分の七。最高速度は時速七五マイル。上昇限度は九八四三フィートです。それに航続時間は――理想状態で――五時間。乗員五名ですが、それ以上乗せられます。機体後部に睡眠や食事用の客室がしつらえてあります」

私達をオブレノフ中尉という男に引き渡すと、オーヴァリイは握手をして去って行った。

この若い士官に導かれて、私達は階段をのぼって機内にはいり、後部へ向かうと私達用の客室を教えてもらった。ホームズはこの士官とロシア語でお喋りしていた。ホームズのロシア語は、トレポフの一件でオデッサにいる時に、ある程度まで流暢に話せるようになったものだった。ホームズがどうしてもロシア語で会話しようとするので、士官は多少当惑していたようだった。というのも彼の国の上流階級の人々と同じように、フランス語を使いたがっていたからだ。それでも彼は礼儀正しく、私達が腰を落ちつけるのを見届けると、会釈して出て行った。部屋の広さという点が問題と言えば問題だが、その他には確かにほとんど不満がなかった。私達のために特別に用意された客室には、引きおろし式の寝台があり、ホームズが本物のペルシャ製と言う厚手の絨毯があり、（こちらは芸術的な見地から見て馬鹿げていると思うが）ホームズが本物のマレヴィチと言う油彩画が壁にかかっており、床にすわり心地の良い椅子が二脚ボルト留めになっていた上、これまた床にボルト留めになっていた食器棚には酒類がはいっていた。片隅に仕切られた小部屋には、W・Cで必要な備品一揃いがあった。

ホームズと私は、保湿式葉巻入れから見つけ出した上質のキューバ葉巻に火を点じ、スコッチ・ウィスキーを（これはカーキンティロッホのダガンズ・デュウと思われたが）少々汲みかわした。突然、二人は宙に跳び上がり、ウィスキーを袖口にこぼしてしまった。どこから現れたのかわからないうちに、背の高い人影が音もなく立っていたのだ。ドアはずっと閉まっていたし、いつも私達の内の少なくとも一人が眼を注いでいたのだから、彼にどうしてそんな事ができたものか、わからない。

ホームズはうめき声をあげ、小声で、こう言った。「まさかまた気違いじゃ……」

その男は確かに異様な容貌だった。ロシア帝国空軍大佐の制服を着ていて、その上、夜会用外套《オペラ・クローク》をはおって縁の垂れたソフト帽《スラウチ・ハット》をかぶっている。その垂れ下がった縁《ブリム》の下では、私ですらめったに見ないような、吸い込まれそうでいて恐怖心を起こさせる眼が二つ、燃えていた。しかし、私の興味は両眼からそれて、その両眼の下にある鼻の大きさと鉤のような形に集中した。シラノ・ド・ベルジュラックもかくや、と思われた。（編者註1）

私は、腰を落ちつけないことには息もつけない、と気がついた。その男は、オクスフォードなまりで、ケントフ大佐です、と自己紹介した。びっくりするほど気持の良い声で、深く豊かな上に威厳がこもっている。それにバーボンの香りが強くまつわり付いていた。

「大丈夫ですか」彼が言う。

「と思うがね」と私は言い、「度肝を抜かれたよ。心に雲がふわっとかかったようだった。でも、もう大丈夫だ、ありがとう」

「私は前に行かなくてはなりませんが」と彼が言い、「乗員で、今は尾部銃手ですが以前は執事だった男がおりますので、皆さんのお世話をさせることにしました。御用の際は、横のベルを鳴らしてください」

そこで彼は行ってしまった。ただし、今度こそドアを開けた。少なくとも私はそう思う。

「ねえ君、僕達はもう一度、試練の時をすごさなくてはならないようだねえ」とホームズが言った。

ところが実際は、四基の発動機の発する轟音と、ケントフのびっくり箱じみた、神経に障る出現のしかたとにさえ慣れれば、飛行は快適そうに思えた。すべて順調に行けば、およそ二十八時間で到着することになっていた。着陸するのは燃料補給の時だけだった。約四時間半に一回、急ごしらえの滑走路に降りるのだったが、そこには数日前から船や飛行機やラクダを使って、燃料や糧食が送られてあった。左手に地中海、真下に北アフリカの海岸線を見ながら、私達は――機長の言に従うならば――平均時速七十・八マイルという驚くべき速度でカイロに向かって急行していた。

私達は暇つぶしに本を読みながら、各種の酒なりリキュールなりを味わい、ハヴァナ葉巻をふかしていた。ホームズが何度か、退屈しのぎにコカインでもあれば、と言ったが、私をじらそうとしてのことだと思う。ホームズは私家版の自著〝実用養蜂便覧――附、女王蜂の分封に関する二、三の観察〟を持って来ていた。ホームズはそれまでに何度も、サセクスの蜂で経験したことの成果を読むように、私に勧めていたのだが、私もこの時とうとう勧めに従った。主な理由は、手近の本が一冊残らずロシア語で書かれていた、ということだ。

その本が予想していたよりおもしろかったので、ホームズにそう言った。それまでは私の反応に無関心の風をよそおっていたのに、この時ばかりは嬉しそうだった。

「養蜂の技術やコツというものは、けっこう複雑でおもしろいものさ」とホームズは言い、「しかし、僕が今度置き捨てて来た研究というのは、科学者であると否とを問わず、どんな養蜂家もためすどころか思ってもみなかった物なんだ。僕の理論で行くと、蜜蜂には言葉があって、新しいクローバを見つけたとか敵が接近しているといった重要な情報は、象徴的な踊りで伝達するんだ。この理論を事実で裏付けようとして調べていたところへ、マイクロフトからの電報さ」

急に体を起こしたものだから、葉巻の灰が膝に落ち、私はズボンに穴をあけまいと灰を払い落とすのにしばし夢中になっていた。「ねえ、ホームズ君」と私は言い、「からかうのもいい加減にしてくれよ。蜂に言葉があるだって？　今度は、女王の戴冠式を祝う時に十四行詩《ソネット》を詠むとでも言うんだろう。それとも結婚式にあたって誓言歌かな」

「誓言歌だって」とホームズが言い、嘲るように私を見て、「それを言うなら成婚歌だろう、馬鹿だねえ。提案しておくがね、ロシアの地酒を飲む時は、程度というのをわきまえた方がいいよ。先刻の答は然りだよ、ワトスン君、蜂は確かに意思を伝達するんだ。ただ、その方法がホモ・サピエンスとは違うのさ」（編者註2）

「じゃ説明してはくれないかな、どうして……」と私は言いかけたが、例の急に心がぼんやりする状態になって中断してしまった。この状態は機長の出現の合図になっていた。心の雲がはれて、ケントフが目の前に立っていると気が付くと、私はいつも跳び上がってしまい、心臓が激しく鳴るのだった。ただひとつの慰めはホームズも同じように虚を突かれることだった。

「いい加減にせんか！」顔を真ッ赤にしてホームズが言った。「たまには文明人らしく、部屋にはいる前にノックするくらいの礼儀をわきまえんのか。それともアメリカ人には、そんな習慣はないのかな」

これはもちろん皮肉で、ホームズは何度もアメリカへ行ったことがあるのだ。

「カイロまで、あと二時間です」と、ホームズの言葉を聞かなかったかのようにケントフが言った。「ところが、たった今カイロの無線局からはいった知らせによると、かなりの規模の嵐が北から近づいている模様なのです。風のために我々の針路もいくらか変わるかもしれません。それと、トルコのコスにいる我々のスパイからの連絡では、ツェッペリンが一機、昨日むこうを出発したそうです。フォン・ボルクを拾い上げるつもりらしいので、どうやら奴は非常線をくぐり抜けて砂漠で飛行船を待っているのでしょう」

ホームズがあえぎあえぎ、早口で言った。「この忌々しい旅が無駄になったりしたら……もし、あの気違いの危っかしい振舞いをこらえたあげくが……」

突然、大佐が消えてしまった。やがてホームズは普段の顔色と落着きとを取り戻して、こう言った。「どうかね、ワトスン君、僕はあの男を知っているという気がするんだ。まあ少なくとも、あの男の両親をね。機会があるたびに僕はあの男を観察していたんだ。確かにあれは正体を隠す名人かもしれないが、あの鼻は作り物だし、独特の骨格とか歩き方、首のひねり具合などから見るところでは、きっと……」

その時、電話が鳴った。私の方が電話器に近かったので、私が出た。機長の声が聞こえて、「散らばっている物を固定して、あなた方もベッドに体をしばりつけてください。ものすごい嵐に突っこみます。天気予報が正確なら、今世紀最悪の代物ですよ」

この時ばかりは、気象学者の言うことにも誇張がなかった。このあと三時間はひどいものだった。あの巨大な航空機が紙きれ一ひらのように、翻弄されたのだ。電燈が何度も点っては消え、点っては消え、ついに消えてしまうと私達は暗闇にとり残された。ホームズはうめいたり唸ったりしたあげく、W・Cへ這って行こうとした。運悪く機は、野生の馬のように跳ね上がり跳ね下り、急流に捉えられた小舟のようにグラグラと横揺れしていた。

ホームズは一本の骨も折ることなく、なんとかベッドに戻れたものの、残念ながらウォッカやブランディ（このチャンポンの飲み方そのものが、決して消化を助けるとは言えない）も、事前に夕食にしたビーフ・ストロガノフもキャベツ・スープも黒パンも、すべて戻してしまった。なお一層残念なことに、この抗いがたい生理作用を行なうため、彼はベッドの端から身を乗り出したから、私が、全部とは言わないまでもタップリといただいてしまった。私には彼を責めるような残酷な真似はできなかった。それに、非難でもしたら彼は私を殺しているか、少なくとも殺そうとしたであろう。御機嫌が上々とは言いかねた。

とうとう彼の声が聞こえてきて、弱々しいながら、こう言った。「ワトスン君、ひとつ約束してほしい」

「何だい、ホームズ君」

「誓ってくれ。今度、地上に降りてから僕が空を飛ぶ乗り物に乗ろうなどという素振りを少しでも見せたら、僕の頭を撃ち抜く、と。そういう危険もまずあるまいとは思うけれども、たとえ国王陛下の頼みででも飛行機に、いや飛ぶ物なら何でもだ――飛行船でも気球でも何でも乗ろうとしたら、憐れみだと思ってなんとか安楽死させてくれ。約束だよ」

約束しても大丈夫だと思った。第一、私にしてからが、彼と全く同じ気持だったのだ。

その時、客室のドアが開き、客室係のイワンが小型の電燈を手に現れた。ホームズとロシア語で何やら興奮したやりとりをしていたかと思うと、やがて電燈を置いて出て行った。

ホームズは寝棚から這いおりながら言った。「下船命令が出たんだよ、ワトスン君。カイロのずっと南へ吹き流されて、あと三十分で燃料もなくなる。そうなれば好きも嫌いもなく跳びおりなくてはならないな。イワンの言うには、大佐も安全な着陸地点を捜したんだが、地面すら見えないんだそうだ。大気が砂だらけで視界はゼロだし、砂粒はエンジンのベアリングに喰い込むし、風防はあばたにされちまったそうだ。だから、ねえ君、僕達は落下傘を着けなくちゃならないのさ」

こんな風に話しかけられて私は胸を熱くしたが、その後落下傘の装着を手伝いあっていた数分間に、感動もかなり醒めてしまった。

ホームズが「おそろしい悪臭をただよわせてるねえ、ワトスン君」と言ったので、私も、ちょっと気短かだったのは認めるが、「君だって貧民窟《イースト・エンド》のパブのW・Cみたいな臭いなんだよ、ホームズ君。それに、僕が発している悪臭だって、元はと言えば、君というか、君の内側なんだからね。君にもわかっているはずじゃないか」

ホームズは何やら空の上の方に関係ある事をぶつぶつとつぶやき、私がはっきり言ってほしいと言いかけた所へ再びイワンが現れた。今度は武器類を持って来ていて、これを三人で分けあった。私が渡されたのは騎兵用サーベルと短剣と、（これは置き捨てたものの）皮鞭と、何やら見知らぬ型ではあるが五十口径の回転式連発銃《リヴォルヴァ》とだった。ホームズが受け取ったのは水夫用小剣とカービン銃と弾薬帯一本と、それに片端にひっかけ鉤のついたロープ一巻きとだった。イワンも自分用に、もう一振りの水夫用小剣と、ベルトにピンでぶら下げた手榴弾二個と、それに短剣を歯にくわえた。

私達がドアまで歩いて、というよりむしろ転げて行くと別な三人が立っていて、これまた完全に、というよりむしろ過重にと言った方がいい位に、武装していた。そのずっと前方に窓があったので、しばらくしてホームズと私は、嵐を見るために行ってみた。数分問は砂煙の他にほとんど何も見えなかったが、突然砂ぼこりが消えた。激しい雨に変わったが、風は相変わらず私達を翻弄していた。それとともに稲妻も多く、すぐ近くで大音響をたてて爆発するものもあった。

しばらくするとイワンがやって来てホームズの腕を引き、何ごとかロシア語で叫ぶ。ホームズは、これに返答すると私の方を向き、「ケントフがツェッペリンを目撃したよ」

「大変だ」と私は叫び、「フォン・ボルク救出のために派遣された奴に違いないよ。そいつも嵐に巻き込まれたんだ」

「初歩的な推理術さ」とホームズが言った。

それにしても、何やら嬉しそうな様子だった。私の推察したところでは、彼が楽しそうなのは、フォン・ボルクが飛行船に乗りそこねたか、たとえ乗っていたとしても私達と同じように危険な状態にあるからだった。私には、こんな状況のどこが楽しいのかわからなかった。

ホームズがニヤニヤ笑いをやめたのは、数分後に、これからツェッペリンを攻撃すると告げられた時だった。

「この嵐の中でかい」と私が言い、「でも大佐は、この機の高度や態勢も一定に保っていられないじゃないか」

「あの男は狂人だ」ホームズが怒鳴った。

その狂気の程度というものを、私達はすぐに思い知らされる事になった。じきに巨大な飛行船が視界にふくらみあがってきた。上半分を銀色に、下半分は探照燈に見つからないように黒く塗り、脇腹には大きくL9という名（編者註3）が書いてある。前部操縦室の推進プロペラとともに、船体中央部に二基、後部に一基あるエンジン・ゴンドラの前後のプロペラが回り、全体の眺めはひどく化け物じみて不気味ながら、また美しくもあった。

飛行船は、スコットランドの鮭の川に浮かべたおもちゃの船のように、踊り跳ね、横に揺れてはかしいでいた。乗組員は航空酔いに違いなく、船からほうり出されないようにするだけで手一杯のはずだった。これを見て、ある程度元気づけられた。というのは、飛行機に乗っている者も、恐らくケントフは例外だろうが、全員およそ健康そのものとか攻撃的とは言いかねる状態だったからだ。

イワンが何かつぶやき、ホームズは、「彼の言うには、嵐がこのまま続けば飛行船はじきに空中分解するそうだ。そうなって空中戦が避けられるように祈ろうよ」

ところが、いくらか調子が狂い、骨組みも少々歪んでいるように思えたが、ツェッペリンは壊れなかった。その間、こちらの四発の巨人機は——飛行船にくらべれば小さいものだが——飛行船の船尾にまわり込んだ。絶え間なく吹きつける強風もあって、接近はぎこちなかったが、それでも接近できた事そのものが驚異だった。

「あの阿呆、何をやっているんだ」とホームズは言い、またイワンに話しかけた。この時、空に稲妻が走り、ホームズの顔が死人のように灰色に蒼ざめているのが見えた。

「今度のヤンキーは前の奴より狂ってる」と言い、「あいつはツェッペリンの上に着陸するつもりだ」

「どうやって、そんな事をするんだい」私はあえいだ。

「あいつがどんな技を使うか、私にわかるわけがないだろう、間抜けだな」と彼が怒鳴り、「知った事か。あいつが何をやっても、この機は飛行船から落ちてたぶん翼を折ってしまうだろうさ。私達は墜死だ」

「今のうちに跳び降りたらどうかな」と私が叫んだ。

「何だって、敵前逃亡か」彼はわめき、「ワトスン君、僕達はブリテン人だよ」

「単なる思いつきだよ」と私は言い、「勘弁してくれたまえ。もちろん僕達は最後までねばり抜くさ。スラブ人どもに、英国人は勇気がないなどとは言わせないよ」

イワンがまた口を開き、ホームズが情報を伝えてくれた。「彼の言うには、大佐はたかがヤンキーだけれども、恐らく世界最高の操縦士だから、ツェッペリン船尾の上側に接近して、一番上の機関銃座の真上に機を停止させるだろう。機が止まったら、僕達はドアを開けて跳び出す。足場を失ったり落ちたりした時は、いつでも落下傘が使える。ケントフはロシア帝国参謀部の反対を押し切って落下傘を持ってきたんだ。参謀部の連中も長生きしないね。僕達は機関銃座から梯子をおりて船内にはいる。ケントフの最後の言葉というか、機を出る前の命令というのが……」

彼が言いよどんだので、私が言った。「それで、ホームズ君」

「殺して殺して殺しつくせ、だ」

「やれやれ」と私、「何と野蛮な」

「うむ」と彼は答えて、「しかし、あれを許してやらなくてはね。どうみても正気じゃないんだから」

＊第4章　編者註

1　この男の外見上の特徴は、30年代から40年代にかけてマンハッタンを中心に犯罪と戦った有名な男のそれと、確かに一致する。もしこの男が私の考える男なら、ウェントワースが三つの人格に分裂していたという私の仮説は、完全に根拠を失う。

2　ここで初めてホームズが、オーストリアの科学者フォンフリッシュの発見を、何十年も前から予見していた事が明らかになった。

3　ドイツ側の公式記録によれば、L9は一九一六年九月六日、フールスブッテルの格納庫でL6の火事のため炎上した事になっている。ワトスンが間違えたか、ドイツ側がフォン・ボルク救出行動という秘密事項を隠すために、記録を偽造したものであろう。この冒険の時点ではL9はヨーロッパで活躍していたことになっており、指揮官はプレルス海軍予備役大尉だった。

5

オブレノフを通して伝えられた命令に従い、私達は床に伏せて、不

安定でじきに支えもなくなりそうな世界で、しっかりと固定された物になら何にでもつかまった。機が急降下すると私達は前方にすべり、突然上昇すると後方にすべり、次に前部が急に持ち上がったかと思うと四基のエンジンの音がずっと高調子になり、私達は床に押しつけられた。やがて押しつけていた力が消えた。

ゆっくりと――とは言え私にとっては早過ぎるくらいだったが――床が左に傾いだ。これはケントフの計画通りだった。機の縦軸、つまり中心線が飛行船の中心線のわずかに左側になるように乗せたのだ。機は飛行船の背に乗っているから、機の重みで飛行船は左に傾く。

一瞬、私には何がどうなったかわからなくなった。正直な話、恐怖にしびれたようになって、正気を失っていたのだ。ホームズにこんなざまを見せるわけにはいかないので、この凍りついたような状態を何とか脱した。ただ、寄る年波とここしばらくの難行のため、体の硬ばりと動きの鈍さはどうしようもない。立ち上がってドアからよろぼい出た。落下傘が腿の裏側の上の方にゴツゴツと当たって、鉛でできているような感じだった。私は銃座の上の、私のために残されていた小さな空間に腹這いになった。銃座の囲いになっている垂直なパイプの一番下にしがみつく。もうハッチが開けられて、ケントフは飛行船に乗り込んでいた。何挺かの銃が火を吐く音が聞こえて来た。ケントフが、乗り上げる直前にエンジンを切ったために、比較的静かになっていたのだ。それでも風は吠え狂い、それに混じって飛行船の骨組みの構造材が、圧力の変化に従ってきしむ音も聞こえていた。巨人機の重みで飛行船が急激に降下しているため、耳がひどく痛んだ。巨人機そのものも聞き違えようのない音をたてていた。機体がねじれる時のきしみと、機体が左へ左へと滑りながら、飛行船の表面を覆う綿布を引き裂く音とだ。やがて、びりっと大きい音がしたかと思うと、飛行機という大きな重みがなくなったために、私の足下の飛行船が素早くぐるりと態勢を回復した。それと同時にツェッペリンはぐんと浮き上がった。回転と上昇という二つの動きのために私は危うく手がかりからもぎ離される所だった。

飛行船が大きな動揺を示さなくなると、ロシア人達は立ち上がり、一人ずつ縦穴に姿を消して行った。ホームズと私も、上掛けを巻き付けてあるマキシムの八ミリ機銃二挺の台座をすり抜け、穴の口にたどり着くと、梯子を降りた。ハッチの中に頭まで入ってしまう直前、私達がもぐりこもうとしているこの巨大な獣の背を、見渡してみた。あれほどしびれたようになっていなかったら、私も愕然としていたであろう。巨人機の、車輪とスキーという着陸装置が、飛行船の薄い表皮に巨大な傷を負わせていたのだ。ジュラルミンの骨組みの桁や輪状の梁にぶつかって、引き裂きながら逆に着陸装置そのものももぎ取られていた。もう回っていなかったはずのプロペラも、かなりな損傷を与えていた。飛行船の骨組み、と言うことは獣で言うなら骨格で、それがこれほどの傷手を受けた以上、ひしゃげて私達みんなを道連れに墜死することなど、起こらないのだろうかと思った。

それにまた、こうして機をおろしてみせたパイロットの技、否むしろ天賦の才に、しばし賛嘆を禁じえなかった。

こうして、飛行船の胴体の中に降りて行くと、そこは輪状の梁に桁、水素を詰めてふくらんだガス袋にバラスト用の水袋と、さながら複雑な蜘蛛の巣だった。私は船の竜骨の所に出て、三角形の梁に挟まれた幅一フィート程の通路に立った。通路は船の先端から後尾まで走っていた。それまでも悪夢の出来事だったが、こんどは悪夢の中に見る悪夢だった。私が憶えているのは、船首から撃って来るドイツ兵の銃火を避けようと、身をかわし、梁にしがみつき、ぶら下がり、よじ登ったことであり、オブレノフ中尉がサーベルでドイツ兵二人を刺したあと（規則通りにサーベルを振り回して刃を使うだけの空間がなかったのだ）致命的な銃創を受けて落ちて行ったことだ。

また、他の者も落ちはしたが、中には手がかりを得て、外被の布地を突き抜けて奈落の底に落ち込まずにすんだ者もある。ホームズはガス袋の蔭に隠れてドイツ兵めがけて撃っていたが、相手は水素に火（編者註1）がつくのを恐れて撃ち返してこなかった。

とりわけ記憶に鮮やかなのが、縁の垂れた帽子に外套という姿のケントフで、これが跳び回り、梁や張線からぶら下がり、横材から大きなガス袋へ跳び移ったかと思うと跳ね戻り、オペラ座の怪人さながらに駆けめぐりながら、二挺の四五口径大型自動拳銃を撃ちまくっていた（二挺同時でないのは勿論で、そんな事をすれば、手がかりを失ってしまう）。ドイツ兵が次々に叫びをあげて逃げ出す中で、この狂人は大型拳銃の轟音の合間に、血も凍りつくようなけたたましい笑いをあげていた。しかし、この男一人で一飛行中隊に匹敵したとはいえ、部下は一人、また一人と倒されていく。やがて避けようのない事態になった。

はね返った弾丸のせいかもしれず、彼が足をすべらしたのかもしれない。私にはわからない。突然、彼が梁から落ちた。奇跡的に鋼線に当たることもなく仰向けに落ち、落ちながらも両手の四五口径は火を吐き続け、その間だけで船員を二人倒した。綿布を突き破りアフリカの暗い雨空に消えてゆく間も、大声で笑っていた。

落下傘を着けていたから、生き延びたかもしれない。ただし私は、その後この男の消息を聞かない。

ホームズと私が降服すると叫んだのを聞きつけて、じきにドイツ兵達が用心しながら近づいて来た。（弾薬も尽き、私達にはサーベルを持ち上げる力すら残っていなかったのだ）通路に両手を挙げて立つ私達は、二人の疲れきった老いぼれだった。それでも私達にとって最良の時ではあった。フォン・ボルクが私達をそれと見知った時の顔を見る快感は、何物にも換えがたい。彼の受けた衝撃がもう少し強烈であれば、心臓麻痺を起こして頓死したやもしれない。

＊第5章　編者註

1　燐装弾を使っていたわけではないので、実際には発火の恐れはなかった。手榴弾なら水素に爆発を起こさせたかもしれないが、これは明らかに使われなかったようだ。

6

しばらく後、私達は船体内部から飛行船前部下側の操縦室ゴンドラへおりる梯子をおりていた。私達のあとから、下士官一人とハインリッヒ・トリンク海軍中尉という副官に抑えられて、わめき散らしているのがフォン・ボルクだった。この男は私達を即刻その場で船外にほうり出せと命じたのだが、トリンクは物のわかった男で、命令に従わなかったのだ。私達は指揮官のヴィクトル・ライヒ大尉（編者註1）に紹介された。この男も物のわかった男で、私達が飛行船に着陸して侵入したために船体にも乗員にも被害が出たのに、私達の離れ技を手ばなしでほめそやした。フォン・ボルクが、私達は軍服を着用していないしロシアの軍用機に乗っていたのだから、スパイとして射殺しようと提案しても、指揮官がはねつけた。彼は、もちろん私達について知っており、偉大なるホームズとその僚友とを略式の死刑に処するなどという事に、かかわりあいたくなかったのだ。私達の話を聞いた後では、居心地のいいようにと気をつかってくれた。しかしながら、ホームズに煙草をすって船外に捨てることを――その時その場では、ということだが――禁じたために、ホームズは苦しんだ。いろいろの事があったあとだけに、ただもう闇雲にシャグ煙草を一服したかったのだ。

「嵐が消えかけたのは幸運でした」ライヒが見事な英語で言い、「さもないと本船の方がたちまち消える所でしたよ。発動機が三基、止まっているんです。左舷発動機のクラッチは過熱してしまったし、右舷中央の発動機は冷却器の水が沸いて蒸発してしまったし、操縦室のプロペラは物がぶつかって壊れています。ずいぶん南に来てしまったから、たとえ百パーセントの性能を発揮できたとしても、帰りはエジプトのどこかで燃料ぎれ、という所です。その上、昇降舵の操縦装置がやられています。今の所、風にまかせて天に祈るしか手はありませんな」

その後は昼も夜も苦痛と不安だけだった。戦闘で乗員七名が死に、残る六名で飛行船を動かさねばならない。この事一つをとってみても、トルコなりパレスチナなりへの帰還は不可能だった。ライヒが私達に、無線で連絡が来たが、フォン・レットフ＝フォルベック麾下の東アフリカ・ドイツ軍の所に行くよう命じられた、と言った。そこでツェッペリンを焼き払い、軍に合流するとの事だった。もちろん、これが連絡のすべてではない。フォン・ボルクをドイツに送り帰すことについて、何か伝えて来たはずだ。「ドイツ漬物《サウアクラウト》細菌」の変異促進と培養の化学式を持っているのは彼なのである。

私達は途中一時期、右舷中央ゴンドラに入れられていたのだが、そこで二人きりの時、ホームズが、彼流に言えば「サ菌」について話し始めた。

「化学式を手に入れなくてはならないね、ワトスン君」と言い、「君には言わなかったけれども、君がマイクロフトの部屋に来る前に、僕はサ菌が両刃の剣だという話を聞いていたんだ。変異を起こさせて、他の食物を食べるようにできるんだよ。考えてもみたまえよ、サ菌がゆで肉を食べるように変えられたら――それともキャベツとかジャガイモだったら――士気への影響は言うまでもないけれど、食糧供給はどうなると思う」

「大変だよ」と私は言い、それから声をひそめて、「もっとひどい事になるかもしれないよ、ホームズ君、ずっとひどい事だって考えられる。ドイツ人どもがイングランドに落とすサ菌が黒ビールやエールを食べたら、どうなると思う。それともスコッチ・ウィスキーが眼の前で消えるような事になったら、勇敢なスコットランド人の戦意がどんなに沈みこむか考えてごらんよ」

フォン・ボルクは徴用されて任務についていたが、私達同様に訓練を受けていないので、たいして役に立たなかった。それに、傷つけた左眼が私達のふけこみ方と同じに障害となってもいた。彼の左眼はひどく血走っていて、右眼としっくりいっていない。専門家として私が見た所では、完全に失明していた。もう一方の眼は健康そのもので、私達を眼にするたびにギラギラ光るのだった。私達を殺してしまいたいという、胸の中の憎しみが、その炎に反映していた。

　ただし飛行船が窮迫した状態にあったために、誰も生き延びようという以外の事を考える時間がなく、またその気にもならなかった。まだ動く発動機もあったので、動きはいくらかとれた。追い風を受けて南へ向かう限りは、前進できた。しかし、昇降舵の故障のせいで、船首が下がり船尾が上がっていた。しばらくの間L9は、およそ水平に対して五度傾いて飛んでいた。ライヒは私達を含めた全員に――というのは私達が志願したからだが――無くてはならない装備を船尾に運ばせ、重みで船尾を下げようとした。無くてすむ物といってもたいしてなかったのだが、これは片端から船外にほうり出した。これに加えて前部のバラスト用の水を大量に捨てた。

　下を見ればスーダンの砂丘がゆらゆらと過ぎ、雲一つない蒼空には太陽が輝いていた。太陽の吐き出す炎のような熱気に、ガス袋の中の水素が暖められ、しゅうしゅういいながら大量に自動弁から噴き出た。熱風は、飛行機がてっぺんに着陸しようとした時の大穴から船体に吹き込んだ。当然、熱で水素は膨張し、弁からガスを排出しているにもかかわらず、飛行船は上昇する。夜ともなれば空気は急激に冷え込み、飛行船も急激に下降した。乗っている者が心の平安を失うほどに急激だった。昼間は昼間で、砂丘から吹き上げる熱気のために飛行船は跳ね躍った。こういう時になると、全員が吐き気を催した。

　ありとあらゆる難関にもめげず、ヘラクレスのように働いた末、乗員は全発動機を動くようにした。五日目には昇降舵の操縦装置も修理できた。船体はまだ歪んだままで、これが上張りの大穴とも相まって、飛行船を空体力学的に不安定なものとしていた。少なくともライヒは、そう説明してくれた。ところで、この男は飛行船そのものについて語る時には何も隠し事をしようとしなかったが、私達の正確な位置は教えてくれなかった。たぶん私達が無線機に近づいて、東アフリカの英軍に連絡する事のないように配慮したのだろう。

　平坦な砂漠が険しい山に変わった。なおもバラストを落とし、L9は危ういところで山頂をかすらずにすんでいた。夜になると例の冷却効果があらわれ、船は下降した。このあたりの山が低かったのは幸運だった。

　二日たち、竜骨に沿って走る通路に汗まみれで寝ころんでいると、ホームズが言った。「僕がざっと推算したところによると、僕達は英領東アフリカのどこか――ヴィクトリア湖近くのどこか――の上空にいるはずだよ。この飛行船は水素をなくしすぎているんだ。そんな意味の事をライヒとトリンクが用心しながら喋っているのを聞きつけたのさ。二人の話では今夜あたり墜落するらしい。正常な精神の持主なら、もよりの英軍当局をみつけて降服するところだけれども、連中はどうしても我々の領土を横切ってドイツ領に行くつもりらしいんだ。ライオンだのサイだの毒蛇だの野蛮人だのマラリアだのデング熱だのがウジャウジャしているところを、草原《ヴェルト》もジャングルも沼地も、一体何マイル歩かなくちゃならないか君にはわかるかい。いやむしろ歩こうとしてみると言うべきかな」

「夜中に逃げ出せる事もあるかもしれないよ」

「それでどうするんだい」と彼は苦々しげに言い、「ワトスン君、君や僕はロンドンというジャングルなら良く知っているし、あそこでサファリをやるにはピッタリなんだ。だけど、ここじゃあ……ダメだよ、ワトスン君、こんな荒野で生き延びるなら黒人の八つの子供の方が有能だよ。ずっと有能さ」

「君はあまり楽観的な未来図を描かない人なんだね」と私も陰気になって言った。

「確かに僕はフランスの偉大な芸術家のヴェルネ家の血をひいてはいるがね」と彼は言い、「僕自身、きれいな絵など描く才はほとんどないんだよ」

彼はそこでクスッと笑い、私も、たとえ力ないとはいえ、この茶目っ気の片鱗に元気づけられた。ホームズはあきらめるという事を知らないのだ。不撓不屈の英国魂は破れることがあっても、倒れるまで闘い続けるのだ。そして私も彼と枕を並べる。それに、考えてみれば、まだまだ気力のあるうちに横死する方が、老いぼれて足腰もなえ、病床に伏し、もしかしたらほうけて涎《よだれ》でも流し、みっともなくみじめな事をするようになってからにくらべれば、まだしもではないか。

その日の夕方、飛行船を棄てる用意がなされた。バラストの水を、持ち運べる容器に片端から詰め、貯蔵食糧を船体表皮から切り取って作った綿布製の袋に納め、そうして私達は待った。真夜中をいくらか過ぎた頃、最後の時が来た。運良く雲のない夜で月が明るく、足下の地勢が、はっきりしすぎない程度に見えた。下は山の中のジャングル、とはいえ、そう高い所ではなかった。銀色の渓流が走るゆるやかにくねった谷間を、飛行船は進んでいた。その時、急に上昇しなくてはならなくなった。が、そんな事は不可能だった。

その丘の中腹がせり上がって来た時、私達は操縦室にいた。ライヒが命令を下すや、私達は積荷を投げ出し始めた。こうして荷を軽くして、あと何秒かでもその時の到来を引き延ばそうというのだ。私達二人の囚人は丁重に、最初の下船を許された。ライヒがこうしたのは、乗員が下りるにつれて飛行船が浮き上がるから、地面に一番近い時に私達を下ろそうと思ったからだ。私達は年もとっているし敏捷でもない。できるだけ有利な条件を与えていいと彼は考えたのだ。

この考えは正しかった。ホームズと私は藪の中にころげこみ、落下はやわらげられたが、それでも傷を作り平静を破られていた。にもかかわらず、私達は這うように藪を出て、茂みを抜け、積荷めがけて進んだ。飛行船が大きい影を外套のようにすべらせながら私達の頭上を過ぎ、そこで何かにぶつかった。回転していたプロペラが折れとび、ゴンドラはひしゃげ、神経を逆なでするような音をたてて壊れた。ゴンドラの重みがなくなると船体は再び浮き上がり、ゆらゆらと見えなくなった。けれども、この船の生涯も終わるところだったのだ。数分の後、爆発を起こした。ライヒはガス袋のそばに時限爆弾をいくつか残していたのだ。

炎はひどく明るく熱く、飛行船の枠組の骨格を黒く隈どって見せた。鳥が飛びたって、これのまわりを飛び回った。この鳥やジャングルの野獣は大騒ぎしているだろうが、炎の燃えさかる音に騒ぎはかき消されてしまっていた。

振り返ると、この明りで、そう遠くまでではないが丘の下が見えた。繁茂する草木をかき分けて、私達は進んだ。できれば他の乗員より先に積荷にたどりつく腹だった。食糧と水を持てるだけ持ち、機会があれば二人だけで出かけようと前もって打ち合わせていたのだ。近くに原住民の村がきっとあるだろうし、そこに行ったら、もよりの英軍駐屯地までの案内を頼めばいい。私達はそう考えていた。

　幸運としか言いようがないが、私達は食糧とビン詰めの水が山になっているのに出くわした。ホームズが、「幸運の女神が味方してくれているぞ、ワトスン君」と言ったが、彼のクスクス笑いは、次の瞬間、フォン・ボルクが藪から姿を現わすと消えてしまった。フォン・ボルクの手にはルガー自動拳銃が握られ、隻眼には、他の者が来るまでに銃を使ってしまおうという決意が現われていた。当然あとで、私達が逃げようとしていたとか、私達に襲われてやむを得ず撃ったとか、言い張ることができるのだ。

「死ね、豚犬どもめ」と彼は唸り、銃を挙げた。「ただし、その前に教えておいてやる。例の化学式は私が肌身離さず持っている。これを祖国へ持ち帰れば、貴様達イギリスの豚もフランスの豚もイタリアの豚も破滅だ。この細菌を改良すれば、ヨークシャ・プディングだろうがカタツムリだろうがスパゲティだろうが、およそ食べられる物ならなんでも食べるようにできる。とりわけいいのは、これのえり好みがはげしい事で、ドイツ漬物《サウアクラウト》を食べるように改良しない限り、飢え死んでもそんな物に手を出そうとしないって事だな」

　私達は背筋をぴんと伸ばし、ブリテン人らしく死ぬ覚悟を決めた。ホームズが相手に聞こえないように小声で、「横に跳びのきたまえ、ワトスン君、それから二人で襲いかかるんだ。君はあいつの眼が見えない方からだよ。たぶん僕達のどちらかは、あいつの所まで行きつけるだろうさ」

これは立派な作戦だが、私がフォン・ボルクに組みついたところで、何ができるやらわからない。考えてみれば、相手は年も若く、体格も頑丈なのだ。

　その時、藪の中ですごい物音がして、ライヒの大きな声がフォン・ボルクに撃つなと命じた。やがて指揮官は涙をしたたらせながらこの小さい空地によろめき出て来た。その後から他の者もやって来た。フォン・ボルクは「あなたがいらっしゃるまで、この者達を見張っていただけです」と言った。

　ここで付け加えておくが、ライヒが泣いていたのは私達の身が危うかったからではない。彼の飛行船の最期が手ひどい衝撃になっていたのだ。飛行船を愛していたから、その死を目にするのは、彼にとって妻の死を見る事にも匹敵したのだ。いや、それ以上の打撃だったのかもしれない。後になってわかった事だが、彼は離婚寸前だったのだから。

　私達の命は救ってくれたものの、私達が機会さえあれば姿をくらまそうとしているのが、彼にはわかっていた。フォン・ボルクの眼ほどではないにせよ、彼は私達に厳しい監視の眼を注いでいた。それでも用を足す時には、藪の蔭にひっこむのを許してくれた。そこで二日後、私達は悠然と逃げおおせてしまった。

「ねえ、ワトスン君」何時間かたって、木の根元に息を切らして腰をおろしながらホームズが言い、「あいつらはうまくまいたけれども、僕達には水も食糧もない。あるのはポケットの中の、カビくさいビスケットがこれっきりだ。今の気分で言えば、これっきりのビスケットでもシャグ煙草ひとつかみとなら交換したいよ」

ようやく寝ることになったが、やはり年老いて疲れきった二人の眠りだった。たぶん顔の上を這いまわる虫のせいだと思うが、私は何度も眼を醒まし、ただし、そのたびにすぐまた眠りに落ちてしまった。朝の八時頃、陽光とジャングルの生き物の騒がしさとで、私達は眼を醒ました。背の高い茂みを抜けて私達の方に滑り寄って来るコブラを見つけたのは、私が先だった。急いで、と言っても痛む体をふらつかせながらだが、私は立ち上がった。その時になってホームズもこの爬虫類に気付き、立ち上がりかけた。蛇は喉を膨ませながら鎌首をもたげ、頭の向きをあちこちと変えながらゆらゆらと体を揺らしていた。

「落ち着けよ、ワトスン君」とホームズは言ったが、その助言なら自分自身に与えるべきだった。彼の方がずっとコブラに近くてはっきり言えば攻撃範囲内にいたのだし、私よりひどく震えていたのだ。もちろん、この事で彼を責めるわけにはいかない。震えても無理のない状況にあったのだから。

「やっぱり、あのブランディの懐中びんを持って来れば良かったんだよ」と私は言い、「蛇に嚙まれても、まるで何もないんだからねえ」

「繰り言を言っている場合じゃないだろう、この間抜け」とホームズが言い、「それに君はそれでも医者かい。毒がまわるのを防ぐのにアルコールがいいだなんて、完全な迷信じゃあないか」

「まったくだね、ホームズ君」と私は言った。ここのところ彼はひどく短気になってきている。とげとげしくなった。これも一応わからないではない。煙草という心の慰めがなくて、彼はひどく苛立っているのだ。それにしても考えてみると……

おしまいまで考えている間はなかった。コブラが襲いかかり、ホームズと私とは同時に悲鳴をあげて二人で跳び上がった。

何かが空気を切って飛んだ。この飛び道具の衝撃でコブラははねとばされ、瀕死で地面をのたうっていた。首のすぐ後ろを、矢が貫き通していた。

「落ち着けよ、ワトスン君」とホームズは言い、「助かったことは助かったけれども、あれを射った野蛮人は、釜に入れる肉は新鮮な方がいいと思って僕達が殺されないようにしただけかもしれない」

突然、またもや怯えきった悲鳴をあげ、私達は跳び上がった。

空中から忽然と現れたように思えたが、一人の男が私達の前に立っていたのだ。

心臓はひどく早鐘をうっていたし、息づかいもひどく早く、しばらく私は口もきけなかった。

先に気をとり直したのはホームズだった。

彼が、「グレイストーク卿とお見受けしますが」と言った。

第6章　編者註

1　ワトスンの言うL9や乗員を確認するためにドイツ帝国海軍の記録を詳細に検討したが、結果は得られなかった。飛行船乗員ともに、秘密諜報にたずさわっていて、L9は「幽霊船」であり、最高首脳以外には隠された任務を遂行していた、という事は考えられるだろうか。それとも、記録はあったけれどもまだ未公開のファイルにはいっているか、何らかの理由で破棄されたのだろうか。

7

巨人のように思えたが、実際はホームズより三インチほど背が高いだけだった。骨格はたくましい。その点では人並みはずれていた。また筋肉も発達してはいたが、見せ物の力持ちのようにコブになっていなかった。レスラーや重量挙げ選手からはゴリラを連想するのに、彼は豹に似ている。顔立ちはととのっていて印象的である。髪を首のつけねの所で断ち切っていたが、これは明らかに、豹皮の腰布のすぐ上にカモシカ革の帯で吊った、鞘入りの巨大な猟刀を使ったものに違いない。髪はアラブ人のように黒く、陽灼けした肌も同様だったが、こちらは縦横に傷痕が走っていた。眼は大きくて暗灰色で、どこか野性をたたえ孤高の影があった。鼻筋が通り、上唇は短かく、顎は角ばって割れていた。

片手に何やら木でできた短かくて太い弓を持ち、背には、十本ほども矢をいれた矢筒を負っている。

なるほど、これがグレイストーク卿か、と私は考えた。そういえば顔つきも、プライオリ学校の冒険の時に救い出した十歳のサルタイヤ卿と、双子と言ってもおかしくないくらい似ている。しかしこの男は、ぞっとするような凶暴性を発散している。最も原始的な人間の持つ野性より、なお凶暴な野性だ。まさかこれが連綿たる英国の血統の裔とは思えない。まして、どんなに突飛な空想をしてみても、サルタイヤが十歳にしてなりえていた英国紳士ではありえない。この男が育った学校では、プライオリやラグビーやオクスフォードといった学校のしごきなど子供の遊びとしか思えず、実にそんな物は子供の遊びでしかないのだ。

当然、気が狂っているかもしれない、と私は考えた。でなければ、貴族階級や紳士階級のクラブやサロンに流れている奇妙な噂が、どうして説明できよう。

しかしながら、彼も英国人が時折産み出す人間の一員なのかもしれない。稀にではあるが、我が島国の子が東洋なり、アフリカなりの謎めいた影響を受けると、原住民より原住民らしくなってしまうことがある。アラブ人より、アラブ人らしかったサー・リチャード・フランシス・バートンの例があり、また、ジョン・ロクストン卿（訳註＝ドイルの『失われた世界』の登場人物）は、まじわりあったアマゾン・インディアンより野性的だったと伝えられている。

その後の数分間で、最初の憶測すなわち発狂している、という考えこそ正しいのだと私は断定した。

深味のある豊かなバリトンで、彼は言った。「他にも名がある中でグレイストーク卿としても知られている」

本当の紳士なら、ここで握手を求めたり相手の素姓を知ろうとするところだが、そういう事もなく、裸足ながら足の底が厚さ一インチほども硬くなった片足を蛇にのせ、矢を引き抜いた。その矢を草で拭い、矢筒に戻すと、蛇の首を切り落とす。私達が嫌悪を感じつつもうっとりと見とれている間に、彼はコブラの皮をはぎ、肉にかぶりついてモグモグ噛み始めた。血が顎からしたたるのもかまわず、あの美しくも凶暴な眼で私達を見据えていた。

「ほしいかね」と彼は言い、血まみれの笑いでニヤリと笑ってみせた。

「火を通してないのでは」とホームズは冷ややかに答えた。

「火が通っていても生でも、僕なら飢え死ぬ方がましだ」と私は言ったが、文法にかなわないなりに率直な言葉だった。

「なら飢え死ぬがいいさ」グレイストークが言った。

1977.
楢喜八

「おいおい」と私は反論した。「僕達は同郷のイギリス人だろう。君は僕達が飢え死ぬのをほうっておくつもりかい。一方じゃあのドイツ人達が……」

彼が噛むのをやめ、顔つきがひどく獰猛になった。

「ドイツ人だって」と言い、「ここか。この近くか。どこにいるんだ」

ホームズが、機密保持のためにある部分はとばしながら、私達の体験の大筋を語って聞かせた。グレイストークは、いらいらしながらも最後まで話を聞き、こう言った。「私がそいつらを殺す」

「降服する機会も与えないのかね」ゾッとしながら私が言った。

「私は捕虜はとらない」と彼は言い、私をねめつけて、「ドイツ側で戦う兵士は黒も白も問わん。私の妻と妻をまもっていた私の戦士達を殺し、私の家を焼き払ったのは、白人士官に率いられた黒人兵どもだ。そこで私は、これから出会うドイツ人は一人残らず殺すと誓いをたてた。戦争が終わるまではな」

そして、こう付け加えた。「いや、終わってからも、かもしれん」

「でも、あの男達は兵隊じゃないんだぞ」と私は弱々しく言い、「あれは船員だ。ドイツ帝国海軍に所属してはいるが」

「それでも死んでもらう」

「指揮官は、紳士たる士官らしく私達をもてなしてくれましたぞ」とホームズは言い、「正直な話が、私達の命の恩人なのです」

「では、その男は苦しまないように即死させてやろう」

ホームズがこう言った。「ともかく火をおこして、ひとまず蛇に火を通してよかろうか。それから、あなたの話を聞くという事で」

グレイストークは骨を――というのはほとんど肉が残っていなかったからだが――投げ捨てた。「君達の文明的な趣向に合う物を、何か獲ってきてやろう」と言い、「ともかく、そいつらを逃がしはしない」

彼の言い方があまりにも不気味で自信たっぷりだったので、私は背筋に冷たい物が走るのを覚えた。「だから君達二人はここに残れ」と彼が言い、消え去った。見る間に音もなく樹木に呑みこまれて行った。

「大変だぜ、ホームズ君」と私は叫び、「あの男はけだものだ。復讐のための野蛮な殺人機械だよ。それにホームズ君、あれが誰かはわからんが、僕達がペンバリイ・ハウス（編者註1）の公爵のもとに無事に連れ帰した、あの子じゃないのは確かだ。だって、いくら僕達がふけこんだと言っても、あの子なら救い主を見忘れるはずがないもの。十五年で僕達はそれほど変わっていないよ」

「でも、あちらは変わった、ね」とホームズは言い、「ワトスン君、この流れには淀みがあるようだよ。年来、僕はあの一族に注目してきた。そういつもというわけではないのは確かだがね。なぜか知らないが、あの公爵の一族や、それに関係ある人間達に、僕達はよく行き当たっているんだ。ミルヴァトンを撃ったのは公爵夫人だった（訳註＝「犯人は二人」参照）。それに僕は大いに怪しいと思うんだが、あの今のグレイストーク卿のおじにあたる人、一時は馬車の御者をしたこともあるという例の社会主義者の公爵ね、あれを殺したのは黒《ブラック》ピータ・ケアリらしい……」

「あの『バスカヴィル家の犬』（訳註＝同書第五章参照）の事件の、かい」と私が口をはさんだ。

「僕が横から口出しされるのを嫌いなのは知ってるはずだろう、ワトスン君」とホームズは苛立って言い、「今も言ったとおり、ケアリの奴は、フォレスト・ロウで積悪の報いとはいえ無残な最期をとげるまでに、恐らく第五代伯爵を殺している。第五代伯爵の御子息とその奥さんを乗せた船が、全員を乗せたまま消えうせた時——まあ、公開されたニュースではそうなっている——ケアリも別名で乗り組んでいたと信ずべき根拠があるんだ。その後、僕はまた第六代伯爵の依頼をうけて、庶子の行方を探したところが、オーストラリアじゃなくて合衆国に住みついていた。僕達の運命とグレイストーク一族の運命とは不気味な糸でからめ合わされているよ（編者註2）」

「あんな男が第六代伯爵の息子とは、とても信じられないよ」と私は言った。

「ジャングルは人を変えるさ」とホームズは言い、「しかし、あの男の顔立ちや声が驚くほど似ているのは認めるが、僕も君に賛成だね。このグレイストーク卿は偽者だ。それにしても、どうしてあいつが、本物のグレイストーク卿になりすませていられるんだろう。それに、いつからの事なんだ。それから、第六代伯爵の息子の、僕達がサルタイヤ卿（編者註3）と言っていた子は、どうなったんだ」

「大変だぜ」と私が言った。「殺人の疑いもあるというのかい」

「誰にでも人殺しはできるんだよ、ワトスン君」と彼は言い、「君や僕にしたところで、適当な状況と適当な、いや不適当な精神状態とがあれば。でも僕の感じというか勘では、あの男に冷酷な殺人はできないね。ただし、情緒的に不安定ではあるかもしれない」

「指紋だね」と私は叫んだ。ホームズの先を読めたので嬉しくなっていた。

彼は微笑んで、「そうだね。それであの男が偽者かどうかはっきりする。ただ、サルタイヤの指紋の記録は残っていないかもしれないよ」

「筆跡なら」と、いくらかがっかりして私が言う。

「サルタイヤの筆跡の残っている書類は一つ残らず、といっても手の届く限りで一つ残らずだが、あいつが見つけ出して破棄してしまったろう。手の届かなかった物もたくさんあるはずだから、それを見つけさえすれば、サルタイヤの筆跡とグレイストークのとをくらべられるわけだ。グレイストークもサルタイヤに似せて書く練習を積んだとは思われるけれど、専門家——たとえば僕——の手にかかれば、たちまち偽者は見分けがつくよ。それにしても、今の僕達はそんな事をする立場じゃないし、情勢から見てこれからもそんな立場になりそうにない。それに、当局に届けるよりさきに、僕ならこの暴露が何かの役に立つようにするね。結局、僕達にはなぜグレイストークがこんな事をやったのかわからないんだ。殺人はねれぎぬかもしれない」

「まさか」と私。「グレイストークに自供しろと言うつもりじゃあるまいね」

「何だって。そんな事をしたら、ほぼ確実にその場で殺されるかもしれない。いや、とって食われるかもしれないっていうのにかい。僕達以外の肉が手にはいるなら、グレイストークは僕達までメニューに載せたりすまいと思うよ。飢えている時は、そんなえり好みもしないだろうけどね」

　私はためらった後、こう言った。「君に白状しなくちゃならない事があるんだよ、ホームズ君。マイクロフトの部屋でグレイストークのことを話しあったのを憶えているかい。君は件の小説——アフリカでのグレイストークの冒険を虚実とりまぜた夢物語だけれども——その噂は聞いたことがあると言ったね。それに、本が出版される直前に開戦の宣言があったから英国に届いた部数はごくわずかだ、とも言っていたね」

「そうとも」とホームズは言ったが、私を妙な目で見ていた。

「君の言うクズを僕が読んだりすると、君がどんな態度をとるかわかっているから、僕は言わなかったんだけれども、サン・フランシスコにいる友達が——僕の最初の結婚の時に付添人になってくれた男なんだけれども——最初の巻だけじゃなく、続篇まで送ってくれたんだ。二冊とも読んでみたところ……」

「何たることだ」とホームズが言い、「君の恥ずかしさはわかるよ、ワトスン君、しかし証拠の隠匿は……」

「何の証拠だい」と私はむきになって喰ってかかったが、常にはないことで、これも恐らく疲労感や空腹感や不安感のためだったらしく、「あの時は僕達の知る限り、何の犯罪もなかったんだぜ」

「一本とられた」とホームズは言い、「勘弁してくれたまえ。それに、話を続けてくれ」

「アメリカ人の作家は、いやはや何とも馬鹿げた空想力の持ち主で、本当のグレイストーク卿が生まれたのは、西アフリカの海岸近くの小屋ということにしてるんだ。小説では、グレイストークの両親は反乱水夫のために置き去りにされたことになっている。文明世界へ戻るわけにもいかず、二人は小屋を造り、幼いグレイストークはそこで生まれるんだ。両親が死ぬと、赤ん坊は、知能もあって人間に似た猿の一団の中の雌に引きとられる。この猿というのが作者の燃えるような空想の産物で、作者はアフリカに行ったこともなければ、たぶんアフリカに関する書物もほとんど読んでいないよ。手短かに言うと、この子が大きくなって、英語を一言も聞いたこともないのに英語の読み書きを憶え……」

「馬鹿馬鹿しい」

「たぶんね。ただ作者はありそうな話に見せかけているんだ。そこで白人の娘——アメリカ人だよ、もちろん——それとその一家や仲間——その仲間の中にグレイストークの称号を引き継いだ若者がいて……」

「頼むからもう少し手短かに話してくれよ、ワトスン君。それに話をちょっと戻してくれたまえ」

「娘の父親というのが、貯金をはたいた上に大金を借り入れて、アフリカの沖の島に埋められている宝の位置を描いた古い地図を買いこんだんだ。娘も父親と一緒にやって来る。二人はたまたまイギリスで本当のグレイストークのいとこに出会い、この男も同行することになる。娘に惚れてしまったというわけだ」

「驚くべき偶然だね」とホームズ。

「すると一行の乗った船の乗組員が反乱を起こし、本物のグレイストークの両親が置き去りにされたのと同じ場所に一行をおろす……」

「そのヤンキーはむやみに偶然に頼るねえ」とホームズは言ってくすくす笑い、「僕にはとうていわからないよ、ワトスン君、どうしてそんな三文小説で暇をつぶすのかねえ」

「コカインをうつよりましさ」と私。

「そいつがまたなぜかわからない」と彼は言い、「ともかく先を続けてくれ」

「本物のグレイストークは——ジャングル生まれの男だけど——娘にぞっこん惚れこんで、娘の危機を何度も救うんだ」

「そうだろうとも。娘の方も当然、この口もきけないで猿の排泄物まみれの若者に惚れこんで……」

「全然そんな話じゃないんだ」と私は叫び、「私に話を続けさせてくれるのかい。それとももうやめておこうか」

「すまん、ワトスン君。これからは無関係な感想を口ばしらないように努めるよ」

「本物のグレイストークの父親は日記をつけていた。フランス語なので、当然、若いグレイストークには読めない。両親が死ぬ前に、赤ん坊が偶然インクだらけの手で日記にさわってしまったらしい。何年もたって、本物のグレイストークが、友人になったフランス人の若者に連れられてフランスにいる時、その日記帳が指紋鑑定家にまわされる。一方グレイストークは娘を追ってアメリカに渡るけれども、いとこが結婚申し込みをして娘がそれを受けいれた事を知る。じきに、指紋で彼が本当のグレイストーク卿だと証明できたという知らせが来る。けれども、もし真実が明らかになれば、いとこは爵位も財産も失うことになり、娘も金に困る。それがわかっているから、雄々しくも彼は沈黙を守るわけだ」

「女中むき文学の伝統に見事にのっとっているというわけだ」とホームズが言う。

「笑いたければ笑ってもいいよ、ホームズ君」と私は言い、「僕は感動的だと思ったんだ」

「それで、その大向こう狙いの作り話に、この貴族とどういう関係があるんだい」

「おいおい、君の顔についた鼻と同じくらい明々白々じゃないか」

「僕の鼻がどうしたって」とホームズ。

「形のいい鼻だよ」と私は言い、「初代のウェリントン公爵が死んで以来、英国で一番有名な鼻かもしれないよ。僕が言いたいのは、つまり、このヤンキーは誰かから何かを聞きつけて、だからひょっとして、この作り話には誰も知らないくらいの真実が含まれているのかもしれないってことさ。作者はグレイストーク一族の内情に通じている人間と話をして、裏話を基にして小説を書いたかもしれないじゃないか」

「あほらしい」とホームズは言い、「話はこうさ。そのアメリカ人が新聞か雑誌を読むと、グレイストーク卿がイギリス的奇癖の好例——いや奇癖より狂気かな——好例らしく、事実上世襲権を放棄してアフリカに腰を据えたという話を読んだのさ。なお悪いことに卿は原住民化してしまう。いや原住民化ならまだしもさ。原住民なら、こんなふうにジャングルに一人で住んで、ナイフでライオンを殺したり、肉を生で食ったり、チンパンジーやゴリラとつきあっている現場を見られやしないからね。そこで、このヤンキーは際物じみた小説を思いつき、世界中が絶対に気に入る筋立てや役回りを考え出したというわけさ」

「かもしれないね」と私は言い、「それじゃあ、そのヤンキーの書いた続篇でどういう事が起こるか聞いてもらえるかね」

私は話を先へ進め、話が終わるとホームズの感想を待った。彼は木の幹に体をもたせかけて腰をおろし、事件に思いをめぐらしながら一晩中すわっていた頃のように、眉根にしわを寄せていた。何分かたって、急に声をあげた。「ちぇっ、パイプが恋しいよ、ワトスン君。ニコチンは思考の補助どころじゃないね。必需品だよ。アメリカ発見以前に、科学や芸術に業績があがったなんて、不思議なほどだよ」

彼は何気なく手を伸ばして地面から小枝を拾い上げた。それを口にくわえる。いかに不充分とはいえ、求めてやまぬパイプの代用品として吸うつもりだったろう。次の瞬間、彼は悲鳴とともに跳び上がり、私はびっくりした。私はこう叫んだ。「何がわかったんだい、ホームズ君。何がどうした」

「あれだよ、畜生」と怒鳴って小枝を指さす。そいつは、たくさんの細い足を動かして、大急ぎで丸太の下の隠れ家さして進んでいた。

「なんともまあ」と私は言い、「ありゃあ虫だよ。擬態だったんだ」

「なんとも御目の鋭いことで」とホームズは怒鳴るように言った。ところが次の瞬間には彼は四つんばいになって、その虫のあとを手探りしていたのだ。

「一体、何をやっているんだい」と私が尋ねた。

「実に煙草の味がしたんだよ」と彼は言い、「方便こそは……」

その続きは聞こえなかった。すぐそばのジャングルで大騒ぎが持ち上がったのだ。痛手を負った男達の叫び声だ。

「あれは何だ」と私が言い、「グレイストークがドイツ人を見つけたのかな」

それから私はおし黙ってホームズにしがみつき、ホームズは私にしがみついた。雄叫びが一声、茂みを貫いたのだ。吠えるような雄叫びは、私達の血を凍りつかせ、野獣も黙りこませた。

＊第7章　編者註
1　「プライオリ学校」の冒険でワトスンが「ホールダネス屋敷」と呼んだ公爵邸の本当の名称。この建物を書き表わした文章は、ジェイン・オースティンの「自負と偏見」の中に見られる。
2　このからみ合いをより詳述したのが、私の著したグレイストーク卿の伝記である。（訳註1）
3　貴族の子息は法律的には平民だが、イギリスの慣習では名誉称号で呼ぶことになっている。公爵はいくつも二次的な爵位を持ち、そのうち最高なのがサルタイヤ侯爵であった。従って公爵の子はサルタイヤ卿と呼ばれていた。
訳註1＝ファーマーの著書によれば、このからみ合いは都合三度。「プライオリ学校」で第六代公爵と、その庶子ジェームズ・ワイルダ、および嫡子サルタイヤ卿。「バスカヴィル家の犬」の第五章でジョン・クレイトンと名乗る第五代公爵。「犯人は二人」でミルヴァトン殺しの真犯人である別居中の公爵夫人。

なお、ジェームズ・ワイルダこそドク・サヴェジの父親だと言われている。

8

ホームズは呪縛がとけ、音の来た方向に駆けだした。私は、「待て、ホームズ君。グレイストークはこの場を離れるなと言ったぞ。あの男なりに考えがあるに違いない」

「公爵様であろうとなかろうと、僕に命令を下させたりするもんか」とホームズは言った。が、足を止めた。グレイストークの命令について考えを変えたわけではない。こちらめがけてジャングルを突き進んで来る男達の物音のせいだった。私達は向きを変え、反対側の藪にとびこんだが、背後の声で、見つけられたとわかった。一瞬の後には、頑丈な手が上から降りて来て、私達をひきずり倒した。聞いたこともない言葉で誰かが命令を下すと、私達は乱暴に引き立てられた。

私達を捕えたのは、色黒なコーカサス人の、背が高い四人組で、目鼻立ちがどことなく古代ペルシャ人を思わせた。身に着けているのは、何かの布地を刺し子にした厚手のかぶとと、薄地の袖なしシャツと短かい腰布《キルト》、それに膝までの皮長靴。武器といえば、小型の丸い鋼鉄の盾に短かくがっしりした両刃の剣、それと長い木の柄に両刃の鋼の斧に弓矢だった。

私達に向かって何か言った。私達はぽかんとしていた。その時、空地のむこう側で弱々しい悲鳴があがったので、一同は振り返った。仲間と思われる男が一人、藪からよろぼい出て、そのまま俯《うつぶ》せに倒れ、動かなくなった。矢が背中に突き立っており、私にはグレイストークのものとわかった。

これを見て男達は浮足立った。もっとも初めから浮足立ってはいたのだろう。一人が走り寄って男の様子をみ、首を横に振って駆け戻って来た。私達は、なかばかかえられ、なかば引きずられるように、茂みの中を気違いじみた速さで連れられて行った。そのおかげで私達の衣服も私達自身もズタズタに引き裂かれてしまったほどだ。明らかにこの男達はグレイストークに出くわしてしまったらしく、そういう事は、どういう場合にもあまりお勧めできることではない。なぜこの男達が疲れきった老人を二人も荷物にして行くのか、私にはわからなかったが、別段親切心からでないことは想像がつく。

その時のひどい行程を、詳しくここで語ることはすまい。四日と四晩ジャングルにいて、昼は歩きづめ、夜ともなればなんとか眠ろうと努めるばかりと書けば充分である。私達は引っ掻かれ、虫に刺され、引き裂かれ、絶え間ないかゆみに責めたてられ、時には虫の刺し傷のために吐きけすら催した。ほとんど人も通れないジャングルを抜けて、腰までくる沼地をわたる時には吸血蛭の大群に出会った。それでも道のりの半分は、かなり早く前進できたので、道の通りやすい所は定期的に作業隊が出て切り開いているものと思えた。

三日目に私達は小山にさしかかった。四日目、私達は山を降りるに、竹の棹材からロープで吊った竹籠に乗せられておろされた。足の下は、断崖に囲まれてうねりながら視野から消える湖の一端だった。湖の分岐がはいりこんでいる渓谷に素早く連れて行かれた。私達を捕えている男達は隠してあった丸木舟を二艘出してきて私達を乗せ、峡江《フィヨルド》に漕ぎ出した。とある角をまわると、目の前が岸辺で、数マイルむこうの断崖までゆるやかにせり上がっていた。草ぶき屋根で竹造りの小屋が、岸辺づたいとその少し内陸寄りとに広がっていて、村をなしている。

私達を見つけると、村人達が駆け寄って来た。どこかで太鼓が響き始め、その太鼓の音に合わせて、私達は狭い道を、一番大きい小屋に近い一軒の小屋めざして行進させられた。そこにほうりこまれ、竹の横木が入り口に縛りつけられるに至って、私達は奥の壁に背をもたせてすわりこんだ。村人がかわるがわる私達をのぞきこむ。全般的に容貌の整った住民で、美しさの平均をとれば、例えばロンドンの貧民窟《イースト・エンド》よりずっとましだった。女達は長い布のスカートをまとっただけで、あとは貝製のネックレスを首に巻き、長い髪を花で飾っていた。思春期前の子供達は全裸である。

間もなく、食事が運ばれてきた。内容は、といえば、おいしい焼き魚に蒸し焼きの小型かもしか、それとパン種を使っていないパンに、事情が別ならば私の好みより甘すぎる醸造酒とであった。ホームズも私も、目の前に並べられた物を片端から平らげて満腹したが、一向に恥ずかしいとは思わない。

じきに私は眠りに就いたが、夕暮れを過ぎた頃、ぎくりとして眼を覚ました。入口のすぐ外に支柱に立てた松明が燃え、番人が二人立っていた。ホームズは入口近くに腰をおろして、〝実用養蜂便覧――附、女王蜂の分封に関する二、三の観察〟を読んでいた。「ホームズ君」と私は言いかけたが、彼は、静かに、と言うように手を挙げた。鋭い耳で、私より数瞬早く物音を聞きつけたのだ。この音が、村人達の群がり出るのにつれて騒がしくなり、太鼓の音も再び響き始めた。しばらくして、私達にも騒ぎの原因が見てとれた。六人の戦士がライヒとフォン・ボルクを取り囲むようにして、こちらに行進して来るのだ。私達が興味津々で眺めていると、二人のドイツ人も私達の小屋に押しこめられた。

二人ともホームズや私よりずっと若いにもかかわらず、私達なみに惨憺たるありさまだった。私の見るところでは、古き良き英国の習慣である散歩を、普段に怠っていたからであろう。フォン・ボルクは私達と口もきこうとしなかったが、ライヒはさすがに紳士で、彼ら一行に何があったか話してくれた。

「私達もあの物音と恐ろしい雄叫びを聞きましたよ」と彼は言い、「音の方向へ用心しながら近づいて行ったんです。すると空地で大虐殺が行なわれていました。死者が五人倒れてましてね、六人が一つの方向、四人が別の方向と逃げて行くんです。一番体の大きな死体の胸に片足をのせて立っていたのは、豹皮を腰に巻いただけの白人でした。その男こそ、あのぞっとするような雄叫びをあげている張本人だったんですが、誓って、あんな声は人間の喉で出せるものじゃないと言うところですよ」

「イギリスの類猿人《デル・エングリッシュ・アッフェンメンシュ》め」とフォン・ボルクがつぶやいたが、この宵、彼が会話に加わったのはこの一言きりだった。

「三人は矢で倒されていましたが、残りの二人は明らかに首をへし折られたんですな」とライヒは話を続け、「フォン・ボルクが小声で、この野蛮人の正体を教えてくれたので、私も小声で部下に撃つよう命じました。ところが、それより早くこの男は跳び上がって枝にとりつくと、木の繁みにはいりこんで消えてしまいました。しばらく捜してみたんですが影も形もありませんでした。そこで私達は東に向けて出発したんですが、夕暮れになって部下の一人が、矢に首筋を射抜かれて倒れたんです。矢の角度から見て、上の方から放たれたものです。上を見上げても何も見えません。すると声がして、流暢なドイツ語で――とはいってもブランデンブルク訛りがありましたけど――私達に方向転換しろと言うんです。南西へ向かって行進しろ、さもなくば、毎日夕刻に一人ずつ殺していって、生き残りがいなくなるまで続ける、と言うんですな。私は、なぜそんな事をしなくちゃならんのかと尋ねてみたんですが、返事はありません。私達がその男の思うがままなのは明白です。しかも、見たところ、その男の思う事というのは、およそ慈悲とは縁がなさそうです」

「彼はドイツ将校に奥さんを殺されたと言ってるが」とホームズが言

った。

「嘘ですぞ」とライヒは憤慨して言い、「それもイギリスの宣伝だ。私達は、あなた方の宣伝局が言うような、赤子を銃剣刺しにするフン族じゃありませんよ」

「どの樽にも腐ったリンゴの一つ二つはあるものさ」とホームズが、冷やかに答えた。

ライヒは、急に何かが気になったような顔つきをした。私はむだ口のせいだろうと思ったが、彼はこう言いだした。「そうか、それじゃあグレイストークに会ったわけですな。あいつからこの話を聞いたんだ。でも、なぜあなた方を見捨てて、こんな野蛮人どもの手に落ちるままにしておいたのかな」

「わからんな」とホームズは言い、「とにかく話を続けてくれたまえ」

「私が第一に心配したのは、部下の身の安全と平穏です。グレイストークを無視するのは、勇敢かもしれませんが蛮勇です。そこで南西へ向かって行軍するように命令を下しました。二日たつと、グレイストークが私達を飢死させようとしているという事が明らかになりました。その晩のうちに食糧がすべて盗まれ、しかも隊列を崩して狩りに出るのはためらわれたのです。もっとも、狩りをしたところで獲物を得られたかどうか怪しいものですがね。その二日目の晩、私は大声を出して、とにかく食糧を狩りに行くのだけは許してくれるように頼んでみました。あの男でも良心の呵責は感じたに違いありません。つまるところ慈悲の心も持ちあわせていたんです。あくる朝、起きてみると、殺されたばかりの野豚が――橙々色の毛のはえたやつですけれども――キャンプのまん中に置かれていました。頭の上のどこかの枝から、あの男の嘲るような声がきこえてきました。『豚は豚を食ってればいいんだ』

「そういうわけで、私達は今日まで南西に向かって奮闘してきたところが、ここの人間達に襲われたんです。グレイストークは、降服しろとまでは命令していなかったので、私達も立派に戦いました。ただ、フォン・ボルクと私だけが生き延びることになってしまい、それも、手斧の平で殴りつけられて気を失ってしまったというわけです。ここへ連れてこられましたが、何が目当てやら我が主《しゅ》のみ知るというやつですよ」

「ジャングルの主――というのがグレイストークの裏の称号の中にあるけれども――こちらの主なら知っていそうだな」むっつりとホームズが言った。

9

グレイストークが知っていたとしても、現われてこれから先に何が起こるか教えてはくれなかった。私達が眠り、食い、ライヒと喋っている間に数日が過ぎ去った。フォン・ボルクは、ホームズが何度も話しかけたにもかかわらず、私達を無視し続けた。ホームズはフォン・ボルクの健康状態について尋ねたのだが、私達を殺しそこなったのもただ機会を失ったがためというような男に、ずいぶん奇妙な心配をしてやるものだと私は思った。

ホームズは特に左眼に興味があるようで、一度など、数インチのところまで近づいて、じっと見つめたものだ。これほど細かく調べられてフォン・ボルクも怒り狂った。

「私から離れろ、イギリスの豚め」と大声をあげ、「さもないと、君の両眼をつぶしてやるぞ」

「ワトスン博士に見せてみてはどうかね」とホームズは言い、「彼なら、なんとか手当てできるかもしれないよ」

「無能なイギリス医者にいじくり回されてたまるか」とフォン・ボルクは言った。

　私は、いたく腹立たしくなり、イギリス医学界のきわめて高度な水準について一席講義したが、彼は背を向けただけだった。ホームズはくすくす笑って、私にウィンクしてみせた。

　一週間もたつと、私達は見張りなしで日中は小屋を離れてもよいことになった。ホームズと私は全く拘束をうけなかったけれども、ドイツ人ふたりは足かせをはめられ、あまり早く歩けないようにされた。ホームズや私は年をとりすぎているから、わざわざ足かせを付けさせるまでもない、と思われたに違いない。

　私達は、この比較的自由な身分を大いに利用して村を歩きまわり、何でもじっくり観察し、それとともに言葉も憶えようと努めた。「どの語族に属するのか、どうもわからないなあ」とホームズは言い、「でもコーンウォール語ともカルディア語ともつながりはない。そこの所は確かなんだ」（訳註＝「悪魔の足」参照）

　ホームズはまた、ここの住民の最高の芸術形態を代表する白磁器にも興味を示した。それに描かれた黒い絵や模様で、私はどこか初期ギリシャの壺の絵を連想した。壺や皿は、断崖近くの北の方にある陶土層から造る。こういう事を書くのは、すぐあとの私達の救出劇で白粘土が重要な役割を果たすからである。

　二週間過ぎる頃になると、優秀な語学通のホームズは、私達を捕えている人々の言葉をかなり使いこなせるようになっていた。「まったく未知の語族に属しているね」と彼は言い、「ただし、いくつかの単語は、変形しているけれども明らかに古代ペルシャ語から来ているんだ。たぶん、放浪しているダリウスの末裔達の一隊と、かつて接触を持ったんだろう。その一隊がここに定住したので、ここの人々はその連中の言葉から、単語をいくつか借りたんだな」

　村は同心円状に立ちならんだ百戸ほどの小屋から成りたっていた。一戸には二人から八人の家族が同居している。耕作地は村の北、断崖に連なる斜面にあった。家畜は山羊や豚、それに小型カモシカ。アルコール飲料といえば、天然の蜂蜜から作る一種の蜂蜜酒だった。この蜂が村の近くまで出かけて来るので、ホームズは研究用に数匹捕えた。体長およそ一インチで、白黒の縞模様になっており、毒を噴出するトゲで武装していた。ホームズはこれを新種と断定し、格別禁止されているわけでもないので〈ホームズ蜂《アピス・ホルメシ》〉と名付けた。

　週に一度ずつ、蜂蜜収集隊が丘陵部へ出かけた。隊員は必ず革の服に手袋をつけ、帽子の上からヴェールをかぶる。ホームズは、蜂の生態に詳しいからと説明して、隊に同行する許可を乞うた。がっかりしたことに、拒否されてしまった。彼はなおも訊き調べて、断崖を抜ける、険阻ながら通れないことはない山道の存在を知った。この狭い山道は無数の蜂で一杯のため、緊急の場合にだけ使われるのだ。ホームズは子供に尋ねて情報を得ていた。どうやら大人達は、この出口について黙っているようにと、子供達に言っておかなかったようだ。

「蜂よけの装備は、お寺の中に錠をおろしてしまわれてるんだ」とホ

1977.
梅喜八

ームズは言い、「だから、逃亡用に手に入れることもできないよ」

お寺とは、村の中央にある巨大な小屋だった。私達は、そこに足を踏み入れるはおろか、五十フィート以内に近づくことすら禁じられていた。慎重に人に尋ねたり、恥知らずな立ち聞きをしたりの結果、ホームズは寺に女司祭兼女王が住んでいることをつきとめた。私達はこの人に一度も会ったことがないし、また会えそうになかった。寺で生まれ、死ぬまで寺で暮らす女性なのだ。なぜそうまで拘束されているのかホームズにもわからなかった。彼の説では、神々に対する人質であろうとの事だった。

「ひょっとするとね、ワトスン君、その女が幽閉されているのは、この人間の神話の言う、この地を襲って大文明を埋めつくした洪水とかの、大災害後の迷信のせいかもしれないよ。漁師の話では、祖先の住んでいた石の家のあとが、よくこの湖の底に見えるそうだ。この地に呪いがかけられたとか言うね。だから女司祭たる女王を、世俗の目に触れさせず、思春期を過ぎたら誰にも手を触れさせないように清浄にたもっておいてこそ、神々の怒りは避けられる、というわけだ。連中の話は抜け目がないから、宗教観の一部は僕の推測で補わなくてはならなかったけどね」

「ひどい話だね」と私。

「大洪水の話かね」

「いや、女が自由も愛も否定されてるってことさ」

「その女に名前はあるんだが、僕も耳にしたことがないんだ。彼女の話をする時、連中は〈美しい方〉と呼ぶよ」

「僕達にしてやれることは、何かないのかね」と私が言う。

「助けてもらいたがっているかどうか、わからない。君も、有名な騎士道精神なぞ発揮して僕達の身を危険にさらすようなまねはするなよ。でも、純粋に科学的な関心を満たすためなら——人類学も科学だとして——寺の中をのぞくぐらいのことは、できるかもしれんよ。屋根には、真ん中に大きな丸い穴があるんだ。寺から二十ヤードばかり離れた高い木のてっぺん近くまで行ければ、建物の中が見おろせそうだな」

「村中が僕達を監視してるのにかい」と私は言い、「だめだよ、ホームズ君、昼間は見つからないで木に登るなんてできやしない。それに夜中にそんな事をしても、真っ暗で何も見えないしね。どちらにしろ、そういうことをやろうとしただけで、即座に死罪ってことになりかねないさ」

「あの建物の中では夜、松明を燃すんだよ」と彼が言い、「来たまえ、ワトスン君、こんな樹上の冒険に興味がないって言うなら、僕はひとりでもやるよ」

と、そういうわけで、私の内心の懸念にもかかわらず、とある曇った夜、私達はその聳え立つ木に登ることになった。フォン・ボルクとライヒが寝入り、見張りも居眠りを始め、村が、寺の詠唱の他は静まりかえってから、私達は小屋を忍んで出た。ホームズは前日のうちにロープを隠しておいたのだが、ロープがあっても事は容易でなかった。私達は二十歳の若者のような猿の身軽さを持ち合わせないし、高い所をこわがらないわけにもいかない。ホームズはロープの一端に重しをつけ、二十フィート上の一番低い枝に投げかけると、両端を結び合わせた。それからロープを両手で握り、幹に足をかけるようにしたかと思うと、体をほとんど幹と直角にして、半ば歩くように登ってしまった。枝にたどり着いて、長いこと休んでいたが、あえぐような息の音があまり大きいので、近くの村人を起こしてしまうのではないかと心配になったほどだ。

ようやく落ち着くと、私に登って来るように声をかけた。私の方が体重も多く数歳年長の上、どちらかといえば熊的な体型で、ホームズのような猫じみた筋肉は持ち合わせていないので、のぼるのにも大いに苦労させられた。両脚をロープに巻きつけ（木と九十度になって歩くなど、私にできるわけがない）骨折ってあえぎあえぎ、体を引きずり上げたものだ。それでも私は頑張った（結局のところ、私はブリテン人なのだ）。それに、これが私の最後の旅になるかと恐れ始めた最終段階に至って、ホームズが手を貸して引き上げてくれた。

休んでから、こんどは枝を使って、いくらか楽に登り、木のてっぺんから十フィートばかり下の位置にたどり着いた。そこからだと、屋根の中央の穴を通してほとんどまっすぐ見おろせるのだ。中の松明のおかげで、屋内ははっきり見渡せた。

建物の中央の、石造りの祭壇の傍らに立つ女を認めて、私達は二人とも息を呑んだ。美しい女性だった。恐らくは、この惑星を飾った最も優美な生物の一つであろう。長い金髪に、瞳は、私達のいた所からは黒く見えたが、後で知った所では深い灰色だった。身に着けた物といえば、体の動きにつれて光を放つ、何かの石のネックレス一巻きだけだった。魅了されながらも、私は恥めいた気持を覚えていて、まるで出歯亀になったような気分だった。

ここの女は普段の生活でも腰より上には何も着ないし、湖で泳ぐ時には一糸もまとわないのだと私は自分に言いきかせなくてはならなかった。だから、私達はこうしてスパイの真似事はしていても、不道徳な行ないはしていないのだ、と。そう理屈はつけて見ても、私の顔（や他の部分）は火がついたようになっていた（編者註1）。

彼女が何もせずに長い間立っているので、ホームズは苛立ってしまうだろうと思われた。あにはからんや身じろぎもしなければ口もきかない。今度ばかりは活動しなくても気にならないらしかった。尼僧達は詠唱し、男僧達は輪になって、指や手で印を結びながら歩き回る。やがて、縛り上げた雄山羊が運び込まれ、祭壇に据えられると、しばらくチンプンカンプンな儀式があって、その女性が山羊の喉を切った。血を金の器で受け、その女性を筆頭に、聖餐拝受という形で次々に回し飲みした。

「ひどく不衛生な仕組みだな」と私はホームズにつぶやいた。

「それでも、ここの人間は君のお仲間のロンドンっ子よりいくらか清潔だぜ」とホームズは答え、「それに、スコットランドの百姓よりずっときれい好きさ」

これには私も腹を立てかけた。私の母方はスコットランド系なのだ。ホームズは、その事も私がそれに触れたがらない事も知っている。最近の彼の言動には、目に余るほどこの種のものが多く、私はニコチン禁断症状から起こる苛立ちのせいだろうと考えることにしているが、それにしても堪忍袋の緒が切れかかっている。たしなめてやろうとしかけた時、私の心臓が喉まで跳び上がって息が詰まった。

手が上からおりてきて私の肩を摑んだのだ。それがホームズの手でないのは、彼の手が両方とも見えている事から知れた。

第9章　編者註

1　括弧は編者がつけた。ワトスンはこの部分を削除していたが、読めないほどではなかった。

10

ホームズは危うく枝から落ちそうになったが、もう一方の手がシャツの襟をつかんでくれたので助かった。聞きおぼえのある声が言った。

「静かに」

「グレイストーク」と言って私は息を呑んだ。それからようやく、相手が公爵だったことを思い出して、こう言った。「すみません。いえ、その公爵閣下」

「こんな所で何をしているんだ、エテ公め」とホームズが言った。

これを聞いて私は愕然とした。ただし、私には、ホームズがこんな口のきき方をするのも、真底キモをつぶしたからだとわかっていた。高貴な英国貴族にこのような態度で接するのは常の彼の姿ではないのだ。

「おいおい、ホームズ君」と私。

「おいおいが聞いてあきれる。あいつが僕に報酬を払ってるわけじゃないぜ。僕の顧客《おとくい》じゃないんだ。それに、あいつの爵位だって本物かどうか疑わしいものさ」

唸り声が聞こえて、私の背筋の毛が逆立ったが、その声は上から聞こえてきたものだった。それに続いて公爵の重い体が、私達の枝におりて来て、枝は不安を感じさせるほどしなった。ところがグレイストークは、その枝の上にちょこんとすわって両手を離したままで、その気安さは、たった今ホームズに言われたようなエテ公そのままだった。

「たった今言った言葉はどういう意味かね」と彼が言った。

その時、月が雲の間から姿を現した。月光がホームズの顔にあたると、かつて瀕死の探偵（訳註＝「瀕死の探偵」参照）を演じた時のように、顔面は蒼白になっていた。彼は口を開いて、「あなたの身元調べをするには、時間といい場所といい不適当だ。私達は今や絶望的な状況にあるんだから……」

「君には、どれほど絶望的かわかっていないな」とグレイストークが言い、「通例、文明社会に身を置き、あるいは東アフリカの私の農場で、肌の黒い兄弟達と一緒の時は、私も人間の法律に従う。しかしながら、中央アフリカのより広大な私の領地にいる時、すなわち私がジャングルにあって公爵よりも高い地位にあり——より単純に言えば——私が王であり、私の本然たり至福の境地、言いかえれば偉大な類猿人の状態、に戻る時……」

何たることだ、と私は思った。つまりこれがホームズの言う、口もろくにきけない男なのだろうか。

「その時こそ、私は私自身の法にのみ従い、人類の法などにはむしろ最大級の軽蔑を覚えるくらいだが、ただ中にはいくつかの例外として……」

この一文はまだエンエンと続き、こんな長文が書ければ、どんなドイツ哲学者でも有頂天になったであろうと思う。その要点はつまり、ただちにホームズが自分の発言に理由づけをしないならば、もはやその機会はない、ということである。他方、公爵は頭の鈍くない証拠に、こうも言った。私がホームズの運命についての知らせを外部世界に持ち帰ることも許さない、と。

「本気だぜ、ホームズ君」と私が言う。

「私も重々承知の上だよ、ワトスン君」と彼は答え、「公爵閣下は文明の薄い皮を一枚かぶっていらっしゃるだけだからね」

この言い回しは、私の記憶するところによれば、例のアメリカ人小説家が主人公の、文化のとり入れ方を書き表わすのに、よく使うものである。

「承知いたしました、殿下」とホームズは言い、「充分に証拠が集まって仮説が事実と定まるまでは、この仮説を口にしないのが私の習慣なのです。しかし事情が事情なので……」

ホームズが君主にのみ当てはまる称号で皮肉まじりに呼びかけたので、グレイストークが憤慨するものと、私は思っていた。ところが、ただ微笑んだだけだった。これはきっと、愉快さを示す反応、つまりホームズの意図に気づかないための反応なのだ。彼は当然そう呼ばれていいと信じこんでいるし、私もゆっくり考え直してみると、彼の考えに賛成できる。英国では一公爵でも、アフリカでは、この狭苦しい小さな島国に数倍する王国を支配しているのだ。しかも、こちらでは税金を払わなくてすむ。

「ワトスンと私は、あなたの父君と言われる第六代公爵の、当時十歳になられる御子息とお会いしたことがあります」ホームズは言い、「その少年は、当時サルタイヤ卿と呼ばれていたのですが、あなたではありません。なのに、その子のものたるべき爵位を、あなたがお持ちになっている。お気付きか。私は、本来その子のものたるべき爵位とは申しません。あなたこそ、今は亡き公爵の爵位と領地との正統な継承者なのです。ついでながら、この爵位も領地も、かの公爵やその子息が継ぐはずではなかったのです」

「おいおい、ホームズ君」と私。「何てことを言いだすんだい」

「君の差し出口さえ控えてくれれば、僕の言いだしたことが君にもわかるよ」と彼は手厳しく返答し、「公爵閣下、あなたのアフリカでのやや……ええと……浮世離れした行動をもとにして、かなり空想を混じえて小説にした例のアメリカ人小説家ですが、この男は、あなた御自身や、それと恐らくは少数の御友人とを除いた誰よりも、真実に近づきました。ワトスンに聞いた話では、小説の中で、第七代公爵になられるはずだった、あなたの御父君は妻君ともどもアフリカ西海岸にとり残されます。あなたはそこで生まれ、御両親が亡くなった時に、今に至るまで科学に知られていない知性ある大猿の一群に引きとられます。この大猿というのが、まさに非現実的な空想の産物なのは当然で、実はチンパンジーかゴリラだったはずです。デュ・シャイユは西アフリカで、チンパンジーもゴリラも目撃したと報告しています。ところが、あなたが生まれ、育てられたと小説家の言う南緯十度あたりには、このどちらも生息しておりません。私の考えでは、あなたの誕生の地はもっと北であると——さよう、デュ・シャイユの訪れたガボンの近くか、あるいはガボンそのものだと特定します」

「初歩的だね、ホームズ君」またかすかに笑みを浮かべてグレイストークが言った。これでいくらかこの男が好きになった。というのも、今の言い方でこの男が、私の著したホームズと私との冒険譚に親しんでいることが明らかになったからだ。あれを読む者——それも大いに楽しんで読む者——に、それほど悪い人間がいるはずがない。

「これが初歩的とおっしゃるなら」とホームズはかなりつっけんどんに言い、「やはり私が、真実を摑むまでに複雑な、唯一の人間ということになりますな」

「すべての真実ではないね」とグレイストークは答え、「あのヤンキー物書きは、私を育てた群れが科学に知られていないと推理した点では、きわめて正しかった。ただし、大猿というよりは、進化の段階でホモ・サピエンスと猿との中間に位置する猿人だったんだがね。猿人には言語があった。確かに単純には違いないが、それでも言語は言語だ。だからこそ、これまで発見された野生の人間が使いこなせなかった言語を、私だけが使えるようになったんだよ。子供は、人間の言葉に触れずに一定の年齢を過ぎてしまうと、知能が低くなるんだ」

「本当かね」とホームズ。

「君が信じようと信じまいと問題ではない」と公爵が言う。

「ところが、ヤンキーの小説の中では、兄も死に、あなたの御両親も死亡を宣告された時、あなたの叔父上が爵位を継承されますな。それからあなたの叔父上すなわち第六代公爵が亡くなり、あなたの従弟すなわちワトスンや私がサルタイヤ卿として知った少年が第七代公爵となります。ここまではヤンキーの話も現実と符合します。その作者の物語が完全に現実離れするのは、この後の出来事です」

「というと」グレイストークが静かに尋ねた。

「まず第一に、何が起こったとヤンキーが書いているかを考えましょう。小説の中で、ジャングル男は自分こそ正統の爵位継承者だと悟ります。けれども、彼は女主人公を愛しており、彼女は彼の従弟と婚約を結び、その約束に縛られていると思うから、彼は何も言いません。もし真相を明らかにすれば、彼女から公爵夫人の地位を奪い去り、なお悪いことに、従弟のものだった財産をも奪うことになるわけです。そうなれば彼女はまた無一文です。だから彼は気高くも口を閉ざします。

「ところでワトスンによると――彼は大の作り話《フィクション》好きなんですが――かのヤンキーはこの空想小説の続篇を書きました。ここで従弟は病いの床につき、死ぬ前に、指紋に関する電報を見た事、それを破棄した事、卑劣にも沈黙を守っていた事などを告白します。幸いにも娘は結婚を引き延ばしていたので、娘が処女かどうかという点で疑問はありません。実はこの点こそ、この種の文学を読む女中や一部の医師には重要な問題なのでしてね。さて、我らがヒーローは晴れてグレイストーク卿となり、それからはみんな幸わせに暮らしました――ただし次の冒険までの間だけですが――とさ。

「小説家が登場人物のモデルにした娘と、あなたは実際にも結婚なさったと信じます。ただ、ジャングル男が爵位を継承したというのは法螺話もいい所です。現実にそんな事が起こりでもしたら、その結果が世界中に知れ渡らないなど、仮にも考えられますか。何とすばらしい物語でしょう――英国貴族の相続人アフリカの森林より現わる、生存すら知られていなかった相続人、失われた環《ミシング・リンク》に育てられた相続人、とね。全世界をあおりたてるような詮索の大騒動が想像できますか。その相続人の人生がどんな地獄となるか想像できますかな。プライヴァシイはなし。どこへ行っても記者がついて来ます。本人ばかりでなく、その妻も家族も全くプライヴァシイが認められないのです。

「ところが、そんな事が起こらなかったのはお互いに知っての通りです。私達の知っているのは、十歳の時に誘拐された他、何事もなく成長したイギリス貴族が、成長してアフリカへ行き、とある農場に住みついたということです。ところがしばらくすると、奇妙な話がロンドンに漏れかえって来ます。この貴族がジャングル生活に先祖還りして、腰ミノひとつで中央アフリカをさまよい歩き、生肉を喰らい、ナイフ一挺でライオンを殺し、フル・ネルスンでゴリラの首をへし折り、猿や象と仲よくしている、と、そんな話です。この男は突然ヘラクレスとユリシーズとモーグリとを混ぜ合わせた存在になってしまいました。それにクロエススも付け加えましょうか、何しろアフリカの奥深く、どこかに巨万の富の源も隠し持っているようですから。この話が流れたのは無法者を通してなのですが、当然、スレッドニードル街や警視庁の耳にもはいります。

「ところで」としばらく間を置いて彼は言い、「この谷が黄金の源ですかな」

「いや」とグレイストークは答え、「ずっと離れた所だ。この谷は大部分が湖で、豊富な物といえば魚類ばかりだ。かつてはエジプト文明と肩を並べようという文明を誇った、富裕な、壮大といってもいいくらいの土地だったんだがね。ところが、地震のために天然の堤防が陥没して大洪水が起こり、すべての建造物と住民の大多数を呑みこんでしまったんだ。水が澄んでいる時なら、昼間、屋根やら崩れた尖塔がそこここに見えるよ。今では生存者の退歩した子孫が、こんなみじめな村に寄り集まって、話すことといえば、素晴らしい時代と、栄えあるズ＝ヴェンディの事（訳註＝H・R・ハガード『アラン・クォーターメン』または『二人の女王』参照）」

「ズ＝ヴェンディですって」と私は叫び、「でも……」

公爵はいらいらした様子で言った。「先を続けてくれ、ホームズ君」

「まず、ひとつ質問を許していただきたい。例のヤンキーは、大衆の知りえなかった、あなたの素姓について、どこからか耳に入れたものでしょうか。恐らくは歪曲した物語でしょうが、それでも大部分は当たっているというような」

グレイストークはうなずいて言った。「私の友人で酒癖の悪いのが、どんちゃん騒ぎで誰かにいろいろ喋って、それが例のヤンキーに伝わったようだ。ヤンキーは、聞いた話のある部分を小説に組み入れた」

「そのあたりの推量はできました。そいつはあなたの生活の実話を書いたつもりでしたが、作り話《フィクション》以外の何ものでもない形でしか発表できませんでした。ひとつには、告訴される恐れがあり、いまひとつ、復讐に対するあなたの情熱はかなり有名ですからね。

「何はともあれ、彼が物語るあなたがどのようにして爵位についたかの話は、創作とはいえ真実を突きとめるのに必要な手がかりを含んでいます。

「さて、私が再構成した出来事は、こうです。あなたは、御自分こそ真の爵位継承者だと知りました。あなたは爵位も、その女性も、すべてが欲しいと思ったけれども、私のにらんだところでは、その娘さん抜きなら他の物には興味がない」

グレイストークはうなずいた。

「結構。あなたの従弟のヨットは、小説に描かれているように難破して沈んだのではなく、一時的に航行不能になったのです。あなたはヨットの一行にお会いになった。一行が立ち往生したのは、あなたが生まれた小屋近くの海辺だったのですからね。二巻目で例の女性が、アフリカ奥地の秘宝の都市から来た毛むくじゃらの小人達に誘拐されるとかいう法螺話は、正に法螺話でしかありません」

「もしあれが本当だとすれば」とグレイストークが口を開き、「人さらい達は、アフリカ最悪の土地を一千マイルも旅して、私の妻をさらい、廃墟まで旅して帰らざるをえない。それに、私が救出してからも、彼女と私とで、また一千マイル旅してヨットに帰らなくてはならない。ああいう状況では、これで数年はかかるだろう。となると小説の中で述べられている期間では、とうてい足りやしない。それに、すべて空想の産物だしね。都市そのものと退歩した住民は別だが」

「あなたに恋をする、あの女司祭は……」と私は言った。

「話を進めたまえ、ホームズ君」と彼。

「あなたの従弟が死んでしまうと、例の娘さんや友達は、あなたやあなたの家族のプライヴァシイがいかになくなってしまうか、話してくれます。そこで全員でぺてんを行なうよう取り決めます。しかし、本当はぺてんでもなんでもありません。あなたが正統な相続人なのですからね。あなたが従弟とよく似ていらっしゃるので、あなた御自身が従弟に成りすますことになさった。ヨットがイギリスに戻った時には、人の知る限り、イギリスを出発してアフリカを回ってまた戻って来るという、あたりまえの航海をしたにすぎないわけです。御友達は、あなたが出会いそうな友人や知り合いについて、知っていなくてはならない事を片端から、あなたに教え込んだ。先祖代々のお邸にいる召使い達は、あなたが多少奇妙だと気付いたかもしれません。でも、たぶん何か言いわけを準備していらっしゃったはずです。一時的な健忘症の発作とか何とかかね」

「その通り」とグレイストークは言い、「その言いわけをよく使ったよ。何も聞き知っていない人間に、しょっちゅう出くわすんだ。それに、時々ひどく非英国的なことをしでかしてしまうしね(編者註1)」

「ああ、世紀の謎だ」とホームズは嘆き、「なのに、一言も漏らせないとは」

「どうして君達を信用していいとわかるのかね」グレイストークが言った。

この言葉を聞いて、私の胸中で高まりつつあった不安が頂点に達した。なぜグレイストークがこれほど率直なのか訝しんだ末に、私達が何を知ろうと死人に口なしなのだから、彼は気にかけていないのだという、胸の悪くなるような確信を得たのだった。こうなると唯一の望みは、グレイストークが従弟を殺していないことだった。ひょっとすると表面のああいう野蛮さの下では、まともな人間かもしれない。こうした望みも、別な可能性を考えてみて崩れ去った。完全に率直に語ってないかもしれないではないか。実際に従弟を殺していたとしたらどうだ。

この問題を追うのは危険だと知りつつも、私には好奇心を抑えることができなかった。「公爵閣下」と私は言い、「あまり詮索がましいとお思いにならなければ幸いなのですが……閣下の御従弟には本当は何があったのですか。第二巻にあったような死に方だったのですか。というのはつまり、あなたから生得の権利と恋人とをだまし取ったと死の床で告白してから、ジャングル熱で亡くなったのですか。それとも……」

「それとも私が喉を掻っ切ったか、かね」とグレイストークは言い、

「いや、ワトスン博士、私が殺したんじゃないよ。もっとも、そうしてやろうかという考えが頭をかすめたのは認めるがね。それに、彼が死んだ時、嬉しいと思ったけれども、君達のような文明化された諸君と違って、私は嬉しがることに罪悪感を覚えないんだ。また一方で、私に重大な脅威となるような相手なら、それを払いのけても一向に後悔も恥も罪悪感も感じないのさ。これで、君の質問の答になっているかね」

「充分すぎるほどですとも、公爵閣下」と言って私は生唾をのみこんだ。彼は嘘をついているのかもしれないが、もし私達を殺すつもりなら嘘をつくまでもないと考えてみて、希望が湧いてきた。

「ワトスンの書いた物をお読みになったことがあるように、おほのめかしになりましたね」とホームズが言い、「明らかにあれは、いくらか誇張されていますし、現実離れもしています。しかし、私達の倫理に関する性格描写は、きわめて正確です。私達の約束は証文も同然です」

グレイストークは「ふうむ」と言って眉根を寄せた。彼は鞘に収めた大きな猟刀の柄をもてあそんでいて、私は月の眺めのように、ひんやりした寒さを味わっていた。それと、生きた気配のないことも同様だった。

ホームズは脅えるよりむしろ、考え込む様子だった。彼はゆっくりと口を開いた。「私達とて専門家ですぞ、公爵閣下。もし閣下を私達の顧客《おとくい》として迎え入れることになれば、この件について一言たりとも漏らすことはできません。警察とても私達に強制することができないのです」

「ああ」と陰気な笑みを浮かべたグレイストークは言い、「いつも忘れてしまうが、文明人というのは金に大変な価値を置くんだったな。なるほど。私が君達に報酬を払えば、君達の口はふさげるわけだ。永久に」

「あるいは、閣下が私達を聖なる機密の枷《かせ》から解き放ってくださるまで、ですな」

「どのくらいが適当な報酬の額だと思うかね」

「これまで私が最高額をいただいたのは、プライオリ学校の事件でした」とホームズは言い、「払ってくださったのは閣下の叔父上でしたが、一万二千ポンドでした」

彼は言葉を味わうように繰り返した。「一万二千ポンド」

彼は急いで付け足した。「もちろん、その金額は私の報酬です。ワトスンも私の協力者として同額の報酬を受けました（訳註＝「プライオリ学校」で受けた懸賞金は二人あわせて一万二千ポンド）」

「おいおい、ホームズ君」と私は小声で言った。

「二万四千ポンドとな」まだ眉根を寄せたまま、公爵が言った。

「それが一九〇一年のことです」とホームズは言い、「その頃から、インフレーションのために物価は天井知らずですし、所得税率はロケットのように昇りづめです」

「いい加減にしろよ、ホームズ君」と私は悲鳴を上げ、「なんだってこんな魚市場みたいな値段のかけひきをする必要があるんだい。当然……」

ホームズは冷淡にさえぎった。「財政に関するとり決めは僕に任せてもらえないかな。僕の方が先輩でもあり、こういう事には本当の専門家でもあるんだからね」

「公爵閣下の御機嫌でも損ねたら……」

「六万ポンドだったら充分かね」とグレイストークが言った。

「さてね」とためらいがちにホームズは言い、「これから数年の戦時状況で通貨価値がどれだけ安くなり続けるか、誰にもわかりませんし」

突然、公爵は両手で猟刀を握っていた。別段それで脅すような素振りは見せなかった。磨こうかと思っているといった風情で、ただ眺めるだけだった。

「公爵閣下は鷹揚でいらっしゃる」すかさずホームズが言った。

グレイストークは猟刀を鞘に戻した。

「たまたま小切手帳を身につけていないのだが」と彼は言い、「ナイロビに着くまで信用貸しにしておいてもらえるかね」

「もちろんですとも、公爵閣下」とホームズは小声で答え、「公爵御一族は、私の経験ではいつも気前がよろしくていらっしゃる。ところがオランダ王ときたら……」

「先刻おっしゃったズ＝ヴェンディの件ですが」と私は割ってはいった。ホームズがある意味でいまだに腹に据えかねる一件について、長々と喋り始めるとわかったからだ。

「どうでもいいじゃないか」とホームズは言ったが、私はそれを聞かぬふりで、「私の憶えているところでは、あるイギリス人が――偉大な狩猟家で探検家なのですが――本を書いて、その土地での冒険を述べています。その男は名をアラン・クォーターメンといいました」

グレイストークはうなずいて、こう言った。「彼の伝記はいくつか読んだよ」

「私は小説だと思っていましたがね」とホームズは言い、「なんだってまた三文小説について……」彼の声が小さくなっていったのは、グレイストークがズ＝ヴェンディは現存したと言ったことに思いが至ったからだった。

グレイストークはこう話した。「クォーターメンか、それとも代理人で編集者のH・R・ハガードかがズ＝ヴェンディの規模を大袈裟に書いたんだ。フランスほどの広さがあることになっているが、実際はリヒテンシュタインに等しいくらいの地域だよ。ただし、面積と位置を除いた大筋では、クォーターメンの書いたズ＝ヴェンディの話は本当だ。探検にはイギリス人が二人同行していてね。准男爵のサー・ヘンリ・カーティスと海軍大佐ジョン・グッドさ。それにかの偉大なるズル族の戦士ウンスロポガース、この男とは、できれば近付きになりたかったよ。このズル人とクォーターメンが死んでから、カーティスはクォーターメンが冒険について書いた手稿をハガードに送ったんだ。明らかにハガードは物語をもっともらしくするために、自分なりにいろいろ付け加えている。たとえば、彼の言に従えば、英国のいくつかの委員会が、ズ＝ヴェンディへ行くのに通りやすい径路を見つけるつもりで、調査をしていたことになっている。こんな話はない。ズ＝ヴェンディが発見されたことはないし、だからこそ大抵の人はこれをまったくの作り話だと思い込んだのだ。クォーターメンの一行に同道した原地人の一人が手稿を持って出た直後、この高地以外の谷間全体が洪水に見舞われたのだ」

「じゃあ、カーティスやグッドや二人のズ＝ヴェンディの妻達は、かわいそうにおぼれ死んだわけですか」と私。

「いや」とグレイストークは言い、「その連中は、安全な所に逃げのびた十数人の中にいたよ。恐らく、その時は谷から出られなかったか、ここにとどまることに決めたんだろう。何といっても、カーティスの奥さんニレプタは女王だし、数少ないとはいえ臣下を見捨てるには忍びなかったのさ。英国人ふたりも腰を据えて、人々にいろいろと――なかでも弓の使い方を――教えて、ここで死んだ。二人は丘陵部に埋められているよ」

「何て悲しい話なんだ」と私は言った。

「すべての人間が死ぬんだよ」とグレイストークが答えたが、それが世界のすべてを物語っているかのようだった。ひょっとすると、そうかもしれない。

グレイストークは寺に眼をやり、こう言った。「君達ふたりが、あまり科学的とも思えない超然ぶりで見詰めていた、あの女性だがね……」

「ええ」と私。

「名前は、これまたニレプタ。グッドとカーティス、双方の孫にあたるよ」

第10章　編者註

1　この真相暴露で、私がグレイストークの伝記に書いた推理や再構成の一部は、はっきり否定された。将来、再刊の際には書き改めるつもりである。グレイストーク卿みずから、ホームズの仮説を正しいと認めたのだから。「グレイストーク卿回顧録抄」(『母はすてきな獣だった』フィリップ・ホセ・ファーマー編、チルトン社刊、一九七四年十月）参照。

11

「大変なことだ」と私は言い、「英国女性が、あんな野蛮人の前で裸を見せて歩くなんて」

グレイストークは肩をすくめて、こう言った。「あれが連中の習慣さ」

「僕達の手であの女性を救い出して、父祖の故郷に連れ帰ってやらなくては」と私は叫んだ。

「静かにしろよ、ワトスン君。さもないと、僕達の血を狙う一群れを相手にすることになるぜ」とホームズは叱りつけ、「あの娘は、今の仲間で充分満足しているようじゃないか。それとも何かい」と彼は言いかけて私をじっと見据え、「またもや恋をしたっていうのかい」

彼の言い方では、この偉大なる情熱がまるで開けっぴろげの便所のようではないか。私は顔をあからめて言った。「確かに、ある感情があるのは認めるよ……」

「まあ、女性は君の受け持ちだ」と彼は言い、「でもねえ、ワトスン君、君の年齢《とし》でねえ」(「アメリカにはこんなことわざがあるぜ」と私は言い、「牡鹿年とりゃ角なお硬く」(編者註1)ってね。）

「静かにしたまえ、二人とも」と公爵が言い、「ズ＝ヴェンディが君達を捕えるままにしておいたのも、しばらくは安全だとわかっていたからだ。私は、白人の女が黒人の部族に捕えられているという噂を確かめるために、奥地へ行かなければならなかったんだ。私の妻が死んでしまったのは確かだが、いつでも望みはある。ドイツ兵どもが策を弄して、原住民の娘の黒焦げ死体とすり換えたのではないか、とはホームズ君の思いつきだ(編者註2)。私も以前、そう考えたことがあった。私が腰ミノしかつけていないからといって、私の知性までがお寒い状態なわけじゃないんだ。

「その白人娘は、見つけてみたら英国娘だったが、私の妻ではなかった……」

「何たることだ」と私は言い、「どこにいる。どこかに隠してきたのかね」

「彼女はまだ部族長《サルタン》のところにいるよ」と彼は苦々しく答え、「救い出そうとしていろいろ骨を折ったんだ。彼女の所にたどり着くのに部族民を一ダースかそこら殺さなくちゃならなかったし、出てくる時にももう一ダースだ。ところがこの女の言いぐさときたら、私は部族長《サルタン》のもとで充分満足してますから帰してくださいな、だ。勝手に帰れと言ってやったよ。私は、避けられるものなら暴力は好かない。あの女さえ前もって言っておいてくれれば……仕方ない、済んだことだ」

私は口を出さなかった。彼が切り込んで来てしまうまで彼女は気持を伝えられるはずがない、と指摘するのは無礼かと思ったのだ。それに出て来る時だって、反対の声をあげる機会があったかどうか、怪しいものだ。

「私がドイツ兵をこちらに駆りたてたのは、連中も君達のようにズ＝ヴェンディに捕えられるだろうと思ったからさ。明日の晩は、君達四人が寺の祭壇で生贄にされることになっているんだ。君達二人を助け出すために、私は一時間前に戻って来たんだよ」

「たいした節約じゃありませんか」とホームズが言った。

「ここにフォン・ボルクとライヒを置いて行くって事かい」と私は言い、「羊みたいに殺されるのをほうってかい。それに、あのニレプタって女性はどうする。何という生活だ。生まれてから死ぬまで、あんな家に閉じ込められて、伴侶も愛情も与えられず、みじめな捕虜を殺させられるなんて」

「そうだね」とホームズは言い、「ライヒは極くまともな男だから、捕虜として扱って然るべきだ。フォン・ボルクが死ぬとしても、僕は一向に気にしないが、ただ〈サ菌〉文書のありかを知っているのが奴だけなんだ。英国の、いや連合国の運命は、あの文書にかかっている。女性について言えば、まあしっかりした英国の血統を引いているし、こんなむさ苦しい所に残して行くのは惜しくもあるな」

「で、彼女をロンドンに連れて行って、薄ぎたない所に住まわせるかい」とグレイストークが言った。

「そんなことにならないように、私が気をつけますよ」と私が言い、「公爵閣下、あの女性を一緒に連れて行ってくださるなら、私の報酬を返上してもいいくらいです」

グレイストークは、おだやかな笑い声をあげ、こう言った。「金よりも愛を愛すという男を、むげに断るわけにもいかないな。それと報酬の方はとっておきなさい」

第11章　編者註

1　括弧は編者の付したもので、これもワトスンが削除しようとした部分である。

2　明らかにワトスンは、ホームズの発言を書き忘れたものだろう。最終稿なら、適当な場所に書き入れたであろう事は疑いをいれない。

12

　夜明けの少し前、グレイストークが私達の小屋にはいって来た。一緒に逃げ出さないとどういう事になるか、前もって話しておいたので、ドイツ人ふたりも待ちかまえていた。公爵は静かにするよう身振りで示したが、いらないことをすると私には思え、ついで私達は彼に従って外へ出た。番人ふたりは猿ぐつわをはめられて縛り上げられ、戸口の横にころがっていた。そのそばに立っていたのはニレプタで、これも猿ぐつわされ、両手を前で縛られた上、ロープで足枷をかけられていた。見事な肢体は外套でおおい隠されている。公爵は足枷を外し、私達を手招きすると、女の腕をとった。私達はそろそろと村を抜けて行った。第一の目標は岸辺で、そこで舟を二艘盗むつもりだった。崖上に竹の棹材の突き出ている絶壁の下まで漕いで行き、ロープをのぼる。それから追っ手のかからないようにロープを切る手筈だった。グレイストークは来る時に、棹材の番人を片付けてからロープを降りたのだった。彼がもう一度のぼって私達を引き上げるわけだ。

　私達の計画は花開くより先にしぼんだ。岸辺に近づきながら、私達は水上にゆらめく松明を目に留めた。私達が、とある小屋の蔭から見守っている間にも、漁師達は夜漁の水揚げを積んで漕ぎ帰って来た。私達がうずくまっていた所の、すぐ横の小屋で誰かが身動きし、逃げ出す間もなく、一人の婦人が欠伸と伸びをしながら出て来た。漁師の夫を待っていたものに違いない。何はともあれ、私達には大変な驚きだった。

　公爵は彼女めがけて素早く動きかけたが、遅すぎた。彼女は大声で悲鳴をあげ、すぐに声はやんだものの、村中を起こしてしまった。

　詳細にわたる必要はあるまい。村人が続々と出て来る間に、私達は村を抜け、絶壁の狭間の遠い抜け道めざして、えんえんと息を切らせながら斜面を駆け登ったのだ。グレイストークが、右に左に、そして前方にと殴りかかり、村人は男も女もサムソンに立ち向かうペリシテ人のように倒れて行った。私達もグレイストークが武器庫から盗み出した短刀で武装していたので、いくらか助けにはなった。しかし、村を抜け出て畑にさしかかる頃には、ホームズも私もひどく息を切らしていた。

「お前達ふたりで女をはさんで手助けしろ」と公爵がドイツ人達に命じた。私達が異議を申し立てるより早く――異議を申し立てたところで何になったかわからないが――私達は公爵の腋の下に片側一人ずつかかえ上げられ、そのまま運ばれた。これだけの荷を負いながら、グレイストークは後に従う三人より早く走った。私がボロ人形のように彼の腕からぶら下がっていたため、地面は私の鼻先ほんの一フィートばかりの所を揺れ過ぎて行った。一マイルほど走って公爵は立ち止まり、私達を自由にしてくれた。といっても、ただ手を離して落っことしたのである。膝と同時に私の顔も土にぶち当たった。かなり痛いとは思ったが、文句を言っては失礼にあたる。ところがホームズは、港湾労働者なら喜びそうな悪態の知識を披瀝した。グレイストークはこれを聞かぬふりで、私達にどんどん進むよう促した。ずっと後方に追っ手の松明が見え、わいわいという騒ぎが聞こえた。

　夜明けまでにはズ＝ヴェンディ人も追い迫って来た。疲れを知らぬ公爵を除いた全員が急速に疲れ始めていた。抜け道はほんの半マイル

1977.
楢喜八

先で、それさえ抜ければもう安全だ、と公爵は言う。ところが後方の野蛮人どもは私達めがけて矢を射かけ始めた。

「どうせ抜け道なんて通れやしないよ」と私はあえぐ息の合間にホームズに言い、「蜂を防ぐ用具も何もないんだぜ。矢で殺されなくても、蜂の毒で死ぬよ」

行手の、丘陵部がにわかにせばまって抜け道への入口を形造っているあたりに、とてつもない羽音が満ちていた。五万匹もの小さいながら猛毒を持つ虫が、濃密な雲となって渦を巻き、貴重な花蜜を蔵する花の海へと、乗り出す準備をしているのだ。

息をついて情勢をうかがおうと私達は足を止めた。

「進むこともかなわなければ、ひくこともできないぞ」と私は言い、「これからどうするね」

「まだ生きている」と公爵が叫んだ。これは称賛に価する座右の銘だとは思うけれども、私達には何の助けにもならない。それでも、グレイストークというのは応用のきく男だった。彼は近くの丘陵を指さした。そのふもとには、ズ゠ヴェンディ人が美しい壺や皿を作るのに使う白粘土があるのだ。

「あれで体を覆え」と彼は言い、「あれでもいくらかは体を護ってくれるはずだ」そこで彼みずから急いで自分の思い付きに従った。

私は迷っていた。公爵は腰ミノを脱ぎ去り、そばを流れる小川に跳びこんだ。それから両手でたっぷりと粘土をすくい取り、水と混ぜると、体中になすり付ける。ホームズは小川にはいるより先に着衣を脱ぎかけていた。ドイツ人達も同じように仕度にかかっていたが、美しいニレプタは、うちすてられたまま立ちつくしている。私は、紳士たる者がせざるを得ないことをした。彼女に近づいて外套を取ってやると、下には何も着ていない。私は、たどたどしいズ゠ヴェンディ語で、君のためならこの身すら犠牲にするつもりだ、と告げた。蜂の群れが、驚いて巨大な雲となり、こちらに向かって来たけれども、私は彼女の体にくまなく粘土をなすり付けてから、ようやく自分の体にとりかかった。

ニレプタが言った。「蜂を避けるなら、もっと簡単な方法を知ってるわ。急いで村に戻らせて」

「かわいそうに血迷った娘だ」と私は言い、「どうしたら自分のためになるかもわからないんだ。信じておくれ、君を無事に父祖の地イギリスへ送り届けてあげるから。そうしたら……」

結婚してあげよう、と言う間もなかった。ホームズとドイツ人達が大声を出したので眼を上げると、ちょうどグレイストークが失神して倒れるところだった。矢が頭に当たって、かすっただけだったが、そのために彼は意識を失い、大きく醜い傷痕が残った。

私は、まさしく進退きわまったと思った。後ろからは、野蛮人の群れが怒声をあげて迫り、私達めがけて矢や槍や手斧が宙を飛んで来るのだ。前方では、巨大蜂の群れが、むこうの丘陵もほとんど見えないほどの濃密な雲となっている。羽音は耳も聾さんばかりだった。この場を切り抜けて私達を救えるくらい強く、またジャングルに精通している唯一の男も、しばらくは動けない。いや、すぐにも蜂が襲って来るとしたら――実際そうなりそうなのだが――彼は永久にこのままの状態となるだろう。私達全員が同じ運命なのだ。

ホームズが私を怒鳴りつけた。「その女をたらしこんでる時じゃないぞ、ワトスン君。来てくれ、急ぐんだ、手伝ってくれ」

「やきもちを焼いてる場合じゃないぜ、ホームズ君」と私はつぶやいたが、それでも彼の言葉に従った。

「そうとも、ワトスン君」とホームズは言い、「僕は粘土を塗り重ねるから、君はあの小川の岸にある素敵な黒い泥を持ってきて、こすり付けるんだ。縞になるように、こんな風に白と黒を交互にね」

「気でも狂ったのかい、ホームズ君」と私。

「話している暇はない」とホームズは言い、「じきに蜂が来るぞ。おい、あれは猛毒だ、猛毒だよ、ワトスン君。急げ、泥だ」

たちまちのうちに、シマウマのようになったホームズが現出した。彼は衣類の山の所に駆けて行って、上着のポケットから、これまで長年、忠実な伴侶となってきた大型の虫眼鏡を取り出した。それから、私が心底絶望の悲鳴をあげるような事をやってのけた。その猛毒を含んで、ぶんぶん唸っている雲めがけて、まっすぐ走って行ったのだ。

この無益で馬鹿げた行為から引き戻そうと、私は彼を追って走りながら大声で呼びかけた。まっすぐに進んで来る虫の群れを避けさせるには、すでに遅すぎた。私にもそんな事はわかっていた。と同時に、私も彼と一緒に無残な死を遂げるのだということもわかっていた。無残でも彼と一緒なのだ。これほど長年、同志であったために、私は一瞬たりとも彼を見捨てることなど考えなかった。

私の声を聞いたホームズは、振り返って、こう叫んだ。「戻れ、ワトスン君。戻るんだ。みんなを片側に寄せろ。グレイストークを引きずって、虫の通り道からどけろ。自分のしてる事ぐらいわかってるんだ。逃げろ、命令だぞ、ワトスン君」

多年一緒に働いてきた中から身についた条件反射で、私は向きを変え、みんなの方に戻った。今となっては彼の命令にそむけないくらい長い間、私は彼に従ってきたのだ。それでも、彼の気が触れたか、あるいはたとえ彼に腹案があるとしても失敗するだろう、と確信して涙を流していた。ライヒに手伝わせて、意識がなく出血のひどいグレイストークを半ば小川に引きこみ、フォン・ボルクとニレプタには、小川の中で横になるよう命じた。粘土を塗っただけでは、とうてい充分な防護はできないと思えたのだ。小川に体を沈めていれば、蜂は私達の上を飛び過ぎるであろう。小川の深さといっても数インチしかなかったが、うまくすれば、私達の体の上を水が流れるために、虫は寄りつこうとしないかもしれない。

小川の中で横になり、グレイストークが溺れないように頭を支えてやりながら、私はホームズを見守った。

彼は本当に正気を失っていた。ぐるぐるぐるぐると踊り回り、時折立ち止まってはかがみこんで、ひどくはしたなく腰を振るのだ。そうして虫眼鏡をさし上げ、太陽光線がそれを通してズ゠ヴェンディ人に当たるようにする。一方、そのズ゠ヴェンディ人の方は、足を止めたまま、あきれ顔でホームズを眺めている。

「一体、何をやってるんだい」と私が呼びかけた。

彼は怒ったように首を振って、私に静かにしていろと伝えてきた。その時、彼自身が大きくぶんぶんいう音を出していることに気がついた。蜂の群れの騒がしい羽音に、ほとんどかき消されそうだが、私は微かに聞き取れるくらいの距離にいたのだ。

何度も何度もホームズは、きりきり舞いし、踊り、立ち止まっては腰を振ってズ＝ヴェンディの野蛮人の方向を示し、虫眼鏡に一定の角度で陽光を通す。彼の動きに惑わされたのは人間ばかりでなく、蜂もだった。群れは前進をやめて空中に浮き、一見、ホームズを狙うかのようだった。

ホームズが例の猥褻な踊りを七回踊り終えた時、突然群れが前へ進んだ。私は悲鳴をあげた。彼があの黒白縞の怪物に包みこまれる図を想像したのだ。ところが、群れは二組に別れ、その中間にホームズが島のように残された。次には、群れが残らず飛び去り、ズ＝ヴェンディ人は体を蜂に包まれ、形のはっきりしない黒い人影となって、悲鳴をあげながら逃げだし始めた。逃げる途中で倒れた者は、ごろごろと体を転げながら悲鳴をあげ、手で虫を払い、やがてじっと身動きしなくなる。

私はホームズに駆け寄って叫んだ。「どうやったんだね」

「僕が、驚くべき発見をしたと言った時、君は大いに疑わしそうな顔をしたけど、憶えているかい。この発見で、僕の名前も大物達と肩を並べて、科学の殿堂にまつられるというのにね」

「と言うと、まさか……」

彼はうなずいた。「そう、蜂にも言葉がある。たとえアフリカの蜂でもね。実際は、本当の意味での言語というより、一連の合図なんだ。新しい蜜のありかを見つけた蜂は、巣に帰って踊りを踊り、どちらの方角でどのぐらいの距離に蜜があるかを、はっきり示す。それに、敵が群れに接近した時も連絡するとわかったんだ。僕が踊ったのがその踊りで、そうしたら群れは、敵と指し示されたズ＝ヴェンディ人に襲いかかったね。踊りの動きは複雑で、しかもある種の偏光が、伝達の中で欠かせない役割を果たしているんだ。こちらの方は、僕の虫眼鏡で代用してみたけどね。けれど、さあワトスン君、服を着て、群れが戻って来る前に出発しよう。同じ手は二度と使えないと思うんだ。二本足の獲物にはなりたくないしね」

私達は公爵を立ち上がらせ、半ばかつぐようにして抜け道へ連れて行った。彼は意識こそ取り戻したものの、完全な野性状態に逆戻りしたようだった。私達に襲いかかることはないが、疑わしげに眺めていて、近づきすぎると脅しの唸り声をあげるのだ。この恐るべき変化は私達には何とも説明がつかない。恐るべきなのは、彼そのものの危険性よりもむしろ、彼が防いでくれることになっていた危険の方だった。私達は彼が帰り道を案内してくれるとともに、食糧を与えてくれ、護ってくれるものと頼りにしていた。それがかなわないとなると、並ぶ者なきホームズでさえ途方にくれてしまう。

幸い公爵は翌日回復し、みずから説明してくれた。

「どうしたわけか、私は頭に衝撃を受けやすいようだ」と彼は言い、「頭骸骨はぶ厚くできているんだが、時にはそれでも耐えきれないような衝撃を受けてしまう。時々、そうだな三回に一回ぐらいかな、完全な健忘症におちいるんだ。そうなると私は、白人に出会う以前の状態に逆戻りしてしまう。再び、文明を知らない猿人というわけで、二十歳以前に起こったことの記憶が全くなくなってしまうんだ。こういう状態は、君達が見たように一日だけのこともあるし、何カ月も続くこともある」

「思い切って言わせていただけば」とホームズが口を開き、「文明人との接触をすぐ忘れる傾向は、無意識のうちに文明人を避けようという欲求があることを示しています。あなたはジャングルにいて何の義務にも縛られない時が一番幸福なのです。ですから、あなたの無意識は、頭に衝撃を受けたというような機会をすかさずとらえて、幸福な原始時代に戻ろうとするのです」

「君の言う通りかもしれない」と公爵は言い、「妻が死んでしまった今となっては、文明が存在するということすら忘れてしまいたいよ。ただ、まずは故国がこの戦争を切り抜けるのを見届けなくては」

私達がナイロビに着くまでに一月とかからなかった。グレイストークはすばらしくよく私達の面倒をみてくれたが、早くドイツ軍相手の活動に戻りたくてうずうずしていたのだ。旅の途中、ニレプタに英語を教え、よりよく知り合う時間はたっぷりあった。ヴィクトリア湖の兵站駅にたどり着く前に、私は結婚を申し込み、受けてもらえた。その夜のことは決して忘れない。月が明るく、近くではハイエナが笑っていた。

兵站駅に着く前日、グレイストークが地勢を確かめるために木に登った。足場の大枝が折れると、彼は頭から地面に落ちてしまった。意識を取り戻した時は、またもや猿人になっていた。私達が近づけば、必ず歯を剝き出して脅すように唸るのだ。そしてその夜、姿を消した。

ホームズはこの事でしょげかえっていた。「もしあの健忘症がなおらなかったら、どうするね、ワトスン君。そうなれば、僕達の報酬はだまし取られたことになるんだぜ」

「ねえホームズ君」と私はいささか冷たく話した。「第一に僕達はあの報酬を稼いじゃいないんだぜ。本当は、黙っていることと引き換えに、公爵に買収されるままになっていたんだからね」

「君にはどうしても経済と倫理との微妙なかねあいがわからないんだねえ」とホームズが答えた。

「フォン・ボルクが逃げて行くぞ」と私は言った。話題を変えられるのが嬉しかった。私は、ライオンにでも追いかけられているように草原を疾走する男を指さした。

「ひとりでドイツ領東アフリカまで行きつけると思ってるなら、あいつは気違いだよ」とホームズは言い、「でも追いかけなくてはな。〈サ菌〉の方程式を持ってるんだから」

「どこにさ」と私は同じ事をもう百回も尋ねた。「十回以上もあいつの着ているものをはいで、服も体もしらみつぶしに調べたんだぜ。口の中も、あそこの穴……」

その時、フォン・ボルクが首を右にねじ曲げ、丈の高いシロアリ塚の蔭から現われたサイを見た。次の瞬間、頭の左側と全身とでアカシアの木に体当たりしてしまった。あまりに勢いがもの凄かったために、数フィートもはね返ったほどだ。そのまま起き上がらなかったが、かえってそれで良かった。サイが彼の姿を捜していて、フォン・ボルクは、身動きしたりすれば見つかってしまうところだったのだ。サイはあちこちと跳ねまわって鼻をひくつかせていたが、視力が弱いために結局歩み去った。ホームズと私は、フォン・ボルクが意識を取り戻してまた逃げ出さないうちに、と駆けて行った。

「化学式がどこにあるか、今度こそわかってるつもりだよ」とホームズが言った。

「でも、どうしてわかったんだい」と私は言ったが、初めて彼に会って以来、これを尋ねるのは、もう一千回にもなるだろうか。

「今から二分以内に化学式を取り出して見せられるかどうか、僕の礼金と君のとで賭けをしてもいいよ」と彼は言ったが、私は返事をしなかった。

仰向けに、口と眼をあけたまま倒れている、このドイツ人の傍らに、ホームズは膝をついた。倒れてはいても脈は強く打っていた。

ホームズがフォン・ボルクの左眼の下に、両手の拇指を当てると、私があっけにとられて見つめている間に、眼球がとび出した。「ガラス製だよ。ワトスン君」とホームズは言い、「しばらく前から疑ってはいたんだが、こいつが英国の牢獄にはいるまでは、僕の気付いた事を確かめる口実がないからね。僕がこいつの視力は右眼だけしかないと確信したのは、こいつがあの木にぶつかった時なんだ。首をねじ曲げていたって、左眼に機能が残っているなら、木に気が付いたはずだろう」

彼は虫眼鏡で調べながら、ガラスの眼をつまんで回していた。「あはあ」と彼は感嘆の声をあげ、それから私に眼球と虫眼鏡を手渡して言った。「自分で見てごらん、ワトスン君」

「おや」と私は言い、「私が眼の損傷から来る大量の出血だと思ったのは、化学式が細かい字で何行もガラスの表面に——もしこれが本当にガラスで、何か特別に書き込みのできる物質でなければ、だけれど——表面に書きこまれた物だったんだね」

「よくできたね、ワトスン君」とホームズは言い、「おそらくフォン・ボルクは、例の僕達が噂を聞いた自動車事故で、眼に損傷を受けただけじゃなかったんだ。片眼をなくしたのさ。ところが小ずるいこいつは代わりに義眼を入れたんだが、その用途というのが……つまり……目に見えた以上のものだった。

「〈サ菌〉の化学式を盗み出してから、こいつは義眼の表面に化学記号を書きこんだ。これなら、拡大鏡を使わない限り、遊びすぎか怪我のせいに見えるものね。僕達があれほど一所懸命、徹底的に調べていた時、こいつは嘲笑っていたに違いないよ。けれど、もう笑わせやしない」

彼は私から眼球を受け取ってポケットに入れ、「さて、ワトスン君、こいつがどんな夢を楽しんでいるのか知らないけれども、ともかく目を覚まさせて、しかるべき筋に引き渡そう。今度こそ、こいつに間諜の罪を償わせてやる」

二カ月後　私達はイギリスに戻っていた。私達は、Uボートの危険があるにもかかわらず、海路で帰った。それというのも、ホームズが、今後いかなる型式でも航空機には一切乗らない、と誓いをたてたからだった。航海の間中、ホームズは不機嫌だった。グレイストークが、たとえ記憶を取り戻しても、約束の小切手を送って寄越さないだろうと信じていたのだ。

彼はガラスの眼をマイクロフトに引き渡し、マイクロフトは上層部に送った。これについて耳にしたのは、それで最後となった。〈サ菌〉が一度も使われなかったところを見ると、陸軍省で、武器にしてもあまりに恐ろしいと判断したものと思われる。この処置が私には嬉しい。細菌戦争など、どう考えても英国的とは思えないからである。ただ、よく考えるのだが、仮にフォン・ボルクの任務が成功していたら、どうなっていただろう。ドイツ皇帝《カイゼル》は〈サ菌〉をイギリスの従兄弟相手に使う武器として認めただろうか。

その後、三年間も戦争を続けなくてはならなかった。私は妻と私とが住む貸間を見つけ、ひどい状況と空襲と、食糧や物資の欠乏と、それに前線からのがっかりするような報告とにもかかわらず、二人はなんとか幸わせだった。一九一七年にニレプタは、これまでの私の妻の誰にもできなかった事をやってのけた。私に息子を授からせてくれたのだ。同僚から、この年齢《とし》で父親になるというので、ずいぶんからかわれたが、それでも嬉しくて有頂天になってしまった。ホームズには赤ん坊のことを知らせなかった。彼の皮肉な批評が恐ろしかったのだ。

一九一九年十一月十一日——例のニュースで連合側の全世界が短い間ながらお祝い騒ぎをしてから一年後だが——私は電報を受け取った。

「ヨキ便リヲイワイ酒ト葉巻モツテユク」ホームズ

私は当然、休戦の一周年記念のことだと思った。私は実に驚いてしまったのだが、彼が現れた時、持ってきたのはスコッチの壜とハヴァナ葉巻一箱だけでなく、息子のためには新しい衣類や玩具、ニレプタにはチョコレートを一箱、持参していたのだ。当時の事情ではチョコレートなど貴重品で、これを手に入れるためにはホームズもずいぶん時間と金をかけたに違いない。

「おいおい、きみきみ」私が感謝の意を伝えようとするとホームズが言い、「君が得意満面のおやじさんになったっていうのは、しばらく前から知っていたんだよ。僕も顔を出して、年老いてなお盛んな御主人と美しいワトスン夫人に、敬意を表そうとは常々考えていたんだ。わざわざ子供を起こしてまで僕に見せなくてもいいよ、ワトスン君。赤ん坊なんて似たようなものだし、君が可愛いというんだから、君の言葉を信じるよ」

「ずいぶん浮かれてるね」と私は言い、「そんなに浮かれてる君なんて見たことがないなあ」

「ちゃんとわけがあるのさ、ワトスン君、わけがあるんだよ」

彼はポケットに手を突っ込んで小切手を取り出した。

それを見て私はめまいを起こしそうになった。私あてに三万ポンドの金額が書いてあったのだ。

「グレイストークについては、あきらめていたんだ」と彼は言い、「噂だとアフリカの最奥地のどこかへ行って行方不明で、死んだかもしれないって事だったからね。ところが、あの人は結局、奥方が生きていると知って、跡を追ってベルギー領コンゴのジャングルに踏みこんだのさ。奥方は見つけたけれど、なんだか変てこな部族に捕えられてしまった。そのうちに養子の、ほら、僕達をマルセイユまで飛行機で送るはずだったドラマンド大尉ね、あの人が父親を追って行って、両親とも救い出したというわけだ。と、そこでねえ君、公爵どのが真っ先になさった事の一つが、小切手を送る事だったのさ。当然、両方とも僕気付でね」

「実にありがたい金だよ」と私は言い、「お蔭で、八十になるまで働き続ける代わりに隠居できるよ」私は二人のために飲み物をつくり、お互いの幸運に乾杯した。

ホームズは良質のハヴァナ葉巻をふかし、ワトスン夫人が忙しげに立ち働くのを眺めながら、ゆったりと椅子にかけた。

「家内は僕が女中を雇おうとしても許してくれないんだ」と私は言い、

「どうしても家事一切、料理までも自分でやるって言うんだね。赤ん坊と僕の他には、誰にも触りたくないし、触られたくないんだ。時々思うんだけど……」

「じゃあ彼女は、君と赤ちゃん以外何もかも締め出してるわけだ」と彼が言った。

「そうも言えるね」と私は答え、「でも家内は幸わせだし、それこそ大事なことなのさ」

ホームズが小さな手帳を取り出し、それに書き込みを始めた。眼を上げてニレプタを見、しばらく見詰めていて、何かを書き留める。「何をしてるんだい、ホームズ君」と私が訊いた。

彼の返事で、気持が高揚している時なら彼も茶目っ気を示すことがある、とわかった。

「女王の分封に関する二、三の観察をしてるのさ」

（了）

『シャーロック・ホームズ　アフリカの大冒険』（フィリップ・ホセ・ファーマー）解説２

フィリップ・ホセ・ファーマーのターザンへの傾倒は、つとに知られる通りで、ターザンのパロディ小説である“Lord of the Trees”などという作品を書いているほどです。また“Lord Tyger”もターザン物の雰囲気を持っています。

さて、そのファーマーが一九七二年に“Tarzan Alive——A Definitive Biography of Lord Grey-Stoke”つまりグレイストーク卿の伝記決定版、を上梓したのです。この本の中で、ファーマーは、丸四年間を費して英国貴族名鑑や系図や数々の著作物を調べ上げた結果、グレイストーク卿（つまりターザン）が実在する確証を得て本人にも会った、と言い切っています。ターザンとの会見では写真を撮ることが許されなかったけれども、八十歳の高齢にもかかわらず見たところ三十五歳ぐらいに思えたとも書いています。

ただし決定版とは言っても、グレイストーク卿の本名（何と言っても、この名前はバロウズの創作です）は明かさず、また卿の周辺の詳細もぼかしています。卿の正体が明かされれば、プライヴァシーに重大な干渉が行なわれるであろうから、というのがその理由です。要するに、卿の正体を明かさずに書くという条件付きで許可された伝記なのです。

内容の大部分は、題にたがわず一八八八年（ターザンの生まれた年）から一九四六年までのターザンの事跡で占められています。その付録の一つに、英文学研究家であり批評家でもあるW・H・スター教授が一九六〇年の〈ベイカー・ストリート・ジャーナル〉に発表した論文が再録され、この中で教授は、ホームズ物語にいろいろな形で登場する貴族の中にターザンの関係者がいると結論するのです。これに続く付録でファーマーは、教授の結論の一部を否定しつつも大筋ではこの発見の意義を高く評価します。そして、独自の書籍研究と貴族家系図の比較対照から、驚くべき発見を明らかにするのです。ホームズとターザンとは親戚であり、この二人に関連のある有名人は、ざっと挙げても以下のようになるのです。Ｃ・オーギュスト・デュパン。チャレンジャー教授。ドク・サヴェジ。デニス・ネイランド・スミス（フー・マンチューの宿敵です）。ニーロ・ウルフ（この名探偵はホームズの息子だったのです!!）。ピータ・ウイムジ卿、などなど。ああ、それに、この人達の先祖に〈紅はこべ〉を忘れることはできません。

そして、この系図の中に、パルプ・ヒーロー愛好家には見逃せない名が出て来るのです。リチャード・ウェントワース、すなわち〈ザ・スパイダー〉です。

リチャード・ウェントワースはニュー・ヨークに住む大富豪ですが、実は暗黒街の住人を恐れさせる謎の死刑執行人〈ザ・スパイダー〉でもあるのです。一旦ことがあれば、黒いマスクに正体を隠し、四五口径自動拳銃を両手に情容赦なく悪人を殺し、その死体の額には、ライターに仕込まれたスタンプで紅の蜘蛛の印を残すのです。そして、この無差別殺人にも似た行為（実は警察の手に負えない巧妙な犯罪者を罰しているのです）のため、自分自身もお尋ね者として警察に追われています。

ファーマーは、リチャード・ウェントワースこそ第一次世界大戦中のＧ―８であり、また分裂人格として〈ザ・シャドウ〉でもあった、と推理しています。

Ｇ―８は"G-8 and his BATTLE ACES"というパルプ雑誌のヒーローで、ブルとニッピの二人を僚友としてスパッド複葉機を駆り、撃墜王として、そしてまた変装を得意とするスパイとして、ドイツ軍相手に戦うのです。Ｇ―８という暗号名のほかに名前は伝わっていません。

〈ザ・シャドウ〉はパルプ雑誌のヒーローの中で最も有名で、ラジオ・ドラマのシリーズの主人公（その不気味な声は若き日のオースン・ウェルズが演じ、いくつかのエピソードは今でもＬＰレコードに収録されていて入手可能です）でもありました。顔を覆うほど縁の垂れた帽子に夜会用外套といういでたちで、神出鬼没、影のように現れては四五口径の二梃拳銃で悪漢に制裁を加え、影のように消えるのです。得意の不気味な高笑いを聞いただけで、身に覚えのある者はちぢみ上がってしまいます。

普段は不在がちの百万長者ラモント・クランストンの正体を借りていますが、決してクランストンではなく、死んだと思われていた名飛行家のケント・アラードが正体らしいのですが、これも怪しいとされています。確かなのは、かつてロシア皇帝から宝石の指輪を贈られたということです。

ファーマーは、この三人が奇妙に似かよっていることから、第一次大戦のＧ―８が極度の緊張から来る神経障害で人格の分裂をきたし、自分でも気付かないまま、一九三〇年代のニュー・ヨークで二重生活を送っていた、と結論するわけです。この推論の是非については本篇をお読みください。

本篇にかかる前に、ホームズ物語の中の「プライオリ学校」「白面の兵士」「犯人は二人」「黒ピータ」などを読んで、記憶を新たにしておくと、一層楽しめると思います。

その他に、一連のターザン物、中でも「類猿人ターザン」やハガードのアラン・クォータ―メン物、それにジョン・ディクスン・カー（カーター・ディクスン）の諸著作も読んでいるにこしたことはありません。

なお、本篇中の人名や事件名は故延原謙氏の新潮文庫版訳に準じました。　（訳者）

SF・オン・ザ・ロック

（モダン・ファンタシー・ロック「奇想天外」1974年8月号より）

岡田英明（鏡明）

この数週間、肉体的、精神的にかなりヘバリ気味で、こういうときには、ピーター・S・ビーグルの「Fine and Private place」やら、スペンサー・ホルストあたりの短編集みたいなモダン・ファンタシーが読めるといいなと思う。子供向きのファンタシーは、それなりに良いのだけれど、いかにも大人が子供のために書いてあげたのですよ、というような気分がただよって、ちょっと気疲れがする。だから、夜間飛行や、人間の土地なんて身震いしたいほど好きでも、星の王子様というのにはなじめない。

たとえば、赤毛のアンの全作品は、二度、三度と読んでいるのに、若草物語はどうしても最初の数十頁で駄目。そんなものだと思う。

こんなとき、ディケンズなんて実に良い人だったこともあったけれど、あの長さについていくためには、体力的なコンディションが良くなきゃ苦しいわけ。とにかく、少なくともセリーヌやらヘンリー・ミラーとか、あるいはロブ・グリエやら、ソレルスなんてのを読む気はまったくない。

本格ミステリーはかったるいし、チャンドラーが新作を書けなくなって、ずいぶんになるから、ハードボイルドなどというのにも魅力をあまり感じない。小説も評論も全部面白くて、もう喜んでしまうコリン・ウィルソンの奴は全部読んじまったしね、普段なら新しい人に向かって、がんばるのだけれど、なげかわしいや。

そこで結局、モダン・ファンタシーに思いは戻ってくる。実をいうと、モダン・ファンタシーの傑作を、この四、五年来探し続けているのだけれど、ああ凄いなあと思うのはほんの数作で、五本の指で間に合ってしまう。スペンサー・ホルストなんて、掘り出しものだったなあ。

こんなときに聴く音楽てのは、意外にピンク・フロイドなんてのが、白々しくていい。もうニール・ヤングみたいのは、きつくて、きつくて、ちょっとね。

幻想的なものに関わる思考を、表現するには、どのような手法が向いているのか、ちょ

指輪物語にインスピレーションを得たと称するレコード

っとわからないけれど、レコード盤なんて、実は最適なのかもしれない。眼を閉じて、全身の力を抜いてね。そうやって聴くわけ。

一九六七、八年頃、H・P・ラブクラフツという名の五人組のバンドが、ウェスト・コースト辺にいて、ラブクラフトの作品にちなんだ曲を何曲かやっていた。「At the Mountains of Madness」とか「Keeper of the Keys」とかね、LPは二枚、僕はⅡのほうしか持ってなくて、Iを必死に探したけれど、ついに手に入らなかった。レーベルはフィリップス。フォークロック調だけれど、妙に寒々としたボーカルがとても好きだった。そのジョージ・エドワーズという人は、どうしているんだろう。

たぶんその頃のキャヴァリアだと思うけれど、ザ・ホビッツというバンドの「Down to the Middle Earth」てレコードの広告が出てて、欲しかったんだ。その頃のキャバリアは妙にアンダーグランド志向で、やっぱり好きな雑誌の一つ。あとエヴァグリーンが良くてね、妙にブラック・パワーづいていなかった頃だから。

で、このザ・ホビッツというのが、トールキンの影響を受けた最初の世代の人々なんじゃないかと思ったわけ。その広告を探すのが面倒で、レーベルも何もわかんない。誰か持ってないかしらん。

トールキンの指輪物語てのは、アメリカでかなり強力に売れているわけなのに、どうしたことかイギリスで、スウェーデンの人が「Music Inspired by Lord of Rings」なんてのを出してしまった。日本では我らが岡林教祖のホビットみたいな曲もあるけれどね。マンティコアから出てるハンスンてバンドとはちがうよ。スペルがちがうし、なんたって、マンティコアの人は黒人だからね。

一九七二年の作品だけど、何度か去年のビルボードかキャッシュボックスで一九〇位あたりに二週間ほど出てた。このレコード、一昨年に大阪で発見して笑った。

妙に東洋的な音楽なのです。なんとなくドラが入ったり、中国というよりチャイナといった感じのメロディが出てくるわけ。何か間違ってる。少なくともぼくは、欧州的なイメージを持って読んでいたからね。ボ・ハンスンてのはすでに三枚のLPを出してるオルガニストだそうで、ジミ・ヘンドリックスとジャムセッションしてたり、コンサート・ツアーやったりしたことがあるんだってさ。それでもロックというより、ジャズ風（あくまでも風なのです）。インストルメンタルばかり。ただ「Flight to the Ford」あたりが、すごくサンタナ風になって、ボ・ハンスンはギターも弾くのだけれど、それがかなり良い。

そういえば、サンタナの三枚組、ライヴが出ましたね。一分間の黙祷しますっていうと本当に静かになってしまったりして、笑う。あの頃、サンタナに興味がなくなって、行かなかったのだけど、このライヴ聴くと、二枚

「魔術師の小屋」ボ・ハンスン

KISSの1stアルバムの盤面（遊井かなめ）

気持悪いですねキスの１枚目

目、三枚目頃のサンタナのギターが聴けて、しまったなあ行けばよかったと思うのです。キャラバン・サライ以後の好きな人には関係ないが、昔が好きで、最近きらいになった人は買ったほうがいいみたい。六千三百円というのは、かなり強烈。目がさめる。それなのに団精二みたいに横尾さんのジャケットが欲しくて買った奴もいるんだからね。

　で、ボ・ハンスンは去年、「Magician's hat」ってアルバムを出した。このジャケットがいい。音のほうは前作と良い勝負の出来。妙な東洋国神秘ムードは依然として残っているけど、そんなに気にならない。「divided reality」ってのがA面二曲目に入っているけど、中南米風みたいで、きっと「ドン・ファンの教え」を読んだんだろうな。何ていえばいいのか、オカルト的という語感から得られる影のようなイメージが少なくて、もっと生ぬるい、軽い感じが強い。

　ぼくがモダン・ファンタシーに望むのは、すきとおった暖かさ、とても個人的でわかりにくいだろうけれどそんなイメージが欲しい。ボ・ハンスンは違う人。レーベルはカリスマ。

　カリスマからは、あのあっと驚くステージコスチュームのジェネシスも出てる。そのあっと驚く人には、キスってニューヨークのバンドもいるのです。うわさではブルー・オイスター・カルトと共演したらしいのだけど、そのコスチュームが泣ける。アメリカのコミックブックそのもので、ベースのジーン・シモンズにいたってはコウモリの翼を背中に付けていたというわけ。彼らの一枚目のアルバムはバンド名と同じく「キス」。レーベルはカサブランカで、何というか、マークを見せてやりたいね。白く抜かれた中近東風の建造物の右前にトレンチコートを着てソフトをかぶった男がくわえ煙草で立っている。頭上にはキャバレーのネオン風にカサブランカと書いているわけ。

　彼らのオリジナルに「ファイアハウス」というのがあって、これをステージでやるときは、ドライアイスの白煙がモコモコ出てきまして、さっきのシモンズという人が火食い芸人の真似をする。つまり口から火を吐いて見せるわけ。本当かなあ。で、かなり聴きたくて、買ってきたのだけれど、音はヘヴィ、ボーカルもまあまあ。しかし、ギターの音、どっかで聴いたことがあるような気がして、ジャケットの裏を読んでいたら、ガーン、数号前で出したダストのリッチー・ワイズがプロデュースしていたのです。コミック・ブック風コスチュームの謎も解けるってもの。コケオドシ的ムードに統一されているというのも、考えようによっては、ワイズの趣味なんだろう。ダストは活動をやめてしまったみたいで、あとの二人の人は何してるんだろう。

人間てのはこの「何してるんだろう」というのが好きなようで、たとえばエースから「Whatever became of……?」てシリーズがペーパーバックで三冊も出てる。昔有名だった人々が今どうしているかを追求しているわけだけれど、きれいだった女優や、逞しいプロボクサーなんて、当時と現在の写真を見比べると、悲惨って感じで、いや。エースは意外にノスタルジアブームを先取りしてて、往年のラジオ番組のペーパーバックやら、かなり出してる。

でまあ、こんなコラムやってるとこわいことがあって、この間なんか「アメリカのCBSソニーから、ラブクラフトのクトゥルフ神話の神様の名をそのままバンド名にしたグループのレコードが出てて、ライナーノーツを友人から電話があった。あせった。必死にレコード屋を探しかけたが、ふと気付いた。アメリカにCBSソニーなどという会社はない筈。しばらくして、黒魔団というこわいハラーファン・グループの流したガセネタとわかったけれど、悪い奴らだなあ。びっくりするじゃないか。

ぼくの取り上げてるのはみんな真物なのです。で、次なるのは、フランスのマグマというバンドね。これが謎。彼らの使っている言葉はコバイアという惑星のコバイア語なのです。何かお経風で、ぼくにはちょっぴりドイツ語みたいに聞こえたりして、不思議。これまで自分たちだけの言葉を作って歌った人たちはいない。メンバーの一人が「アーカム」などというバンドを作っていたこともあったりしてね。かなりSF的なストーリーが背後にある。地球人対コバイア人の精神的な争い。もちろんコバイア人のほうが神に近くて、破滅する地球をいかに救うか、そのための争い。

言葉というのは、当然一つの社会の文化を反映している。SFにとって、最大の問題の一つに、人間が異星人の心理や慣習を考えられるか、つまり人間が人間でないものを想像できるか、みたいなことがある。昔は宇宙人でも何でも、みんな地球人的思考の持主で済んでいたけど、そいつはおかしいので、この頃は宇宙人はぼくたちに理解できない、といった類のSFが出てくるようになった。

マグマの創ったコバイア人もコバイア語も結局は人間でしかないし、その言葉でしかない。いい変えれば、コバイアという名の別のユートピアを考案しただけで、本質的にレノンとヨーコのユートピアと変らない。ぼくはユートピア志向ファンなので、実に結構なのだけれど、新しい言葉を創り出すまでの根性はない。その必要もない。ただでさえ、コミュニケーションの苦しい時なのに。もちろんスキャット風に、音として聴くには、毛色が変わっていいだろうけどね。でも一聴の価値はある。日本でもキングから出てるのかな。

あらら、タイタスグローンってバンドと、ケニー・ヤングの「Last Stage for Silver-world」の話をするスペースがなくなった。ケニー・ヤングのほうは、一九九七年頃のお話をトータルコンセプトにして出来上がってる。このアルバムのストーリーと曲は、ノスタルジア的部分もあって、その内、紹介できるんじゃないかな。

それからねえ、野田さん、先月号のあれは弱いんだよ。まいるなあ。今、借りてる一九三四年のウィアード・テールズとプラネット・ストーリーズ、ぐしゃぐしゃしてもみパルプにして御飯にかけて食べちゃうゾ。

「ＳＦ・オン・ザ・ロック」（岡田英明）解説

岡田英明はのちのＳＦ作家（電通重役勤務、現在退社）鏡明さんのペンネーム。鏡明が本名で地味な岡田名義がペンネームというのが可笑しい。その岡田名義の「ＳＦ・オン・ザ・ロック」は、破天荒にして明快な語り口で最新のロック・ミュージックを紹介する連載時評だった。中でも白眉は、ここに復刻した1974年８月号の回。「コスチュームが泣ける」ニューヨークのバンドとしてKISSを紹介している。表記が「キッス」ではなく「キス」となっているところに注目。つまりKISSというロック・バンドが日本で認知されていなかった頃の紹介（ひょっとして日本初？）だったというわけである。他にも、デビュー直後のQUEEN（作家でなくバンドのほうね）を取り上げていたり……『奇想天外』は先鋭的な音楽誌の役割も果たしていたことがわかる時評である。

（山口雅也）

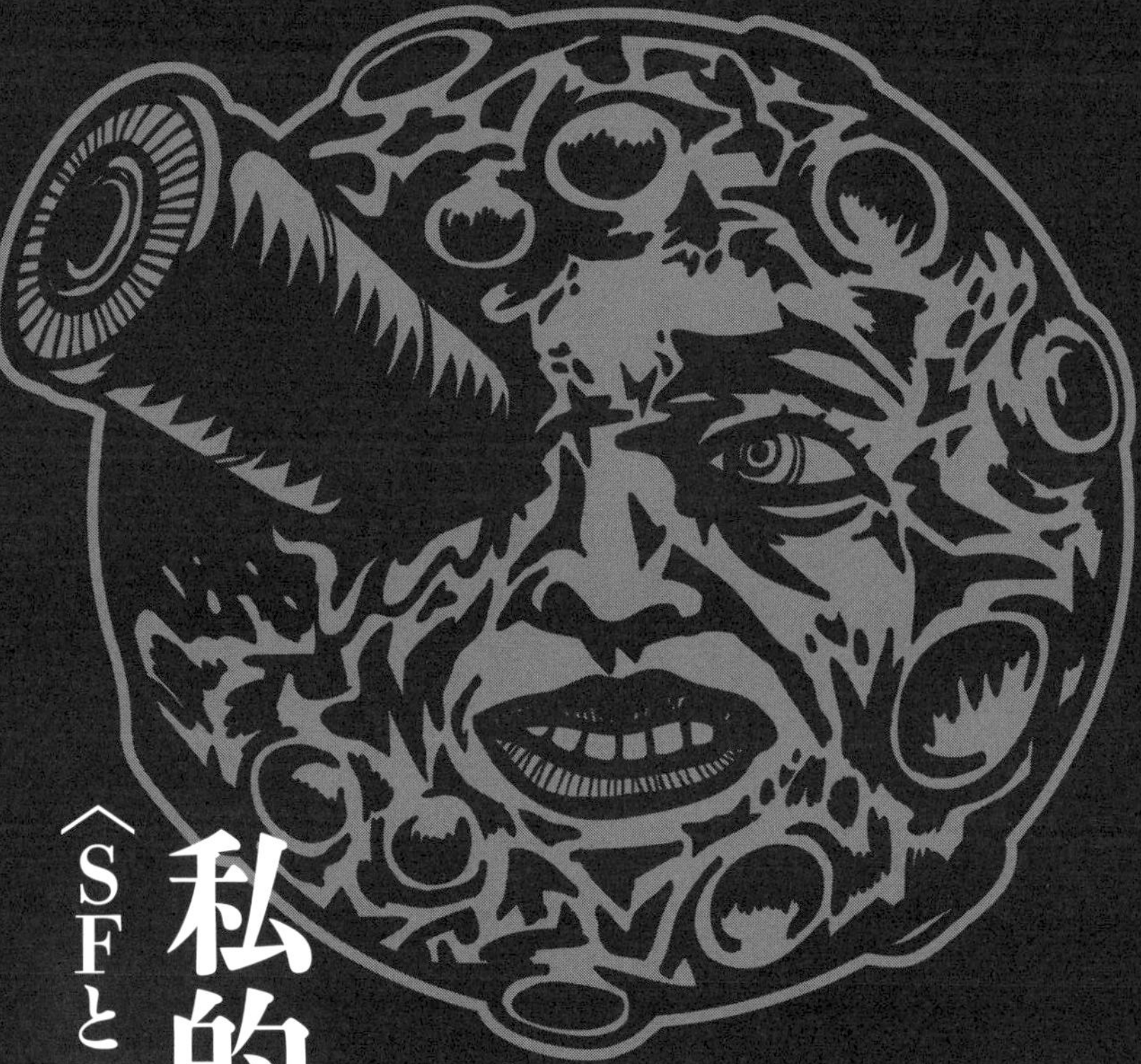

「奇想天外」1980年4月号

笠井潔

私的SF作家論①

〈SFと「支配的修辞としての科学」〉

笠井潔の先鋭的で刺激的なSF評論！

（1）SFにおける〈科学《サイエンス》〉の位置

そのジャンルが〈SF〉と呼ばれるほどにも、なにかしら〈科学《サイエンス》〉と深い内在的な関係を結んでいるはずなのに、いったん正面からSFにおける〈科学《サイエンス》〉の位置という主題をとりあげようとするや否や、私たちは奇妙な混乱にみまわれている自分を発見しないではいられない。たとえば、ジュディス・メリルは次のように語っている。

実をいうと、わたしがはじめてそうした議論に加わった頃――二十五年前――には、二十世紀における〝科学〟の意味について、すでに（科学者のあいだで）かなり大量の正直な混乱が生じていた。SFの熱烈な――マニア的――読者であったわたしたちは、ハイゼンベルグやシュレディンガー、ブリジマンやドゥ・フローイーの業績につづいて、科学思想に大革命が起こりつつあることに、ある程度は気づいていた。しかし、同時に、SFの熱烈な――マニア的――読者であったわれわれは、概念でなくストーリーそのもののことを語る際に、完全な、そして無意識的な順応をも行っていた。――〝サイエンス・フィクション〟の〝サイエンス〟とは〝テクノロジー〟を意味するのだ、と。（そして、大半の読者と作家たちは、いまなおそう考えている）（『SFに何ができるか』浅倉久志訳）

「大半の読者と作家たち」が「いまなおそう考えている」ように、SFにおける〈科学《サイエンス》〉とはテクノロジーを意味するものなのだろうか。「大半の読者と作家たち」が「いまなおそう考えている」かどうかはともかくSFにおける〈科学《サイエンス》〉をテクノロジーと、もう少し広義に考えてもテクノロジーに結びつくところの自然科学のみに限定して捉える発想は根強いものがあるようだ。しかし、多少考察を深めれば、こうした発想が根も葉もないとはいえないまでも、少なくとも事態の一面をしか反映していないことが明らかになる。一九六〇年代以降の新しいSFのことは、さしあたり度外視しよう。バラードやゼラズニイのSFを前提にしなくても、このことを確認するのはたやすい。

まず、初期SF作家の二巨人をとりあげてみよう。もちろん、ジュール・ヴェルヌとH・G・ウエルズの二人のことである。後から述べることになる私なりのSFの定義からして、私はE・A・ポオの『ハンス・プファルの無類の冒険』を、最初の典型的なSF作品と考えたいのだが、ヴェルヌとウエルズは、ポオによって開拓されたこの新しいジャンルを、十九世紀後半から二十世紀初頭にかけて新たに領域拡大した存在であるといいうる。もっとも、ヴェルヌの『気球に乗って五週間』が一八六三年、ウエルズの『タイム・マシン』が一八九四年であり、両者の活動時期には約三十年間の時間的ズレがあることを忘れてはならない。ヴェルヌとウエルズのあいだには、ヨーロッパにおける文明的挫折の最初の予感であった「世紀末」の体験が影を落としているといってもいい。

ヴェルヌの全作品を貫いているのは、科学技術の発展にたいする楽天的で肯定的な態度である。ネモ艦長の悲劇は戦争や侵略や祖国の喪失など社会的な問題に由来するものではあっても、あの素晴らしいノーチラス号に象徴される近代の科学技術そのものではないのだ。ヴェルヌが、飛行船ビクトリア号や潜水艦ノーチラス号、それに最初の宇宙飛行士を乗せたバービゲインの砲弾などを登場させる時、それは例外なく当時の科学技術的知見に基づいた可能的未来像として設定されている。ヴェルヌにとって、ＳＦの〈科学《サイエンス》〉とは、疑いなくテクノロジーを意味していた。厳密にいえば、技術的成果に結びつく自然科学的知識、ということになるだろう。

しかし、ウエルズは、すでにヴェルヌという先人の敷いたレールからの根本的な逸脱を開始している。ウエルズがヴェルヌのような十九世紀流の科学的進歩にたいする楽天性を欠いてしまっているのは確かである。『タイム・マシン』において既に、階級社会としての近代市民社会の不吉な未来像があからさまに呈示されている。『宇宙戦争』の場合には、さらに露骨に、次のようなイデオロギーがペシミスティックに語られるに至る。

より大きな宇宙の意志からすれば、火星からのこの侵攻は、人類にとって、究極的な利益がなかったとは言えないかもしれぬ。それはわれわれから、堕落の最も効果的な原因である。未来に対する平穏な確信を奪ったし、それが人類共通の福祉の思想をすすめることに、大きな役割を果した。（中村能三訳）

ウエルズは「未来に対する平穏な確信」こそが「堕落の最も効果的な原因である」と断定する。そして火星人の侵攻は、このような確信を奪い去るものであったからこそ、人類の科学に貢献しえたと主張するのである。あたかも、「人類共通の福祉」という思想なしには、科学技術の悪無限的発展は端的に否定的結果をしかもたらしえぬといいたいかのようだ。

ウエルズは、もちろんヴェルヌから多くのものを学んでいる。『タイム・マシン』で航時機械の発明を可能ならしめているのは、「時間としての第四次元」という数学的仮説であり、『宇宙戦争』で火星人の存在を想定しえたのは、有名な「運河」の「発見」に見られるような当時の観測天文学上の知見に根拠をもっている。このような「科学的知識や科学的外挿《エクストラポレイション》の光のもとで未知の世界の探査、そして科学上のある仮説に基づく発見という手段」（ジャン・ガッデニョ『ＳＦ小説』小林茂訳）などは、ヴェルヌが開拓した方法の一層の豊富化であったに他ならない。

しかしながら、ウエルズにあってヴェルヌに欠けているものが明らかに存在する。ヴェルヌの主人公が、科学者や技術者、あるいはそれに支援された冒険家などであるのにたいして、たとえば『宇宙戦争』の語り手である私は、「思弁哲学者」として設定されている。ヴェルヌからウエルズにかけての、主人公の科学技術者から哲学者への転移のもつ意味は予想以上のものがあるといっていいだろう。『タイム・マシン』で既にみられたように、ウエルズにとって科学技術（自然科学）と社会（社会科学）は、ヴェルヌのように単純に切断されてはいない。自然科学上の航時機会の予想（これは一九〇五年、アインシュタインの特殊相対性理論によって、「未来型」である限りは、技術上の難点はともかく理論的には可能であると証明されたことになっている）と、ハクスリー的進化論に裏付けられた人類進化（退化）の予想とが、ガッデニョのいうように「二重に存在している」。そして後者が、たんに生物学的予測であるばかりでなく社会主義者ウエルズの社会観・文明観と分かち難く絡み合ったものであることも確実なのである。「科学が二重に存在している」のは、数学・物理学と生物学・進化論の二重性であるとともに自然科学と社会科学の二重性なのでもあり、そしてさらに、自然科学・社会科学を含めた近代科学＝ヨーロッパ諸科学と哲学・思想・文明論との二重性でもあるのだ。ウエルズの歴史論・文明論は概して真面目な扱いを受けていない。私は平凡社版の『世界文化小史』しか読むことができなかったけれども、ウエルズの歴史論・文明論がそれほどくだらぬものだとは思わなかった。それは、たとえば、ほぼ同じ程度の分量で書かれた『日本国民の世界史』（岩波書店、上原専禄編）と比較することで明らかなのである。「検定不合格」の高校歴史教科書として書かれたこの本は、ほぼ過不足ない戦後民主主義史観による世界史の概略を示したものだが、〈近代〉と〈科学技術〉にたいする観点だけを見ても、ウエルズのそれに及ぶものではない。

　ウエルズを単純な楽天的平和主義者と考えてはならない。たとえば『世界文化小史』の結論部における次のような記述に注目してみよう。

　わたしがこの書物で試みているように、全歴史を一つの家庭として観察してみるとき、幻影と統制とに向かっての生命の確固とした向上的闘争をみるとき、初めてわれわれは現代の希望や危険の真実のあり方を知り得るであろう。（藤本良造訳）

「生命の確固とした向上的闘争」という言葉のなかに、ベルグソンやシャルダンに通じる思考を読みとるのは不当だろうか。ウエルズのこうした発想からは、ヴァン・ヴォークトからコリン・ウイルソンに至る生命主義《ヴァイタリズム》と「意識の進化」に関してのＳＦ的思索が流れ出しているのだ。

　ヴェルヌとウエルズを対比することで得られたＳＦにおける〈科学《サイエンス》〉の意味の両義性は、アメリカＳＦの発展期においてヒューゴ・ガーンズバックとジョン・キャンベルの、「アメイジング・ストーリーズ」誌と「アスタウンディング」誌の両義性に対応するもののように思われる。

　周知のように、ガーンズバックによって創刊された「アメイジング・ストーリーズ」誌には、ガーンズバック自身による『ラルフ一二四Ｃ四一＋』を範型とする「科学的未来予測小説（疑似科学小説）」が次々と掲載された。ガーンズバックの命名による〈科学小説《サイエンティフィクション》〉が「もっとも機械的なリアリズムの純粋な外延――きょうの目で見た明日の機械――にすぎなかった」（メリル、前掲書）という評価は、おそらく妥当なものだろう。続いてメリルは次のように語っている。

　ガーンズバックの初期の雑誌は、ほとんど教育派ＳＦだけに限られており、その上、科学全般というより、ほとんどテクノロジーだけに限られていた。（その例外の多くは、学界の窮屈な枠の中で、はっきりと範囲を区切られていた自分の専門分野以外に思弁の捌け口を持っていない文科系の学者や科学者の変名による作品である）

　しかし、続いて〈キャンベル革命〉がアメリカＳＦ界を襲う。一九三七年からの〈革命〉期に登場した新人作家たちには、アシモフ、ハ

"Astounding"

"Amazing Stories"

インライン、ライバー、スタージョン、ヴァン・ヴォークト、続いて、ブラウン、クレメントなどがいる。この顔ぶれからいえることは、少なくともSFがたんなる「教育派SF」の水準を超え、メリルのいう「思弁小説《スペキュレイティブ・フィクション》」に転化したという事実だろう。「思弁小説《スペキュレイティブ・フィクション》」とは、「現実のある仮定上の近似値を検討するために、伝統的な〝科学の方法〟（観察、仮説、実験）を利用する方式——ある一組の（空想的または独創的な）変化を〝既知の事実〟の共通する背景に導入すること、作中人物の反応や知覚が、その創作物あるいは作中人物、あるいはその両方についてのなにものかを明らかにするような、そうした環境を作り出すこと、でそれをなそうとする方式」と限定されている。これがヴェルヌの方法であるよりもウエルズの方法に由来するものであることは明白である。

　ヴェルヌとウエルズの断層が、ガーンズバックとキャンベルの断層の歴史的根源にある。そしてまた、一九六〇年代の断層（ニューウエーブ以前と以降との）にも、同様の影を見ることが可能であるはずだ。

　〈キャンベル革命〉の独自性を、SFにおける〈科学《サイエンス》〉という点でもっとも鋭く体現している作家として、たとえばアイザック・アシモフをあげることができる。アシモフの代表作である『ファウンデーション』シリーズでは、社会学が（作中では新しい総合科学である心理歴史学《サイコ・ヒストリー》として描かれる）重要な役割をになって登場するし、このシリーズの真の主人公は冒頭で死んでしまう心理歴史学者ハリ・センルダンであり、その社会科学であるとさえいいうるものなのである。

　ここでは、ウエルズにおける「科学の二重性」がSFにおける〈科学《サイエンス》〉の自然科学と社会科学の二重化として典型的に表現されている。〈キャンベル革命〉に続く〈ニューウエーブ革命〉では、SFにおける〈科学《サイエンス》〉が、社会科学からさらに人間科学へと移行しているのを見ることができる。もちろん、バラードの作品によく見られるように、ニューウエーブを特徴づけるものは人間科学への関心のみではなく、文学史的には象徴詩によって方法化され、プルーストとジョイスによって小説の世界にもちこまれた二十世紀文学の新しい可能性が、ついにSF界にまで浸透したという点にも見出されうるのではあるが、〈コトバ〉を〈もの《オブジェ》〉として執拗に探索しようとする文学的冒険とその努力が、プルーストやジョイスにおいてさえ神話学、無意識心理学、言語学などの人間科学的知見に結びついていたことを忘れてはならない。

　SFにおける〈科学《サイエンス》〉の位置は、一方で技術的有効性と結びついた自然科学という極を保持しつつも、他方では社会科学、そして人間科学との二重化の動きをはらみつつ、その果てに「諸学の女王」である哲学（思想、世界観）への突出を企て続けてきたものであることが、以上の簡単なＳＦ史的記述においてさえ、ある程度明らかにしえたはずである。

（２）ヨーロッパ諸科学とＳＦの定義

ＳＦにおける〈科学《サイエンス》〉のこうした複雑な多義性は、いったいなにに由来するものなのだろう。ここで、改めてＳＦというジャンルの定義に関する考察を主題化するのも無駄ではあるまい。

私は既に、ポオの『ハンス・ブファルの無類の冒険』を、最初の典型的なＳＦ作品と考えていることを明らかにした。理由は別段奇想天外なものではない。むしろ、ＳＦの定義に関する議論のなかでは古典的といっていいものである。

『ハンス・ブファルの無類の冒険』を特徴づけているのは、月旅行という当時にあっては「不可能」で「考えられない」可能性を、科学的合理性の観点からしてギリギリありえないことではない（と、読者が考えるような）説明によって、想像的に可能ならしめる作業に成功している点である。たとえば、次のような文章を読んでみよう。

> が、事実においては、一定の高さまで上昇すると、それからさらに上昇する場合に通過する、重みのある空気の量は、いま新たに上昇した高さと比例するものでは決してなく（これは前に述べたところからも、はっきり判るはずです）、その比率は絶えず減少してゆくのです。ですから、どんな高い所まで上昇していってもここからさきは文字通り空気が全然ないというような限界には到達できないことは明らかです。空気は存在するに違いないと私は思いました――もっとも、無限に稀薄な状態で存在するのかも知れませんが。（小泉一郎訳）

こうした記述には、よくいわれるように、開拓期のアメリカの炉辺詩である「ほら話」（マーク・トゥエインがそれを自覚的に方法化して作品に定着した）の伝統が生かされているのは事実であろう。不可能な、奇想天外な、人のドギモを抜くような話を、いかにももっともらしい説明によって信じさせてしまうテクニックが踏襲されているのである。しかし、にもかかわらず存在する『ハンス・ブファル』の独創性は、聴き手を「のせる」ためのそのテクニックに、近代人の宗教に他ならぬ〈科学《サイエンス》〉の知識とスタイルを活用した点にある。よく、先行的ＳＦ作品として評価されるシラノ・ド・ベルジュラックの『月世界旅行』や『太陽諸国ならびに諸帝国の物語』と根本的に異なっているのもこの点である。

ポオの科学的知識がはなはだいいかげんなものであったことは、よく厳格な実証的評者によって指摘される事実だが、そんなことはポオのＳＦ作品にとって本質的な問題ではない。先に引用したような文章で、読者が「完全な真空状態は存在しない」と考え始めるのなら、記述は最小限の必要な前提に達しえているのである。

つまり、ポオのＳＦにとって、〈科学《サイエンス》〉はひとつの新しいレトリックであったということだ。ありえないことを信じさせるのに、「聖書」の引用がなにより有効な時代もあった。しかし、ポオの時代、人々は「聖書」の権威よりも科学の権威の方を尊重し始めていたのである。

近代とは、科学が「支配的修辞」となった時代であるともいいうる。科学が「支配的修辞」となった時代を、ためらいなく蒙りきろうとする文学的決意がSFを生んだ。だからSFは、いつだって科学の自己宣伝を文字通り愚直に信じ込みうる態度を前提として欠いていたのである。レトリックを「うまく」使おうとする職人《アルティザン》的感覚が、科学にたいするその距離をおいた態度が、いわば「他人の関係」の自覚がSFをSFたらしめている。科学にたいして、他人の、つまり対照的で冷淡な態度（その根拠は、作家が「夢見る」——SFの「F」の部分を失いえない存在であることに由来する）をとるにもかかわらず、それを無視しては「夢」に不可欠の「現実性」（現実的でない夢なぞ夢の名に価しないものだ）を獲得しえないという客観的な認識こそが、このアンビバレンツな、両義的な、矛盾した態度こそが、SFの本質を深い地点で決定している。ロジェ・カイヨワが、「科学自身のなかにある曖昧さや矛盾をつきつめていったところ」にこそSFの真の意味があると語るのも、同様の視点からだろう。

　このような、科学にたいする固有の態度をどう理解すべきなのか。それを、〈科学《サイエンス》〉と〈虚構《フィクション》〉の対立であるなどと単純化してはならない。この対立は外在的な対立なのではなく、むしろさらに深く、〈科学〉そのものの内的矛盾に根ざしているものだ。

　ガリレイとデカルトによって発明された科学的世界像（物理学的世界像とも、ニュートン力学的世界像ともいいうるが）が全世界を支配する時代としての近代。この近代の自己意識たるヨーロッパ諸科学は、既にその裡に深刻な内部矛盾をはらんでいた。ヨーロッパ諸科学の危機の時代にあって、その矛盾を内在的に抉り出したのがエドムント・フッサールであった。ガリレイは落体の法則を、多様な経験から出発し普遍的なものへと帰納することによって得たわけではなく、形相的直観（本質直観）によって始めから結論を手にしていたのだ、とフッサールは主張した（『ヨーロッパ諸学の危機と超越論的現象学』）

　ガリレイとデカルトによって与えられた量的な世界像（近代的世界像）——最近流行のトマス・クーン流の言葉でいえば「パラダイム」ということになるが——を認識の方法に応用すれば、近代科学が自己主張するように、「真理は誰もが日常的に知覚しうる経験的事実の積み重ねを普遍的なものへと帰納することで得られる」ということになるだろう。フッサールは、この頑強な確信を、根本から疑い始めたのだ。もちろんその前提には、初期ルカーチに触発されたハイデッガーの近代科学批判があった。ハイデッガーは次のように語っている。

> ギリシャの学問は決して精密《エクサクト》ではなかったし、つまりそれは、その本質からいって精密ではありえず、また精密であることを要しなかったのです。それだから近代の学問が、古代の学問よりもっと精密であると考えるのは、およそ意味がないのです。それだからまた、ガリレイの落体の法則が真であり、軽い物体は上に向かおうと努めると説くアリストテレスの教えが偽りである、ということはできません（『世界像の時代』桑木務訳）

ハイデッガーはまた、「存在するものの近代的な捉え方が、ギリシャ的な捉え方よりもっと正しいということは、なおさらできません」とも語っている。ルカーチ、ハイデッカー、フッサールの科学論については改めて触れることもあるだろうけれど、こうしたヨーロッパ諸科学への批判的対質が、たとえばポオの「支配的修辞としての科学」という直観と通底するものであることを疑うことはできない。ＳＦにおける〈科学《サイエンス》〉の自然科学的了解という点で最右翼に位置するはずのヴェルヌ、ガーンズバックでさえ、決してポオの投げた網から自由であったわけではないのである。ヴェルヌやガーンズバックの作品が作品でありえた度合いに応じて、近代科学の自律性にたいする無条件の確信は深く相対化されているのだ。

〈科学《サイエンス》〉を「支配的修辞」であると考える意識が、「修辞」という認識において科学の即自的な自己意識と対立し、「支配的」という認識において反動的あるいは保守的な伝統的感性と対立する。この尾根道こそが、ＳＦの辿ってきた王道だったのである。とすれば、ＳＦは、ヨーロッパ諸科学の（文学的に形象化された）「反省的自己意識」であったといえるのではないか。ヨーロッパ諸科学が「支配的修辞」として君臨するこの時代を生きる、無数の日常生活者の集合的意識において、その強さと弱さを、その真実と虚構とを同時に反省的に明らかにする知の形態が、ＳＦの本質だと考えてみることに根本的な誤りがあるとは思えない。

ＳＦにおける〈科学《サイエンス》〉の両義性、あるいは多義性は、ＳＦのこうした本質の展開であると考えてみることができる。自然科学から社会科学へ、社会科学から人間科学へという、ＳＦの〈科学《サイエンス》〉における重点移動もまた、ヨーロッパ諸科学の苦悶と模索の過程を忠実に反映したものだったのではないか。ウエルズにおいて既に、ＳＦのこの「宿命」は端的に露呈していたのである。

ＳＦとは、ヨーロッパ諸科学の危機を、自己弁護に帰結するような内在性においてではなく、また一方的な避難に帰結するような外在性においてでもなく、そのきわどい尾根道に沿いながら、日常生活者の集合的意識性に根をおろしつつ、一貫して忠実に辿ってきたものである。

こうした観点から、ヴェルヌ・ウエルズ以来の代表的ＳＦ作家たちによる様々な試みを、次号から順を追って検討していきたいと考える。その作業は、「〝サイエンス・フィクション〟の〝サイエンス〟とは〝テクノロジー〟を意味する」という、今なお根強いＳＦ観にたいして、また別の視点からのＳＦ像を呈示する作業でもあるだろう。

(3) 発想の個人的根拠

最後に、以上のような発想からＳＦを考えるに至った、いわば個人的な事情について簡単に触れておきたい。というのはこうした視角からするＳＦ作家論は、多くの読者に違和感を与えるものではないかという多少の心配が残るからである。

私はＳＦの「専門的ファン」であるとはいえない。子供の時に「鉄腕アトム」や「鉄人28号」に熱中し、中学生からは「ＳＦマガジン」を読むようになり、創元文庫やハヤカワＳＦシリーズの新刊を待ちかねるようになっていった。しかし、こんな（どちらかといえばありふれた）ＳＦ少年だったのも短いあいだのことで、大学生になる頃には、読書の中心も哲学・思想、社会科学、人間科学方面に移っていった。大学のＳＦサークルにいるような、驚嘆すべきＳＦ愛好家諸君（つまり「専門的ファン」だ）ほどに、ＳＦが生活の中心を占めるようなことはなかった。福島正実氏だとか野田昌宏氏だとかいった、いわば開拓者の情熱をもってSFという新世界に打ち込んでいった前世代の人々、そしてその正統的な後継者なのであろう「専門的ファン」の人々のことを考えると、自分のような「副業的ファン」に、SFについてなにか語るべきことがあるなどとは思えなくなってくる。

　ニューウエーブの台頭以前の時点でSF少年を廃業してしまったわけだが、それでもかなりの量に及ぶSF小説を読み続けることになった。その結果、現在のような中途半端な「副業的ファン」ができあがってしまったわけだ。

　この十年以上、SFファンであることが生活の中心であるようにはSFとつきあってはこなかったわけだが、しかし、SF少年時代とその後を結んで、自分自身の内部に固有のSF体験の核のようなものが結晶してきたという感覚を否定することはできない。ほぼ大学時代にあたる時期に、科学論ともいうべき主題にかなり執拗にこだわったのも、その後理論的な関心から大きく逸脱して文学表現の可能性を中心に考えるようになったのも、SF体験の意味を問うことからしか理解できない軌跡であるような気がする。

　だから、私はここで、一人の「副業的ファン」のSF体験の意味を問うことから出発し、私自身の発想と軌跡を方法化するようにして、SFの世界をいわば科学と文学の両極から探検してみたいと考えるのだ。「専門的ファン」の手による「博物誌」的で「事実記述」的なSF論の成果は、内外ともに少なくない。アシモフやクラークのように、科学解説の方向からSFの意味を浮き出させる作業で立派な成果をあげている人もいるし、また、二十世紀文学の有機的な一分野としてSFを位置づけ批評するというスリリングな企ても最近ではようやく活発化してきた。しかし、以前から私は、こういった各々に多産でもあり有効でもある諸々のSF論の発想や視角のいずれにも、どうもうまくはまりきれないものを感じていた。

　なにもかもがSFのせいというわけではもちろんないけれども、私がSF少年から逸脱して科学論や技術論に熱中するようになったのも、ルカーチの近代科学＝ヨーロッパ諸科学批判を受容してマルクスを読み始めたのも、さらにマルクスの科学方法論に疑問を感じてフッサール現象学にむかったのも、次いでハイデッガー存在論を再発見し、出発点とはまるで正反対の、どこかしらエゾテリックな匂いのする「詩と啓示」あるいは「回心」という場所に逢着してしまったのも、私のなかのSF体験に深く関係しているような気がしてならない。十年間以上にもわたって、このようなあてのない遍歴を続けてきたために、私はとうとうなにかの「専門家」になることができなかった。「SF専門家」になれなかったことを手始めに、「マルクス専門家」にも「××学専門家」にもなりそこねたまま現在に至っている。そして今また〈小説家〉であれ〈批評家〉であれ「文学の専門家」には決してなりえないと感じているようだ。

　私が蒙らなければならなかったこの中途半端さが、逆にSFを近しいものと改めて感じさせるのかもしれない。〈科学《サイエンス》〉が「支配的修辞」である私たちの時代を、SFこそがもっとも果敢に蒙りきってきた文学的企てであったと思われるからだ。

　私は、以下の連作SF作家論のなかで、私自身の遍歴の意味を解読するためのテクストとしても、様々な作品をとりあげてみたいと思っている。そしてそれが、ＳＦの辿ってきた（いや、今なお辿りつつある）狭い尾根道を正確にたぐり返すものであることを期待しているのである。

「私的ＳＦ作家論」
（笠井潔）解説

『バイバイ、エンジェル』（1979年 角川小説賞）でミステリ作家としてデビューを飾った笠井潔さんが、翌年に発表したＳＦ論。《スペキュレイティブ・フィクション（思弁小説）》や現代思想家フッサールの現象学などを援用し論じていることに瞠目せよ。後にハチャメチャ・ドタバタＳＦ主義に傾く『奇想天外』誌が、こんなオーセンティックな評論も掲載していたという好個の例である。

（山口雅也）

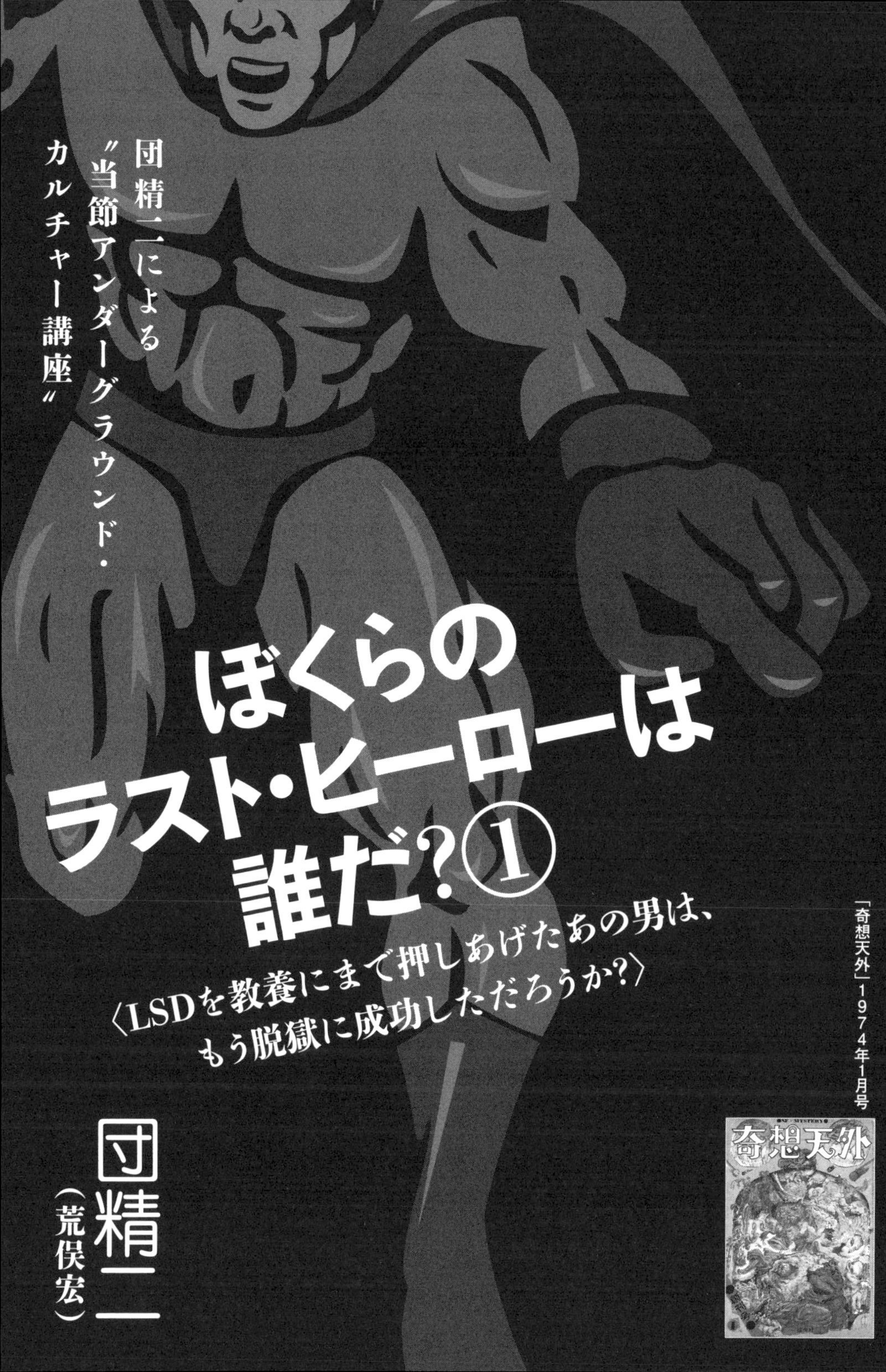

団精二による
〝当節アンダーグラウンド・
カルチャー講座〟

ぼくらのラスト・ヒーローは誰だ?①

〈LSDを教養にまで押しあげたあの男は、
もう脱獄に成功しただろうか?〉

団精二
(荒俣宏)

「奇想天外」1974年1月号

いま、ぼくたちと一緒にポリューションだらけの空気を吸いながら、たまにはゴホゴホとせきこんだり、たまにはまっ赤に充血した両眼をギュッとつむって髪の毛をかきむしったりしている人たちのなかなら、結末論的な現代にふさわしいヒーローを探しだそうと思ったら、それはたぶん、ぼくたちにとって、〈ラスト・ヒーロー〉を追いつめていくことになるんじゃないか。そして、ぼくたちの眼に追い回されたヒーローたちは、結局その不恰好な死にざまと八方破れの居直りで、なんとか体面をつくろったあと、ほんとにあっけなく世界の記憶から削りとられてしまうだろう。

　かれらが、どうしてラスト・ヒーローなのか？　その理由はかんたん。なぜなら、ぼくたちにはまだ超《スーパー》ヒーローを受けいれるだけの準備がないし、幸か不幸か超ヒーローが実際に生まれてくるほど公害《ポリューション》はひどくなっていない――つまりぼくは、一九七二年版エンサイクロペディア・ブリタニカの十八巻めの一八四四ページにあるひとつづりの文「公害物質が通常の放射量をどんどん増していって、とうとう放射性物質のレベルにまで達してしまうと、おそらくそれは発癌の要因になったり突然変異体出現の原因になったりするだろう」っていうやつを頭から信じこんでいるのです。だから、まもなく現われるはずの超ヒーローを待っているあいだは、かれらの代役を〈最後のヒーロー〉と呼んでおくのが、いちばん正解なんじゃないかな、とぼくは思う。もちろん、すぐにやってくる超人時代の一秒前に暴れまわった〈最後の人間《ラスト・ヒューマン》のヒーロー〉を誉めそやす意味でも。そして、こんなことがもし可能だとしたら、この連載が終わる最後の一行で、エンサイクロペディア・ブリタニカの十八巻めの一八四ページに予告されたホンモノの超ヒーローを登場させ、あとは涙もこぼさずに〈ラスト・ヒーロー〉って言葉を消してしまいたい。

　で、第一回めにはＬＳＤ文化の教祖ティモシー・リアリーを採りあげることにしたのだけれど、かれのことを話すまえに、一見なんの関係もなさそうなおしゃべりを、すこしだけ。

　一九六五年から七〇年にかけて反体制勢力のがわに起こった変化に、なぜか興味がある。まだ連中が熱い状況のなかにいて右翼対左翼のデス・マッチをくりひろげていた時代に対して、新時代のそれは、内面的な自由に従う行動集団と――それを抑える体制側の弾圧システムの闘争っていうかたちであらわれた。この内面的自由の闘争が、よく言われる〈計算された狂気〉とか〈ＬＳＤによる感覚解放〉といった方法を通じて世界じゅうにひろがっていく過程で、ちょっとおもしろい現象がオランダあたりから出てきた。どういう現象かというと（これはペンギン・ブックスが七一年に出した〝ＢＡＭＮ〟っていうタイトルの反体制パンフ・アンソロジーからの孫引きなのだけれど）、それまでのイデオロギー型闘士に代わって、都会あたりに群らがりあつまったアーチストや詩人や魔術士（手品師じゃなくて、オカルティストや、手相見のことなんだ）や演劇人といった〈遊戯人《ホモ・ルーデンス》〉のグループが、政治的というよりもむしろ生活べ

“BAMN : Outlaw Manifestos and Ephemera 1965-70”（1971）

ったりというか、どちらかいうと文化的意識的な面の反逆をやりだした。そのシンボルに『プロボ』なんていう雑誌があるのだけれど、ふと目にとまったサンプル・ページの絵にぼくは感動してしまった。絵というのは、なんだかわけの分からないアルファベットが黒と白でゴチャゴチャ描きこまれているなかに、ちょうど眼のところへ〈LSD〉と文字のはいったマスクを被った男がいるだけの話で、べつにどうということはなかったが、ただ並んだアルファベットの翻訳がほんとうに泣けた。

明日のマスクは　きみに合うか?

——って。もちろんこの文章は、LSDのマスクを被った男の絵を説明していた。でも、なぜLSDが〈明日のマスク〉なのか?　ぼくはそう思って、ホモ・ルーデンスとレジャー階級の革命の論理に、耳をかたむけてみた——

LSDやマリファナやハシッシュが、被害妄想的倫理観に立つ日本みたいな文明国家で、〈亡国〉や〈廃人〉といった暗いイメージに結びつけられていた時代から、まずぼくたちはサッパリと手を切ろう。ジョージ・ハリスンやジョン・マグラグリンなんかが狂っているあの東洋哲学をつき詰めていくことから出てくる〈心の拡大〉と同じ効果が、ドラッグをやることを通じても得られることが分かって以来、ドラッグは〈魂の解放〉〈自分自身の内部へのトリップ〉を可能にする武器になり、ホモ・ルーデンスの生活革命に重要な影響をあたえはじめた。これまで外面世界に対して改革の牙を向けていた連中が、ドラッグを手にしたら、急に内面世界に対する革命がやりたくなった。アーチストやアクターたちがまず先頭に立って。

けれど、こうした新らしい革命ってやつは本質的に自分自身に対するムーブメントだったから、たとえばLSDのマスクを被る主体は、個人のレベルか、さもなくばグループのレベルにもとめられたし、そこには、ヒーローなんか存在する必要がなかった。ところがかれらLSDで作った〈明日のマスク〉を被っている連中のなかから、とてつもない〈最後のヒーロー〉がひとり生まれ出てしまったのだ。そいつは、ハーバード大学で心理学を教えていた。ほんとうにごく当たりまえの学者だった……。

そいつの名はティモシー・リアリー、一九二〇年マサチュセッツ州生まれのアイルランド系アメリカ人。逮捕歴十四回、起訴七回、実刑三〇年をいいわたされた〈公衆の敵《パブリック・エネミー》〉ナンバーワン。そして、つい最近までスイスに亡命していた。

ことの起こりは一九六〇年の、ある明かるい土曜日の午後にはじまる。メキシコの中部にあるクエルナヴァカという土地に建っていた友人の別荘に避暑にやってきた三十九才のアメリカ人が、近くに住んでいる原住民の魔法医師《ウイッチドクター》から買い取った不思議なキノコを、ふと口にした。キノコを七つほど食べた数分後、かれは「まるでナイアガラの淵から突き落とされるような勢いで、一瞬の幻覚と妄想との渦のなかに」叩きこまれた。ハーバード大学で心理学をやってきた時代を通じて、このときほど深い宗教的な体験をしたためしのなかったリアリーは、問題のキノコにあらためて驚異の目をみはった。このキノコこそは、昔からメキシコの原住民に伝わる=聖なるキノコ=で、今日強力なサイキデリック・ドラッグのひとつに数えあげられているものだった。この日以来、リアリーはキノコの幻覚にひたる毎日を送り、その体験のなかからひとつの結論をひきだした。**人間は変わる！**——そのときリアリーが片手にかざしたのは、思想や幻想といった非物質的なトーチじゃなくて、ドラッグという物質そのものの狼火《のろし》だった。だから、リアリーはジーザス・クライストみたいにリッパな垂訓をがなり立てる代わりに、たったひとこと“Turn on《ターン・オン》, Tune in《チューン・イン》, Drop out《ドロップ・アウト》!”とスローガンを叫ぶだけでよかった（ドラッグ・リーダーの指導でLSDを飲みだす状態“Tune in”から、だんだん常習になりだすころ“Turn on”までには、だれだって“Drop out”してるさ！）。

　でもいくらリアリーだって、メキシコのキノコをむしゃむしゃやって幻覚の世界をトリップしただけで〈公衆の敵〉ナンバーワンにのしあがれたわけないじゃない。ドラッグを持ち歩いただけだっていうんなら、幻覚剤としてはいちばんマイルドなマリファナを持ってた罪で何回となく牢獄にぶちこまれた映画俳優のロバート・ミッチャムなんかがいるんだし、たいしたことはない。リアリーがほんとうのラスト・ヒーローぶりを発揮するのはそれからあと大学にもどってLSD関係の人体実験をやったり、実刑三十年をいいわたされてから世界各地を転々と逃げまわり、その先ざきでLSD運動の友愛団やヴィレッジを作っていく一九六二年以降のことになる——

　材料さえ仕入れられれば、あとは××××××××××もらうだけ。トリップはもうぼくたちのものさ！　そればかりじゃない。バナナを乾燥させたり、レタスのしぼり汁をつかったりしても、ちゃんとトリップの道具は自給自足できる。九月十日付の「タイム」をひろげてみるとアメリカでは二千六百万人がドラッグを飲《や》っていて、その半数がりっぱな常習者だ、なんて書いてあって、いろんな州で「マリファナぐらい、いいじゃないか」って刑法に手を加えはじめているらしい。ただ去年、ティモシー・リアリーに因縁ふかいカリフォルニアで、マリファナ所持に対する罰則をゆるめる法案をロナルド・リーガン知事が横暴にもボツにしたというニュースもあって、国内的にがたついているみたいだけれど、そういえば〈クリーム〉っていうロックン・ロール雑誌の六月号に一九七二年度の話題ベスト10の集計が出ていて、これがちょっと皮肉っぽくておもしろかった。そこには七二年度のドラッグ・ベスト10があって、結果はざっとこんな調子だった——

1クオルード	6テキーラ
2マリファナ	7ノスタルジア
3コカイン	8ローリング・ストーンズ
4アルコール	9メスカリン
5テレビジョン	10アスピリン

ばかばかしいのは、4位から8位まで並んだ顔ぶれだけど、このリストをながめているうちに、なんとなく現代アメリカのドラッグに対するイメージの抱きかたが分かってくるから不思議だ。ドラッグなんて、日常感覚なんだ。

　けれどリアリーの場合は、大学教授がドラッグで人体実験をやりだしたのだから、事情がちょっとちがう。〈LSDの予言者兼教祖〉なんて見出しが付いたプレーボーイ六六年九月号のインタヴュー記事が、まずリアリー騒動の初期の経過をこまかく報告してくれている。ハーバードの秀才教授だったリアリーは、メキシコでの経験以来、幻覚剤が実はとてつもない意識拡大効果をもつ有用な薬品だったことを知った。ハーバードに帰ってから、かれは自分を実験台にして、キノコがひき起こす数々の感覚拡大作用を研究しはじめた。ドラッグのほうも、キノコからメスカリンにうつり、とうとう最強の効果をほこるLSD25に行きつき、実験台も自分自身から生徒へ、そして囚人へとエスカレートしていった。大学内では、フランケンシュタイン博士みたいなリアリーの実験に反対する声が強かったけれど、学生たちの応援と、当時ちょうどハーバードにいたオルダス・ハックスリー教授の助力が励みになった。とくに、すすんでドラッグを飲み、その幻覚作用のすさまじさをメモしたハックスリーは、後年「感覚のとびら」という本にそのときの体験をまとめたりした。

一九六三年、リアリーのLSD実験は、単にLSDの服用後の精神作用活性化を研究するだけのレベルをはなれて、LSD感覚を芸術化したサイキデリックなショウや、ヒンズー教伝道という山師的な性格を帯びるようになった。大金持ちのウィリアム・ヒッチコックっていうやつが、ニューヨーク州ミルブルックにある大きな別荘をLSD実験所として提供してくれたので、ここがさっそく大実験コミューンになった。

こうなっては、ハーバードとしても放ってはおけない。リアリーは同じ年に大学をクビになったが、メキシコにしりぞいて〈内面の自由国際組織〉（IFIF）をひらき、大々的なキャンペーンをくりひろげはじめた。リアリーがやったキャンペーンは、それまで社会一般がもっていた幻覚剤に対する常識をぶちこわすのに、効果をあげた――

1 幻覚剤は、ぼくたちに欠けていた大脳ビタミンの一種を供給する食べものである。

2 固定化しすぎた社会のカルチャーを変革するための新しい体験を、幻覚剤があたえてくれる。

3 人間が今まで忘れていた〈内面の自分を認識すること〉が、幻覚力を通じて取りもどされる。

そのなかでも、リアリーがとくに強張したのは、セックス感覚のことだった――ドラッグを飲んでトリップして、感覚がすべて花ひらき心がニルヴァーナへとはいりこむとき、セックスは天国の香りに変わる。トリップなしのセックスは、もうマスターベーションみたいに味気なくなる。そして、トリップはインド哲学の奥地に、ぼくたちをアッという間に連れていってくれる。だからトリップから帰ったとき、ぼくたちはいちだんと聡明で悲しい眼をした哲学者に生まれ変わる。

リアリーは、この信じがたいLSD文化の革新性を宣伝するために、プシロシビンという薬品を囚人に飲ませてその効果を観察した。すると、ドラッグ体験をもった囚人の再犯罪率は、通常の六七パーセントから、なんと三二パーセントにダウンした。ところが、この成果は、囚人の選択方法やリサーチの方法にケチがついてすっかり色あせ、しかもドラッグを使わずに囚人更生の実をあげたA・Aグループやシナノン・グループの報告に揚げ足をとられる恰好になった。

この挫折が、とうとうリアリーを、ぼくたちのラスト・ヒーローにふさわしい行動へと駆りたてていくわけだ。もちろん、そこには伏線もあった。あのばかでかいミルブルックの本拠であやしげな実験が行なわれているという噂が立ってから警察の捜査を受け、証拠物件をにぎられて実刑十六年の判決をいいわたされたとき、リアリーはすでにマリファナ不法所持者として、メキシコ当局から実刑三十年、罰金三万ドルを課せられていた。アメリカ当局がタイミングよく開いた反L

SD公聴会や、リアリーにとってはヘドをぶっかけてやりたいほどの敵ロナルド・リーガンが知事選でくりひろげた反サイキデリック・キャンペーンなんかのおかげで、リアリーの悪名は決定的なものとなった。こうなれば、科学者としてのポーズをかなぐりすてて、反体制運動の殉教者に変身するしかない。かれは脱獄する。ニセのパスポートを作り、逃げて逃げて、逃げまくる……

一九七一年、LSD仲間の手引きで、アルジェリアからスイスに亡命していたリアリーは"League of Spiritual Discovery"(『精神の発見同盟』略称はなんとLSD)を設立してスイス当局に睨まれ、しかも懸賞金めあての連中に追いまわされる破目になって、一日ごとに住所を変える逃亡生活にはいった。パスポートが偽ものだったおかげで、リアリーを国外に追放できないスイスは、リアリーに対して一九七二年十二月三十一日以降の滞在を許可しないむねを正式に宣言した。ちょうどこのころ、男性雑誌〈ペントハウス〉のルポライターがリアリーとの会見に成功して、亡命生活中のかれをこんなふうに報告している——「五十一才になるかれは、それよりも十五才は若々しく見えた。LSDが回春剤になるのかどうか訊くと、かれは笑って、『たぶん、LSDとスキーのおかげだろう。毎夜目をさましてるし、チェインスモークをやってるんだが——それでも病気になったことはない。けれどそれは、LSDそのもののおかげではなく、LSDを通じて得た〈意識〉のおかげだ』——」っていう具合に。

スイスでの、かれの最後のことばはこうだ——アメリカは、まるで遠いところにある狂人収容所のようだ——

国外へ逃げてから二十七か月め、昨年の一月にスイスを脱け出したリアリーは、アフガニスタンの空港で新らしい恋人と一緒にいるところを発見され、とうとうカルフォルニアに送還された。独房にいれられたリアリーは、毎日ヨガの行とリーダーズダイジェストの通読に日々を送っている。ブッダやキリストやソクラテスがそうだったように、かれは自分の愚想や生活スタイルを護って心中も辞さない。きどり過ぎ? 三月十五日付けの〈ローリング・ストーン〉誌がかれの新しい恋人にインタヴューしたときの回答は、ぼくたちを感動させる——「リアリーを二か月以上、牢獄につないでおける人なんか、いないわ。今日からキッカリ二か月後、四月十三日の金曜日は、きっとかれが自由になる日だわ。もし法律的にそれが無理になったら、わたしたちはただ肉体を脱け出てしまうだけよ。わたしたち、奇跡を信じるわ」——

でも、くやしいけれどリアリーがその後どうなったのか分からない。だから、かれはもう脱獄したろうか?——と問いかけるだけだ。けれど、脱獄が成功してるかしてないかは、問題じゃない。イギリスではまったく馬鹿にされ、アメリカ国内でも反体制側から冷たく扱われだしたって、リアリーがぼくたち戦後世代のラスト・ヒーローの一人だってことにまちがいはない。

だって、かれは新世界のシンボルについて口ぐせみたいにこういうのだから——「ファウストと悪魔のあとは、アインシュタインとLSDだ。錬金術、快楽原理、密度と異質性、音と光、ファウスタス博士にイブ、サイエンス・フィクション、タイム・トラベル、そしてエロス。そうしたものが、今ぼくのできる答えのすべてだし、ぼくが興味をもってるもののすべてだ」と。

そしてたぶん、ぼくたちを救えるものは、リアリーが並べたてる内宇宙《イナースペース》へのトリップ切符《チケット》だけなのかもしれない――「缶詰めにされて生気ひとつない既成知識に頼るかわりに、ぼくたちは地球での八十年の人生をかけて、人間《ヒューマン》の――人間以前《プレ・ヒューマン》の――そして人間以外《サブ・ヒューマン》の冒険を体験できるようになるだろう。こうした冒険に注目と余暇とを向けるようになれば、ぼくたちはくだらない外面的なヒマつぶしをしなくてもよくなる。レジャー問題は、黙っていても解決だ。やっかいな仕事がマシーンにまかされれば、ぼくたちは何をすればいい？――もっと大きなマシーンの建設にとりかかることか？　無限の内宇宙《イナースペース》を探検し、かなたにあった恐怖と冒険とエクスタシーを発見することだけが、この奇妙なジレンマに対する唯一の回答なのだ」

（この項つづく）

『ぼくらのラスト・ヒーローは誰だ？』（団精二）解説

団精二は荒俣宏のペンネーム。短篇ミステリの名作「二瓶のソース」や数々の幻想文学で知られる作家ダンセイニ卿から採っている。本稿が書かれた当時、荒俣宏は、まだ日魯漁業（現・マルハニチロ）の社員であり、勤務の傍ら、『征服王コナン』などのヒロイック・ファンタジーの翻訳、紀田順一郎と共に雑誌『幻想と怪奇』に携わっていた。

それにしても団精二名義のヒーロー列伝連載の第一回が、ティモシー・リアリーだったとは……リアリーはアメリカの心理学者。集団精神療法の研究で評価されハーバード大学で教授となった人物。ハーバード大学では、シロシビンやＬＳＤといった幻覚剤による人格変容の研究を行った。幻覚剤によって刷り込みを誘発できると主張し、意識の自由を訴えて、1960年代後半からロック・バンドのグレイトフル・デッドらサイケデリック・ミュージック～カウンター・カルチャーにも多大な影響を与えた。しかし、国家権力によって少量のマリファナ所持で投獄される。本稿はその刑務所収監当時に書かれたリアルでクールなリポートである。雑誌『奇想天外』のラディカルな性格をよく物語る一篇。ただし、発売当時にあった11行ほどの文章は、現在もなお本意と掛けはなれた誤解を受ける危険があるため、削除した。

（山口雅也）

奇想天外漫画劇場

『ざ・まねえ』
高信太郎

以前私のアンソロジー（『山口雅也の本格ミステリ・アンソロジー』角川文庫）でも採録した、ご存じコーシン・ミステリイのお蔵出し。作者の高信太郎さんはあの都筑道夫に弟子入り志願したほどのミステリ通である。本作では、ヒッチコックの『鳥』ならぬ、お金が人々を襲うという奇想天外なパニック事件が語られる。爆笑悶絶必至のケッサク。

『アネサとオジ』
高野文子

名作『絶対安全剃刀』の作者高野文子さんも『奇想天外』に寄稿していた。北村薫さんは「日常の謎」で一派を築いたが、本作は「日常の奇想天外」とでも評すべきオフ・ビートな味わいの異色作。

『5001年宇宙の旅』
土田義雄＆楽《らく》書《がき》館《かん》

作者は当時ワセダミステリクラブ（WMC）の部員であった佐川俊彦（現京都精華大学マンガ学部准教授）さん。土田義雄&楽書館というのはペンネームというより数名参加（高野文子さんも参加）のハウスネームに近いものというのが実態だったようだ。——というわけで、『2001年宇宙の旅』の爆笑パロディである本作の初出はWMCのSF系機関誌『アステロイド』1977年9号であり、それが鏡 明さんの目にとまり、『奇想天外』誌転載に繋がったというのが今回復刻までの経緯である。

——山口雅也

ざ・まねえ

★超ナンセンスSFマンガ★

高 信太郎

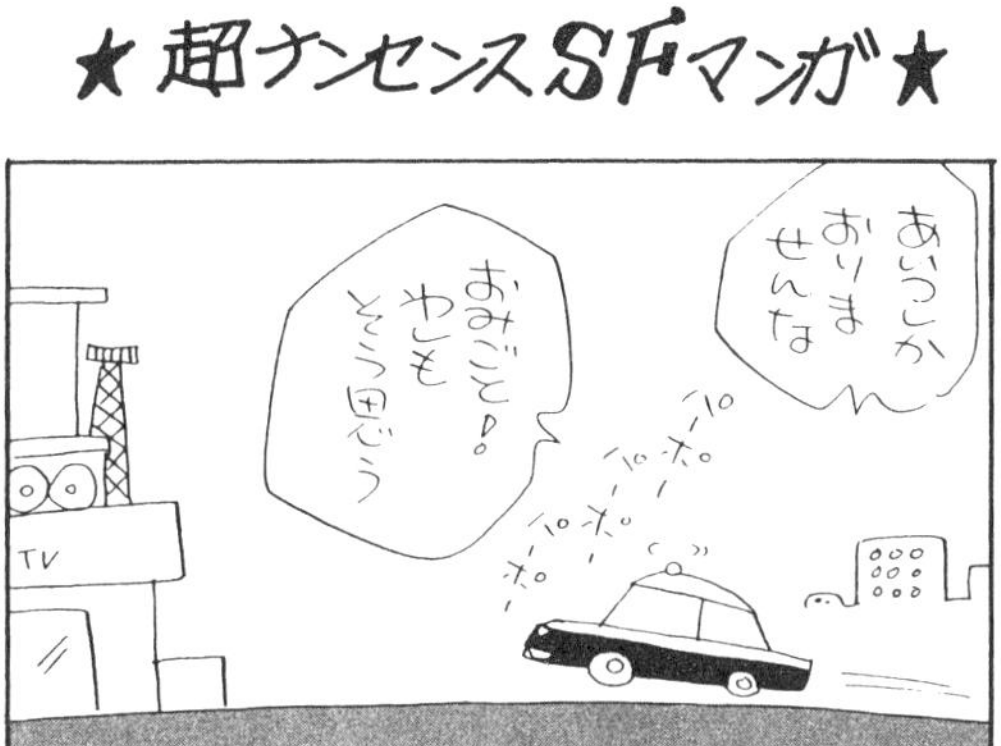

銭形平次御用だ！
わーっ
お、おまきさん！
なななななな
オヤブン
しかし取調べの結果平次にはアリバイが成立したのである
どーしてくれる!?
ママママ
すなわち犯行時刻における三〇パーセントの視聴率がそれであった…
ハンジーさーん
男だったら～ひとつにかけるゥ～
ウ～ム
ということは…
あっさり迷宮入りですか？
ウム
残念ながらね
そして次の日
パーポー パーポー
あのマンションだ

これはひどい！ 左右の指が 全部切りとられ ている…
死因は 出血多量 か…
モノ盗りの 仕業では ないな
ええ
しかしなぜ 指なんか 切ったんだろう
フッフッフッ
それは カンタンな ことですよ
なるほど！ 電話が かけられ ないと…
そう 警察にも 病院にもね
そして その次の日も…
よく 死に ますなァ…
たまん ねえなァ
感電死 ですか
うむ
それにしても 変な死にかた だよな
十円玉を つなげてひいた 高圧電流に 小便かけて 感電する なんて…

どう考えても
おかしな事件ばかり続く
平田さん この三つの事件に共通した点は?
ウーン
なんだろ?
お金ですよ お金!
百円玉と一万円札で十円玉!
あっ
平田さん
ま
ま
まさか!
……
そのまさかが……
ニュースをお知らせします
こんなにもみごとに的中するなんて……
きょう日本中で
通行人の落した百円玉が
そばを歩いていた人の頭を撃ちぬくという事件が続出しました

また全国の金融機関では手の切れるようなお札を数えているうち
指が切れて出血多量でたくさんの人々がバタバタと死んでいます
またどこからともなく飛んできた一万円札の大群が・・・
人々ののどを切りさきまくっています!!
信じられません夢ではないでしょうか!
なんと!お金が人間を襲いだしたのであります
NHK
警視庁の平田さんこれはいったいどういうことでしょうか?
大変困ったことです
そもそもお金というものは昔から人間が襲うものなのです
そのために警察がある
そうでしょ?
それが
おそ・・ものがおそわれるものにおそわれたからおそろしいわけでおそるおそればおそるとき
!
バカ

札束のナダレの下で死ぬ者がいれば
つぶァー
百円玉を狼のように腹につめられて死ぬ者がいる…
赤ちゃんはぬれた五百円札が窒息死させた…
こちら政府広報車です
危険ですのでお手持ちの現金は全部埋めて下さい
捨てることはない捨てる金あれば拾う金あり
お金のことなら私におまかせ
ピーナッツ教
新興宗教家 →
なにをいうか！こんなに金を怒らせたのはお前のせいだ！
彼こそはお金に殺されなかったただ一人の男だった
どうしようもなかった… まず金持が死に 次に中産階級が そして貧乏人が… と次々にお金のエジキになっていった…
どこへも逃げることはできなかった 経済大国の日本ではどこへいってもお金の無い所などなかったのである…

なぜイヌやタコやミミズやトリでなくお金が人間を襲うようになったか
その謎を解かねば死んでも死にきれん・・・
ンーー
まてよ
これは一種の先祖帰りといえなくはないか?!
かって太昔お金はちょくちょく人間を襲って殺していたのではないか!
グシャ!
つまらん結論だがこれでナットクするしか時間がない・・・
窓にはりついたおびただしい一万円札・・・
ガラスが割れていっせいに襲いかかり
私を殺す
その時・・・
ミシッ ミシッ
ミシッ ミシッ
日本人はお金から解放され・・・
お金もまた日本人から解放される・・・
ビシッ
めでたしめでたし

かくして
事件発生後
わずかに一週間で
日本は全滅した…
ただ　お一人
お金などというものに
まったく縁のなかった
さる高貴なお方を
のぞいて……
あっ　そう
おしまい

アネサとオジ

高野文子

あるところに
二人のきょうだいのいる
家がありました
姉の名を「アネサ」といい
弟を「オジ」といいました
オジは
にゃー
心やさしい
よい子でしたが
アネサは
ガッ
ガッ
ガッ
こうで
ガッ
ガッ
こういう
子でもありました

とにかく
くしゃん
なんでも自分ひとりで独占したがります
カー
それにくらべてオジは
ママ…
アネサ足がかぜひくよ
んがっ!
うっうっうっなんというやさしい子なのでしょう
にもかかわらずアネサの悪たれぶりは日増しにひどくなるいっぽうでした
たとえばオジがスリッパをはこうとすると
ぱっ
スープをよそおうとすると

ぱっ
ぱっ
ざざ
顔を洗おうとすると
どん!
キャンディーをとろうとすると
ばしゃ
ばしゃ
ばしゃ
うーっ
む
ぱっ

ぐーっ
はっはっ
ばん!
さっ
たまりかねて
オジが抗議しようとすると
ほえます
ガウ
ガウ
ガウ
ガウ

オジは身の危険を感じました
そしてついにオジは実力行使に出ることに決めました
その一
?
ずんっ!
ぐりっ
イン石かな?

その2
ばん!
あー びっくりした
やっぱり階段は足でおりよ
ボッ
けっこう似合うじゃない

そしてある日、オジが
アネサをこらしめるなにかいい方法は
ないものかと
なんだらかんだら
本を読んでいるときでした
おりこうさんの本
なぜだろう なぜかしら 低学年用
？
どうかしたの？
なぜだろー なんでだろー
どしたんだろー
ぎゃー
ねぇ
いったい
なに
さけんでる
わけ？
たったったっ
わーっ
わーっ
わーっ
あるいたーっ
しゃべったーっ
ばけものーっ?!
ガリガリ…

わけを聞いてみますと
どっちが…
おっ…おまえはなんということをするのだ！あるきながら本を読むとはものを食いそれでもたりずにしゃべるとは……！
頭が一っこしかないのに一度に4っつのことができるなんてふつうじゃないっ！
まさか
アネサちょっとそのまま歩いてみて
ぐいっ
えっ
ぱくぱく
だめだよしゃべってみてよ
……そんな……
器用なことがができるか！
ずん！
とたんにまひする

ははは
しらなかったなー
ウー なんという偉大な弟よ
……というわけで
それいらい アネサは オジを師と あおぐように なりましたとさ めでたし めでたし
そんな ふしぎかなー
いま こうやって 話してたってさ 呼吸は してんだしさ 少なくとも 二つの ことは同時に やってる わけ じゃない？
こきゅー？ なんだ それは どーやするんだ ぜひ教えてくれ
おわり

WMC PRESENTS A RAKUGAKI-KAN P.H.P. PRODUCTION
5001 a space odyssey
MANERAMA
Super anavision and Monocolor
WMC RECORDS
宇宙船サルスベリィ号
博士の異常なオレンジ
次週上映
2001 a space od
BY STANLEY KABURITSUKI
WMC
ん?!
今のが禁断地帯で発見された人間のフィルムである

我々もスターチャイルドとなるべくこうしてディスカバージュピター計画の途上にあるのだ
マネばっか
ワカラナイコトハ何デモアタシニ聞イテネ
SAL8997型コンピューターヨ！
注，HAL9000型コンピューターより3個ユニットが足りないのでこの名がある
ゲームでもやろうぜ
イイワネ
ジャアタシカラヨ
ぱっ
ではオレはちょっと
DEEP
うーんむずかしいぞこれは
だーれにしようかなっ♪マリサベレンソンはもうあーきたっと♪
BARBA RELLA ROOM
よし！この一般市民のタカネちゃんとしてみよう
TAKANE

んんん
おxxま xxんx こxxx!
120%
あー また 負けた! SALは 強すぎるん だから
バルコニーに 行こうぜ
うふ
ネエ モウ イッペン!
おー きれいな 星空だ
宇宙気流が冷たいワ
オレさ 女になっても いいや
この絵 マチガイ
きっと 美人に なるよ
ラビアンローゼ
チュチュリーノ
なあに やっちょるか!
この船は どう なってんだ
パキッ

あらら
とんでいって
しまった
おのれえ!
SAL8997
のしわざだな!
ヘンナトコロデ
原作ニ
近ヅクンダカラ
コンピューターの
分際で
オサル様に
さからうと
差押え
キント雲
どうなるか
思いしらせて
やる……
アリャ!?
ひゅ
あ～っ
冬眠の
メンバーが
殺されている!
がびーん
検査済

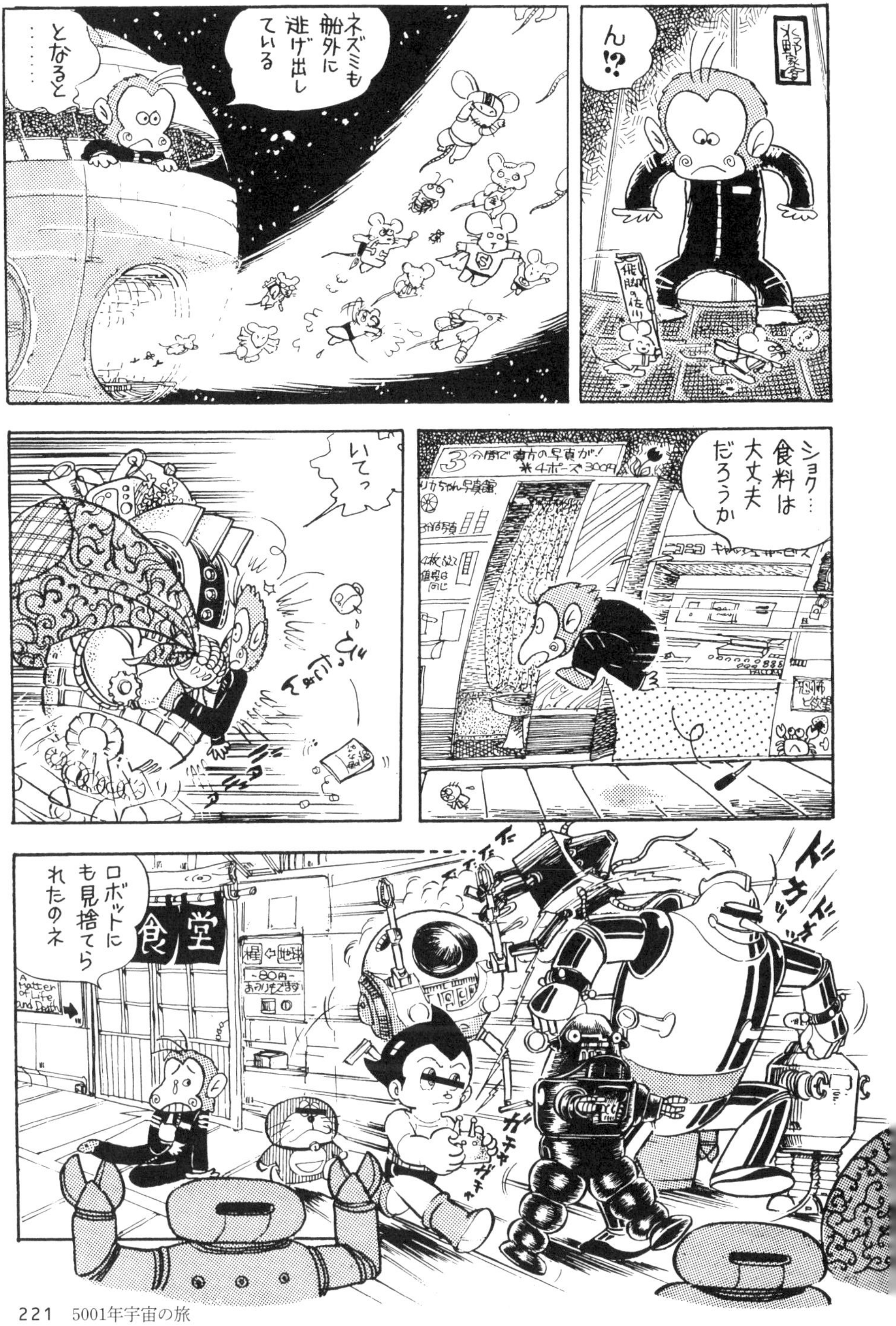
ん!?
ネズミも船外に逃げ出している
となると……
ショク…食料は大丈夫だろうか
いてっ
ロボットにも見捨てられたのネ
食堂
A matter of Life and Death

ややっ！食料があんな高い所に・・
味助 60
めん吉 80
どん兵衛 90
SALめ！手の届かない所に置きやがって
IQ70
こうなったら思い出銀行を破壊するしかないっ！
MEMORY BANK
はいるな！
あけるとたたい
立入り禁止
すわり入り禁止
IQ50

INTER-MISSION
おっ！木星が見えてきた
なんと木目の美しい！
進路もまちがってないようだ
伝言板
ずいぶん待った
先に行く
高度な宇宙人
ナゾの黒板もとんでるし
雨戸も閉めたしあとはサイケシーンで
いよいよクライマックス
注，「雨戸」は 流星雨を防ぐためのものであるのはいうまでもない
……
れっ!?
ああっしまったァ
セカンドコンタクトレンズ
ファーストコンタクトレンズ

●STAFF●

Produced and Directed by
……TSUCHIDA YOSHIO
Associate Production
……RAKUGAKIKAN＋α
Production Designer,
Art Director, Set Decorator
……MIZUNO RUTEN
Special Effects
……SCREEN-TONE
Name Dresser……TETSUYA
Cunning Books
……Dr. HARUYAMA & KATO

●CAST●

Boss Saru……SAGAWA TOSHIHIKO
Matomo Saru……YUKINE MIKI
Okama Saru……SABEAR NOMA
Real Saru……MASUDA JUN
Sarusbery I……SHIOSAKI MAKOTO
Sarusbery II……NERIMA YUSHI
Otomechick Eyes……KAI MITCH
Rats and Arms……DEN YOICHIRO
Robots and Computers……NAGAREISHI RUFU
Balcony and Flowers……FUNAZAKI AKEMI
Doors……TAKANO FUMIKO
Ecstasy……SUETAKE YASUMITSU
Hagio Moto……SHOSHA IZUMI

奇想天外 対談競演会

都筑道夫 VS. 石上三登志

鏡明 VS. 瀬戸川猛資

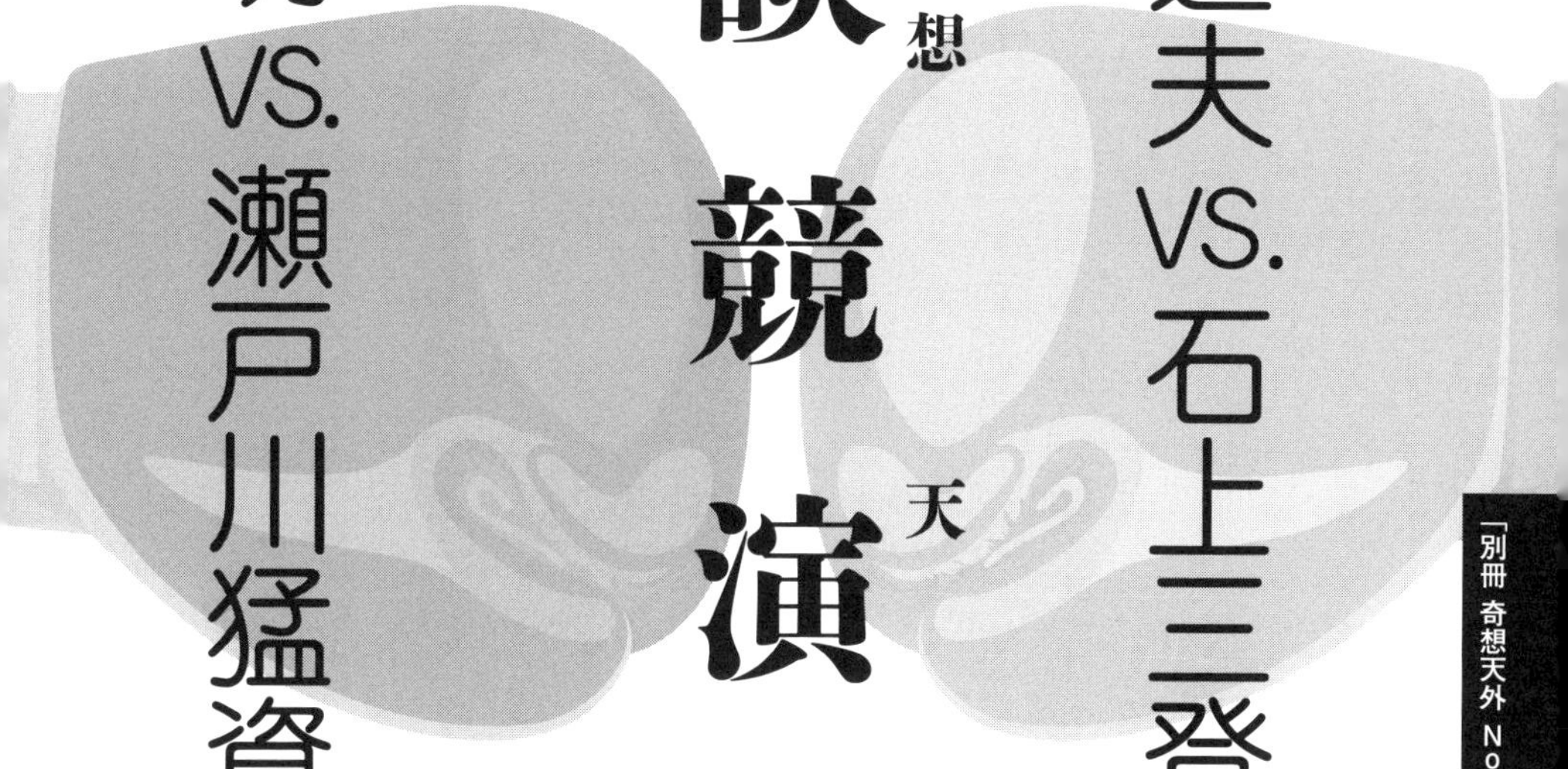

「別冊 奇想天外 No.13 SF MYSTERY 大全集」1981年

対談というものは江戸川乱歩クラスでない限り単行本にはなりにくい。
しかし、対談の中には簡単明瞭な対話の中に本音と真実の宝石が含まれている。
そこで、ここに二本立て競演で復刻しておくことにした。
特に、鏡のSF=プロレス対瀬戸川の相撲=ミステリ対談は、
我々世代では伝説となっている。
しかし、現代気鋭の作家・評論家でも知らない人が多いので、
ここに再録しておく価値あると判断した。

しかし、振り返ってみれば、一つの雑誌に、
こんな横断的テーマ、この人選で、
こんな面白対談が二本も載っていたとは……
『奇想天外』とは、なんとも先鋭的かつ贅沢なる
雑誌であった。

——山口雅也

Kisou-Tengai Anthology

奇想天外

SF
MYSTERY
FANTASY
HORROR
NONFICTION

なごやか対談

昔のSFには謎ときサスペンスがあったけれど…。

出席者：都筑道夫VS.石上三登志

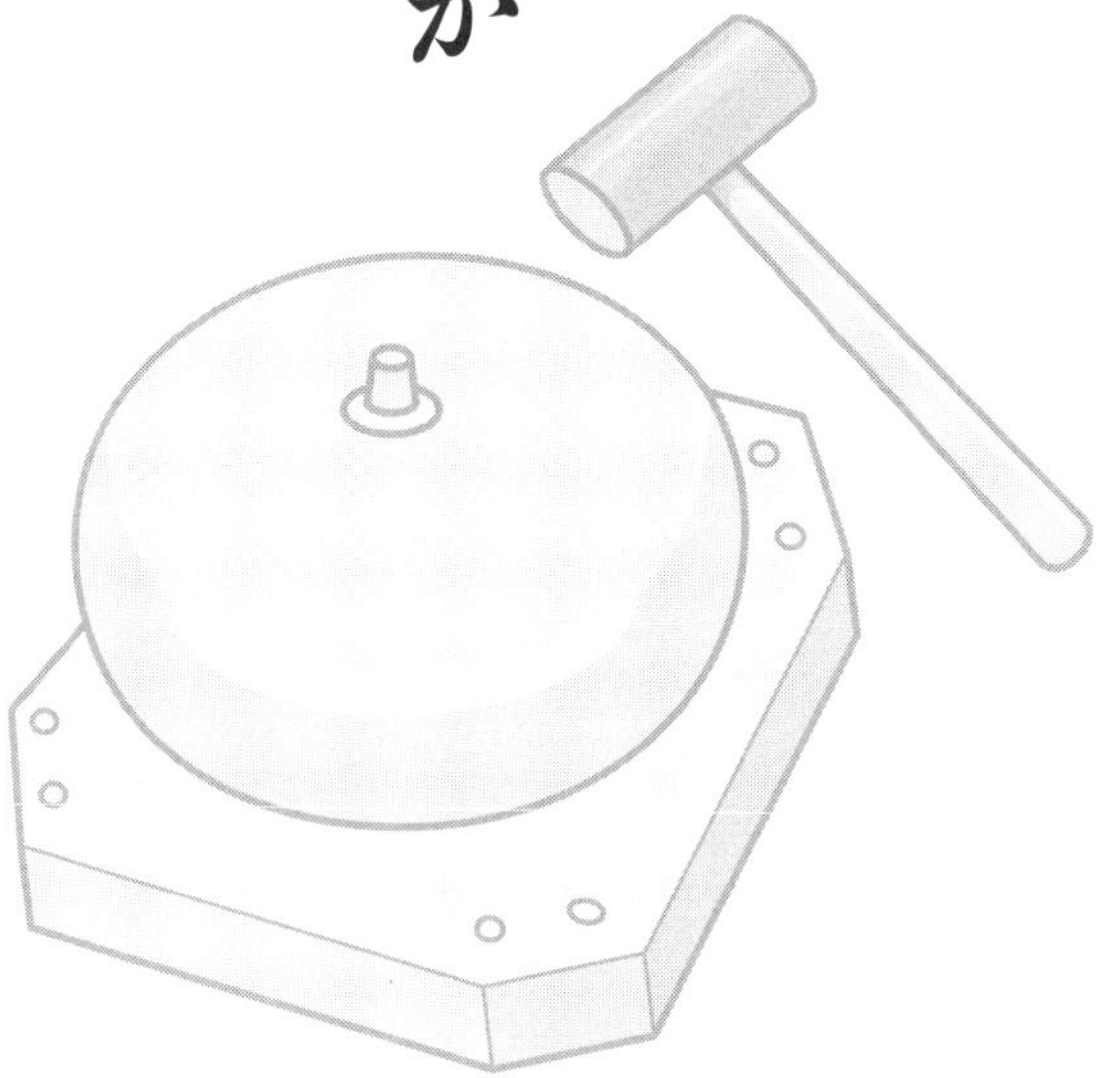

かつてSFは、ミステリ、探偵小説の一分野として読まれていました。
現在ではSFファンとミステリファンは、はっきりといっていいほど分かれてしまいました。
そのような時代の変遷を眺めつつ、SFとミステリの分離と融合について
語り合って頂きました。

SFに面白い本がないナ

編集部　最近の海外SFには興味がありますか？
都筑　興味がないわけではないが、おもしろいのにぶつからないんでね。
石上　そうですね。本屋に行っても、これというものは分かるつもりなんですが、それを買うとたいがい失望するみたいなね。
編集部　ということは、SFが拡がってしまって、ミステリ・ファンを喜ばせるようなSFの面白さがなくなりつつあるんですかね。
石上　そのことはさておいてもぼくは、面白い本を読みたいということなんで、必ずしもSFの本を探さなくても、もっと面白いものがたくさんありますね、今は。
都筑　それもあるし、一つには、翻訳する時に、題名の工夫の仕方とかが足りないような気がしますね。というのは、ハワイで毎日のように本屋に行っていた時に、ひさしぶりにかなりSFの本を買いましたよ。というのは、題名で選ぶんですよ。
石上　買いますね。
都筑　ただ翻訳の時には、いちいち原題を見ないでしょ。だから題名の訳し方というのもあるんじゃないかな。
石上　中味じゃなくて、外側の問題というのは大事ですね。ぱっと見てわくわくするということがあるんですね。そういう意味で、最近何も予備知識がなくて読んでやっぱり興奮したのは「シャドー81」ですね。まっ青な空に後から見た飛行機雲というカバーにひきつけられましたね。
　多すぎるということもあるんでしょうが、一つ一つを分からせるという工夫が足りないような気がしますね。
都筑　情報が多すぎてかえって情報不足みたいな感じですね。
石上　これだけでると、自分の知識をふりしぼっても分からないですもの。
都筑　そうですね。
石上　先ほど言われましたように、外国の本というのは、見ていると分からなくても買いたくなるというのが随分ありますね。
都筑　それと一月に読める本の数というのは決まってますからね。つい頂いた本を先に読まないといけないような気がして、本を買わなくなって……（笑）

昔のSFはみんなミステリー風だった

編集部　都筑さんが紹介した初期のSFというのは、ミステリ的な要素を非常に含んでいたように思うのですが？
都筑　というよりも、ミステリに近いものを意識的に選んだんですよね。ミステリとか恐怖小説とかそれまで日本に受け入れられているものに一番近い形のものをね。
編集部　日本の場合、ミステリの一分野にSFがあったわけですよね。
都筑　そうですね。でもそれはやっぱりいい状態ではなくて、SFの好きな人がミステリを好きでも構わないけど、SFの読者というものがはっきりあって、その人達を対象にして翻訳のシリーズを選べるという方が、よっぽどいいことには違いないですね。
石上　今の人達は分からないかもしれないがミステリしかないといってもいい状態で、ミステリから娯楽小説に入り込んだというのがまちがいない事実ですね。後でSFが好きになるからには、たぶんマインドはあったろうと思うんですが、探してもなくて、かろうじて子供ものに接していたという……。

ミステリを追いかけていた頃に、元々社のシリーズが出まして、一、二冊読んだんですが、あまり入りこめなかったというのが実感ですね。どうしてだったのかな。

都筑　やっぱり出す方も訳す方も慣れてなかったんですね。

石上　そのあとで、室町書房から「遊星フロリナの悲劇」と「火星の砂」が出て、この方が何となく心に残ってますね。特に「遊星フロリナの悲劇」つまり「宇宙気流」ですか、不思議に覚えてますね。やはりミステリ的な何かがあったのかな。

都筑　そうですね。ミステリの目で選んでいたんですよね。

石上　あとはどんなものがライン・アップされていたんですか？

都筑　「宇宙船ビーグル号」とか「トリフィドの日」とか……。そこから僕が引きついで企画を立ててやるはずだったのが、一冊も出ないでダメになっちゃったんですね。僕がSFを熱心に読み出したというのは、室町書房の企画を引き受けたせいですね。ただ読んでも、科学知識がないから、分からないものは敬遠して、分かるものから先に出そうという考えはありましたね。

その時アメリカのSFというのは、かなり発達してしまった後でしたから、ハード・カバーでSFが全然出なくなっちゃった時期にさしかかる直前だったわけですね。そのあと早川書房に入って、なくなった福島正実さんとSFもやろうじゃないかという話になった頃が、アメリカではSFが一番ひどい時期だったんじゃないかな。

そういう時期に日本でスタートしたというのは、アメリカがそんな時期だから、割に分かりやすいSFがあとからあとから出てきてたということはありますね。

石上　室町書房と元々社以前というのは、極端にいえば、何にも翻訳SFはないという状態ですね。間違いなくウェルズとヴェルヌがあっただけで……。創元社の「大ロマン全集」で「透明人間」と「モロー博士の島」と「タイムマシン」が出ましたが、「透明人間」はあれが最初だったんですかね。

というのは、ぼくが高校生の頃「透明人間」が一番、SFでもあり、ミステリでもあり、両方の面で最もくすぐられたんですよね。

都筑　「透明人間」は改造社の「世界大衆文学全集」には入っていませんでしたかね。「宇宙戦争」は入ってましたね。

石上　あれには、「宇宙戦争」と「海底二万哩」が入っていましたね。いい組合せでしたね。

都筑　そうでしたか。

石上　その頃、僕が熱中してたのは、「Yの悲劇」とか「グリーン家殺人事件」とかで、SFは分が悪いなんていうもんではなくて、ないという状態でしたから。

編集部　そうですね。その時代は、どうしてもミステリ・ファンがSFファンに移行していくという状態ですね。

石上　あの頃でしたかね、「宝石」で科学小説特集をやったのは。へんな組合せでしたね。ネルソン・ボンドがあったりアシモフがあったり。日本はというと香山滋さんとか丘美丈二郎さんとか。丘美さんというのは純然たるSFではなかったんですが面白かったですね。超自然的な出来事に見えるやつを科学的に解明していくという…。

都筑　考えてみるとSFミステリと言えるわけですね。

初めのうちにミステリ作家がSFらしきも

のを書こうとした時には、逆にミステリにならないように気をつけていたんじゃないかな。

石上　翻訳ＳＦはなかったですけど、映画は少しずつありましたね。映画の方にものめり込んじゃった僕なんですけど、映画の方の持っているＳＦ性と小説の方が持っているＳＦ性との食い違いに、非常にとまどった覚えがあります。小説がないので、ＳＦ映画の方を好みまして、こんなものが好きだ好きだと言っていて、翻訳が出ないかなと思っていた時に、元々社のシリーズが出て、読み始めたのですが、違うんですね、これが。

　今にして思いますと、50年代のＳＦ映画というものは、かなりミステリ的だったと思うんですよね。

都筑　たとえば……。

石上　「遊星よりの物体Ｘ」もそうですし、「宇宙水爆戦」もですね。ごくあたりまえの日常世界があって、そこに異常な出来事が次次と起こっていって、ある瞬間に論理で解決されないで、ＳＦ性で解決されて、そこからイメージ・スペクタクルになっていくという。

　ところが元々社のかなりの部分の小説というのは、それではないところでやっているという気がしまして……。

都筑　そうですね。それと元々社のシリーズが失敗した最大の原因というのは、英語の持っているイメージを日本語のイメージに移しかえることが出来なかったということでしょうね。

石上　当時はですからどちらかというとＳＦ映画の方でして、今でも思うんですけど、「宇宙戦争」もそうですけど、普通の世界があって、何やら隕石が落っこってくる。そこから段々分からないことが起こってくる。脇役が必ず主人公に聞くんですよね。「何が起こったんだ？」と。すると「分からないけど、何かが起こった」というあの一言が必ずあったんですね。すると非常にぞくぞくしましたね。

　つまり、一番最初にそういうところでやってくれないとＳＦというものが分からない時代があったんだなという気がしますね。

　それで、都筑さんが選ばれた「ハヤカワファンタジィ」の一冊目が「盗まれた街」。あれがまさしくそれだったんですよね。すぐに「火星年代記」をわかれといっても無理ですよね、そういう時代に。

都筑　そうなんです。それを日本はかけ足でやらなければいけなかったから、忙しかったんですね。ただ日本人というのは早いんですね。あっという間に消化して……。

石上　「盗まれた街」というのは今でも、「ＳＦはどうも…」という人に勧める一番いい見本みたいですね。

都筑　最初のうちは、あまりＳＦと書いてないＳＦを、向うでもＳＦとして売ってないＳＦを主に漁って、その中から選んで、なるたけＳＦらしくないタイトルをつけて、いわば、おずおずと差し出したわけです。ところがすぐ意外な結果が出て、例えばＣ・Ｍ・コーンブルースの「クリスマス・イヴ」がだめで、フランク・ハーバートの「21世紀潜水艦」が非常にアピールして、ああ、これなら案外簡単に拡げていけるんじゃないかなという気がしたんです。

石上　今のＳＦファンには古くさいと言われるのかな。でもああいうタイプのＳＦってのが、ぼくなりのＳＦに入るきっかけだったんです。後で読んでも馬鹿みたいにぞくぞくしちゃうのは、マレイ・ラインスターのあまり有名じゃない方の「地の果てから来た怪物」とか「青い世界の怪物」とか非常に好きですね。僕はSFファンであると同時にミステリ・ファンでもあるし、両方満足させて欲しい気持がありましてね。その上に活劇ファンでもあるなんていうとわけが分からなくなってきちゃうんですがね（笑）

あの手の日常性から始まって次第に謎めいてきてクライマックスでSF的になってくるという小説はもうないんですかね？

都筑　先ほども言いましたが、SFが凋落期にさしかかってたから、そんなものがどんどん出たんじゃないかしら。SFを書きたいんだけどSFとして出してくれないから、もうちょっとボーダーラインに近いものを書こうという……。

石上　今の話をまとめると、要するに僕はSFであっても謎があった方が楽しいという意味でミステリとの接点みたいなものが出来るんです。本来的な意味では、SFという世界には謎は必要ないんですかね。あった方が面白いと言っているのは邪道なんですかね？

都筑　邪道ではないと思うけれども。だから一度SFの凋落期があったおかげで、ミステリよりも先にSFがもっと大きく拡がったんじゃないですか、純文学に近いものから冒険小説に近いものから。僕はそれを今、ミステリがやってるような気がしますね。一遍アメリカでSFがペーパーバックの書き下ろしで細々とやっていた時期があったんです。ミステリの方は実質的に書けないとか売れないということがなかったから、むしろ拡がりはSFよりも遅くきたんじゃないかという気がしますね。今は、トリックもないそれこそ謎もないようなミステリだって出てるわけでしょ。だから余計SFの中にSFミステリというような小さなジャンルが出来てくるんじゃないですかね。

石上　映像の方でいうと分かり易いんですけど、最近の悪い例なんですけど、非常に派手な特殊効果のイメージがあれば、何となくSFになっちゃいますけど、ミステリの方はその程度じゃ客を納得させられませんからね。だからひょっとすると、SFよりもミステリの方がテクニックが必要だという言い方が出来るんじゃないかと。

都筑　テクニックの質が違うんじゃないかな。

石上　SFのテクニックというと、どういうことになるんですかね。僕はイメージの方が先になってるような気がするんですがね。これも映像の方を考えた場合ですがね。

都筑　映像の面では、テクニックが見せ方の方に重点がおかれてるわけでしょ。だけどミステリはそういう意味での見せ方だけでは勝負が出来ない。だから今、いいミステリ映画が出ないんじゃないかな。

石上　ただ僕は、SFでもミステリにしても、読者側から言うと基本的にのせてくれないとどうしようもありませんので……。そういうのせ方に関しては、SFの方がミステリよりも不親切な気がしますね。

都筑　それは、どんなイメージでも持てるという自由さが逆に、広い読者をうまく引っぱり込めないという難しいとこになってるんじゃないですかね。非常に小さく限定されてるものの中に引きずり込む方が楽ですからね。

石上　他のいろんなタイプのSFも好きですが、原則としてミステリ的なものが好きという性格から言いますと、さっきの「盗まれた街」みたいな書き方をしているものには間違いなくのっていく方なんですけど、逆に、段々とわけの分からない出来事が拡がっていくと、ある瞬間にそれを簡単にSF的に言っちゃうという解決の仕方というのは困りますね。うまくやってくれればいいんですがね。
　僕が違った意味で面白がっちゃうのは、スタニスワフ・レムの「ソラリスの陽のもとに」とか「砂漠の惑星」の書き方というのは、非常にミステリ的だと思いますね。必ず惑星が最初から出てきますけど、人間がその天体のわけの分からない現象に巻き込まれていって、次第に解明されていくという。僕は出来のいいSFミステリだと思いますが。

都筑　それは誰を対象にして書くかということと繋がってくるような気がしますね。読者が拡がってきて、おそらくSF作家の中には、コンピュータのことなんか知りつくしている読者を最初から頭において書いているとか、そんなことがあるような気もするんですけどね。そういうふうにそういう読者を対象とした方が書く方は楽でしょうね。自分の持っている特殊なイメージを、いちいち説明していたらなかなか本題に入れなくなっちゃうし。ある時期までその作者が考えたいろいろなマシンとか町の機構とか、そんなものを皆、割合と丹念に説明してましたね。ところがある時期で、例えばフィリップ・K・ディックなんかが第一線に立ったあたりから、そういうものを説明していたらストーリイが発展しないということで、あっさりわり切ってしまった時期があるような気がしますね。僕はその辺からあまりSFについて行けなくなってしまいましたね。

石上　大体同じような気がしますね。そういう人が意外に多いんじゃないかな。

都筑　いろんな科学知識が出てきてもいいが、SFミステリというものは、科学知識で解決してはいけない、とアシモフが言ってるけど、アシモフという人は割合と丹念に説明していた人ですからね。

石上　そういう意味では、なくなった福島さんは、実にミステリファンの気持をくすぐってくれる紹介の仕方をなさってましたね。非常にミステリ風にストーリイを書かれて、勿論最後まで書かなくて、このあと壮絶などんでん返しがある、なんて書くんですよ。あわててペーパーバックを探して読んでみると、福島さんが言ってる程どんでん返しはないんです（笑）、やられたなあと。

都筑　案外、純粋のSFミステリというのは少ないんですね。推理小説のパロディのようなSFは随分ありますがね。乱暴な言い方をしてしまうと、本格ミステリでもあり同時にSFでもあるというものは、アシモフとエドワード・D・ホックとランドル・ギャレットぐらいじゃないですかね。
　ぼくはいつも思うんですが、未来史とか科学で解決しちゃいけない、そこをうまくアシモフは人間で解決しなくちゃいけないという言い方をしてるんだけど、普通のミステリと同じ解決の仕方をするのなら、なぜSFにしなきゃいけないのか、という気がしないでもない。本当にSFミステリというものは、あっていいものなのか、むしろなくてもいいものじゃないかという気がするんですがね。そういう言い方をしてしまうと、SFもミステリも総て、あってもなくてもいいようなもんでね（笑）

石上　とりわけ、エドワード・D・ホックの「コンピュータ404の殺人」は……。一冊目の「コンピュータ検察局」だけだと面白くて、あの手はあるなと思ったんですけど。でも果たして、SF派、ミステリ派、どっち側からも評価できないような気もしますね。別な言い方をすると両方にまたがったファンだけが「ああ、やられたな」と。

SFとミステリは融合するか

編集部　SFミステリとなると、やはりミステリとSFとの融合ということになるわけで制約は多くなりますね……。

石上　僕は基本的にはもっと融合して欲しいなと思ってるんですよ。面白い小説を読みたいから。ミステリというのは面白い小説の典型で、まず面白がらせるという技術でもって懸命になってアイデアも何も考えるけれど、SFというのは必ずしもそうじゃないような……。だからSFとは何かというと、拡がりすぎて分からなくなってきちゃうと。

都筑　今、ミステリも段々とそうなってきてるんだけど。なぜ特にジャンルとして、ミステリを書くかとか、SFを書くかと言われると、返事のできない人が多いんじゃないかな。

石上　好きだからですよ（笑）。でも、SFの中のミステリと言っても、ミステリとは何かと、いわゆる謎ときなのか、犯罪小説とかの区別がなくなってきちゃったし……。

編集部　やはりそういう意味では、アシモフが一番巧いでしょう。

都筑　あれが一番理想的な形で、そうすると、それ以外の所へ出ていくのが難しいような気がしますね。

石上　僕はアシモフは、純然たるミステリとして書いている方が面白いんですよね。

都筑　僕もそうですがね（笑）

石上　誤解されるのを承知で言いますが、こんなに面白い人だったのかなあと。「黒後家蜘蛛の会」とか「ABAの殺人」とか、非常にミステリとしてのせてくれますね。

都筑　よくできてるし、うまいですね、やっぱりあの人、本当にミステリが好きなんですね。

編集部　思考形態として、SF作家とミステリ作家は全然違うんですかね。

都筑　僕は違うんじゃないかと思いますね。昔、SFを書きたいといっている人達を一番怒らせた言葉というのは、アメリカではミステリで売れない人が書いてたんだということでね（笑）。初めの頃はそうだったですよ（笑）

石上　そういえば、ブラッドベリがミステリを書く、俺はミステリが好きだと言ってましたね。チャンドラー風のミステリを書くとか（笑）

都筑　だから、そういう時期が最初にあって、そのあとに純粋のSF作家として力量のある人がどんどんと出てきたわけですよ。僕はかけもちをしちゃいけないような気がしますね。ごく特殊な人を除いては。アシモフなんかは両方やって欲しいですが。

石上　そういう意味では、ミステリというのは、謎とそれが解明された時の意外性というのは非常に大事で、途中の論理というのはあってもいいし、なくてもいいと思うんです。それはミステリのタイプの違いだと思いますし。そういう意味でSFを考えると、非常な意外性があるというのは、そんなにあるとは思えないし、またあると「宇宙人だった」とかいうことになるし。

光瀬龍さんの作品にはかなりSFミステリといってもいいものもありますね。

都筑　そうですね。

だけど全然別ものだというと、僕は今でも時々SFを書くから矛盾してくるんだけど。もっとも僕は、SF作家ではないんだな、SFめいたものを時々書くと言い直さなくてはいけない（笑）

編集部　「未来警察殺人課」なんかSFミステリですね。

都筑　あれもねえ……。SFミステリといえるかどうか、疑問ですね。

石上　例えば謎解き、犯人探しでも、やっぱりSFである以上は、SF的なスケールとか、イメージでできないのかなと、いつも思いながら本を読んでいるんですけど。ポール・アンダースンの「審判の日」でしたかね。宇宙の果てから還ってきたら、地球がなくなってて、「誰がやったんだ」と。これは謎解きの基本みたいな気がしましたね。必ずしもそういう風には展開してくれないし……。

都筑　ポール・アンダースンも好きなんじゃないんですかね。もっともあの人はミステリを書いて失敗しましたけどね。二冊ぐらい書いたんじゃないかな。

SFの自由さ、ミステリの不自由さ

石上　厳密な意味で、ミステリファンも喜ぶSFというのはそんなにないですね。

都筑　難しいと思いますね。ミステリファンが割と喜んでくれるSFは書けると思うんだけど、そうするとSFファンはあまり喜ばないんじゃないかな。両方喜ばせるということは、大変なことだと思いますね。

編集部　特に最近は読者層が分かれてきてますからね。

都筑　むしろ僕は、そういう方が自然であるし、喜ばしい状態のような気がしますね。両方好きな人がいてもかまわないですけど。

石上　ハル・クレメントの「20億の針」はどうなんですか？

都筑　さあ、ミステリと言えるかどうか分からないけど、ミステリ心を持っている人なんじゃないですかね。

石上　「20億の針」とか、アルフレッド・ベスターの「分解された男」とか、いわゆる捜査物というタイプのミステリとしては、極めてよく出来ていたという印象ですが。ただ謎と意外性という点では必ずしも納得しないですがね。

都筑　逆に、いえばミステリとは何だ、と追いつめられたような気もする。

石上　そんなに意識しないでも、SF性もあればミステリ性もあるという、最近のアメリカ型の小説、ぼくはネオ・エンタテインメントと呼んでますけど、あれをずらっと並べた方がコンセプトが分かってくるような気がしますね。田中光二さんの「爆発の臨界」もそうですけど。

冒険小説と言っているのは、分からないでもないですけど、総てを言っているような気がしないですね。

都筑　でも、冒険小説とかSFとかいう言い方はあいまいな方がいいんですよ。

石上　北上次郎さんは困り果てた結果でしょうけど、「活劇小説」なんてくくったり。狭い意味でね。

都筑　そんな時に一番便利なのは、×××のSF版という方が、分かる人には分かりますね。

石上　そう考えると、イアン・フレミングとアリステア・マクリーンが出てからよく分からなくなってきましたね。

都筑　それだけ偉大なのかな。

石上　片方はイメージとギミックで、片方はプロットで、必ずしも冒険小説ではないし、かなりミステリ的じゃないかと思うとSF的のような気もするし。

イギリスから始まってアメリカへ飛び火して、今はアメリカの方が面白いですね。

都筑　みんなただ「ノヴェル」でしょ。「アドヴェンチャー・ノヴェル」とかそういう言い方をしないんですよ。
石上　「ノヴェル」という考え方は面白いですね。大概ハード・カヴァーですね。従来のＳＦとかミステリとかは、質的にではなく商品価値といいますか、ペーパーバック的な印象がしますね。
都筑　それはもう、はっきりとそうでしょうね。だからミステリ・ライターじゃなく、ＳＦライターでなく、ノヴェリストになりたがるんですよ。本の値段が違うしね。従って入ってくるお金も違うし。
石上　アーサー・ヘイリーなんかをノヴェリストだと思うと、エラリー・クイーンなんかペーパーバックという感じがしますね。
都筑　そうですね。やっぱりミステリ・ライターですよ。
石上　エド・マクベインもハインラインも、アシモフも……。
都筑　数は沢山並んでいますけど、やっぱりペーパーバックが主だし、それと大型のペーパーバックですね。
石上　海外へ行きますと、主婦が厚いペーパーバックを持って読んでますね。あれは元は絶対にハード・カヴァーで、何を読んでるかというと、ＳＦでもミステリでもない筈ですね。
都筑　メイン・ランドでもそうだと思うけど、ホノルルあたりの本屋では、大きな本屋にいけばたまにミステリのハード・カヴァーが、一、二点ありますけど、ＳＦのハード・カヴァーはないですね。ペーパーバックならＳＦもミステリも沢山ありますけどね。でも、ベストセラー・ノヴェルのペーパーバックに比べればかなり虐待されてる感じがしますね。
編集部　まだステイタスは低いんですかね。
都筑　ＳＦから遠ざかりながら、それでもやはり時々、ＳＦ的なものを書きたくなるというのは、現代を書くよりもある自由さがあるんですよ。その代わり逆にしばられる点もありますがね。自分の思った事を何を書いてもいいというのは魅力がありますね。
石上　巨大な宇宙船の中で起こる連続殺人なんていう話はもっとあってもいいと思うんですがね。宇宙船の中ではそんなことやらないのかな（笑）。連続殺人じゃなくてもいいんですがね。その中の誰かが何かであるという。そういうお遊びだっていっぱいできると思うんですがね。あまりないですね。
都筑　むしろ、ＳＦミステリは科学や未来史で解決してはいけない、人間で解決しなくちゃいけないということを、それほど重大に考えなくてもいいんじゃないかと思いますね。科学で解決したって、未来史でだっていいんじゃないですかね。むしろそっちへ行く事が、ＳＦの中に、ミステリと違うＳＦミステリというものを作る事になるという気がしますね。そうすれば、ＳＦプロパーの読者も面白がるんじゃないですかね。
石上　半村さんの「不可触領域」というのは、かなり秀れた、本格物とは違った、必ずしもそれを狙ったものではないんでしょうけど、結果として非常にミステリアスな話になってますね。しかも解決が僕なりに納得出来ましたし、軽いから余計にひたれました。そんな話をいっぱい読みたいんですが。
編集部　ということは初期のＳＦが紹介された頃の面白さという……。
石上　それに近いですね。古いのか新しいのかと言われますと困りますがね。話法でのせていって、スリルとかサスペンスを味わわせてくれる。ＳＦそのものは、スリルとかサスペンスというのはそれほど重要ではないでしょう。どうしても使わなければならないようなものではないと思います。

都筑　今おっしゃったサスペンスというものは、このところ忘れられてるような気はしますね。外国のノヴェルは、サスペンスを実に的確に使ってますが、日本の小説はちょっとサスペンスを忘れてますね。ことに僕はこのところすっかりサスペンスを忘れてるな。

　一時期、サスペンスで面白がらせることは限界があるような気がして、意識的にサスペンスを考えない方がいいんじゃないかという気がしまして、今だにそれが尾を引いてますね。

石上　ＳＦハードボイルドというのはどうなんですか。活劇という意味じゃなくて。

都筑　チャンドラー風のＳＦというのはありえないと思うけどね。そのためには、ＳＦの設定の中で、本当に生きている人間を書かなければならなくなる。すると現代人に理解できなくなっちゃいますよ。未来人の哀しみなんて分かりませんよ。

石上　そうですね。ハードボイルドは時代ですね。そのリアリティがないとどうしようもないですね。

　自分がそうだからあえて言いますけど、ミステリファンが非常に喜ぶＳＦがないのは事実ですね。自分のミステリ趣味を無理矢理とり払った上でＳＦを楽しむということはあるかもしれませんが。

　ある時期から翻訳ＳＦがとっつきにくくなりまして、ＳＦそのものが問題だったのではなく、ちょうどその頃日本の作家のＳＦが面白かったんですよ。半村さんが伝奇シリーズを書かれるあたりまでですね。

　ミステリ的に楽しむには、ＳＦはあまり進んじゃいけないんじゃないですかね。

都筑　そうかもしれません。

編集部　海外には、ＳＦ作家ともミステリ作家ともつかない人がいますね。リチャード・マシスンとか……。

石上　彼らがＳＦもミステリも両方楽しめるタイプの作家だと言われると、ますます話が混乱しますね。そうじゃなくて小説好きが楽しめる作家だという言い方きりできないんではないですかね。

　最近非常に面白いＳＦミステリを二つ読みましたが、「シャーロック・ホームズの宇宙戦争」と「ホームズ最後の対決」で、期せずして両方ともＳＦ的なアイディアでやっているんですが、僕がどちらの興味で読んでるかというと、間違いなくホームズに対するものですね。姿勢はミステリになってしまいますね。それが徹底してるから楽しめるんで、滅茶滅茶にＳＦになっちゃったら、そんなに楽しめないような気がしますね。

都筑　ＳＦってのは、パロディにはなりにくいよね（笑）。

石上　「透明人間」のパロディ位たくさんあってもいいような気がしますがね。ミステリってのは、そもそも書かれる時に真面目に書かれているから、からかい易いんですよね。

都筑　ＳＦには最初から、現代に対する諷刺とかがくっついてますからね。

奇想天外 対談競演会

激論対談

SFファンはプロレス派！ミステリファンは相撲派だ!!

出席者：

鏡明 VS. 瀬戸川猛資

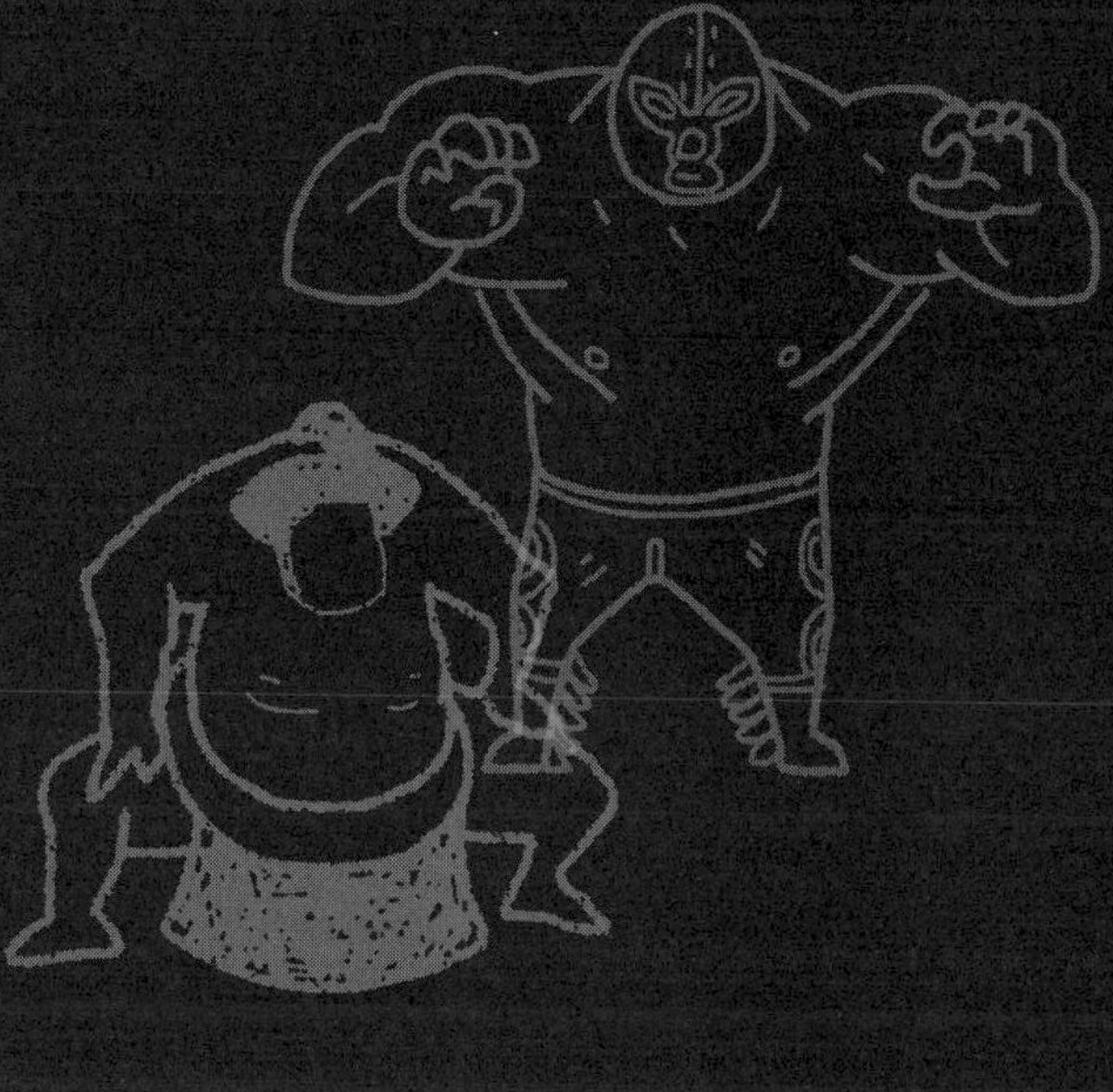

SFファンにはプロレスファンが多い。自由奔放で、時には場外に飛び出すプロセスが、SFの魅力と相通じるのだろう。一方、ルールと明快な結末を重んじるミステリのファンには、相撲ファンが多い。という——話になりましたが、さて……。（山口雅也）

もとは同じだ、SFとミステリイ

編集部　SFミステリイの話というより、まずSFとミステリイの話からして頂きますか。日本では最初、SFはミステリイの一分野だったんですね。だからミステリイファンがSFファンにもなっていくということが、昔はありましたけど、最近はちょっと違ってきましたね。

瀬戸川　そうね、ここ十年の間に全く変っちゃったようです。

　昔「創元推理コーナー」という小冊子があって、村松剛だったかと思うんだけど、書評をやってたんです。で、何故か「火星年代記」がそこに入ってた。それでミステリイとSFはソバとウドンぐらいに似ているんだから、こういう所で取り上げたって構わないだろうと云って、書評してたわけ。その時これは随分違ったことを言うなという気があったのね。門外漢から見るとSF・アンド・ミステリイというのはいっしょくたにされるんだな、と思った記憶があるんですよ。それは当時から、本質的にはかなり違うものじゃないか、という気分があったと思うんです。

編集部　そんなに違ってましたか、瀬戸川さんの意識の中では。

瀬戸川　ぼくは読んでるのは一緒の楽しさなんだけど、面白さが全然違うんで性格が違うんじゃないかという気持はありましたね。とにかくずうっと、SF作家の多くは日本推理作家協会に入ってるし、「新青年」あたりにもSFは一杯載ってるし、戦前は探偵小説の変格派と称されてたわけでしょう、海野十三みたいなのが。常にいっしょくたにされてきた。ところが本当にそうなのかな、という。

編集部　明らかにミステリイの一分野だったんですね、SFは。ある時期まではそういう形で読まれていた。

鏡　その辺はものすごく難しいんだよね。日本とアメリカでは状況の違いがあるけれど、ミステリイとSFが親戚関係にあると見られた理由の一つは、例えばエドガー・アラン・ポオが一番いい例なんだけど、一人の人間がSFもミステリイも書いてたわけ。

　それから例えばオールディスという人はメアリ・シェリーの『フランケンシュタイン』はSFの初めだと決めてSF史を書いているけれど、その一つの重要な要素って、『フランケンシュタイン』はやはりゴシック小説だったでしょう。ところがゴシックというのは逆に言うと今度はミステリイの側でもすごく影響が大きい。その辺の出だしからいうと、似た部分があるのは確かだよね。だから多分両方とも、そういう同じような要素を引きずってきてると思うんだ。

瀬戸川　ものすごくマンネリの定義付けをすると、SFは元を辿るとどこまでさかのぼっちゃうのか知らないけど、ギリシア悲劇あたりまで行っちゃうんでしょう。

鏡　それは違うんだろうなという気はするけどね。

瀬戸川　ただ接点として怪奇小説、幻想小説――まあゴシックだね、そういう流れがあって、鏡が言ったようにメルクマールとなる存在がポーで、幻想小説を科学で割り切ったのが――当初ね――SFであって、論理で割り切ったのが本格ミステリイであるというそこが接点という気はするね。事実ポオは本当はSFの方が多いでしょう。ミステリイは厳密に言えば三篇、多く拾っても五つしかないからね。そうするとやはりポオが両方の父親という感じはするな。

鏡　ぼくはミステリイもすごく好きだから、アンチ・ミステリイを昔書こうと思ったことがあるんだ、学生の頃ね。で、アンチ・ミステリイがわりと簡単に思えるのは、ミステリイは基本的に縮小の方向に向かって行くじゃない。例えば謎解きなら謎解きの一点に向かって行くわけよね——基本的な姿勢として ね。そいつをひっくり返せば、いい。ＳＦはそうじゃなくて、謎が発端でここから拡大して行くケースが多いわけ、だからその違いというのはある。向こうの評論なんか読んでいて面白いなと思うのは、探偵小説は一九世紀から二〇世紀の初頭、科学をすごく重要視してるのね。科学探偵とか、思考法が科学的であるとかさ。それから今の科学の最先端を行ってる指紋とかそういうのを使って謎を解くとかね（笑）。それはものすごくＳＦと近いんだよね。

瀬戸川　なるほどな。

鏡　だからＳＦの側からいうと実はあれはＳＦだった、というのは幾つも出てくる。今度ミステリイの側から見るとあれは立派なミステリイである、近代ミステリイの始まりである、みたいなことになってくるわけだよね。やっぱりある時期までは本当に近い所にずうっといたのかも知れないよ。

瀬戸川　そうだな。

鏡　ただＳＦと言ってもファンタジイと言うか幻想小説に近いものから、本当の科学小説まであるわけだろう。でもミステリイの場合はそこまでの広がりってあんまりないんだよな。例えばミステリイの場合、幻想ミステリイなんて本来的にあり得ないものがある。まあディクスン・カーの『火刑法廷』みたいなのもあるにはあるが、幻想ミステリイというのは本当はないんだ。

瀬戸川　そうなんだ。ポオの「モルグ街の殺人」なんて大変な怪奇現象なわけだよ。本当はあれはそのあと幻想小説でやれるわけだ。ところがそこで初めて謎解きの論理を持ち出してやったという所に、ものすごい功績があると思うんだよ。だからあれは新しい書き方であり、幻想小説の異端児として出発したということは、ＳＦの範疇を非常に広く取って考えれば、ミステリイが逆に異端だったのではないか、と考えられると思うんだ。

鏡　そう。ただその異端の方向というのがミステリイは常に現実に帰ってこなくちゃならないという宿命にあるわけでしょう。その部分が読む側からすれば、非常に自分に近づけて読めるから、異端なんだけど本流になる部分てあったと思うんだ。

瀬戸川　そうかも知れないな。親しみ易い部分なんだ。つまり、書棚でもミステリイ・アンド・ＳＦとかジャンル分けされるけど、ミステリイ・アンド・メロドラマとは言われないわけだよ、ＳＦ・アンド・時代劇とかね。それはやっぱり、きざな言い方をすると両方ともロマンチシズムの文学と言うか、想像力を刺激するタイプの小説だからだろうね。

ただ同じ想像力の中でもミステリイの方が遙かに一般に膾炙し易いんだな。だからそれが浸透しちゃったのかも知れないね。

鏡　思い出したんだけど、「名探偵ポオ氏」というエッセイがあっただろう。あの中に、当時のポオのミステリイに対する批判というのがあって、名言だなと思ったのがある。〝自分で謎を考えて、それを自分で解決する物語がどうして面白いものか〟と書いてあるんだよ（笑）。ミステリイはそれをやらなきゃしようがないわけだ。物語を楽しむと同時に、ある程度作者と読者が対峙している部分てあるわけでしょう。ＳＦは自分で謎を書いて、それが分らなくたって本当はいいんだよな。こうやって考えてみると私には解決はないんですよ、という話でもＳＦは成立するわけ、そこが随分違うなあと思ったんだ。
瀬戸川　そうだね。特に本格推理小説を中心にしたミステリイの場合は、割り切らなければいけないということは常に言えるね。さっき言ったＳＦは常に拡散の方向に行く、という感じはあるな。ミステリイと同じような謎をテコにして、更に新しい次元に行くような所がある。
鏡　どちらもそれはそれであり得る方向だしな。どちらが良いか悪いかというのは言えないと思うんだよ。でもぼくが本当にミステリイが好きになったのは――「シャーロック・ホームズ」は子供の頃みんな読むわけ。たぶんぼくもそのままだったらエラリイ・クイーンとかに行ってもその先は読まなくなってたと思うんだ。やっぱりハードボイルドにぶつかって感動したわけね（笑）
瀬戸川　趣味性が出てくるわけね。
鏡　ぼくが読んでたハードボイルドというのは当然のことながら、基本的には六〇年代だから翻訳ものばかりなわけ。これはあくまでもぼくの仮説なんだけど、翻訳もののミステリイとかハードボイルドが好きだという奴らは、ＳＦファンに非常になり易いという気がするのね。
瀬戸川　そうかね？　でも他にあんまりいないだろう、いる？
鏡　伊藤典夫がそうだよ。それから浅倉久志さんもそうだ。
　ぼくの感じから言うと、特にハードボイルドになぜ憧れるかと言うと、あれはアメリカという世界の風物がすごく描かれているわけね。アメリカにまったく行ったことのない人間があれを読んだら、まるで別の世界の話なんだよ。
瀬戸川　なるほどな。
鏡　本格ものってのはある程度周りの風物を犠牲にする所があるよね。社会を描こうと思ってはいない――極端な話何人かの個人がいて殺人事件が起これば、それでもう話は成立しちゃうわけでしょ。ハードボイルドはそれだけじゃだめで、ロサンジェルスの町がどうであったとか、そういう部分が必要になってくる。
瀬戸川　そこで想像力の世界に共通するものがあると思うわけね。
鏡　そうそう。
瀬戸川　ぼくは自分のことを話すと、よく分らないんだけど最初は「シャーロック・ホームズ」や江戸川乱歩の「怪人二十面相」なわけですよ。今の若い奴らは興味ないかもしれないけど、ぼくたちの世代は……。
鏡　そうそう、今三〇歳以上の人間には基本教養だものな。
瀬戸川　そう。だけどそういうのを読まない人もいるわけで、その人たちが大きくなって何を読むかと言うと、丹羽文雄とか井上靖とか瀬戸内晴美とかで、そういうのは全然ぼくらと接点がないんだよな。ところがミステリイファンもＳＦファンもそこまでは同じわけね。それからぼくなんかだと講談社かな、『赤い惑星の少年』とか『少年火星探険隊』とか、ああいう空想科学小説全集に同時にしびれて行ってさ、それで大人ものの本格ＳＦに行くわけ。ほぼその同時期にぼくはＳＦをものすごく好きになったのね。それで「ＳＦマガジン」を本屋から取るぐらいに三、四年間だけど、ずうっと読むようになったんだ。伊藤典夫さんの「マガジン捜査線」なんていうのが載ってて、ものすごく面白くて、ショックを受けたんだ。

鏡　あの頃紹介されてたものっていうのは、アメリカでも一般読者が読み出した頃のもののはずなんだよね。シェクリイとかブラウンとかボーモントなんて一般の読者を意識して書かれているものが多いわけよね。しかも一つのＳＦブームがあった時代だから、逆に言うとすごく取っつき易かった。

瀬戸川　それでぼくは、すごくあの頃のＳＦは面白かったというイメージがあるんだよね。だけど今のＳＦファンについて、そんなに知ってるわけじゃないけど話が全然通じないわけ。

鏡　通じないだろうね。

瀬戸川　ぼくはとても遅れているというか、後衛ＳＦが好きだからさ——ジャック・フィニイの『盗まれた街』とか、アルフレッド・ベスターの『虎よ、虎よ！』とか、レイ・ブラッドベリの『火星年代記』とかね。

鏡　『虎よ、虎よ！』はちょっと違うんじゃないかな。あれはいわゆるＳＦと言うか、今でも通用する作品だしさ。

瀬戸川　そうかな。それで去年だけどジョン・ヴァーリイの『蛇使い座ホットライン』という小説を読んだわけですよ。全然つまらなくはなかったけど、最初の四〇ページぐらい、一人の女が死んでは生き死んでは生き、クローンで繰り返すわけだよ。それがどうもよく分らないんだよね。イメージが何もついてこないの。それで一生懸命イメージに浸ろうとするんだけど、読んでいてもパッと離れちゃうという感じなんだよ。

鏡　いや、あの初めの四〇ページはぼくも読みにくかったな。

瀬戸川　そうか。だけどいろんな人の書評なんか見ると、ジョン・ヴァーリイが今の若手のＳＦ界最大のホープで、これはすごい、と評価されてるような感じじゃない。

鏡　まあね、それはいろんな評価の差はあるけどな。

瀬戸川　そうするとぼくはもうついて行けないなという感じなんだ。だから昔のベスターは置いといてブラウン、シェクリイ、ボーモント、ジャック・フィニイなんかの評価は今はどうなってるの？　ああいうのは現代では全くダサイわけ？

鏡　と言うかああいうものがもう書けない状況があるよね。ある程度あの頃開発され尽しちゃったということかも知れないね、そこから先に行くために、どうするかという問題があるだろう。あの頃の作者ではショックが大事だった——当時の小説は落ちが必ずあるわけで、その面白さがあるんだけど、これは果してＳＦと関係ある落ちかなと思うことが、ぼくは時々あるんだ。要するにミステリイで出てくる落ちとショックが余り変らないわけ。ＳＦだからというショックではないわけね。特にブラウンはそれを感じるんだけど、そういうことを考えると、それが本当のＳＦだったかと問うた場合、ぼくはブラウンは違うと思うんだ。

瀬戸川　成長期の一形態であって、ということだね。

鏡　そうなんだ。

瀬戸川　そうするとＳＦは現在、着実に方法論とか全部含めてジョン・ヴァーリイみたいになっちゃってるの。

鏡　文学の悪影響と言ってはまずいんだけど、それが高まりつつあって、ジョン・ヴァーリイはそういう部分と同時に、ちょっと五

○年代っぽい部分を持ってるんだ。それで評価が高いのかな。最初は感動したところもあるけれど、今は、ぼくはあんまり買わないんだ。短篇を読んでるとだんだん同工異曲が増えてきてね。

瀬戸川　ミステリイファンの立場からすると段々SFがつまらなくなってきたのは、やっぱりJ・G・バラードからかな。みんながすごいって言うわけだよ、『溺れた巨人』とか『沈んだ世界』とかさ。ぼくはニュー・ウェーヴとかインナー・スペースとか変なことを言いだしてからはもうだめだね。

鏡　それは言えるよ。アメリカでも反対意見は多かったしね。あんなものはSFじゃないというのでさ。

瀬戸川　とにかく何と言うか、明解でなくなったという気がしてね。

鏡　うん、図式的ではなくなりつつあるね。SFは自分が何ができるかということに目覚めてきて、必ずしも世界を図式的に割り切ることが全てではないと思い出した、全くあり得ない世界を描いたってかまわないんだしさ。ただバラードはSFをもっと良くしようとしてああいう風にやってきたわけでね、決してSFを撲滅しようと思ったわけではない。SFに貢献しようとしてああいう形を取ったわけけね。そしてその辺は全く伝ってないんだっていえるね。

瀬戸川　逆にバラードの手法は割と端からは安易に見えるようなすぐ誰でもできるようなものと思えたから、錯覚して変な亜流が沢山出てきてこんがらかっちゃった、ということはないかね。

鏡　うん、ただバラードがやったことの最大の意義と言うのは——内容は別にしてね、SFはこれをやってもいいんだ、とみんなが知ったことだろうなぁ。ちょうどあの時期は五○年代の名作も出尽して、SFから離れ出してもっとポピュラーなものの方へ、境界線の方へ行っちゃったものもあるし、SFはどうしようかなと迷っている時期だっただろう。みんなそれこそ、宇宙人が出てきてロボットが出てきて、美女がキャーッと言う話はもう書きたくないと思っていた時に、あ、こんな純文学みたいなこともできるんだと思って、それなら私もやってみたいという人が増えたんだよな（笑）

瀬戸川　なるほどね。ミステリイの場合には絶対SFのような方向へ行くことはないんだな。遙かに狭い世界だから。

鏡　と同時に遙かに人間に根ざしている世界だから。

瀬戸川　うん、限界の決まっている世界だからね。特に本格ミステリイなんかそうで、最後に犯人が消えちゃうなんてことはできないわけだからね。

鏡　それでぼくは一時期、ミステリイは読み切れなくて離れてたけど、最近何となく傾向が二つある気がしてるんだ。一つは過去の復活——五○年代以前のものの復活ね。ハードボイルドもそうだと思うんだ。それから本格ものの復活は明らかにあるよね。それと同時にSF的なものを中に取り込もうとしている部分てすごく出てきてる。変ってきてるんだなという気がすごくするんだけどね。

瀬戸川　ミステリイというジャンルは自ずと限界は見えてるわけ。ところがSFの方はメロドラマがあってもいいし、チャンバラがあってもいいし、謎解きがあってもいい、サスペンスがあってもいい、ものすごく果てしなく広い——三島由紀夫だっけ、何を書いてもいい文学だっていうようなことを言ったでしょう。そういうタイプのジャンルだから、そういう結果になっちゃうんじゃないかと思うんだけどね。ただミステリイの方でＳＦミステリイが多くなってきてると言うのは、ＳＦ的ミステリイなんだな。ミステリイ的ＳＦは少なくて、つまりミステリイの場合は手法しかないんだよ、手法をどう打開するかという。だから非常に古いことを新しく再生させて、漸新なものに見せるという風なね。つまり手法の面からＳＦを使おうという人が増えてきたんだと思う。

鏡　本質的な意味でのＳＦミステリイというのはないのかも知れないんだ。形のもとの違いがついて来て、ＳＦミステリイと言うよりミステリイＳＦというのはあるんだよ。ただそれが本当に対等に融合するケースは圧倒的に少ないわけよ。それでこの間瀬戸川と話をしていて、『星を継ぐもの』はアリバイ崩しだ、と言われて、あ、それは言えると思って感心したんだ。それはぼくがＳＦの側に立っちゃってるから、ミステリイというのは、単に論理で謎を解いていく意味でのミステリイ性に近い部分というのは非常に感じたんだけど、アリバイ崩しだというとことには気がつかなくて、ああと思ったんだ。

瀬戸川　それでさっきのＳＦとミステリイの完全な融合という話になるんだけど『星を継ぐもの』に出てくる科学者は完全な探偵で、対決する人間は完全にワトスン役でさ、暗号解読があって、あれは一人二役トリックでしょう。最後の鏡の解説を読むと、これは完全なサイエンス・フィクションだとあって、確かにそうなんだけど、両方が読んで片方はミステリイの傑作と言い、片方はＳＦの傑作と言っているなんてのは、一番良い例なんじゃないかと思うね。

鏡　それはその通りでさ、本来ならぼくはもっとそこに気が付かなきゃいけないなと思ったんだ。多分あの人は小説を書いたのは初めてで、その辺のアラは沢山出てくるんだけど、この、小説が進んできた時代にまだこういうものをにこにこ書いていられるという、それが嬉しいじゃない。それはもう単純に感動したのね。それから科学に対して、最近出始めているんだろうけど珍しいんだよ、科学をあれだけ明けっぴろげに礼賛している小説って。科学で全てが解けると信じてるのって珍しくなってきている。

瀬戸川　それこそさっきのポーとか、ソーンダイクとかあの時代の感じだ。

鏡　そうそう。それがすごく嬉しかった。やっぱり科学の話になると六〇年代は科学がダメになった時代でさ、それがここまでみんなの手元にコンピューターが来ちゃうと、ある程度もう安心しちゃうわけね。支配されてると言うか日常の中に入って来ちゃうとね。そういう風になってきた時ってのはもう一度科学神話が復活すると思うわけ。

瀬戸川　なるほどね。新しいＳＦが理解できないし、面白くないという最近の中で、ぼくは『星を継ぐもの』が大変楽しかったのは、ストーリイという起承転結、ドラマ作りの妙ね、趣向の楽しさ、それがあった。昔のぼくが面白いと思った作品は、みんなそれで成り立っていたね。ＳＦは何でもできる、文学の実験的手法も使えるしということは、それはいいんだけど、お話がガチッとできないことの何か言い訳に使われている部分もあるんじゃないか、という気もしないでもないんだ。まあハーラン・エリスンとか読んでないから何とも言えないんだけどね。

エンターテインメントに徹するということは

瀬戸川　SFの場合よくイメージということが言われるじゃない。例えばぼくがSFファンだった最後の時代に読んだ、ブライアン・オールディスの『地球の長い午後』あれを「SFマガジン」に最初に載った頃読んだ時は、これはすごいと思ったわけだよ。要するに月と地球の間に巨大なクモの巣がかかっていて、ツナワタリとかいうばかでかいクモがいる。そういう全部のイメージはすごいなあと思ったんだけど、あの辺りからイメージ、イメージと言い出して、ドラマ作りとか趣向はどうだっていいんだ、という感じになってきたような気がするんだ。そんなことはないのかね。

鏡　それはないんじゃないかな。と言うよりそういう小説も現れてきたという程度のことじゃないかな。今までだとイメージの中だけで勝負しないで、ストーリイラインの中でイメージの勝負をする――ポピュラーな例だとメリットというのがそうでさ。ストーリイラインはものすごく古臭いものなんだけど、そこに背景を延々と書くだろう。それに対してあれは非常に下卑ている、こんな描写は、という意見と同時にあのきらびやかさはたまらないという人たちもいたわけね。そういう意味では一つのストーリイの中でバックグラウンドとしてイメージをいかに描くかといった部分と、ストーリイはなくてもイメージだけでも成立するんだ、ということに気が付いた場合との違いがあってさ。だから相対的に見れば増えたかもしれないけど、それが全てになったわけではないだろうね。

瀬戸川　違う話だけど例えば映画ファンはヒッチコック、ヒッチコックと騒ぐわけだよ。ヒッチコックの映像美だとか、映像空間だとかワーッと言うわけ。だけど彼は常にお話を基本として、よくできたお話以外は映画化しないのね。それがバチッとあって、どこどこの小道具がどうとか、演出がどうのと言えると思うんだ。ヒッチコックは一見まねし易いように見えるから、お話を全部捨て去って、映像映像とか言って撮るんだ。

鏡　そうするとことごとくつまらないものになるという感じね、それとSFの傾向がちょっと似ている気がするところはあるね。それは過渡期と言うか、一つの文化が爛熟した時必ず起こる現象みたいだな。ロックでも起こるし、ジャズでもそうなんだよ。だからその時期にぶつかったのが不運と言うか、あとはそこを抜けるか抜けないのかの問題ね。そこで終っちゃうジャンルもあるかも知れないし さ。

瀬戸川　『星を継ぐもの』みたいな割とクラッシックな志向のあるSFは最近増えているの？

鏡　増えつつあるようだよ。第二のジェームズ・P・ホーガンというのも出てるしね。

瀬戸川　なるほど。あれだと例えば『盗まれた街』とか、未だにアーサー・C・クラークがいいとか言ってる人でも納得する小説だと思うんだ。

鏡　だけどそれが実は難しくて、良くできているSFの時代があったわけ。文学的と言うか、作品として価値が高まりつつあるSFってあるわけ、ル・グィンとかね。そういうのに馴れ親しんだ人がSFはこういうものだと思ってジェームズ・P・ホーガンを読むと、こんなアナクロの、SFの足を引っ張るようなものを出してはいけない（笑）、と怒る。

それは当然起こるの。だからまあ、何とも言えないよね。あれが主流になるとはぼくは思わないけど、あのジャンルが復活してくるのは確かだね。ぼくも逆に言うとあれが主流になっては困ると思うわけ。困るというか、ここまで広がってきたものをもう一度元へ戻すというのはどうも、SFの趣旨からするとおかしいと思うんだ。

瀬戸川　ただミステリイファンというのはホーガンが一番読めるな。よく分らないと思うよ、ル・グィンとかは。

鏡　ミステリイが大好きな人がル・グィンを読んでも関係ないだろうね、全く。

瀬戸川　そうだろうな。ということは現代SFはSFというジャンルの広さを認識し始めて、変身しているということなんだろう。

鏡　認識し始めてしばらく経つけど。

瀬戸川　だからあれが主流とか規定することが逆におかしいかも知れないな。今一般に言われてるイメージよりもっと巨大なジャンルかも知れないいんだ。

鏡　そうね。だからよく、SFはメディアだとか何とか言うじゃない。そういう言い方はそうなんだけど、さっきのヒッチコックの話で思い出したけど、黒沢明が同じだろう。彼の作品で一番素晴しかったのはやっぱり「七人の侍」とかあそこら辺の――エンターテインメントに徹して行ったために、細部を作らなければ仕方がなくなっていた時代がすごいよね。「どですかでん」とか「赤ひげ」とかになると気持が悪いんだ（笑）

瀬戸川　ずいぶん前だけど「仁義なき戦い」とか高倉健の「唐獅子牡丹」とかヤクザ映画が流行った時に、黒沢明がヤクザ映画を作ったらすごいだろうねェ、という話をしたことがあるんだ。だから「天国と地獄」だって

――全然関係ない話になってきたなァ（笑）

――前半の特急こだまからカバンを落して、拾いに来る所をカメラがぐーっと動くじゃない、ああいう所がすごいのね。それから「七人の侍」のワーッという最後の大激闘ね、あれがまたすごい。その後であんたの所は天国、オレの所は地獄とかさ、結局百姓が勝ったんだとかああいう風になっちゃうともうダメなのね。

鏡　SFにしてもミステリイにしても、ぼくが素晴しいなと思うのはエンターテインメントである部分て常にあるわけでしょう。そのエンターテインメントからある瞬間に芸術になっちゃう部分であると思うわけ。それがSFとかミステリイでは常にその可能性を持ってるわけね。例えば文学の側からSFを描こうとかミステリイを描こう――まあ大岡昇平の『事件』とか賞をとったけど、基本的には方向が違うんだ。大体においてそういうものはぼくたちが読むといつもつまらないわけ。そういう部分の差というのは今の黒沢明やヒッチコックの話と共通する所があるんじゃないかな。

瀬戸川　そうなんだ。

鏡　ぼくはそれは素晴しいことだと思う。通俗的なものを突きつめて行って、最終的に至高のものになる可能性のあるジャンルはやはり素晴しいからね。

瀬戸川　そうか、やはり段階的に進んで行かなきゃいけないいって感じ……？

鏡　いや、突出する場合はあるよ。スタニスワフ・レムなんか突出しちゃったんだと思うよ。

瀬戸川　レムは『ソラリスの陽のもとに』しか読んでないな。

鏡　多分ミステリイファンが読むとあれは一

番つまらないと思うよ。

瀬戸川　いや『ソラリス』は面白かったよ、もっともSFファンの頃読んだんだけどね。

鏡　SFファンの頃……（笑）。要するにSFは少年達のジャンルだったわけだ。今ロックが同じ状況なんだけど、大学を卒業して社会人になったらもうSFは読まない、そんなアホみたいなものはもう読んでられない、という時代があったよね。そういう人たちは〝昔SFファンだった頃〟という言い方をする場合が多いわけ。今はちょっと違ってきちゃったね。ミステリイは常に世の一般の間に受け入れられちゃってる。

瀬戸川　それは一般的に言えることで、例えば会社で五〇歳ぐらいの人でも、話しかけてみれば「Yの悲劇」とか、昔読みましたけどねェ、とういうのはよくいるじゃない。だからいつまで経ってもミステリイやSFにこだわってるというのは、小児感覚なんだな。

鏡　それはでも素晴しいことなんですよ。さっきミステリイの話でちょっと出たんだけど、SFっぽい部分を取り入れたミステリイが最近あるね。例えば『タイタニックを引き揚げろ』なんてその例だよね。小道具がだけどね。そういうものって今は結構増えてるよな。あれはどういうことかなとたまに思う時があるわけ。SFが立派な方向を向いちゃったために空白ができてきて、その部分をミステリイのある部分が埋めてるのかなという気がすることがあるんだ。

瀬戸川　それはかなり、鋭い指摘だ。

鏡　よく言うけど『渚にて』という作品があるだろう。当時はあれはSFだったんだ。今はSFでも何でもないんだな。その辺の話というのはやたらにある。

瀬戸川　『タイタニック』なんかの先祖だという感じね。そうかも知れないな。例えばル・グィンとか前衛の、文学の方に近付いてる作家たちがバーッと出て行って、取り残されたと言うか頑固にSFはこうあっちゃいけないと思ってる連中が、『タイタニック』だとかエドウィン・コーヴィーの『日本核武装計画』だとかルシアン・ネイハムの『シャドー81』なんか、みんなちょっとSFっぽい冒険小説だけど、あとアイラ・レヴィンの『ブラジルから来た少年』なんかも、埋めてるということはあるかも知れないね。

鏡　さっき言った、みんなが良い方に目を向けてる、という言い方の裏返しは、SF作家は基本的にすごくフレキシビリティがあるのね。そっちへ向かれても、結構みんなついて行くわけ。ミステリイはそれがないでしょう。割と地道に一つのものを追い続けて、あんまり左右されないんじゃない。そこは面白いね。

瀬戸川　それはあるね、それはジャンルとして狭いから。枠が限られていて決まったことをしなきゃあいけない、というやり方をする人が好きなんだな。

鏡　日本でも田中光二とか山田正紀とかいう人たちは、海外でミステリイ作家がやってることをSF作家がやってるわけ。そういう傾向ってあるよね。本当はもっとそういう人が出て来た方がいいんだけどね。

瀬戸川　そうね。ちょっと話は変るけどSFファン及びミステリイファンの生まれる過程で、大体が「シャーロック・ホームズ」であり「アルセーヌ・ルパン」であり、江戸川乱歩を幼児に通るわけだ。それでふとある時「SFマガジン」を読んで、こっちの方がずっと面白いやと言って、あるいは空想科学小説全集辺りから移っていくという、そういう感じがあったでしょう。要するにミステリイファンの一部がSFファンになった。例えば福島正実なんて人は、アンドリュー・ガーヴをずうっと訳していて、解説に作家論を書いたりしているわけだよ、ガーヴは素晴しい作家であるという風なことをね。よく覚えているんだけど「SFマガジン」の昔のものにダニエル・F・ガロイの短編があった。その時にあの人が解説を書いていて、アガサ・クリスティの「そして誰もいなくなった」を思い出してほしい、とちゃんと言ってるわけだ。だからミステリイの素養とSFの素養と等質のものが最初はあったわけだろう。ところが今の若いファンにはそういうことはないんじゃないかという気がするんだ。一足飛びにばっと……。

鏡　うん、例外はあるけど、中島梓みたいな例だと明らかにSFとミステリイと平行に読んできて、未だに平行にやっているケースだけど——そうだな、一つは読まなきゃならない本の絶対量が多いし、かつてのSFファンの人たちは、SFの翻訳はあっという間に読み切っちゃうから、逆にどうしてもミステリイとか周辺の領域を読み出すことになる。一つのエンターテインメントのジャンル規定として、まさか時代小説に行くわけに行かないから、といった感じで読んでたろうし。都筑道夫も同じだよね、福島正実と同じ時期にSFをすごくよく読んでて。あの時代はだから、翻訳小説のマーケットを広げるという作業もすごくあったと思うけどね。

瀬戸川　逆にミステリイ・アンド・SFなんて考えているのはぼくたちより上の世代で、今の一五歳ぐらいの連中は全然別のことを考えてるかも知れないよね。

鏡　うん、だからSFだけで満足できるし、ミステリイだけで満足できる世代というのは出てるだろうね。

瀬戸川　若いSFファンにとっては瀬戸内晴美も〈シャーロック・ホームズ〉も同じ門外漢の外の或るもの、という感じがあるんじゃないかという気がする。

鏡　それは言える。由々しき事態ですよ。

瀬戸川　あれだけ本が出てるんだから、ぱっと飛びついちゃうわけでしょう、高校生ぐらいでもすぐル・グィンなんかに。

鏡　それは本当は由々しき事態なんだ。分らないけどSFだけで育った世代が出てくるというのは、逆に言うと気持が悪いなという感じがぼくはするけどね。

瀬戸川　前に銀座でばったり出喰した時に、そんな話をしたことがあるね。「スター・ウォーズ」であれだけスター・ウォーズが社会現象になったり、昔は一部知る人ぞ知るでこっそり騒いでいたトールキンの「指輪物語」が、誰でも知ってるような小説になっている時代に生まれてくるファンというのは、ちょっと気持が悪い気がするなって。

鏡　かわいそうっていう気もするけどな。他のものを読む暇がなくなっちゃうというのはかわいそうだけど、それだけで出てきた人たちというのは気持が悪いと思うことはあるな(笑)

瀬戸川　今まではやっぱり夏目漱石とか、そういうものを一度は読むわけでしょう。そうしてこれは馴染めないと言って、やっぱりSFの方が面白いということになるわけだよね。ところが最初から今はSFなんだろう。

鏡　選択の幅の問題があるしな。瀬戸川にしたってぼくにしたって、普通の教養程度の文学とか何かは基本的に読んできてるわけでしょう。しかも最底レベルは多分越えてるだろうと思うわけ。それがない人たちというのは怖いと言うか、やっぱりかわいそうなんだろうね。ＳＦからしか与えられないものもあるし、ミステリイからしか与えられないものもあるけれど、同じように文学からしか与えられないものも、当然のことに沢山あるわけですよ。

瀬戸川　それは随分あるよね。

鏡　それを全く知らないで過ごしちゃうということは、やはりかなりかわいそうだよな。

瀬戸川　そうなんだ。

鏡　それから前と少し感じが変ってきたのは昔はＳＦと言うと『ガリヴァー旅行記』から何から、全部ＳＦだあと言っちゃった時代があった。

瀬戸川　そうそう、居直って。

鏡　いや、仲間が欲しくてさ。それが今はあんまりそういうことはなくなったね。ＳＦのルーツを探り出してギリシアの時代まで戻っちゃうという人たちは、最近は少なくなってきた。

瀬戸川　もうそういうことをする必要がなくなったんだね。

鏡　ＳＦそのものがある程度自立してきたというか、力を持ってきたと言うことはできるな。

瀬戸川　そうね。最初は群小ジャンルという風に見られていたから、本当はそんなことないんだ、『オデッセイア』からあるんだ、これを見ろ見ろと言う風にむきになる所があったけれど……。

鏡　最近はなくなってきたね。

瀬戸川　それはジャンルとしての成熟だろうな。

鏡　さっきオールディスの評論『十億年の宴』の話が出たけれど、一番素晴しい所はＳＦの起源を『フランケンシュタイン』で切っちゃった所なんだ。

瀬戸川　なるほどね。

鏡　今までは通り道でしかなかったものを、いや、ここから始まったんだとやった所がすごいわけ。それはやっぱり時代的な背景があったんだと思うよ。

瀬戸川　そうだな。

ＳＦとミステリイが読書体験の原点だった

瀬戸川　体験的な話をしてみよう。ＳＦファンになったという認識を持ったのはどの辺りなの。やっぱり〈少年少女科学小説全集〉なんか？

鏡　そうだよ、講談社の。やはり『赤い惑星の少年』とかあのあたり。大体天文ファンで、望遠鏡で空を覗いたりなんかしてたんだよ。

瀬戸川　昔はそうだったんだよ、科学志向がある連中で、理科系が多かった。

鏡　そう。それで子供時代に講談社の本なんか見つけて、これはすごい、と。野尻抱影とかね。

瀬戸川　そうそう、野尻抱影だ（笑）

鏡　それと同時に「シャーロック・ホームズ」なんかを読み出すわけで、あの頃は大体「少年」なんかとってるから、「明智小五郎もの」なんか読んでウワー小林少年が！　と興奮してた。

瀬戸川　それで「宇宙怪人」なんていうのが出てくるんだよ。

鏡　ぼくは「ＳＦマガジン」を知ったのは結構あとなの。「マンハント」のバックナンバーを集め出した時に……。

瀬戸川　じゃあ先にミステリイファンだった

わけだ。

鏡　SFというのはそんなに世の中にないと思ってたわけ。創元社の「世界大ロマン全集」をぼくは全部読んでるんだ。それでハガードは素晴しい、とかサバチニの『スカラムーシュ』が傑作だ、とか言ってたわけ（笑）。何しろ子供の頃から本を読むのが好きだったんだな。だから小学校か中学校あたりの図書館で、そういうのをみんな読んでいて大好きだった。日本の小説は全然面白くなかった。

瀬戸川　翻訳ものだとジュール・ヴェルヌなんていうのは、当時みんな読んでたわけだな。

鏡　もう大好きだった。何しろ「大ロマン全集」『宇宙戦争』とか。それからウエルズのがすごかったんだ。あれは今に至る私の原点ですよ。あとはマンガね。「鉄人28号」とか「鉄腕アトム」とかあの辺も大きいよ。それからアホな「矢車剣之介」とかさ（笑）

瀬戸川　時代劇なのにすごい機械がかりなんだ、すごいマンガだった（笑）

鏡　好きだったな。堀江卓の絵はあんまり好きじゃなかったけど、お城が突然タンクになって動き出す。アッ、コレハ！　という感じになるわけね。

瀬戸川　キ、キ、キ、キ、とかバカッとか言うんだよな、スペクタクル趣味で（笑）

鏡　それから「ゴジラ」とか「アンギラス対ゴジラ」とか、小学校当時ちょっとブームになってた、東宝系のあの手の映画。その辺もあるよね。それからリプレーの〝Believe it or not〟が一時出たのね、六、七巻で。あれが面白くて図書館に行ってはあの本まだ入りませんかとやった記憶がある。

瀬戸川　じゃあ早川SFシリーズなんかに手を出し始めたのは、むしろ高校ぐらい？

鏡　そう。「SFマガジン」は「マンハント」を探しているうちに、変な本があると言うんで——あれは「マンハント」と同じ装幀なんだよ、見た目が。それであれ、何かこんな本がある、と（笑）。だから創刊当時ではないんだけど、ま、結構早い頃ではあるのかな。丸背の頃だからね。それから両方を同時に集め出したわけ。

瀬戸川　ぼくは子供の時怪物趣味があって、家族で旅行した時に駅の本屋で「SFマガジン」を見つけたら、〝特集・ベム・モンスター〟と書いてあるんだ。今考えてみるとちょうどエドモンド・ハミルトンの「木のごとき者の歩む」なんかが巻頭に載ってた時で、マシスンの処女作も載ってた。それで怪物特集でさ、それから読むようになったんだ。

鏡　それから古本屋の力が大きいんだよ。小学校の頃は古本屋なんて行けないわけ。大体あんな汚ないものは読んではいけない、と言われる。貸本屋もだめなんだから。中学ぐらいになってやっと行けるようになった。

瀬戸川　ぼくは中学生の時古本屋に行って、普通の本屋より値段が安いのにびっくりしたね（笑）

鏡　それで古本屋に行くようになって、こんなに本があると感心して。そうしたらバックナンバーがそろってくる。もっともこれは都会にいるから言えることなのよね。

瀬戸川　そうだね……またミステリイとSFの話に戻るけど、アイザック・アシモフに『ABAの殺人』という推理小説があるじゃない。素晴しいんだ。

鏡　ぼくはあれ途中で投げた。

瀬戸川　それは鏡は本格ものが好きじゃないからだ。まず感心したのはアシモフとはこれほど小説が上手い人だったのかということね。ああいう感じの本格推理小説の書き方はものすごく漸新で。長いこと暖めていたのかも知れないけど。
鏡　あの人はすごくミステリイが好きな人だからね。
瀬戸川　だからオーバーに言えば、アシモフは道を間違えたというぐらいの感じがした。
鏡　実際に彼はミステリイを沢山書いてる。
瀬戸川　だからSFを書かずにミステリイ一本だったら、今頃は大ミステリイ作家になってたと思うよ。
鏡　でも今ほど儲かってはいないですよ、きっと（笑）
瀬戸川　だけどああいうのもSFファンの立場から見ると、何でアシモフがこういうのを書くのかなと思うのかな。
鏡　ぼくは思わないけどね。
瀬戸川　ああいうのはSFファンは読まないんでしょう。
鏡　そうね。だからあれを読んでミステリイも面白いんだな、とSFファンの間にもっと広がるといいのかも知れないけど、そこまでのパワーはないような気がする。まあ全部は読んでないけど、例えばエラリイ・クイーンの「Yの悲劇」はショッキングでしょう。だからそれを読んで素晴しいと思っても、今度違うのにぶっつかると大体そこでリタイアーしちゃうじゃない。本質的にどこか好きでないとね。ぼくだって本格ものでもクイーンはわりと読んでるけど、アガサ・クリスティはもう読んでないものね。ディクスン・カーというのは結構好きなんだ。
瀬戸川　その辺がよく分らない（笑）。未だに覚えている鏡の至言というか名言というか、これはチェスタトンのことだけどね。江戸川乱歩があらゆるチェスタトン作品のうちのベストワンと賞讃した「見えない人」。あれをある時〞あれほどの愚作はない〝と（笑）。その理由がふるってて、実際に近所に空巣が入った、その時近所の人がみんな集まって郵便屋さんが犯人に違いないと言ったと言うんだ（笑）、だからあんな馬鹿な小説はないと。あれは本格推理小説の欠点を突いてたよ。
鏡　ぼくが『黒死館殺人事件』や何か読んでて、いつも一番たまらないなと思うのは、法水麟太郎が最後に〞これが真相だ！〝と言うじゃない。でもどう考えてもそれは一番起りにくい真相なんだ。ディクスン・カーにもその傾向があるじゃない。悲常に起りにくいことか、きったねェーと思わせるような、『騎士の盃』とか『一角獣の謎』とか茫然とさせる作品が沢山あるよね（笑）。それがすごく好きなの。馬鹿馬鹿しさと言うか、一種翔んでる所があるんだな。
瀬戸川　そう、翔んでるよね。
鏡　そこがいいんだよね。だからチェスタトンみたいな形になって乱歩なんかに絶賛されちゃうと、だってそんなことは、と言うのがあるんだよ。『殺人交叉点』というミステリイがあるね。あれはもう本当に愕然として、激怒したの。そんな筈はないと思って、前を読み直したんだ。あれ翻訳が上手いんだ、すごく。それでキッタネェー、こんなインチキが許されるかと思ってさ（笑）。一年ぐらい経ってから、あれは傑作だと変ってきたのね。今は傑作だと言ってるよ、みんなに。ミステリイってそういうところがあるな。
瀬戸川　ぼくはそこが不思議なんだけど、やっぱりミステリイファンの根源には、騙されることを喜ぶという、ちょっとマゾヒスティックな所があるから、『殺人交叉点』なんか喜々として喜ぶわけだよ（笑）。だからあれを読んで鏡みたいに、汚ねエと怒るというの

はビックリしたんだ（笑）

鏡　でも、やっぱり一年ぐらいしたらそれが、騙されたと言うより見事にやられたなと変ってくるわけ。冷却期間がいるんだよ、それには。よくある話だけれども、昔は喧嘩したけど懐しい思い出だなァ、となる。それには時間が要るわけよ。

瀬戸川　なるほどね。それはさっきのチェスタトンの話でも『殺人交叉点』でも、ハードボイルド派からの本格派に対する批判になってるんじゃないかと思う。

鏡　ハードボイルドの素晴しさは、オーバーに言うとミステリイに謎がなくてもいいわけよね。で主人公が社会通念で言う悪とされてることをやっても構わないわけ。そういう意味ではアンチミステリイなんだ。そういう部分はすごく好きだった。本格ものの馬鹿馬鹿しさというのは一時期すごく感じたことがあるしね。それがディクスン・カーみたいに徹底しちゃうと、それはそれで許しちゃうわけ。何はともあれあの一連の歴史ものは好きでたまらないしね。

瀬戸川　チャンバラね。まああれはSFファンが喜ぶだろうな。ファンタジイだものね。

鏡　そう。あれは一脈通じる所があるんだ。

瀬戸川　でも鏡の好みで昔から共通してるのはチャンバラね。『スカラムーシュ』とかね。

鏡　そう、格闘技だ。ハードボイルドも必ず殴り合いが出てくるやつね。最近のネオハードボイルドがつまらないのはチャンバラをやらないわけ。ロス・マクドナルドが嫌いなのはそれだしね。プロレスも大好きだな。

瀬戸川　ぼくは相撲の方が好みに合うね。ミステリイファンはルールがキチッとしてる方がいいんだ（笑）

鏡　ロス・マクは『さむけ』が傑作だと思うけど、いつも同工異曲だし、もっと言うとミステリイじゃないよ。

瀬戸川　その辺は議論の分れる所で。

鏡　でも『さむけ』あたりが限界でその後はミステリイじゃないと思うよ。読んでる面白さはもうミステリイの面白さじゃないもの。

瀬戸川　それは色々言われることだけどね。ただロス・マクはちゃんと謎解きをやる人だよ。でもマイクル・アヴァロンからレイモンド・チャンドラーからディクスン・カー、エラリイ・クイーンまで全部をミステリイとして一括するというのは不思議な気はするな。

鏡　SFも同じことだけど。

瀬戸川　だから何となく話しにくいんだけど本格ミステリイファンから見るとよく分らないのは、ハードボイルド・ミステリイなのかハードボイルド小説なのかね。チャンドラーもカーター・ブラウンもハードボイルドとなると……。

鏡　いや、チャンドラーはミステリイじゃなくてカーター・ブラウンは明らかにミステリイなんだ。

瀬戸川　でもチャンドラーも必ず一応謎解きがあって探偵がいて、謎が解かれるわけでしょう。全てそういう骨子を持ってる。だけどチャンドラーファンは絶対そういう所を良いとは言わない。有名な〝タフでなければ生きていけない〟とか、〝さようならを言うのはちょっとの間死ぬことだ〟とか、そういう所にしびれてるみたいなんだ。するとそういうのがズラーッと並んでる華麗な小説なら、ミステリイでなくてもいいのか、あるいはハードボイルドのジャンルのものでものすごく謎解きががっちりできていても、チャンドラーほど格好良くなければダメなのかということになるんだけど。

鏡　チャンドラーファンというのは別なんじゃないかなぁ。しかもチャンドラーの翻訳ファンというのは全くの別ものよ。文章が違うんだもの。だからチャンドラーの翻訳ファンというのは日本にしかいない存在で——本当のことを言うと清水俊二ファンなんだな。
瀬戸川　それだけ清水俊二は力があったんだな。
鏡　この間も伊藤典夫と話してたんだけど、田中小実昌が『湖中の女』あたりを訳してる。当時清水俊二の訳した作品を読んでたやつは、これはチャンドラーじゃないと怒ったわけ。ところが原文を読むと田中小実昌の方がチャンドラーに近いんだ。と言うことは日本人が今までチャンドラーだと思ってた世界は、本当は違ったのかも知れないんだ。ま、実際には向うの評価でも、感傷的ではあるけれど、ドライな中にあるウェットな部分を持ってる作家だから、ちょっと違うみたい。だからあれはミステリイじゃなくても、喜ぶ人は多かったんだよ。どちらかと言えばチャンドラーは文学に近い作家だしね。
瀬戸川　まあそうなのかな。エドマンド・ウイルスンなんかもそういうことを言ってるしね。その辺がミステリイでもごっちゃになっちゃってるんだ、一括してのミステリイファンだからね。
鏡　瀬戸川は本当はサスペンスが好きだったのか。
瀬戸川　ぼくは簡単なのよ。謎が出てくればいいの、何しろ（笑）。不可解な謎が出てきて——だからぼくは『星を継ぐもの』を絶賛なのよ、少々のチョンボでも、今時はミステリイがもうおもしろい謎を作れなくなってるからね。だからあれだけの謎を作れたら評価しちゃうんだ。
鏡　そうなんだな、同工異曲ばかりで。
瀬戸川　そう。それが意外性たっぷりとなればもう言うことはないんだけどさ。だから謎が出てこないのは嫌いなんだよ。もうたえられないんだ（笑）
　それからミステリイ作家でありながらＳＦを書く人、ＳＦ作家でありながらミステリイを書く人、これは昔からずうっといるでしょう、例えばランドール・ギャレットなんてＳＦ作家なの？　ＳＦではたいしたことない人なの。
鏡　ギャレットはＳＦ作家だという部分は常にあるから。完全に中間にいってる人たちってあんまりいないな。強いてあげれば一連のスパイ小説の作家たちってのは、実に中途半端な所でＳＦとミステリイの間を縫ってるという感じがする所はあるけどね。「ナポレオン・ソロ」の一連のシリーズとかさ。本当の意味のスパイ小説ということじゃなくて。イアン・フレミングの小説が流行った時期に、同工異曲の小説がやたら出たでしょう。あの辺はそういう感じがしたね。それは未だに脈脈と続いているんじゃないかね。近未来ものを書いてる人たちというのは、かつてだったらあの手のスパイ小説を書いてたんだろうなと思うもの。
瀬戸川　イアン・フレミング自体はＳＦ要素が濃かったじゃない。ふりかけ的だけど『ドクター・ノオ』なんかにしても。
鏡　そう、特にそれが映画になった時ものすごく明らかになってくるね。スパイ小説が何故ＳＦに近付くかと言うと、スパイ小説は個人対個人の話には、もうならないでしょう。つまり個人対世界とか、個人対大組織になってくる。それは実はＳＦなのね。ＳＦは個人対世界とか個人対宇宙を書ける、今の所唯一の方法で、だから近付いてくるというのはすごくうなずけるんだ。それを一対一にしちゃうと立派なスパイ小説になっちゃうんでね。

瀬戸川　フレドリック・ブラウンなんてやはり、両刀使いの典型だったね。ただミステリイはつまらなかったけど。あなたは彼のミステリイが好きだったんだっけ。

鏡　「エド・ハンター」シリーズだろう、ぼくは大好きだよ。あれはハードボイルドだから、物の考え方が。それから大体ぼくはシリーズ物が好きなんだ。エド・ハンターのキャラクターに魅せられて読んじゃう。得な性分ですよ。

瀬戸川　それで逆にブラウンのSFはあまり好きじゃないんだろう。

鏡　長編は好きだよ。短編は面白いけどSFを読んだという感じが全くしないわけ。例えば星新一のショートショートを読んだ時、SFを読んだと感じるものは幾つもあるだろう。それと比べるとフレドリック・ブラウンの小説は、SFを読んだという感じがするのはすごく少ないと思うね。ショートショートというジャンルそのものが、SFの驚きとかミステリイの驚きという言い方をするのが合ってないのかも知れないけどさ。

瀬戸川　ブラウンのミステリイしか読んでなかった人が、初めてブラウンのSFを読んだらびっくりすると思うんだ。何故『発狂した宇宙』とかあれだけのことを書く人が、ミステリイになるとものすごく常識的な、想像力のない世界を作っちゃうのかというのがね。

鏡　例えば『天の光はすべて星』か、あれを読むとミステリと同じ感じがするわけ。逆に言うと『発狂した宇宙』を書いた人がどうしてあんなものを書くのかと思う。だからSF側からだけ見ていて『天の光はすべて星』を読んだら、いやな感じがすることがあると思う。こっち側でこんな馬鹿なことをやってた人が、突然本心をちらっと覗かせたって感じがして、イヤだなと思うことがある。でも反対にミステリイを読んでた人なら、ああ、と思って納得できる部分があると思うね。でもミステリの方もあれで結構手がこんでると思わない、『手斧が首を切りにきた』とか「霧の壁」とかさ。

瀬戸川　アイデア自体は面白いところがあるよ。やはりミステリイとなるとバチッと固くなって、こういう風にしなきゃいけないなとか思い込む、その辺のつまらなさだと思うけどな。

鏡　でもSF作家でミステリイを書いてる人に、思いもかけない人がいるね。シオドア・スタージョンがエラリイ・クイーンの代作をやってるだろう。

瀬戸川　「盤面の敵」だろう。信じられないよ。本当なのかね？

鏡　それともう一人、ジャック・ヴァンスという人、彼もクイーンの代作を三、四冊やってる。

瀬戸川　それはペーパーバック版の方でしょう。

鏡　ぼくから考えるとジャック・ヴァンスというのはものすごくSF的な作家なわけ、別の世界を創ることにすごい労力を注ぐ人だから。その人がどうして必ずしも評価の高くないようなミステリイを書くのかと思うわけよ。ただ理由を読むと、書いた後出版社が手を加えたりしちゃっているらしくてあとは知らない、と言ってるんだ。その辺を考えても、どうもよく分らない所はあるな。この人はいかにもミステリイを書きそうな人だ、という人は書いてなくてさ。

瀬戸川　そうそう。それからジョン・スラディックが『黒い霊気』を書いているでしょう。あれも意外な気がしたね。
鏡　バリー・マルツバーグというぐじゃぐじゃの小説を書く人が、ドン・ペンドルトンの「マフィアへの挑戦」と似たような、『ローン・ウルフ』というこれはまたチンケな話を書いてるわけ。それを読んだらとてもマルツバーグとは思えないもの。だからある程度のプロだとその辺は誤魔化しちゃうのかも知れないね。
瀬戸川　ぼくがスタージョンが書いたのかなと言った意味は、他のクイーンのと全く完全に変りない文章だしプロットなんだ。あんなに忠実になぞるなんてことが出来るのか。
鏡　あの人はテクニシャンだし、ものすごく下らないのも書いてるし、それはさっき出たフレキシビリティという感じはするよ。でもミステリイ作家が書いた傑作なSFというのはあまりないな。ドン・ペンドルトンなんてSFを五作も書いてるんですよ。
瀬戸川　高木彬光の「ハスキル人」（笑）
鏡　論評をさし控える（笑）
瀬戸川　そうね、ミステリイ作家の書いたSFはダメかな。SF作家の書いたミステリイは、やっぱりアシモフだね。あれは文句のつけようがない。
鏡　もう一つは何でもありのSFと、本当言うと何もなしのミステリイという差があるわけじゃないかね。だって日本のSF作家にも、両方を書く人はけっこういるでしょう。
瀬戸川　小松左京の「夜が明けたら」に入っている密室ものは面白かったよ。サスペンスたっぷり。
鏡　ぼくだってハードボイルドが書きたくてしょうがないんだ。書こうかな、格闘技が書きたくて（笑）
瀬戸川　最近のSFで面白いものあるの？　鏡が面白いと言ったら読むよ。
鏡　ぼくの場合は自分だけで面白がってる話と、これはみんなも喜んでくれるだろうなという話と完全に分れちゃうのね。
瀬戸川　『無頼の月』はもう出たの、鏡が改訳するって言ってたけど？
鏡　いや、まだなんです。ぼくはSFで一つ単純にこれは好きというのがあるんだけど、それは月の上で不思議なものが発見されたという話なんだ。
瀬戸川　それはぼくも好きだ。ぼくはそれで謎が解かれていくといいんだ。月じゃないとだめなの、冥王星とかじゃあ。
鏡　ぼくは解かれなくてもいいんだけど、冥王星まで行っちゃうと面白くない。地球上とかある程度みんなが知ってて、そんなものはないだろうと思ってる所がいいの。要するにあり得ないものが突然日常の中に出てくる話。冥王星とかだとありそうな感じになっちゃうからさ。
瀬戸川　そうか。『虚空の遺産』とかね。だから『無頼の月』も大好きなのか。
鏡　そう、あれは大傑作。
瀬戸川　でもそれは謎志向だな、さっきの話と違うなあ。
鏡　いや、謎も好きよ。そこがぼくのヤバイ所なんだよね。大体なんでも好きだものな。
瀬戸川　ぼくはさっきの月の上の話みたいに、変なものが発見されたと言って謎が出てきて、身近な所でこれはどうなっちゃうんだという話は大好きで、ミステリイファンとして大いに溶け込めるわけ。ところが最初から現実無視の勝手なイメージを並べられるとついて行けなくなるんだな。

鏡　ところが、そっちも面白い。

瀬戸川　ＳＦが一つパターンとしてでき上がっていて——ぼくがいつもガックリくるのは日本のＳＦをパッと開くと、人名が全部カタカナになってる、リュウとかケイとか、何故か知らんけどパターンになってるわけ。千年ぐらいの未来の世界だと姓名はなくなって番号制になってるとか、国境はなくなってるからとか言うわけだけど、今から千年前の平将門とか藤原鎌足とかだって今別におかしくないわけじゃない。だからＳＦだって山本権左衛門という名前が出たっていいと思うんだけど。

鏡　都筑さんの「未来警察殺人課」読んだ？　あの後書にも書いてあるよ。都筑さんも全く同じ考えであれを書いてるみたいなんだ。ぼくはすごく納得できるのね。自分の書いてる小説では、それは全部排除してるつもりなんだ。極端な話がドアと書くともういやなんだよ。ドアは英語なわけだから、果して他の星に英語が生きてるかどうかという問題があるじゃない。そういうのは書く時すごくこだわるんだ、ある程度諦めるけどね。逆にそれは全く構わないという人もいるしね。

瀬戸川　ぼくはそれは一つの安易なパターンじゃないかという気がするんだよ。

鏡　難しいね。逆に言うとそれが一つのムードであって、瀬戸川猛資という漢字の名前が出てきた途端、千年未来の話が現在になっちゃったら困るということがあるんだろうな。

瀬戸川　ただぼくはそこで勝負するのが、作家の想像力ではないかと言うか、筆力ではないかと思うんだけどな。

鏡　一度びっくりしたのはＳＦ大会でファンの一人が、みなさんが書いてらっしゃる未来が全部違うのはどうしてですか、と質問されたんだ。未来は一つのはずなのにみんなが違うのはおかしい、と言うんだよ（笑）。そういう人もいるんだからこれは何とも言えないわな。そこが想像力というか、みんなの想像力を働かせて一つの未来を作るのが、逆に言えばＳＦ作家の想像力たるものではないですかと言われるかもしれないしさ。ある程度個人の問題になってきちゃうからね。

Kisou-Tengai Anthology

奇想天外

SF
MYSTERY
FANTASY
HORROR
NONFICTION

第一回 奇想天外SF新人賞 選考座談会

選考委員
星新一
小松左京
筒井康隆

少女劇画的な新井素子の饒舌文体を嫌う小松に対してストーリー性と新しい文体、文章のリズムを褒めて「新世代」の作だと擁護する星新一。対抗馬はこれまた17歳の女子高生大和眞也の手による「カッチン」。凄い時代だったと改めて感嘆する。

『奇想天外』1978年2月号より抜粋

星　**御都合主義もここまで徹底すりゃいいんじゃない。**
筒井　**ファー、スゴいほれこみようだなァ、どうも（笑）。**
星　**推理小説だってそうでしょう。**
筒井　**小説はみんなそうじゃないですか。御都合主義ということでとすれば。**
小松　**いかに御都合主義を御都合主義にみせないかというところに腕の見せどころがあるんじゃないかと思うんだけど、この文体ではどうも。**

どなたも正論。天才剣士たちが互いの正論で切り結ぶという……素晴らしい。
選考会とはこうあるべきという好個の見本なり。
さて、このスリリングな展開の決着はどうついたのだろうか?
激突座談会の様子を、新井素子、大和眞也中心に抜粋して、再現する。
それから——
『SFマガジン』なら絶対ムリだろうけど、
『奇想天外』なら可能だし、掲載できる。（筒井）
——という発言が心に残る。『奇想天外』という雑誌の性格を
よく言い表している言葉だと思う。

——山口雅也

14篇を評定する

編集部　では、最終予選に残った14篇を順番に講評していただいて、残ったものを改めて検討して頂くということで……。

［編註：この時点で残っていたのは、美作知男「ローレライの星」、藤原金象「ぼくの思い出がほんとうなら」、坂井たかし「汝、姦淫するなかれ」、大和眞也「カッチン」、加藤英幸「電話のむこうから」、海上真幸「河童の手」、山本弘「スタンピード！」、堀切正人「名人戦」、楡達也「みっつのおとぎ話」、秀栗夢「ウッディー・クインビー」、新井素子「あたしの中の……」、青木ケイ「いつか見た空」、東海洋士「遠雷」、酔生夢氏「三月戦争」である。］

（中略）

「カッチン」　大和眞也

小松　この人女なの？
編集部　ええ、眞也《まや》と読むらしいんです。
筒井　ぼくは、これ好きだなァ。小説らしさを極力省いているんですよ。
小松　これはおもしろいね。それから、17歳にしちゃ、コンピューターのことをよく知っているね。
星　知り過ぎているのが、ぼくは心配だ。
小松　マイコンが子どものオモチャになっている時代だからね。
筒井　ほんとにコンピューターをオモチャにしちゃっているんですからね、この小説は。しかも多元宇宙が描かれている。
小松　トリプルぐらいになっているんだな。
星　そういう部分の説明をもう少し欲しいような気がする。
筒井　いや、それは説明したとしても、いままでのSFでしつくされている説明だというんで、もう翔んじゃっているわけですよ。そこが好きなんだ。すでにそれはあたりまえのことだという世代が出てきているわけです。
星　最後のところはいいな。
小松　これは残そう。

（中略）

「スタンピード！」　山本弘

編集部　これは突然人々が集団暴走を起したところで、主人公の女の人がじっとその中にいる恋人を待っているという設定……。
筒井　これは退屈しなかった。迫力があるし。
小松　レミングの話は、マチスンにもあるし、半村良の「収穫」がそうだ。
星　五木寛之の小説にもあるでしょう。ある地方都市に、わけもなしに暴走族がドンドン集まってきて、またわけもなくいずこへともなく消えていくというのが。読んでいるうちにそれを思い出した。やっぱり、五木さんの方が、書き方はうまいよね（笑）
小松　そういえば筒井さん、初期の『宇宙塵』に紹介された作品に、地球上の人間が絶対に南へ行けなくなるという話があったの知らない？
筒井　アッ、それは『宇宙塵』に載っただれかのショート・ショートですよ。
小松　東西と北へは行けるけど、南へ行こうとするとなぜか行けない。それで、だんだん北へ集まっちゃう。と、そこに円盤がいたという話だったけど。
星　これは、女の子の一人称で書いてあるけど、三人称で書くべきじゃなかったかなァ。
筒井　いや、やっぱり女の子がひとりでジッと待っているというのがスゴイと思った。独自のアイディアはいっぱいあるんだけど、描写力というか、迫力はもう一息。
小松　サスペンス小説だな。
星　事件に捲き込まれていくところの狂気の混乱状態をもう少し書いてくれれば……。
筒井　相当よく書いてあったとは思うけど、筆力の限界じゃないかなァ、これが。一応95点。
小松　まあ、これは残そう。

（中略）

「あたしの中の……」　新井素子

小松　「あたしの中の……」これは16歳の少女でしたね。
星　これは、驚いたの一言につきたな、ぼくは。
小松　そうかねえ、ぼくはあんまり感心しなかったけど。
星　違った世代が、ついに出現したという感じを受けましたね。テンポというものがあるんだ。いままでの小説の中にない新しさというとテンポだろうと思うんだ。
筒井　それならば、むしろ「カッチン」の方がいいですね。「あたしの中の…」の場合は、話がよく出来ててかわいらしいんだけども、女性の饒舌体とか、マンガの吹き出し的なセリフが生かされてないんですよ。もっともっと生かせたと思う。欠点がちょっと目につき過ぎる。
星　ぼくはこれがいちばん欠点が少なかった。ちゃんと伏線があり、ユーモアがあり、サスペンスありで、構成に破綻がないよ。
筒井　話はよく出来てるんですよ。よく出来てるけど、会話でつまずいている。
小松　アイディアそのものはそれほどすごいものではないと思うし、前半のサスペンスの出し方なども実は未消化なんだな。サスペンスというのは、読んでいるものに、なにが起こっているのかという状況を把握させないと出てこないわけなんだけど、若さもあるだろうが、この作品はそこらへんが未熟なんだ。というのは文章が幼いからだと思うの。
　たとえば、地の文の中に「……ちゃった」というようなことを書かれると、ぼくはもうやたらに抵抗がある。
星　いまのああいう世代の女の子は、こういう文章を書くということで、ぼくは納得しているんだけど。
筒井　ただ、そういった文章が出てくるのはいいことなのか、それとも悪いことなんですか。
星　もはやいい悪いじゃないと思うよ。世の中がこうなっちまったんだ。
小松　そうでもないよ。ちゃんとした文章もあるぜ。
筒井　そうなっても星さんは困らないんですか。つまり、ＳＦがそういう作者の出やすいところでしょう。われわれが踏んばらなきゃいけないんじゃないかという気もするんだけど。地の文まで崩したのを許していいのかどうか。
星　この間の角川小説賞の選評の時にも言ったけど、テレビ時代によって、テンポというものが小説においても必要不可欠になってきたと思うんだ。この作品は、5篇目ぐらいに読み始めたんだけど、ホッとしましたよ。謎の設定が実にうまい。新聞記者の正体のあらわし方にしろ刑事にしろうまくハメ込んである。
小松　しかし、人物が新聞記者や刑事とは思えない描き方なんだなァ、口のきき方からなにから。問題は、シチュエーションの納得のさせ方みたいなところにひどく無理があるということだよ。16歳の女の子にそんなのを要求する方が無理かもしれないけど。

筒井　刑事や新聞記者のセリフは全部マンガの吹き出し的なものにしているけど、そういう世界であるとすればそれはそれで許せる。問題は、ほんとのマンガの吹き出しであれば、絵で説明できる分だけ文字を刈り込める。ところが、この場合は、字で絵の部分まで説明しようとして、やたら余計なことまでダラダラ書いてるでしょう。

ぼくは「カッチン」の方がスゴイと思うけどなァ。

星　おそらくぼくは、くだらんおしゃべり自体がおもしろくて作品が生きていると感じているのかもしれない。こういう文体は初めてみた。いかにも女の子らしいし、いまだかつてお目にかかったことはない。

筒井　そりゃないですよ（笑）

小松　だれだってないよ。

星　いや、ヘタクソならまだしも、他の作品に比べてみてもずっといいもの。

小松　そこはむしろ、ひっかかったところなんだがな。

星　それに背伸びしてない。ムリしてないでしょう。普通だったらもう少し背伸びすると思うんだ。

筒井　ほんとにこのままでいいと思いますか。これを入選させて、このままの調子であちこちからの作品依頼に応じさせてもいいと、ほんとに思う？

星　そりゃ、いいと思うな。

ＳＦと劇画で育った世代の象徴とみていいんじゃないかな。ぼくは、これによって人生観が変わった。生じっかの社会体験ならむしろない方がいいらしい。

筒井　それをいうなら、「カッチン」の方ですよ。

星　いやいや、ぼくがいちばん感心したのは、ストーリイ作りがうまい。これだけのストーリイは、いまのＳＦ作家にも書けないんじゃないか？　これはやはり一種の特異な才能ではなかろうかと。突っつきようがないんだもの、ほかの作品のようにここがおかしいじゃないかというところがない……。「カッチン」の場合は、コンピューターによりかかっている点が新鮮なので、ストーリイは単純なんだ。これはそういうものによりかからずにストーリイそのもので勝負している。とにかく、ストーリイに関しては珍しいぐらい巧妙でうまいなァ。

小松　ただねえ、最初の設定にドラマが踊らされているというところがある……。

星　それはまあ御都合主義といえなくもないけど、御都合主義もここまで徹底すりゃいいんじゃない。

筒井　ワァー、スゴいほれこみようだなァ、どうも（笑）

星　推理小説だってそうでしょう。

筒井　小説はみんなそうじゃないですか。御都合主義というとすれば。

小松　いかに御都合主義を御都合主義にみせないかというところに腕のみせどころがあるんじゃないかと思うんだけど、この文体ではどうも。

筒井　ストーリイはたしかにいいけど、文章をもうちょっとどうにかしないと困りますよ。

星　いやァ、この文章がいいよ。……（笑）

筒井　文章が幼くてかわいらしいのを、星さんは、「文章がいい」と勘違いしているんで

しょ（笑）
とにかく星さんがあれだけ推しているんだから、残しておきましょう。
小松　おれたち追い上げられているんだな、こういうのをみると痛感するよ（笑）

（中略）

最終選考

編集部　結局残ったのは、「ぼくの思い出がほんとうなら」をはじめとする10篇ですが…
［編註：この時点で残っていたのは、美作知男「ローレライの星」、藤原金象「ぼくの思い出がほんとうなら」、大和眞也「カッチン」、加藤英幸「電話のむこうから」、海上真幸「河童の手」、山本弘「スタンピード！」、楡達也「みっつのおとぎ話」、新井素子「あたしの中の……」、東海洋士「遠雷」、酔生夢氏「三月戦争」］
星　「みっつのおとぎ話」は問題があるな。組みあわせにどうしても難があるし、三つの物語りが一応ワンセットになっているんだから、「幻のセールスマン」だけを取り出すというのもおかしい。
小松　しょうがないね。
筒井　とびぬけていいというのがないなァ。
星　あるじゃないですか。ぼくがあれだけいっているのに……（笑）。ほかのは、いい年しやがってもっとヘタクソだと思うな。
筒井　「カッチン」がいいですよ。上品さがあるでしょう。ぼくは、「あたしの中の……」より「カッチン」をとる。ただ、どちらにしろ、幼なさでトクをしている面があるのはたしかだ。
星　これからどんどん成長していくんだし、将来的にみても有望じゃないかなァ。
筒井　子どものつづり方教室ではないんだから、将来性ということまで考えてやっていいものかどうか……。マンガの場合はそういうこともありうるだろうけど。それに、マンガの場合はハッキリ絵がうまいかヘタでもわかるし。
星　それぞれの側に作家的立場があるから、しようがないけど、あくまでぼくは、ストーリイというものを最初に考えてるから。
小松　でも「あたしの中の……」を一位に推すにはちょっと選者として恥ずかしいよ。「高校ＳＦコンテスト」ならともかく（笑）
星　それ以外のを選ぶのはもっと恥ずかしいよ。
小松　うーん……それなら、入選作ナシということになるか。
星　それでもいい。いずれにせよ「あたしの中の……」を、わたしが強く推したことを記録に留めてくれれば。
筒井さんは「カッチン」を一位に推すの？
筒井　……そういわれれば、ちょっと、これも幼なさゆえにトクしているところがあるからなァ。ただ、全体のなかではこの人がいちばん前途有望だと思う。
星　コンピュータ以外のことを果たして書けるのかどうかが心配だな。
筒井　多元宇宙をこれだけアッサリ書けたんだから、ほかのSF的アイディアもアッサリ書いてしまうんじゃない。博士が、「タイム・マシンが出来たぞ」といえば、みんなは「アー、そうですか」という、そういう風に平然とシラーッとした、翔んでるところがスゴイと思うの。それはだから、17歳の女の子だからこそでしょうね。
星　小松さんはどうなんですか。

小松　そうだねぇ……「ぼくの思い出がほんとうなら」「カッチン」「河童の手」といったところが、わりと点数がいいんだ。あと「遠雷」
筒井　「電話のむこうから」もあるな。
星　出だしのひっかかりがなければ、おそらくそれも推したかもしれない。
　とにかくクドイようだけど、「あたしの中の……」に出会った時は、とてもぼくなんかには書けない、違った世代の登場で引退せざるを得ないなと、ほんとに思ったよ。
筒井　そこまでホレ込むと……どうする小松さん、入れちゃう？（笑）
小松　佳作ならともかく、入選にするのはどうしても……。
星　いいよいいよ。この作品がいずれ雑誌に掲載されて、ぼくが強力に支持したということを読者がわかってくれるなら文句はいわない。
筒井　読者に判断をまかせなきゃ仕方ないな。
星　これからはもう、こういうのしか出てこないんじゃないかなァ。
小松　ぼくはそうは考えない。むしろ、非常にしっかりした文章が書けるひとが沢山出てくると思う。
筒井　新しい文章は必ず出てくるけど、これではないよ。たとえばこの人が、四十、五十のオバハンになって、まだこんな文章を書いていたらどうする？　気味ワルイですよ。
小松　ジャレている文章なんだよ、つまり。
星　そのへんを考えなおし初めてきたんだ。
筒井　麻薬みたいなもんですな。
星　ぼくなんかには、とてもそういう表現は出来ない。
筒井　あたりまえですよ（笑）。星さんがこんなの書き始めたら、気が狂ったかと思われる（笑）
小松　「カッチン」と「あたしの中の……」の二篇を、入選候補にしとこう。
筒井　各々三篇ずつ挙げてみようよ。
星　「ローレライの星」と「電話のむこうから」ともういう必要ないけど「あたしの中の……」。「ローレライの星」も「電話のむこうから」も、ともに出だしに欠点はあるが、抵抗なく読めた。「ローレライ…」のオチはとくによかった。
筒井　ぼくは、「カッチン」「ぼくの思い出がほんとうなら」、それと……「三月戦争」は別格で掲載されますね？　それなら、「スタンピード！」だな。
小松　「ぼくの思い出がほんとうなら」と、「カッチン」……三つ目に「河童の手」を入れよう。
編集部　そうするとダブッたのが、「ぼくの思い出がほんとうなら」と「カッチン」ですね。
筒井　「ぼくの……」は、表現力を非常に高く買うんだけど、星さんがいったようにSFとしては弱いというところがある。
『SFマガジン』なら絶対ムリだろうけど、『奇想天外』なら可能だし、掲載もできる。
　ただ、入選にするにはちょっと弱いけどね。
「カッチン」も弱い。
星　「スタンピード！」も、弱いな。
小松　「河童の手」は落としてもいい。
筒井　ぼくも「スタンピード！」にこだわらない。
星　ぼくは、「電話…」は落とそう。
筒井　ちょっと待って！「ローレライ…」に比べりゃ、まだ「スタンピード！」の方がいいと思うナァ…。
小松　スペースものがないというのは寂しい

なァ。5篇入れようよ。すべて佳作。
筒井　それではやっと決まりましたので、まとめてみましょう。星さんがご推薦の「あたしの中の…」は、いままでにない驚異的な新しい作品ということで（笑）、それから、「カッチン」は、このなかではもっとも有望であるという点で買いました。「ぼくの…」は、小松さんとぼくの推薦で、ベタベタのロマンチシズムではあるけれどもホンモノであるということですね。この3篇は多重人格もの、コンピューターもの、幻想ロマンもので加えて、「スタンピード!」のシリアスなパニックもの、「ローレライ…」が唯一の宇宙《スペース》もの、ということで、一応バラエティのある5篇が決まったわけだ。
小松　「ぼくの…」の作者のもっている〝詩想〟は大切にしてほしい。言葉の使い方も珍しいほどキチンとしたものですね。SFを書くんだったら、これだけではダメなので、今後はさまざまな読ませるテクニックを身につけなきゃいけないと思う。先が楽しみな人です。
　それから、「ローレライ…」は、逆にアイディアは買うんだけど、言葉の使い方にひっかかった。イメージそのもののサスペンスもわりと通俗的になっている。
「カッチン」は、これこそまさに現代のハイティーンだけが描き出せる世界だろうと思う。コンピューターの処理の仕方を見事にこなしているのにはビックリした。ただ出だしが少しひっかかった。
「スタンピード!」は、盛り上げ方はスゴく、いちばん映画的なイメージを感じた。「あたしの中の……」、これは、星さんのいうことも重々わかるんだけれど、こういう殴り書きみたいなやり方で小説を書き始めるのは疑問がある。小説というのは、歴史的な時間の上に成り立ってきてそれを娯しんできたわけだし、われわれは古代のノベルズも楽しむけど新しいものも娯しむ。そこのところが問題なんじゃないかと思う。
筒井　伝統を破壊するなら伝統を知ってないといけない。
小松　少女劇画のストーリイライターになるつもりならこれでもいいと思うけど。才能を認めるにはやぶさかではありません。
筒井　それと、「二月戦争」に対しては、とにかくこの調子で書いて、絶対にテンションを崩すなといいたい。
星　ぼくのいいたいことはすでにいっぱいいったからいいや。なにしろ「あたしの中の……」の一作だけ、と思ってここへ乗り込んできたんだから（笑）。とにかく、小説の中ではストーリイの構成がいちばん肝心だと思うから、その意味でも群を抜いているし、文章も、これまでの小説になかったまったく違ったものに出くわして、こういう時代の世代が出てきたということにただただビックリしている。
　2番目に推した「ローレライ…」だけど、一回目に読み落したオチを再認識したので2番目にもってきた。地球人に対するうらみがぐっと高まってくるところをもう少し書き込めばいいんじゃないかな。
「電話…」は、スラスラと読めておもしろかったけど、出だしのシチュエーションの順序がズレてひっかかったところが惜しい。
筒井　「遠雷」の東海洋士くんに対しては、感覚がひとりよがりになっているから、カメラをもう少し引けということをいっておきたい。
小松　ぼくの推した「河童の手」ですが、S

Fというのはすでにかなりな蓄積が出来ていて読み手も相当なレベルになってきている。だから、SFを書くには相当な馬力がいることを認識してほしい。中間小説に載っているSFだけがSFではないということですね。でも、これがいちばんリーダビリティは高かった。

星　やれやれ。

編集部　長い時間お疲れさまでした。

第一回奇想天外新人賞佳作

カッチン

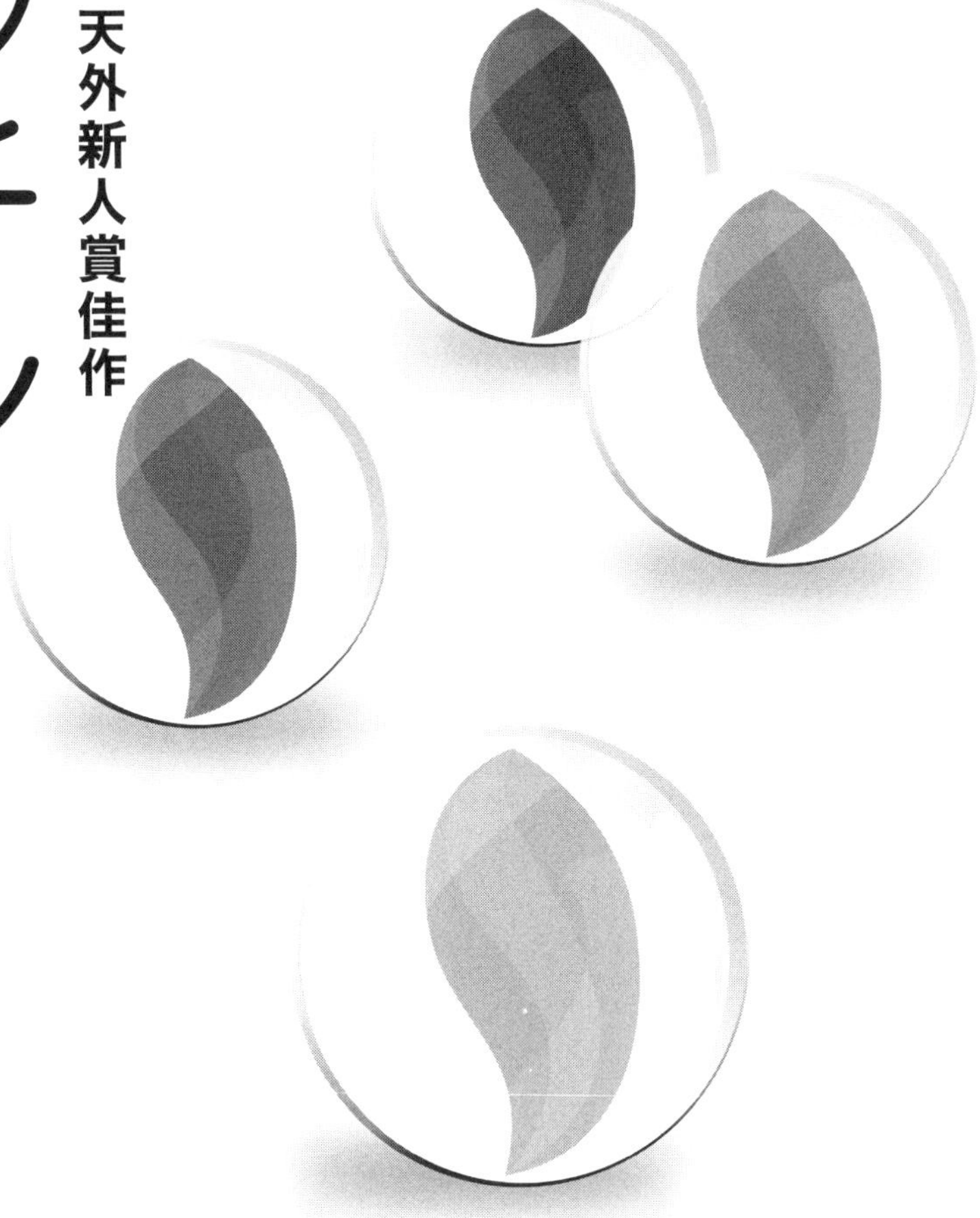

大和眞也

『奇想天外』1978年2月号

生まれは名古屋、育ちは春日井、一九六〇年一月生まれで、現在名古屋市立北高校の三年生です。十七才の記念に、と思って応募した作品が、思いもかけず入選したので、喜ぶと同時に少なからず驚いています。まだ、自分が何を書きたくて、何が書けるのかわからないので、今後はいろんな分野に首を突っ込んでみたい、とは思っているのですが、さあ、そんなにうまくいくものでしょうか。（大和眞也）

n——l

「博士、お呼びですか」

「あ…む。ま、このテープを見給え」

「は」

先刻電算機から打ち出されたばかりのテープから数値を読み取っていくうちに、彼の顔色が変わっていった。

「これは」

「数種類のデータを入れてみたが、結果は皆同じだ。まちがいない」

「博士はそれで、どうなさるおつもりですか」

「う…む。できればあの星をまるごと救ってやりたいのだが、この研究室の設備だけでは到底無理だ。いいかね……」

博士は壁にかかっている中型黒板に手速く図を書いた。

「これが問題の第三惑星。太陽のまわりに楕円軌道を描いている。一方、この無軌道《イレギュラー》小惑星は真直に太陽系を横切ろうと、大層な速度で飛んでいる。そして計算によるとこの位置で両者は衝突する。ドカン」

博士は両のこぶしを突き合わせた。

「さっきも言ったように、これを回避させる設備はない。しかし、知ってしまった以上見過ごすのもやはり心苦しい。第三惑星——地球には我々と構造の似た生物が多く生息しているからな。そこで、無作為《アトランダム》に彼らの内から一人を選び、警告を与えてやろう、と考えた。彼らにも相当に進んだ科学力はある。どうにか自分たちで対策をたてるだろう」

「そうですね。早速、選出をいたします」

m——l

いつものように研究所前の喫茶『エリーゼ』で昼食をすませ、くちくなった腹に満足して持ち場へ戻ってくると、一年先輩の女の子——でも年は三つ下だ——が、先刻所長から僕に呼び出しがあった、と教えてくれた。

「で、すぐ来い、ですか」

「いいえ、——一時五分すぎに、だったわ。十五分後ね。ま、滅多に所長のお呼び出しなんてあることじゃないから、できるだけ印象を良くした方がいいわよ」

「HA……そりゃあ、どうも。ありがと、せいぜいがんばってみますか」

ちょいと眩しそうに笑ってみせて、所長室へ向かう。彼女のいうとおり、所長からお呼び出しを受けるのは、平所員にとって滅多にあることではない。所長室へ向かう間じゅう、いったい自分がどんなへまをしたのかを思い出そう、また、何かもっともらしい言い訳をさがしだそう、などと苦心していたのだが、どうやら無用の心配だったようだ。所長室にはふかふかしたクッションと熱いお茶、それに親しみを浮べた所長の笑顔が僕を待っていた。

「君——緒方君といったな。ま、かけ給え」

というのが第一声で、それを皮切りに所長は、仕事の具合はどうだの、今日の天気は上々でこんな日はゴルフにでも行きたいだの、栄町のなんとかという店は安くてうまい料理《もの》を出すだの、他愛のない世間話を始めた。適当に——もちろん、いい加減な気持ちじゃない——相槌を打ったり口をはさんだりしながら、いったい所長は何が言いたいのだろう、と危ぶんだりもした。世間話の相手に僕を選んだというのなら、そいつはとんだ筋違いだ。こんなことは自慢できる類のものではないが、僕は世間の状況に対して極めてうとい。新聞は読まないし、ついこの間までエドガー・アラン・ポーと江戸川乱歩が同一人物であると思い込んでいたりしていた。ひろみと五郎の区別がつかない。気のどうも入りきらない相槌なんぞをぽけっと打ちつづけていると、所長はやっとひざを正した。

「君、たしかコンピュータを扱えるね」

「はい。大学、数学科でしたから一応は扱えると思います。それがどうか……」

「明日から第二コンピュータ室《ルーム》へ移ってほしい。これは所長命令だ」

「は……」

「ルーム・リーダーの皆川くんが今月一杯でやめることになった。跡をついでほしい」

「はあ……」

正直いって、何故僕が第二コンピュータ室《ルーム》のルーム・リーダーの跡がまになるのかわからなかった。いや、それ以前に、第二コンピュータ室《ルーム》なんて室があることすら知らなかったのである。

「それから、この室《ルーム》はルーム・リーダーのみで構成されている。公の存在ではなく、所長の直属《わたし》だ。君は、だから明日から名目上は所長秘書ということになる。人事課には連絡済みだ。とりあえず君は明日、ここに来ること。いいね」

「はい……」

「ああ、君には第二コンピュータ室《ルーム》専用のコンピュータを扱ってもらう訳だ。帰る時に、そこにある」と所長はあごと目でテーブルの上の事務用封筒を指した。「説明書を持って行き給え。明日までに目を通しておくこと」

ちょっと見た目にも封筒の厚さは電話帳と同じくらいあった。僕は多少ゲッソリした。

「君には、それから、コンピュータの空いている時には自由に使用してもよいという許可を与えよう。もっとも、面倒なことを起こしてもらっては困るがね」

「それは、本当ですか」

本当のことであれば実にうれしいのだが、コンピュータって代物はやたら金を喰うものだし、どうも本気にできなかった。

「本当だよ。仕事上の機密は漏らさないことを厳守する、という条件でね」

「はあ……」

「ま、よろしく頼むよ。——よし、帰っていいぞ」

パチン、と指を一つ鳴らして所長はそう言うと、もう僕のことは眼中になかった。

テーブルの上の封筒を小脇にかかえ、後ろ手で所長室のドアを閉めると、知らず吐息がもれた。どうしてなのか、その意味は、てんでわからなかった。

持ち場に帰ると、さっきの先輩が、どうだった、という目で僕を見た。

「転属になりました。明日から所長秘書になるんです」

と告げると、彼女は、わかんないもんねえ、世の中って、とつぶやいた。

「栄転、って訳かな。何かおごらせよう……と思ったけど、今日は日が良くないなあ、デートなのよ。そのうち、おごってもらうわよ……」

　女のずうずうしさ、っていうのは時として相手に好感を与えることがある、なんて高校時代の友人が言ったことがあるけれど、本当、今のせりふはそのとおりだな、と心の中でつぶやきつつ、僕は彼女に、いつかおごりますよ、などと約束していた。

　終業時刻と同時に彼女は姿を消した。即、デートの待ち合わせ場所にとんでいったんだろう。少しうらやましく思いながら僕は、コンピュータの説明書が入った封筒を小脇に、マヤの待っている安アパートへ、帰途を急いだ。

　マヤは三週間ほど前、本屋で会ってから僕ん家に住みついてしまった女の子だ。一人暮しだった僕は、料理のレパートリーを広げようと思い、料理の本を買おうと本屋に入った。そこにマヤがいて、そんな本よりも生きている料理百科を手に入れないか、と僕にもちかけたのだ。三週間のちにも彼女がいる、ということは、この生きた料理百科がいかに便利であるかの説明にならないだろうか。ま、とにかく、安アパートの扉を開くと中からにおいが漂ってくる……今日は酢豚だな、と鼻を蠢かす。僕の大好物だ。急に体が軽くなり、実ににこやかに靴を脱ぐと、

「おかえりなさーい」

　とマヤが言う。そして、二人で食卓につく。

　夕食をすませ、一息つくと、僕は自室に閉じこもって、持って帰った電話帳の厚さの事務用封筒を開ける。一冊の本ではなく、何冊にも分かれていた。プログラム言語——Fö RTRAN, ALGöL, CöBöL——大学で一通りやったものばかりなので後まわしにして、ハードウエアの方に目を通していると、いつしか夜も更けていた。

n——2

「博士、選出終わりました。電算機が無作為《アトランダム》に選び出したのはこの人間です」

「ふ…む。氏名・緒形潤。年令・二十四地球年。性別・♂か——所在位置は確認しているか」

「はい、選出終了と同時にずっと追跡しています。現在は静止していますが……」

「物質転送装置の方の準備はどうかね」

「それが……どうも調子が思わしくないので調べてみたところ、ヒューズが一本とんでいました。ストックがないので今から購入して参りたいと思っています」

「う…む。ごくろうだな。なるべく早いめにたのむぞ」

「は」

　彼が出ていくと、博士はやれやれと腰をおろし、ふー、と吐息をついた。

m——2

高校時代——正確に言えば高二の夏に初めて僕は僕の作ったプログ

ラムでコンピュータを動かした。学校のサークルの中にコンピュータクラブというものができ、僕もそこへ引っぱり込まれたのだけれど、もともと不本意ながら入ったものがいつしかそいつの魅力にとりつかれ、ついには大学進学にまで影響を及ぼしたというのだからホント、人間ってわからないものだ。僕は数学科に進んでコンピュータを扱い、就職もその方面へつきたいと思っていたのだが、就職試験の当日、事故に遇って遅刻してしまった。試験会場まで送ってってやる、と大学の先輩が言ってくれたのでお言葉に甘えたところ、途中の交差点で、よそ見をしていた車に衝突された。という訳だ。そのため、かどうかわからないが結果は不採用で、責任を感じたのであろう先輩が、今僕が務めている研究所にコネをつけてくれた。なんでも、所長の長姉の旦那さんの従妹が、先輩の母親にあたるらしい。そこでハタッと思い当った。おそらく今日のことは先輩が一枚かんでいるに違いあるまい。なんといっても持つべきものは良き先輩と良き友人だ。などともっともらしいことをつぶやいたら、時計が十二時を打ったので僕は大いにあせった。結局、その夜はハードの方しか説明書に目を通せなかった。

ルーム・リーダーの皆川氏は思っていたよりもずっと若かった。彼によれば、第二コンピュータ室の仕事はごく簡単なことらしい。所長を通じてくる問題をプログラミングしてコンピュータにかけ、結果を提出する、ということだけだ。所長を通じてくるのはまあ、一ケ月に多くて三つくらいだが、時々提出期間の極度に短いものがあって、そういう時は泊まり込みになることもままあるらしい。

「ま、難点はそんなところだな。ここで扱うのは皆、極秘のものばかりだ、ということも肝に命じておくべきだな」

皆川氏、という人は実にさっぱりとして気持ちのいい人で、もう少し早く知り合いたかったなあ、と痛感した。

「今月一杯は僕がここのルーム・リーダーだけれど、君——緒形くん、使いたかったら自由にコンピュータ、使ってかまわないよ」

「そうですか……じゃ、失礼して……」

コンピュータ、使わせてもらうことにした。高校から大学の二年くらいまで僕は、ライフゲームに凝っていて、何種類かプログラムを組んだのだけれど、そのうちの一つを僕はやってみることにした。

「一寸、失礼していいかね」

「え……かまいませんが……」

さりげなく言ったつもりだがやはり、目に心配な光が宿ったのか、それとも、後任の僕に何でも教えておこう、というつもりなのか、とにかく彼は大丈夫、心配しなくていい、と笑った。

「そこに電話器があるだろう」なるほど、皆川氏の机上に一台おいてある。「何か用があったらその受話器を取り給え、放送室に通じているから僕を呼び出してくれることになっている」

「はい」

皆川氏が部屋を出ていくと僕は早速カード穿孔機を操作しはじめた。本文の方は大学の時のが残っていて、それを使用できるが、データカードの方を作らなければいけない。といってもそんなに多くいる訳じゃないのですぐに作り終えた。

何回経験しても、プログラムをコンピュータにかける瞬間というのは落ちつかないものだ。カードリーダーのスイッチをＯＮ《オン》にし、操作卓から読み込み命令を打ち込むと、軽いうなりを伴ってカードが読まれて行く。自動的に操作卓のタイプが読み込み終了、翻訳《コンパイル》開始を示し、やがてラインプリンターがプログラムをまず、用紙に印字していく。エラーがあればこの時、エラーメッセージが出てくることになっているが、何分にも、大学で何回もやったプログラムだ、エラーの出るはずがない――はずなのだがなんと、エラーメッセージが出てきた。どうもおかしいな、と思ったら、カードが一枚抜けていた。ちゃんと調べたつもりだったが、どうもボケているようだ。あわてて抜けていたカードを作り、もう一度かけてみる……。

f――1

ラインプリンターの脇に立って、さて、プログラムの結果やいかに、と思っていると、横に石神くんが来て訊いた。

「ライフゲーム、うまく行きそう?」

「さあね」

自信がまったくない訳じゃないけど、でも絶対うまくいく、という確信がないんだからいきおい、『さあね』となっちゃうんだ。おまけに、ライフゲームのプログラムは石神くんと斉藤くん、それにＯＢの伊藤先輩も取り組んでいるんだからなおさらだ。

「どんな風に出させる」

「アスタリスクで出させるつもりだけど……見やすいからね」

「言えるいえる」

なんぞと言っている間にプログラムの翻訳《コンパイル》が終了したらしい、プログラムがすべてラインプリンターで打ち出された。上から下まで目を走らせるがエラーメッセージはなかった。よかった、実に助かった。実を言うと、ここまでに三回プログラムを組み直し、四回ディバッグをしているわけで、多少疲れちゃったよ、って心境なんだ。話によると、でもプロのプログラマーなんかになると、たった三回ばかりのディバッグですまないようなプログラムを扱うことが随分とある、と聞いている。まったくもって、マイッタマイッタだなあ。

それでもまあ、しばらくするとカタカタカタと音をたてて喰いしん《イーター》坊のパターンが次々に打ち出されてきた。

「どうにかうまくいったみたい」

「それはおめでとう」

操作卓に終了時刻が打ち出されたので、ラインプリンターから用紙を取り出してもう一度ながめてみた。

右上にあるエサにむかってイーターは触手をのばし、エサを体内に吸収してまたもとの状態にもどっている。もちろん大幅に想像を加えてはいるが、イーターは大体そんな動き方をしていた。ライフゲームの言葉どおり、生物社会を象徴しているようだ。

「あ、うまくいったね」

ＯＢのＦＢさんがやって来て言う。ＦＢさんのＦＢは、はじめは頭文字《イニシャル》だろうと思っていたのだがそうではないらしく、アマチュア無線のコールサインが由来だと自称している。丁度ＦＢさんたちの卒業と入れ換わりに私たちが入学してきた訳で、未だにＦＢさんの本名は知らない。ＦＢさん、で通っているので、時々本名で呼ばれると自分が呼ばれている気がしない、と、ある時彼は冗談めかしてそう言ったことがあるけれど、案外本当のことかも知れないな、なんて思っている。

「こんどはF型ペンタミノ、やってみる気ない？」

「うん、そのつもりでちゃんとデータ、作ってあるんだ」

「一一〇三回でグライダー六機とばすんだったと思うから、そのプログラム、少し修正した方がいいね」

つまり、イーターの時は形を変えていく、その一回ごとに形を打ち出させたが、今度は打ち出させる間をもっととらなくてはならない、ということだ。一一〇三回もいちいち形を打ち出させたら紙も時間も余分にかかるから、五〇回に一ぺんずつ打ち出させれば充分じゃないだろうか。四枚ほどカードを足す。さあ、うまく行きますように。五、六組並んでいるカードの一番後ろに自分のカードを置く。順番待ち、ずいぶんかかりそうだな。で、ラインプリンター脇に立って他の人のプログラムの見学をすることにした。

「およっ。エラーだ」

石神くんが聞くからに不思議そうな声を出した。

「変だなあ。どこをドジッたんだろう」

で、私もプログラムを目で追ってみる。なあんだ。一枚抜けてるんだ。

「ね、30 CoNTINUEが抜けてるみたい」

「あ……ほんとだ。さっき、打ち直した時に入れ忘れたんだな」

あわてて、隣室へ取りに行った。隣室にカード穿孔機があるんだ。一枚抜けてた、か。いつかこんな事があったような気がするな。もちろん、私はコンピュータいじくるのは二回めで、まだ一枚抜かしたという事は未経験なのだから、あったような気がするだけなのだ。きっと夢か何かで見たか、それとも元来のおっちょこちょいがそんな風に思わせるんだろう。ま、気をつけなきゃ。一枚抜かしたからやりなおし、なんて、てんで馬鹿らしいもんね……。

「……今度、お宅の番だよ」

FBさんが教えてくれたのであわてて操作卓にむかう。今度も無事プログラムが成功しますように……。

ラインプリンターがプログラムを印字、エラー無し。きゃいーん、と喜んでいると、伊東先輩が聞いた。

「何、これライフゲーム？」

「うん。F型ペントミノ」

カタカタカタと打ち出されてくるのを見ると律気に展開をしていて、実にうれしくなってしまった。用紙を取り出して隣室へ行く。自然と足どりが軽くなっていた。

「うまくいった？」

「うん。うまくいったよ。もう感激」

「ふーん。見せて」

「いいよ」

打ち出されたプログラムを見ながら、ここはGo To文を使った方が効率がいいはずだ、とか、この定数もデータで読み込ませたらどうか、などとくっちゃべっていると、時計が四時を知らせた。

「そろそろ跡かたづけをしなさい」

と引率の先生が言いに来た。FBさんがやって来て、石神くんの番だ、というので彼はあわててとんで行った。

「さってっと。ライフゲームうまくいったし、そろそろ跡かたづけしよう」

とひとり言を言いながら、カードと用紙をずた袋にしまい込み、没カード——つまり打ち損じたカードをひとまとめにしてダンボール箱の中にほうり込む。カード穿孔機の電源がオフになっているのを確かめて、跡かたづけは完了した。


「では、純がライフゲームのプログラミングに成功したことを祝して、ＯＢ一同が何か、おごってやることにするよ」

情報処理教育センター、というのが正式名らしいがとにかく、コンピュータ・クラブの実習を終えてそこをあとにすると、近くのデパートのジャンク市を見て行くといって、半数近くがいなくなっていた。残っているのは、ＯＢ二人と石神くん、それに私の四人。「ＯＢ一同、なんていったって、二人しかいないじゃないか」

「いやなに、一同といった方が箔がつく——ところで何が食べたい。昼飯みんな食べてないだろう」

「うん。えーと、そうだ、お子様ランチにしよう」

私に決めさせたのがまちがいのもとなんだ。お子様ランチ、と聞いて石神くんは肩をすくめたが、ＯＢ連は手をたたいて喜んだ。

近くの、ぐっとおとなしい雰囲気のレストランに入り、お子様ランチを四人分たのむと、ウエイトレスが一瞬あきれた顔をした。

「さて、一度聞きたいと思っていたのだが、純はいったい何になるつもりなんだい。つまり、理系取ってるんだろう、授業」

「うん。あのね——弱っちゃったな——笑っちゃだめだよ。——お嫁さん」

「およ」

石神くんが吹き出し、ＯＢたちも笑いこけた。あーあ、だから言ったのに。お嫁さんって、そんなにおかしいかな。

「本気で？」

「もちろん」

「じゃあ、お嫁さんの次には……？」

「うん、本当はコンピュータ使いになりたいんだけれどね……なれるかどうかはわかんないよ」

石神くんが真面目な顔をして応じた。

「僕は、お嫁さんになるより楽だと思うけどな。第一、コンピュータ使いは一人でもなれるけれど、お嫁さんは相手が必要だもんな」

「あ、いってくれちゃって」

しかし、それがやっぱり問題なのだ。一人でお嫁さんになんぞなれるはずがない。

料理が運ばれてきた。アイスクリームがデザートについていて、それのてっぺんに旗がついている。ＦＢさんがその旗をついっと手にして、

「では、純が無事おムコを見つけられますように」

と言って、高々と旗を上げて、くるくる回してみせた。伊東先輩も負けじとやり出すので、私は自制心がきかなくなって笑いころげてしまった。

「俺、別のテーブルに移ろうかなあ」

と言いながら石神くんはニヤニヤしていた。まったくマイッタＯＢたちだなあ。

お子様ランチを食べながら――変なオマケがついたけれどやはりタダの飯はおいしいものだ――しかし、本当に相手をみつけないとお嫁さんになれないナ、なんて思ったりしていた。

m――3

どこかでベルが――電話のベルが鳴っているので僕は我に帰った。あわててあたりを見まわしてそれが、皆川氏の机上から聞こえてくることに気づいた。受話器にとびつき、それを耳におしあてると、皆川氏の声がした。「緒形君、あと五分で終業時刻になるが、そこの戸締りは所長がやることになっているから、あとをかたづけるだけで帰ってかまわないよ。それと、外から電話がかかってきている。綾小路摩耶子嬢からだ。切り換えるよ」

「はあ、どうもお手数かけます」

「いやなに……」プツン、と一瞬音がとぎれ、変わりに女性の声がした。してみると、摩耶子ジョウのジョウはお嬢さまの嬢なのか。

「もしもし緒形です」

皆川氏にはああいったが、正直なところ僕には綾小路などという女性の心当たりはないのだ。ところが。

「マヤです。ごめんなさい、会社に電話なんかかけたりして……」

なんのことはない。綾小路摩耶子というのがマヤの本名だったらしい。そうしてみると、僕は今まで、マヤの本名も知らなかったということになる。

「あの、会社がひけたら帰りにスーパーによって、わかめと玉子とかしわを買ってきてもらえません？」

「いいよ、かまわないけど」

「ああよかった。わかめは一袋、玉子一パック――Mサイズで結構です。かしわは百グラム。お願いします」

「わかめ一袋、玉子一パック、かしわ百グラム――どこの肉」

「もも肉か、ささみで……」

「了解、そうしよう」


ところが、安アパートへ帰ってみるとマヤの姿はかけらもなかった。買い物か、とも思ってみたが、僕に玉子やら何やら買って来させて買い物もないだろう。何かあったんだろうか。

扉の外で物音がして、次いでブザーがなった。扉を開けると、なかなか良い身分らしい男が二人立っていた。仕立てのよいスーツを着こなしている。この安アパートには場違いだ。いったい何の用だろう、といぶかしんでいると年をとった方の男が口を開いた。

「緒形潤さん、ですね」

「そうですが……」それがどうしたというんだろう。

「摩耶子お嬢さまからこれをお渡しするようにと……」

若い方の男が黙ったまま、かさばった包みを差し出した。受けとると、ズシリと重い。

「たしかにお渡ししました。では私たちはこれで」

去ろうとする彼らを呼び止めて僕はさっきから思っていた事を聞いた。

「マヤ――いや、摩耶子お嬢さまとやらはここに来ないのかい」

二人は顔を見合わせた。年老いた方が言う。

「お嬢さまはもうお見えになりません、おそらく二度と。皆川様がよくご存じでございます」

「皆川って……ルーム・リーダーの？」

「はい」

　そうか。さっきは綾小路などという名に驚いていて気付かなかったのだが、原則として研究所内の私的電話は禁止されている。皆川氏はマヤのことを知っていて、だから僕に取りついだのだろう。

「では、私たちはこれで」

　二人の男は去っていった。

　包みの中身は料理全集だった。それに手紙が一通。マヤ——綾小路摩耶子嬢からの手紙である。僕は、封を切るのももどかしく中身をひっぱり出した。見おぼえのあるマヤの丸っこい字が並んでいた。

　便箋三枚半の手紙の内容を煎じると、マヤには生まれた時から決まっている婚約者がいたが、彼と結婚するのがイヤで家出をし、僕のところへころがり込んだという訳で、しかしついに連れ戻されてしまったらしい。綾小路家という格式と由緒のある家柄のお嬢さまだったらしい。まったくおかしな世の中だ。彼女はそうして、夕飯は親子どんに、明朝のおみおつけはわかめにして下さい、とも告げていた。料理全集や、そんな些細なことから、僕はマヤが二度とここに来ないことが何か、とても大切なものを失くしてしまったように思えた。これから当分の間、この安アパートには居づらくなるかもしれない。

「さみしいなあ」

　僕は無性に誰かがそばにいてほしい、と感じていた。

n——3

「博士、ただいま戻りました」

「おお、帰ってきたか。で、ヒューズはどうした」

「は、それが、物質転送装置に使われているヒューズはヤギヒューズなのですが、あいにくとそれがございませんでしたので、かわりにGPヒューズを購入してまいりました」

「そうか…ふ…む。ま、いいだろうて。しかし、GPヒューズはヤギヒューズに比べると指向性の面でぐんと劣るから、操作は充分注意するように」

「は」

　彼は早速、ヒューズを取りつけに行った。戻ってくると博士に告げる。

「では、早速転送しましょうか」

「いや、まて」

　と右手を上げて博士は押し止めた。

「彼は現在、人ごみの中にいる。今転送すれば、人が突然いなくなった、といって大さわぎになるだろうし、また、関係のない者まで転送されてくるおそれもある。いいか、彼が一人でいる時をねらうんだ」

「は。了解しました」

　物質転送装置とは、言わずもがな物質をある地点からある地点へごくわずかの時間で移動させる装置のことである。この研究室にあるのは、縦・横・高さがともに三メートルまでの空間内のものなら移動可能である。それ以上の大きさになると、きっかり三メートル立方分だけが移動され、それ以上の部分はもとの位置に残っていることになる。もちろん、物体が使いものにならなくなってしまうことが多い。

「今までの彼の行動から見て、彼は会社内で一人になることが多い。会社にいる時をねらうのが一番妥当だと思われるから、その時をねらい給え」

「は。では引き続き追跡を続けることにします」

「うむ。がんばってくれ給え」

f——2

生まれてからかれこれ二十二年になる。この年になるまでに相当数の試験を体験してるはずなんだけれど、それでもやはり試験前はどうも落ち着かないんだ。試験が近づいてくると、クッキーを焼いたりぬいぐるみを作ったり本を読みあさったり……私は勉強と別の方面に意欲を燃やす傾向があるらしくて、で、その就職試験の前日にも、ご多分にもれず、友だちとダベリング——というより馬鹿話にふけっていた。高校時代のクラブの先輩や同輩といっしょだとどうしても馬鹿話のたぐいになってしまう。

「お嫁さんにはなれそうにないね」

ＦＢさんは四年も前のことを持ち出してくるので、

「いいですよ。ちゃんとコンピュータ使いになるつもりなんだから……」

と言い返してやる。明日の就職試験で採用ということになれば、文句なしにコンピュータ使いへの道が開けるんだ。だから是非とも採用されたい。私、こんなところでダベっていてもいいのかしら。

「やっぱり、俺のいった通りだろう。岡田の純ちゃんにまだ特定の相手がいない、ということは理学部じゃあ、もう有名だよ」

私といっしょに同じ学部・同じ学科に入った石神くんまで茶化してくる。

「なにいってんの。お宅だってまだ、恋人いないでしょうが」

くやしいから言い返すと、平然と受け答えた。

「男はいいの。それに、なあに、その気になりゃあ十人や二十人、軽いもんさ。今までは勉強一筋だったからだよ」

もちろん、彼のセリフには私は失笑を禁じえなかった。ＦＢさんや伊東先輩たちも同じこと、みんなで笑いころげてしまった。

「そうそう、ところで明日、就職試験なんだって」

ＦＢさんが私に聞いた。

「うん、そうなの。——ね、根古屋市にはどうやって行くのが一番速いかなあ」

「なに、試験場、根古屋?」

「そう。根古屋の……えと……星陵ビルだったんだ、たしか」

「送っていってあげようか。星陵ビルの前は通らないけど、裏なら通るから」

とＦＢさんが言う。

「わ! ほんと、じゃ、お願いしよう。よろしくお願いします……」

「いえいえ、どういたしまして。……そうだ、中央通りまでなら出て来られるかな、中央通り三丁目」

「ええ、大丈夫です。おかげで助かっちゃうな」

この時ほどＦＢさんがありがたく思えた時はなかったかもしれない。

根古屋の方は私、てんで不案内だし、交通費がその分だけかからないし……。しかし、その感謝の気持ちも次の日の朝十時にはすっかり雲散霧消していた。星陵ビルへ向かう途中でＦＢさんの車が事故に遇ったのだ。横あいから飛び出して来た車に衝突され、私自身も多少打ち身をこしらえ、試験は不意にしてしまった。

　永久就職の口はどこを捜してもないので、どうしてもどこかの会社にもぐり込みたい。あの事故の責任を感じてか――ＦＢさんが悪いわけじゃないのに――ＦＢさんがある会社――というより研究所にコネをつけてくれて、そこにもぐり込むのに成功したのでとてもうれしかった。ＦＢさんのコネが相当に効いているのだろう、私は電算機室に配属され、仕事としてコンピュータを扱えることになった。石神くんじゃないけど、お嫁さんになるよりずっと易しかったようだ。どうやらこの調子でいくと、お嫁さんとなる日はまだまだはるか彼方の先の方らしい。

　昼休みになるとみんな外へ食事をしに出て行ってしまうので、私はそういう時をねらって――一人残って、高校のころからやっていたライフゲームをコンピュータにやらせてみる。もちろん許可を取って。以前は既成のパターンの変化展開を楽しんでいたが、今はそうじゃなくて、新しい面白いパターンを捜し出すことに興味を見い出している訳だ。でんぐり返しをするパターンとか、ねずみ花火式に動き回る奴とか、やってみると以外と面白いパターンが出来上がるものなんだなあ、と感激したことも一度や二度じゃないんだ。もう、昼休みにライフゲームをすることが私の日課の一つになってしまっていた。

n――4

「博士、ご覧下さい」

「ふ…む。なるほど、一人でいるな……。良い機会《チャンス》だ、転送したまえ」

「は」

　転送したまえ、と口で言うのは簡単だが、実際にやるのはなかなかどうして難しい。

　物質転送装置は冷凍冷蔵庫をうんと大きくした外見をしている。冷蔵庫にあたる部分が移動させる物質の取り入れ・取り出し口で、高さ・幅・奥行ともに三メートルの大きさである。上にあたるのが装置の本体ともいうべき部分で、照準物体の位置調整やらなんやらを行なう数多くのダイアルやスイッチが並んでいる。これらをうまく調整しながら物体を転送させるには、熟練した腕が必要とされる。瞬時にして起こる環境の変化や不慮の事故などに対処することのできる頭脳と経験が必要とされるのである。博士はすでに齢《よわい》二百四十一才、転送の技術にかけては誰にもひけをとらない。助手は、数多くとび交う博士の叱咤にもめげず、どうにかこうにか緒形潤を転送することに成功した。

m――4

　驚いた。無理からぬ事である。研究所の第二コンピュータ室《ルーム》から知らぬ間に見知らぬ密室の内に移っていたのだから。どうにも理由がつけられないので、これは夢だということにした。そう思うと急に気が楽になってきて、ここが個室ではなく、隅に誰か人がいる事に気がついた。

「君、だれ」

「岡田純っていうんだけど、ここはいったいどこなのか、知らない?」

と言われても僕が知っているはずがない。

「いや、僕もそれがわからなくて困っているんだ——僕は緒形潤……や、名前、似てるね。奇遇だなあ」

握手を求めると、彼女は快く応じてくれた。実に僕好みの女性だ、と思ってから、これは夢であるはずに決ってて、だとしたらそんなことは当たり前だな、と気付いて苦笑した。

「私、さっきまで昼休みでコンピュータをいじってたのに、どういう訳だかここに来ちゃってるの。私がどうやってここへ来たのか、ご存じないかしら」

「いいや。僕が気付いた時にはもう、君はいたみたいだから……」

僕はかぶりを振った。

「じゃ、同時にここへ来たのかも知れないね。私が気付いた時にも、既にお宅がいたんだから」

「そうだね。——君もコンピュータ使いなの?——いじってたって。僕は今、ライフゲームが気に入ってるんだ」

夢の中なれば、ここからあせって出ることもあるまい。僕は長期戦の構え、何か共通の話題をさがそうとした。

「あれ、私もよ。昼休みにライフゲームをするのがもう習慣になっちゃってるの」

「僕も毎日、コンピュータにかけてるんだ。泥沼状態というか何といおうか……」

「あはっ」

彼女と僕、なかなかうまく行きそうだな、と思っているといきなり、壁の一方がパタンと開いた。

外から二人の男がこちらを見ていた。一人はもういい年をしたご老体。もう一人はやや若め、青白く、どうひいきめに見ても気違い《マッド・》科学者《サイエンティスト》の万年助手というイメージしかわかない男だったが、二人とも、心なしか、マヤの使いの男たちに似ているような気がした。

「そこにいるのは誰だ」

とご老体が聞いたので、月並みではあるけれど、

「自分から名乗るのがエチケットだぜ」

と言ってやった。ご老体は肩をすくめて言った。

「余はスカボロー・フェア博士。こっちは助手のバセリ・セージだ」

「では。彼女が岡田純。そして、僕が緒形潤。何故ここにいるのかは二人とも不明」

すると、何がおかしいのか、フェア博士及び助手セージはけたけたと笑い出した。僕は困ってしまって純の方を向いた。彼女も肩をすくめてみせた。本当にどうしたっていうんだろう。

やっとのことで笑いを押えた博士が僕らにこう告げた。

「いや、緒形氏をここへ移したのは余らの行なった事だ」

緒形氏、というところに力を入れたので、純が訊いた。

「じゃあ、私は」

「この装置のヒューズの一本は、本来は指向性のあるヤギであるはずなのだが無指向性といっていいほど指向性の少ないGPにしてある。その結果、関係のない岡田嬢までひきずり込んだようだ」

ちょいと弱ったような顔で話すこの博士は、いったい何者で、何の

ために僕をここへ連れて来たのだろう。僕は無性にそれが知りたかった。博士の上着の端を引っ張って彼の気をひき、そのことをたずねた。

「あ…む。では、こんなところでは何だから、別室でそのことについて話そう」

と言って博士は歩き出したので、僕らもそのあとを追った。

別室には手まわしよく茶と茶菓子が用意されていた。博士が安楽椅子に座ったので、僕らはそのむかいのソファーに腰かけた。

「端的に言おう。君たちの住んでいる地球はあと二週間で無軌道小惑星《イレギュラー》と衝突する」

「そんな僕らの地球が馬鹿な」

純と僕は異口同音に叫んだ。初めて聞くことであり、それが、今まで会ったこともない他人から告げられたとあっては、信じられないのも無理はあるまい。当然、彼女にしても同じだろうと思っていると、彼女は意外なことを口にした。

「だって、その小惑星は衝突なんてしないで地球のそばを通過していくだけだし、通過は三ケ月後のはずよ。計算したのは私たちの室《ルーム》なんだから、間違いはないはずなんだけれどな」

「む。しかし、こちらの結論にも間違いのあろうはずがない。——まてよ。岡田さんはここへ移ってくる前、どこで何をしていたのかな」

博士は何事か思いついたらしかった。

「会社で、コンピュータをいじってましたけど……」

「会社の住所は」

「根古屋市中区経世三の四です。電話番号も必要かしら」

「いや、そいつは結構」

単なる偶然だろうか、彼女の会社の住所と僕の務めている研究所の住所は同じものだった。僕の研究所には岡田純という所員はいないので、隣りか裏のビル内にある会社にでも務めているのだろう。しかし、住所が同じだなんてどうもヘンだなあ。

「そうだ、そうに違いない。——緒形氏、君と岡田嬢とは知り合いかね」

「いいえ、先程初めて会ったばかりです」

「なるほど、そうだろう。ところで君たちは多元宇宙論というのを聞いたことがあるかね——余が思うに君たちは元を異にした同じ地球からそれぞれここへ転送されたのだろう……」

「ちょっと待って」

純が片手を上げて博士の話を遮る。

「ここは地球ではない。とすると、ここはいったいどこになるの」

「ターメリック星第二文教地区にある余の研究室だ。ターメリック星は、地球から二千光年を隔てたところに位置しているが……」

「——岡田嬢の地球は無軌道小惑星《イレギュラー》との衝突は起こさないが、緒形氏の地球は二週間後に衝突する。つまり、二人とも地球に住んでいるが異なる元——次元と言った方がわかりやすいかね——ま、とにかくそういった異なった次元に住んでいるのだろう。物質転送装置に無指向性のGPヒューズを使用したため丁度緒形氏に相当する位置にいた岡田嬢が一緒に転送されたのだろう。ありえないことではない、といわれてはいたが、実に珍らしい例《ケース》だ」

「博士にとって岡田さんの登場が予想外だったことはわかったけれど、あなたはどうして僕にその衝突のことを伝えたいのですか」

と僕は博士に言った。

「余の計算によれば、緒形氏の地球が小惑星に気づくのは、すでに手遅れになってからなのだ。見殺しにするのは心苦しい。それが理由だ」

「じゃあ、緒形くんは自分の地球へ帰らなきゃならないんでしょう」

思いついたように純が言う。

「そのとおりだ。余の渡すリストに従って、資料を送ってもらわねばならぬ」

「無事に彼が彼の地球へ戻るという確信はあるの。ひょっとして、私の方の地球へ行ってしまうことは、ない?」

「ふ…む。大丈夫だとは思うが……。すまないが二人一緒に転送させてもらう。どちらか一人はたぶん彼の地球につくだろ。ただし、君たちがここへくる前より三日ほど経過しているはずだがね」

「もしも、私と彼と入れ換ったり、片っぽの地球に二人が行っちゃったりしたら、元に戻してくれる?」

純が心配そうに訊く。

「ベストをつくそう」

どうせそれは気休めにすぎないだろう、などと僕はてんで博士を信用しなかった。

f――3

転送された先は私の地球だと思った。昼休みにライフゲームをやっていた時と同じ部屋のようだ。と、横で緒形くんが、

「僕の地球だ」

と言った。彼はいったい何をかんちがいしているのだろう。

「ううん、ここは私の地球よ。部屋の様子がちっとも変わっていない」

「いや、それは僕だって同じさ。……まてよ、そうか、これはどうやら簡単にどちらの地球なのか判断できないかも知れないぞ」

そう、たぶんどちらの地球もこの部屋のつくりは同じなのだろう。博士も、違う次元の同じ地球だ、と言っていたことだし……。

と、廊下側の扉が開いて誰かが中に入ってきた。見ると、それはFBさんだった。どうしたんだろ、遊びにでも来たのだろうか。

「あれ、FBさん、こんにちわ」

「や、先輩、お久しぶり」

言ってから二人で顔を見合わせる。これはいったいどういうことなのであろうか。FBさんはそんな思惑をよそに
「や、またそろってるね。どう、今から、この前のカッチンゲームのビデオをかけるんだけど、見に来ない?」

どうする、と緒形くんの方を見ると、片目をつむってみせた。

「行こうか」「うん」

ビデオは二階上にある視聴覚室《ルーム》でかけるという。コンピュータ室を出ると、左手のつきあたりにあるエレベータにのった。階表示のランプを見て、はっとした。どうやらここは私の住んでいた地球とは違うようだ。表示ランプの字体が変っていたから。緒形くんをつついてその事を囁くと、彼の顔はさっと蒼ざめた。

「違うよ、ここは僕の地球でもない。字体、ベーシック・タイプだったのがジャーマン・タイプにかわっているからね」

では、ここはてんで別の地球なのだろう。しかしFBさん(らしき人物)は私たちを何の違和感もなく受け入れた。ということは、ここ

には私たち二人に相当する人物がいた、という訳なんだろう。彼らはどこへ行ってしまったのか……。おそらくフェア博士の援助は得られないであろう今、当面の課題はここの私たちを見つけ出すことなのではなかろうか。緒形くんの地球については博士がどうにかするだろうし、第一、私たちには、なす術もない。あ。そういえば、ここでは小惑星はいったい、どうなっているんだろう。衝突するのかすれちがうのか、もう通りすぎてしまったあとなんだろうか。ま、そのうちわかるだろうが。

「あれ、何、来たの？」

視聴覚室にはすでに三人の男がいた。そのうちで、伊東先輩そっくりの人が言う。

「――って、来ちゃいけなかった？」

ここでの私がどんな役を持っていたか知らない。でも、知らないからといって黙ってとおす訳にもいかないだろうから、地で行くことにした。

「センパーイ。この人ですか、岡田純さんって」

と、もう一人がすっ頓狂な声を上げた。

「そうだよ。紹介しとこう。こっちが岩津謙くん。こっちが岡田純さん。ついでに彼が緒形潤という」

「――で、じゅんという名が四人もいる訳だ。先輩が梅本淳で」とFBさんを示し、

「俺が石神順」

最後の一人は石神くんだった。四人のうち、全然知らないのが一人――岩津くんだけで、あとは私の地球と変っていないようだ。

「もっとも、じゅん、と呼ぶのは岡田さんちの純ちゃんだけだけれどね」

とFBさんはウインクをして言った。

「先輩、それよりビデオを見ようよ。この前のはギリギリのところでやられちゃったからね、こんどこそは勝たなきゃ」

「石神のいうとおりサ。こんどは負ける訳にはいかないからナ。――見ててごらん、ライフゲームなんかよりずっとおもしろいはずだから」

FBさんの後の方の言葉は、私たち二人にむけられたものらしい。すると、ここの私たちもライフゲームに凝っていたんだろう。緒形くんと私は顔を見合わせると、やれやれと肩をすくめた。

カッチンゲームってのはどうやら、ビー玉あそびを拡大したようなものらしかった。小惑星をビー玉に見たててのゲーム。小惑星群を、それの三倍くらいの大きさでいぶし銀色をした宇宙艇が次々とはじいていくのは見ていて、何かわからないイヤラシサを私に感じさせた。宇宙艇は二機あったが、そのうちに一機のはじいた小惑星が、他の一機にぶつかった。――大破。ビデオはそこで止まっていた。

「たぶん、軌道予測の不完全が問題なんだろう」

何のとっかかりもない声で石神くんが口を開いた。が、私は大破した宇宙艇に乗っていたであろう操縦士が気になった。

「ばっかだな。あれはリモコンで動いてるんだ。全長二メートル、全くの無人だよ」

本当にバカバカしい。そうならそうと前もって言ってくれればいいのに……。

「ひょっとして、今のは小規模疑似宇宙《ミクロ・コスモス》？」

「もちろんさ。そうじゃなきゃ、あんな風に宇宙艇をこわしはしないよ」

緒形くんの問いに、どうもいけないな、という風にFBさんは応じた。

「で、僕としちゃあ、緒形と純にも協力してもらいたい、と思って連れてきたんだ。四人じゃやっぱり人手が足らないし、だから軌道予測が不完全になるという訳さ。二人ともコンピュータ使いなんだから、軌道予測くらいなら説明をきいただけですぐ実戦に利用できるだろう？」

「練習、少しした方がいいとは思うけどね。だけど、やっぱり私はライフゲームの方が好きだなあ」

「協力する気はないわけ？」

「そ。ごめんね。どうも好きになれない。ライフゲームの方がいいの」

「そいつは残念だ。で、緒形は？」

「そうだな、僕はのせてもらいたいな」

「OK、じゃ伊東、石神、ルームを説明してやってくれ。僕は純を説得してみよう」

それを聞くとFBさんはニヤッと笑った。

はん、誰が説得されるかって。しかし、FBさんはチョコパフェをおごってやる、というので、話だけは聞くことにした。

研究所――だと思っていたら、やはりそうだった――のむかいに『エリーゼ』という喫茶店があった。FBさんと私はその店の隅っこのテーブルについた。コーヒーと、約束どおりチョコパフェを注文すると、さて、とFBさんは身をのり出してきた。

「君はこの地球の人間じゃないだろう」

バレたか、と思って一瞬身をすくめたが、冗談で言っているって可能性も充分ある。私はノッてやることにした。

「あっは。バレチャッタカ。実は私、光の国M七十八星雲の隣りにあるベイリーフ横丁から地球へ侵入していた調査員なの」

「バカ」

と言ってFBさんは水を飲んだ。

「真面目な話で……君は別の地球から来たんだろう。冗談なんかじゃなくて」

ということは、彼は私が――もしくは緒形くんと私がこの世界に移されたことを知っているってことなのだろうか。

「そうだって言ったら」

「やっぱりそうか」

断定したわけでもないのに、FBさんは大仰にうなずいた。

「え？」

「見てたんだ、実を言うとね。つまり、さっき君たちがコンピュータ室《ルーム》にいた時に僕はカッチンゲームのビデオを見るのをさそいに行ってて、その時、室内から君たち二人が一瞬消えて、次の瞬間別のところへ現われたのを見ているんだ。移動中のをコマ落として見たようにね。その後の会話やら何やら合わせて判断するに、君たちが来たために、この地球の岡田 純と緒形 潤はどこか別の地球へとばされたらしいな。ちがうかい」

「う……ん」

ニヤニヤしながらFBさんが言う。

すっかりうなだれてしまった私は、それでも気を取りなおして聞いてみた。

「ね、もうすぐ地球の附近に無軌道《イレギュラー》小惑星が飛んでくる、って話、聞かない?」

「いや。前後十年、そんなことは起こらないはずだ。なに、じゃ、君たちの地球じゃ、その小惑星が地球にぶつかるとでもいうの」

　は、鋭い。そこで私は今までのことを彼に話しはじめた。

m——5

　伊東先輩や石神の説明で、僕は自分に課せられる役割りがなかなか面白いものだと知った。敵方がはじいてくる小惑星の軌道を電算機ではじき出してこちらの宇宙艇遠隔操作《リモウトコントロール》用電算機に入れる。また、数多く並んでいる小惑星のどれをどの方向にどれくらいの力ではじくのが一番有利かもはじき出す。なるほど、ライフゲームも面白いが、カッチンゲームもまた違った面白さがあるようだ。独り遊び《ゲーム》ではなくて相手がいるということ、それに、ライフゲームと比べてゲームそのものが複雑なことなどもその理由だろう。

　一通りの説明もすみ、実習を五分ほどやり終えると、僕の内に一つの疑問が浮かんできた。

「伊東先輩、ちょっと聞いていいですか」

「なんだい」

「ここにあるのや、それから、ゲーム場にある小規模疑似宇宙《ミクロ・コスモス》はどんな風にして作るんですか」

　あはは、と伊東先輩は笑い出し、石神も、およっ、と吹きだした。

「学校で宇宙の創造について習わなかったかい」

「習いましたよ——同じなんですか、あんなに小さいのに」

「ハハハハ、大きさなんて問題外さ。小規模ではあっても一応、ちゃんとした宇宙なんだよ。生命だってあってもおかしくないし、実際に高度な知性生命体を見たこともある。あの宇宙にとって僕らは全智全能の神という存在にもなり得るんだよ」

「はあ……」

「だけど……」

　と石神が半ば不安気に言う。

「ひょっとしたらここだってまた、一つ上の存在によって造られたものなのかも知れないもんね。否定はできないだろう、緒形」

「うん……」

「ほっときほっとき。石神は少し被害妄想の気があるんだから」

　部屋の隅でマンガを読んでいた岩津が言った。

「しかし……」

「ん、しかしって、何だい」

　遠隔操作《リモウトコントロール》の調子を調べはじめた伊東先輩がふりむいた。

「そりゃあ、石神のいうことを間違いとは言いきれないが……何が気になるんだ?」

「小規模疑似宇宙《ミクロ・コスモス》の中に地球のような惑星が存在する確率は、どれくらいでしょうか」

「自分で調べてみたらどうだ? ゲームの時までに、電算機の扱いには慣れておいてほしいからいい機会だ」

「了解」

　肩をすくめて、電算機にむかう。入力はタイプで、出力はブラウン管ディスプレイになっている。

「ほら、小規模疑似宇宙《ミクロ・コスモス》の資料だ」

伊東先輩が手渡してくれた資料とくびっぴきで電算機のタイプキーを打ち続ける。やっと出てきた答えは、ゲーム場のぐらいの大きさであればほとんど、地球並みの惑星が存在することを示していた。ひょっとしたらひょっとするかもしれない。僕がある仮説を組み立てていると、純がやって来た。

「ね、ちょっとつきあってくれない」

僕も僕の仮説を聞いてもらいたいので一も二もなく賛成した。先輩たちに声をかけてから部屋を出る。

「コンピュータ室《ルーム》へ行こう。あそこなら人も滅多に来ないらしいし……」

大体、FACOM230―45Sなんてのからして古すぎる型《タイプ》だ。時代遅れな場所とされているんだろう、多分。

「どうやらここは、私たちの住んでた地球よりも一つレベルが上みたいなんだ」

と純が言う。梅木先輩と話をしていて、それに気づいたのだそうだ。

「ね、お宅の地球は宇宙開発、どのくらい進んでいた?」

「月面に実験都市を建築中だった。太陽系内の惑星には一応全部調査船は出ているけど、外へ出て行ったことはなかったっけ」

「そう。私のところも同じようなものね。――でも、ここはそうじゃないの。すでに人類は太陽系内の惑星や、外の移住可能な惑星にどんどん移住しているんだって。えと、五十一だったかな、植民惑星と地球との総合政府・テラができて今年で十地球年になるっていっていたんだ。とにかく、差がありすぎるのよ」

「うん。――そうか、ひょっとして……ひょっとしたら、この地球は僕の地球と同じ位置の地球じゃないかも知れないってこと?」

「そうよ。もっともっと煎じつめちゃうと――うん、もちろん確信がある訳じゃないけど、あの小規模疑似宇宙《ミクロ・コスモス》ね、あの中に私たちの地球があるんじゃないかって思ってるの」

それは僕も思っていたことだ。

「さっき、伊東先輩に小規模疑似宇宙の資料を借りたんだけど、あの中に、地球と似た星があるという可能性は極めて大きいんだ。本当にそうかもしれないな」

しかしながら、僕はハタとここで気付いた。僕らは何てエゲツない話をしているんだろう。本当に、ほんとに僕らはなんて神経の持ち主なんだろう、と。

「あ、そうそう、スカボロー・フェア博士って人は、この世界の人よ。FBさんに聞いたら、なんでもこの次のカッチンゲームの相手になる人なんだって。ターメリック星ってのはここからちゃんと二千光年はなれたところにあるの」

純の訊き出し方がうまいのか、先輩が女に対して饒舌なのか、とにかく彼女はずいぶん大層な知識を仕入れてきたようだ。コンピュータの操作卓にもたれて、僕の指は無意識のうちにキーを叩いていた。前の地球で僕が作った『子猫　KITTY　があかんべえをしている図』のプログラムを呼ぶキー・ステートメンツだ。

「ひょっとしたら、博士はわざと僕らをここへ送り込んだのかも知れない」

「どうして……」

「僕は物質転送装置とやらの構造なんてよく知らないけれど、たぶん、同じ次元での転送と異った次元への転送とはずいぶんと差があると思うんだ。博士はどの次元へ行くかわからない、なんて言っていたけれど、そんなに大した違いのある次元へ行ってしまうことなんて、ほとんどないことだと思うんだ。もちろん、ここのスカボロー・フェア博士が例の博士だとすればの話……」

　カタカタカタカタとラインプリンターがＫＩＴＴＹの図を打ち出しはじめたので僕はおどろいて言葉を切った。僕が打ったキーは僕の地球で通用していたのだが、ここでも通用するとは思っていなかった。

「なあに、猫？　これ」

「うん、そうさ。子猫でね、名前はＫＩＴＴＹ。僕の地球ではやってたんだ。でも、不思議だな。僕は無意識のうちに僕の使ってたコンピュータのつもりでキーを叩いたんだ。どうやら、僕の使っていたコンピュータと同じ記憶も入ってるみたいだ」

「ここは、お宅や私の地球を拡大したものなのかもしれないね――つまり、エレベータみたいにそっくりすぽっと上のレベルに上ったような……うまく言えないけど」

「君のいいたいこと、なんとなくわかるような気がする。けど、どうしよう、これから……」

　純が額に手を当ててしばらく考え込んだ。ふい、と顔を上げていう。

「カッチンゲーム、いつやるって……」

「明日」

「じゃ、その時にもう一度、フェア博士に会って、本人だったらもとに戻してもらうこと、頼んでみない？」

「ああ、そうしよう」

　うまく戻れるといいね、と出かかった言葉をあわててのみ込んだ。本心じゃないからだ。帰ったってマヤはもう居ないし、それに純と別れて――おそらく二度と会えないだろうということも残念だったからだ。

f――4

　ＦＢさんは私を説得してなんとか、カッチンゲームに協力させようとしたが、結局私は説得に応じなかった。

「見るだけでも見ていかないか」

　と言うので一応、見学はさせてもらうことにした。見ている分には、成程、とてもおもしろいゲームだ。だけど、自分でやる気にはなれないな。第一私は緒形くんや石神くんのように手速くデータを入力《インプット》するような芸当はできないし。

「あっ、ばかドあほ」

　叱咤の声がとんだ。見ると、こちらのはじいた小惑星の一つがあらぬ方向へ飛んでいって、今まさに一つの惑星《プラネット》に衝突せんとするところだった。

「マイナス二十点」

　審判《ジャッジ》が下り、こちらがわの陣営にため息が流れた。

「また、負けだな」

　石神くんがつぶやき、事実、そのとおりになってしまった。

「また、ミスかい」

「いや、ちょっと調べたら、どうやら重力場が発生しているらしい」

伊東先輩がそう言うと、FBさんは目をむいて怒鳴った。

「人為的なものか」

「いや、小規模疑似宇宙《ミクロ・コスモス》維持装置の故障によるものらしい。偏電圧がかかっていて、その影響だ」

ま、何にせよ、私には直接関係のないことだ。

「緒形くん、行こ」

ファア博士に会って、もとの地球へ戻してもらうように頼まなくっちゃ。そのフェア博士は昨夜地球に到着して、プリンスホテルに部屋をとっていた。博士は私たちの顔を見ると、怒ったような顔をした。

「何の用だ」

「スカボロー・フェア博士ですね。私たちをもとの地球に戻していただきたいのです」

あらら、そう言うのをみると、緒形くんはなかなかカッコ良かった。と、何がおかしいのか、まるで爆発でもしたのかしらと思うくらいに博士が笑い出した。

「僕、何かヘンなことを言った?」

「さあ?」

私たちは顔を見合わせた。前にもこんなことがあったっけ。きっとこの博士は笑い上戸なんだろう。

「ハハハ、君――緒形氏、何をいってるんだ。君の地球はさっき、無軌道《イレギュラー》小惑星と衝突したじゃないか……」

「?」

「衝突によって自転が止まった。人類はまずほとんど全滅だろう。土地もあれはてているだろうから、君が帰ったところで何にもならないと思うがね」

「え」

「無軌道《イレギュラー》小惑星はつまり小惑星さ」

さっ、と血の気が緒形くんの顔から引いた。

「じゃ、僕らが思っていたことは正しかったわけだ。博士、岡田さんの地球も、じゃあどこかの小規模疑似宇宙《ミクロ・コスモス》の中にあるんでしょう」

「そうだ。しかし彼女がどこの小規模疑似宇宙から来たのかはまだ、つきとめていない。あいにくだったな」

「では、ここの地球の私たちはどこへ行ったの。いいえ、それよりも、私たちは小規模疑似宇宙《ミクロ・コスモス》の人間だからうんと小さなはずなのに、どうしてここの人間と変わりのない大きさをしているの」

「まず、第二の質問に答えよう。君たちをここへ転送する際にいっしょに拡大をしてある。小規模疑似宇宙の維持装置には物質調整器が備えつけられていて、それを通して拡大されて転送されるため、君たちはその大きさになっているというわけだ。第一の質問については、この地球に君たちにあたる人間は存在していない」

「うそ。FBさんが。だってそう言ったんだから……」

「だれが何を言ったって?」

いつの間にかFBさんが来ていた。

「僕がいったことは、あれは嘘だよ。君たちがはやくこの世界になれるような情報を与えることを、僕は課せられていて、それを君に気づかせないために言ったでっち上げなんだ。――それよりも、フェア博士。外で話は聞きました。貴公は重力場の発生を知っていながらそれをかくしてゲームをなさった。これがルールに反することであることはご存じですね。審制官《レフェリー》は今のゲームを無効とし、貴公側ハンディーマイナス五点でゲームを再度行なうという決定を下しました。明日、再ゲームを行います」

「あ」

緒形くんが何か思いついたらしい、大声を上げた。

「ひょっとして、博士、ゲームに勝ちたいために僕らを地球へ送り返さなかったんじゃないでしょうね」

私は唖然とした。だって、もしそれが本当ならこんなバカなことはないじゃない。ゲームの勝敗なんてもので、ひょっとしたら助かったかも知れない惑星が助からなくなってしまったんだから……。

さすがの博士も脂汗を流して何も言わなかった。

「何故?」

と私は聞いてみる。

「今度のゲームには沢山のかけ金がかかっていた。それを手に入れれば妻が戻ってくるだろうと思ったのだ。妻は研究に金を使うばかりの余に愛想をつかして出ていった。これが妻の写真だ」

あきれて物が言えなかった。この人は自分の奥さん――きれいな人だったが――の方が一つの地球より大事なんだ。

「マヤ」

と緒形くんがつぶやいた。

「え」

問い返すと、黙って首を振った。FBさんが片頬に笑いをつけて言う。

「僕は博士に、誰かコンピュータ操作のうまい人を紹介してくれ、と以前から頼んでいた。そうして、昨日、君たちが送られてきた。博士は君たちが小規模疑似宇宙《ミクロ・コスモス》からやってきて、この世界に慣れていないことなどを僕に告げた。僕は、もちろん緒形の地球が小惑星に衝突される、なんてことは知らないし、コンピュータを使えるということだけしか聞いていないので、もっけの幸いと君たちをゲームの一員とすることにした。」

「そうして、結果、緒形くんの地球が衝突されたってわけね。緒形くん、お宅はこれからどうするつもり」

緒形くんに聞いてみる。

「僕はここに残るよ。だけどまず、君の地球をさがさなくちゃね。帰りたいんだろ?」

「うん。そうなの」

格別良いところだ、と思ったことはなかったが、緒形くんの地球が衝突されて、たぶん人類は死にたえたであろうことをきっかけに、私は無性に地球へ帰りたくなっていた。

m――6

僕は自分の故郷や友人を失くしてしまったけれど、それはあまりにも急なことだったし、純の地球をさがし出すことや、カッチンゲームの再ゲームなどでほとんど忘れていることができた。

「おい、見つかったぞ、純の地球が」

と梅木先輩が紙きれをふりまわしてやって来たのは、カッチンゲームも大差で勝ち、ホッと一息ついて純とコンピュータ室《ルーム》でダベっている時だった。梅木先輩は僕らにその紙きれを渡して誇らしげに言う。

「すぐ隣りの市のゲーム場だ。博士が今、転送装置の手配をしている。明日になれば、装置もそろって転送OKだそうだ。博士にも充分言い含めてあるから、こんどは無事に帰れるだろう。よかったな」

「うん」

満面に笑みをたたえる純を見ると、少し悲しくなるとともに、新たな疑問がわいてきた。

「先輩、僕にはどうもようく飲み込めないのだけれど、時間の経過はどうなっているんだろう」

「つまり？」

「ここの一日は僕の地球にして二週間にあたります。彼女の地球も同じだとすれば、もうすでに一ケ月半が経過するもしくはしているはずです。それだけの間失踪していたということになれば、これはちょっとやっかいなことだと思うんだけどな」

「それは……そうね、思いつきもせずにいたけど、なるほど、やっかいだなあ。本当のこと言ったって信用してくれないだろうし……。そうだ、いいわ。知り合いに病院の院長やっている子がいるの。彼に泣きついて、そこで入院していたことにしてもらうか。一ケ月半、まずまずの長さじゃない？」

なかなか、頭の働く女《ひと》だ。感服つかまつった、と肩をすくめてやる。すると、片目をつぶって返してよこした。帰ってほしくないな、と思ったのだが、それは僕のエゴにすぎない。覚悟を決めて、笑って送ってやろう。

明日の準備を手伝うことになっているのでこれでな、といって梅木先輩が去ったあと、どうにも座が白けてしまった。

「君は地球でどんな風に暮してた？」

そんな白けた空気が嫌で、僕は思いついたように言った。

「独り暮しよ。ちっちゃな安アパートで毎日同じような生活を送っていたの」

「じゃあ、僕と似たようなもんだね」

「あれ、お宅もじゃあ、独り暮し？」

「そう、そうだったよ」

ＳＩＬＥＮＣＥ――

「ねえ、いつか僕、遊びに行ってもいいかなあ」

え、という風に首をかしげて僕を見た純は、こっくりうなずいた。

「もちろん、いいわよ。――それより、記念に、この前の猫の図をくれない？ 私、あれ気に入っちゃったの」

「うん、いいよ。何まい？」

「一枚で充分」

すると彼女は黙って首を振りと言った。カタカタカタと出てきたＫＩＴＴＹの図を純に渡すと、

「ありがと」

どうも僕は涙もろくなっていて、だから涙が出てくる前に
「じゃあね。明日のことがあるから、博士のところへ行っといでよ」

と純を半ば追い出すようにして別れを告げた。

彼女の姿が消えると、僕は頬に冷たいものがかかったが、僕はぬぐいもせず、暗くなるまでずっと立ったままでいた。知らない間に眠ったらしく、気付いた時は朝で、僕は壁ぎわでうずくまっていた。

f──5

物質転送装置は冷蔵庫の形をしていたので、何でもないはずなのに中にはいると、私は寒気を感じた。緒形くんやFBさん、それに伊東先輩やら石神くんやらが見送りにきてくれた。

「通信器を作って送るからな。カッチンゲームがやりたくなったらそいつで連絡しなよ。すぐに転送してやるから」

「了解、やる気になったらね」

湿めっぽい別れは嫌いなので、状勢が悪化しないうちに転送してもらうことにしようと思っていた。とはいっても、多少は私にもいいたいことがあった──とても言いにくいことだが──。だから、それを言ったらすぐ転送してもらうことにした。さあ、覚悟を決めて。

「緒形くん。私ね、あなたがとても好きなの」

転送──

転送の瞬間に、僕も好きだよ、という声がしたように思うのは、私がとんでもなく甘い考えをもっているからだろうか……。

私は無事自分の地球へ戻り、知り合いの病院長の工作で一ケ月半を病院で過ごしたことにして、それにしてはえらく元気ね、なんて言われながら前と同じ生活に戻った。

来る前にFBさんがいっていた通信器はある日、ひょっこり届いたが、どうにも調子が悪くなかなか向こうと通じなかった。ひょっとして、本気でカッチンゲームをやる気にならないと通じないのだろうか。しかし、今だに私はカッチンゲームをしたいとは思わないのである。ここ当分、通信器は使えないかもしれない。Ｓｉｇｈ──。


記念に持ち帰った『ＫＩＴＴＹがあっかんべをしている図』はしばらく壁にかかっていたが、ある日、雑誌に新しいキャラクターの募集を見つけたので、それに応募してみた。ただし、あっかんべをしているのではなく、おすましているものを想像してである。そいつはどういう訳か入選し、すぐに流行しはじめた。

これで少しは緒形くんの地球と似ているようになったかな、などと思いながら、──通信器が使えないので──彼が来るのを私は毎日、待っているのである。

「カッチン」解説

——と言うわけで、ＳＦ三巨匠論争の火種となった新井素子さんの佳作入選作を掲載する運びとなるはずだったが、枚数超過により、第二部の21世紀版を分冊化することに決定。そちらに新井さんの書下ろしを依頼することになったので、ここでは新井さんの本命対抗、同じく佳作入選、同じく高校生デビュー（弱冠17歳だが早生まれなので当時16歳の新井さんとは同学年）を果たした大和眞也の作品を収録することにした。

小松左京一推し、筒井康隆推挙、星新一同意の、実は奇想天外新人賞に一番近かったという傑作である。

作品の内容については——本作がフィリップ・ホセ・ファーマーのあるシリーズの影響下に書かれたことは想像に難くない。また脇筋ではあるが、クリストファー・ノーラン監督によるハードＳＦの映画『インターステラー』のような「超重力による時空の歪み」に触れた先駆的作であることを指摘して、あとは三巨匠の選考会の討論に譲ることにする。なので、ここでは些末な二点だけ付言しておく。作中に出てくる「ひろみと五郎」というのは、1970年代に人気を博していたアイドル歌謡の郷ひろみと野口五郎のことである。また、スカボロー・フェア博士と助手のパセリ・セージの名前はこれまた70年代に人気絶頂だったフォーク・デュオ、サイモン＆ガーファンクルのヒット曲の歌詞から採られている。

時代性ということで言えば、会話の中に「お宅」という言葉が出てくるが、小説の中で「オタク」という愛好家同士の二人称敬称が使われたのは、これが史上初のことではないだろうか。その意味でも歴史的価値のある一篇。

最後にもう一言、作中でフェア博士が投宿する「プリンスホテル」は、21世紀版『奇想天外』アンソロジーの企画鼎談のためにビジネスラウンジを予約した品川プリンスホテルと同名である。予約を入れたのはこの解説を書いている前日のことだ。復刻版＆21世紀版の編纂を通して起こり続けている共時性現象（シンクロニシティー）——不思議な《宿世の縁》の一つ。この作品の採録は、あらかじめ運命づけられていたということなのだろうか……。

（山口雅也）

Kisou-Tengai Anthology

奇想天外

SF
MYSTERY
FANTASY
HORROR
NONFICTION

てんがいこどくのへや

註）創刊当時の編集後記です

●奇想天外レギュラーズ●

種村季弘＝オカルティズムからエロティシズム、アナクロニズムにいたるムズムズするような世界をペダンティックに書きつらねて、熱狂的なファンをふやしています。書きたいことが無くなったら、飲み屋でも始めようかとオプティミズムに浸っているこのごろ。

野田昌宏＝ＴＶ番組「ひらけポンキッキ」のディレクター。ＳＦ狂の姿勢は〝いとしい紙屑たち〟に充分発揮されています。しばらく前のことですが勤務するフジテレビに、怪獣作家故大伴昌司氏の幽霊があらわれ、数時間エレベーターに閉じこめられてしまった事件があったそうです。もし氏がお亡くなりになったら、まっ先に化けてでる先は、さしずめ伊藤典夫さんのところでしょうか。

青木雨彦＝〈雨〉なる署名で各誌のインタビュー欄に顔を出しています。もっとも開高健さんから、顔だけは人前にさらさない方がいいといわれたとかで、本当に顔（写真）を出すのは本誌が初めてだそうです。なぜ出す気になったのかといいますと、相手が小林信彦さんなので安心できたからだそうです。

異魔人＝日本のジャーナリズムに格調高いユーモアとスプーフを定着さすべく努力しているペテン師グループです。怠惰と遊侠を愛し温泉にあこがれる典型的日本人ばかりです。

石上三登志＝男を信じ、男を誇り、男を愛すヒーロー待望論者です。かつて母親撲滅運動を提唱、氏の評論はおしなべて、男とは何か、という問いかけから出発するのです。今回は氏の博覧強記の一端を披露してくれました。

★　★　★　★

福島正実＝「奇想天外」編集委員。略して奇想委員。ＳＦに賭ける情熱やみがたく、二つ返事で編集相談役を引き受けて下さいました。春に入院して以来節酒中だそうです(?)

小鷹信光＝同じく〝奇想委員〟。アメリカの通俗読み物の権威です。ミステリ、ドキュメント、ポルノとレパートリーも広く、埼玉にある自宅の書庫には、その手の資料があふれているそうで、今後「奇想天外」のためにのいみ惜しみなく放出してくれるそうです。

●著作権者を探しています

（編集部）

下記の方々に関する情報を探しています。ご本人様、著作権所有者様、またはその連絡先をご存じの方は、編集部宛にご一報ください。

・久保田洋子
ロッド・サーリング「不死の条件」
・汀奈津子
エヴァン・ハンター「金星の種子」

★あて先＝東京都新宿区山吹町361
株式会社南雲堂『奇想天外』係
電話番号：03（3268）2387
e-mail：nanundo-text@post.email.ne.jp

■同時刊行『21世紀版』予告■

《小説》●アーサー・モリスン●ウィリアム・トレヴァー●アントニイ・バークリー（初訳）●カミ（初訳）●ボブ・ショウ●新井素子●有栖川有栖●井上夢人●恩田陸●京極夏彦●法月綸太郎●宮内悠介●山口雅也　ほか

《鼎談》●有栖川有栖×北村薫×山口雅也●我孫子武丸×山口雅也×遊井かなめ

《企画》Facebookを読もう！●文壇ビートルズ王決定戦●奇想天外ミステリ映画祭●ミステリ宮中歌会始の儀●東西ミステリ漫才対決●世紀の名盤『ボンド白書』猟盤日誌●ジャズ・ピアニスト原寮をめぐる真実●麻耶雄嵩緊急インタビュー

《漫画》●喜国雅彦●本秀康●チャールズ・アダムズ

《ショートショート》北村薫

《官能小説》竹本健治

その他盛沢山

特別解説　東海洋士について　山口雅也

今、『奇想天外』アンソロジー21世紀版＆復刻版の最後のゲラ（来週には責了）を読み終えたところで、これを書いている。

また起こってしまったのだ——本アンソロジーを通じて起こり続けている暗合——シンクロニシティー（共時現象）が。

奇想天外ＳＦ新人賞座談会のゲラが私の読む最後のゲラだったのだが、その最終選考の件の中で、選考に残った10篇の中に東海洋士「遠雷」——という記述があるのが目にとまった。ん……トウカイ……この名前には憶えがある。もしかして……私は妙な胸騒ぎを覚え、即座に竹本健治に電話をした。私が『生ける屍の死』で作家デビューした当時、共通の友人乾敦（21世紀版のほうに書き下ろし短篇を収録している）がいたこともあって、竹本の家に入り浸っていたのだが、その頃、確かトウカイという名前の友人を紹介されて、朝まで酒を酌み交わして語り合った覚えがあったのだ。竹本にそのことを確認したところ、そのトウカイと東海洋士は同一人物であることが判明。しかも、彼がその後2001年に作家デビューを果たし、翌年死去（死去の事実は竹本から聞いていたが、作家デビューしていたことは知らなかった）していたということを知り、ここに急遽、特別解説を附すことにした。

東海洋士《とうかいひろし》（本名 浩《ひろし》）は1954年兵庫県生まれ。竹本健治とは淳心学院の同窓である。上智大学の新聞学科を卒業した後、松竹へ入社。山田洋二等の助監督を務めたが、結局監督昇格には至らず、ラジオの構成作家の仕事に転ずる。私はどうやらこの頃、東海洋士に遭っていたようだ。その後、小説家を志し、長編原稿が講談社の宇山日出臣氏のお眼鏡にかなって、2001年講談社ノベルスとして『刻《こく》丫《あ》卵《らん》』のタイトルで上梓。しかし、その翌年に肝臓癌により死去。

再度言うが、本アンソロジー編纂を通じて起こり続けている不思議な暗合——宿世の縁が最後の最後で再び立ち現れたので、ここに特記しておく。

（山口雅也）

奇想天外《きそうてんがい》　復刻版《ふっこくばん》　アンソロジー

2017年10月30日　1刷

編著……………………山口雅也

表紙・目次・扉デザイン………坂野公一（welle design）
表紙・目次イラストレイション…楢喜八
本文組版………………一企画

編集……………………星野英樹
藤原義也（藤原編集室）
遊井かなめ（マベリカ）

発行者…………………南雲　一範
発行所…………………株式会社 南雲堂
〒162-0801
東京都新宿区山吹町361
TEL 03-3268-2384
FAX 03-3260-5425

印刷所・製本所…………図書印刷株式会社

乱丁・落丁本はご面倒ですが
小社通販係宛にご送付下さい。
送料小社負担にてお取り替えいたします。

2017 Printed in Japan〈1-563〉
ISBN 978-4-523-26563-4 C0093〈検印省略〉

E-mail nanundo@post.email.ne.jp
URL http://www.nanun-do.co.jp

収録されている表現は、作品の執筆時代・執筆された状況を考慮し、
発売当時のまま掲載しています。

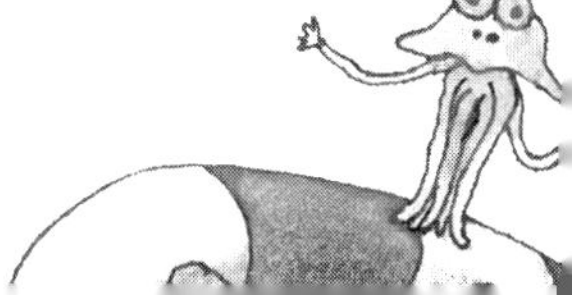

21世紀日本に、
エンタメ神獣《ゴジラ》
『奇想天外』、
ついに召喚《リブート》!!

山口雅也【編著】

512ページ　本体2,000円+税

◎首屋斬首の怪――落語見捨理全集　山口雅也

◎三つの月　宮内悠介

◎新本格30周年記念インタビュー
麻耶雄嵩が語る〈神様〉と〈貴族〉
インタビュー＝山口雅也＆遊井かなめ

奇想天外MANGA劇場

◎日本黒衣の謎　喜国雅彦

◎チャールズ・アダムズの奇想天外な世界
チャールズ・アダムズ　山口雅也 訳

鼎談
◎「あなたも作家になれるかもしれないと言えないこともない」
有栖川有栖×北村薫×山口雅也

◎奇想天外史上最強ミステリ映画祭
「これを観ずに死ねるか!」ミステリ映画マイナス10
芦辺拓・綾辻行人・井上夢人・大津波悦子・小山正・折原一・霞流一・菊地秀行・北方謙三・竹本健治・北原尚彦・北村薫・日下三蔵・児嶋都・桜庭一樹・柴田よしき・杉江松恋・千街晶之・辻真先・野村宏平・濱中利信・福本直美・松坂健・三津田信三・三橋曉・村井慎一・山口雅也・山田正紀・遊井かなめ・若竹七海・二階堂黎人

鼎談
◎「ミステリゲームを遊ぼう」
我孫子武丸×山口雅也×遊井かなめ

Kisou-Tengai Anthology

奇想天外

SF

MYSTERY

FANTASY

HORROR

NONFICTION